Abi Oliver

George Baxter und das unerhörte Wunder der Liebe

Autorin

Abi Oliver ist das Pseudonym einer erfolgreichen englischen Bestsellerautorin. Sie studierte an Universitäten in London und Oxford, arbeitete für wohltätige Zwecke, als Krankenschwester, bei der indischen Eisenbahngesellschaft und als Autorin. Außerdem hat sie vier Kinder großgezogen und lebt derzeit in Purley-on-Thames, UK.

Abi Oliver

George Baxter und das unerhörte Wunder der Liebe

Roman

Deutsch von Sigrun Zühlke

blanvalet

Die Originalausgabe erschien 2017 unter dem Titel
»A New Map of Love« bei Macmillan,
einem Imprint von Pan Macmillan, London.

MIX
Papier aus verantwortungsvollen Quellen
FSC® C014496
FSC www.fsc.org

Penguin Random House Verlagsgruppe FSC® N001967

1. Auflage
Taschenbuchausgabe 2021 bei Blanvalet,
einem Unternehmen der Penguin Random House Verlagsgruppe GmbH,
Neumarkter Straße 28, 81673 München

Redaktion: Susann Rehlein
Umschlaggestaltung: Favoritbuero, München
Umschlagmotive: Shutterstock.com (Olga_C; Eric Isselee)
JB Herstellung: wag
Satz: Buch-Werkstatt GmbH, Bad Aibling
Druck und Bindung: GGP Media GmbH, Pößneck
Printed in Germany
ISBN 978-3-7341-0874-7

www.blanvalet.de

Für M, in Liebe

Februar 1964

Eins

1.

George Baxter hatte natürlich nicht vorgehabt, die Beerdigung fluchtartig zu verlassen. Er hatte nicht geplant, als Erster vom Parkplatz des Krematoriums zu fahren, hatte nicht wie ein Verrückter davonrasen wollen, noch bevor die anderen auch nur den Blumenschmuck ausgiebig bewundert hatten. Und es schien ihm auch alles andere als angebracht, leise vor sich hinzupfeifen, nachdem man seine Frau nach sechsundzwanzig Jahren Ehe zur letzten Ruhe gebettet hatte, zumal dabei Melodien aus einem Musical herauskamen, *South Pacific,* um genau zu sein. Aber er war nicht ganz er selbst. Er schien einem Pfadfinder-Reflex aus der Kindheit erlegen zu sein. »Ein Pfadfinder ist stets munter und vergnügt.« Doch er konnte die Stille im Wagen nicht ertragen – eine Stille, die ab jetzt für immer herrschen würde.

Die Scheibenwischer schlugen den Takt. Dicke Schneeflocken klatschten gegen die Scheibe. Immer wieder blickte er in den Rückspiegel, um zu sehen, ob ihm die Trauergäste wie ein Rudel Wölfe auf den Fersen waren, aber es war nichts von ihnen zu sehen. Wahrscheinlich fuhren sie vorsichtiger.

In seiner grauen Limousine jagte er in halsbrecherischem Tempo durch die Dörfer, bis nach der letzten Hügelkuppe endlich sein eigenes in Sicht kam. Eng an den Fuß des Kalkhügels geschmiegt, drängten sich Greenburys kleine Häuser gemütlich rund um einen Kirchturm. Der Schnee ließ die Ansammlung reetgedeckter Lehmhäuser heute wie einen viktorianischen Stich aussehen. Er brauste die Allee zwischen den schneebeladenen Ulmen hinunter, bog mit Schwung auf den gekiesten Vorplatz ein und kam stiebend neben dem erbsengrünen Morris-Pickup zum Stehen.

Das Haus, durch eine Lorbeer- und Weißdornhecke von der Straße abgeschirmt, hatte ein cremefarbenes Gesicht mit einem Bart aus wildem Wein und Koteletten aus Kletterrosen, die ihm im Sommer eine wilde Perücke aus goldenen Blüten aufsetzen würden. Im Unterschied zu den Cottages im Dorfkern war es erst ungefähr hundert Jahre alt und hatte ein Ziegel- statt eines Reetdaches. Vorn an der Zufahrt hing von einer ehemaligen Gaslampe ein Schild, das verkündete: CHALK HILL ANTIQUES – GEO. BAXTER ESQ.

George sprang aus dem Wagen, knallte die Wagentür zu und eilte zum Haus. Eine Hand hielt seinen schwarzen Trilby, die andere kramte in seiner plötzlich unergründlich tiefen Hosentasche nach den Haustürschlüsseln.

»Verdammt.« Wie üblich klemmte das Schloss. Drinnen bellte der Hund. Schließlich ging die Tür auf, und er warf einen hektischen Blick hinter sich, um zu sehen, ob die schwarzgekleideten Horden ihn bereits eingeholt hatten. Dem Himmel sei Dank, dass er seinen eigenen Wagen genommen hatte.

»Hallo, alter Junge«, sagte er zum Hund, bevor er nach oben ins Schlafzimmer stürmte, ein großer, dicklicher Mann, der immer zwei Stufen auf einmal nahm. Schlafzimmer: Jacke aus, muss aufgehängt werden, da guter Anzug. Hose runter, auf einen hölzernen Hosenbügel und an die

Kleiderschranktür. Georges Gesicht nahm einen bestürzten Ausdruck an. Wo waren seine Sachen hin? Seine richtigen Sachen? In Hemd und langer Unterhose drehte er mehrere Runden durchs Zimmer und starrte vergebens auf das Bett und die Sitzflächen der Sessel. Von der Lehne eines der Windsor-Stühle baumelte ein Paar verlassener Hosenträger. Er nahm sie in die Hand und betrachtete das ausgeleierte Gummi. Schließlich brach es entrüstet aus ihm heraus: »Winifred! Was in Gottes Namen hast du mit meiner Hose gemacht?«

Der schwache Hall seiner Stimme traf nur auf Schweigen. Winifred Jane. Win … Er sank auf die Bettkante. Sie würde nicht antworten. Sie würde nie mehr antworten. Die Stille legte sich schwer auf seine Schultern: Vollkommen erschöpft saß er da. Gefühle rumorten in seinem Inneren, Nachbeben lang zurückliegender Momente des Verlassenwerdens. Energisch rieb er sich die Oberschenkel.

»Hilft nichts … das hilft jetzt ganz und gar nichts.«

Er wollte gerade aufstehen, als sein Blick auf das Körbchen auf Wins Nachttisch fiel, in dem sie ihre Frisiersachen aufbewahrte. George beugte sich hinüber, um danach zu greifen, und hörte, wie er dieses Stöhnen von sich gab, das in letzter Zeit jedes Bücken oder Strecken zu begleiten schien. Das Körbchen hatte früher einmal Lavendelseife enthalten, war ein Geschenk gewesen. Win bewahrte darin ihre Haarklemmen und Lockenwickler auf, die sie benutzte, um »sich die Haare einzudrehen«, wie sie es jede Nacht während ihrer Ehe getan hatte, während George sich danach gesehnt hatte, dass sie es nicht tat. Das einzige Mal, dass sie ihr Haar offen gelassen hatte, war gewesen, als sie vor ein paar Jahren im Winter diese schreckliche Grippe gehabt hatte.

»Ich sehe bestimmt schrecklich aus«, hatte sie sich durch den Dunst von Wick VapoRub hindurch entschuldigt. »Sobald es mir besser geht, drehe ich mir die Haare wieder ein.«

Als hätte sie das für ihn tun müssen ... Damals war ihr Haar noch rabenschwarz gewesen. Jeden Tag war es makellos gelegt, die engen Locken mit Haarspray gezähmt und aus der Stirn gewellt wie bei der Queen. Er nahm einen der Lockenwickler in die Hand, drückte ihn zusammen und schauderte. Er fühlte sich kratzig und drahtig an, sah aus wie ein Stück Stacheldrahtzaun. Verrückt, jede Nacht mit so was auf dem Kopf zu schlafen. Als ihr Haar grau wurde, hatte sie angefangen, es zu färben. Sie hatte es nicht zugegeben und immer nur von einer »kleinen Tönung« gesprochen. Am Ende hatte sie auch das nicht mehr hinbekommen – und auch nicht die Lockenwickler. Da war sie ganz natürlich gewesen in einem locker fallenden Nachthemd. Wunderschön in seinen Augen. Sie hatte sich erhoben, um dem Tod entgegenzutreten, das hatte sie wirklich. Sie hatte sich erhoben, die gute alte Win, und war daran gewachsen wie nie zuvor, während sie sich immer weiter von ihm entfernt hatte.

Er stellte das Körbchen zurück auf den Nachttisch und starrte im Sitzen zum Fenster hinaus. Ob sie, hätte sie nur lange genug weitergelebt, wieder zueinandergefunden hätten? Er sah sie beide vor sich, wie sie die Arme nacheinander ausstreckten, wie sich erst ihre Fingerspitzen berührten, sie dann spielerisch ihre Handgelenke umschlangen, ihr weißer Unterarm an seinem, bis sie wie Zitronenbäume waren, nahtlos miteinander verflochten ...

Mein Gott, wie lange saß er denn schon hier?

Er sprang auf. Er musste seine ... Dann fiel es ihm ein:

der Wäschekorb. Natürlich! Er hatte seine Hose in die Wäsche getan, wie immer. Irgendwer, jemand, würde sie schon waschen.

Eine ölbefleckte kuhfladengrüne Hose war schnell gefunden und aufs Bett geworfen. Ein blaugestreiftes Hemd, ein dunkelblauer Lieblingspullover, beide Ellbogen durchgewetzt – Win war in letzter Zeit nicht nach Stopfarbeiten zumute gewesen. Die Horden würden bestimmt jeden Augenblick eintreffen, oder? Noch war alles ruhig, im Schnee waren nur seine eigenen Reifenspuren und Fußabdrücke zu sehen. Von hier oben sahen sie klein und einsam aus, das Grundstück ein unbewohnter Archipel in einem menschenleeren Ozean.

Er eilte nach unten, die Fliesen in der Halle waren eisig kalt unter seinen Füßen. In der Küche, auf dem grauen Linoleumboden stehend, beäugte George misstrauisch den Tisch, der einen mit einem weißen Tuch überdeckten Buckel trug. Jeden Augenblick konnten Vera und der Rest der Bande, Wins Freundinnen, jetzt hier auftauchen und durchs Haus wimmeln. Natürlich hatte er am Krematorium mit jeder von ihnen gesprochen, bevor der Drang davonzulaufen ihn so plötzlich überkommen hatte. Und jetzt warteten hier die ersehnten Fleischpasteten auf sie. Einen Moment lang versuchte er sich davon zu überzeugen, dass er das schaffen konnte, dass er hierbleiben und sich ihnen stellen konnte – Rosemary, Pat, Eunice und den anderen, alle ganz erfüllt von Trauer um *die arme Win*. Und natürlich Vera – oh lieber Gott, Vera! Was auch immer sie tat, es sorgte dafür, dass er sich schuldig oder unzureichend fühlte, jedes einzelne Mal. Er konnte das nicht, es überstieg seine Kräfte, allein der Gedanke war unerträglich.

Mit bebenden Nasenflügeln, den Oberkörper weit nach

hinten gelehnt, griff er vorsichtig nach einer Ecke des Tuches, als würde sich darunter etwas Gefährliches verbergen. Er betrachtete die aufgetürmten Schinkensandwiches, die Küchlein mit kandierten Kirschen, die unvermeidlichen Pasteten, alle liebevoll aufgebaut von der treusorgenden Vera, der wunderbaren Vera, die als Reinigungskraft im Geschäft angefangen hatte und jetzt sein gesamtes Leben zu regieren schien.

»Ich kann das nicht«, stellte er fest und ließ den Tuchzipfel los. »Ich kann's einfach nicht.«

Er griff noch einmal nach dem Tuch, hob es an und steckte den Kopf darunter wie ein Fotograf aus längst vergangener Zeit. Nachdem er ein paar der Gaben in eine Leinenserviette gestapelt hatte, drehte er sich um und musste eine schwankende Pirouette vollführen, um nicht über den Hund zu stolpern, dessen Nase sich ihm hoffnungsvoll schnuppernd entgegenreckte.

»Aus dem Weg, Monty, verdammt noch mal … oh Allmächtiger.« Er sah an sich herunter. Dunkelblauer Pullover, Hemdenzipfel, lange Unterhose. »Meine Hose!«

Wieder nach oben, und nach einer Weile Gewurschtel mit den Knöpfen am Hosenlatz fand er auch ein Paar Socken und polterte wieder nach unten. Wo war seine Pfeife? Nein, keine Zeit.

George riss die Haustür auf und lugte nach draußen. Noch war die Luft rein. Der Morris trug eine Haube aus Schnee auf dem Dach.

»Richtig, Monty …« Er konnte den Hund nicht hierlassen. Er würde die Teller der Leute plündern und sich an ihren Beinen vergehen. »Rein mit dir.« Nachdem er die Tür des Fahrerhauses aufgemacht hatte, hievte er den Hund auf den Sitz. »Zu viel Kuchen«, erklärte er ihm. »Das ist dein

Problem.« Er sprang hinein und startete den Motor. »Na komm schon, *komm schon* …« Die Scheibenwischer wischten. Keine Autos in Sicht, keine schwarzen Hüte. Er hatte es geschafft. Vorsichtig fuhr er den Pickup aus der Zufahrt, bog in die Didcot Road ein und stob davon wie ein Einbrecher auf der Flucht.

2.

Auf dem höchsten Punkt des Feldweges, der an der Seite des Greenburton Hill entlangführte, hielt er an. Inzwischen war alles ringsum weiß, außer den frischen Spitzen des Winterweizens, das Feld lag wie ein rechteckiges Stück abgewetzter Cordstoff auf dem welligen Hügelland der Downs. Schneeflocken sammelten sich auf der Windschutzscheibe. Hin und wieder schaltete er die Zündung ein, um die Scheibenwischer zu betätigen.

In der winterlichen Ruhe saß George einfach neben Monty da, kaute bedächtig und blickte in den fallenden Schnee hinaus. Die Aufmerksamkeit des Hundes war zwischen den wirbelnden Flocken und dem dahinschwindenden Roastbeef-Meerrettich-Sandwich in Georges Hand hin- und hergerissen. Das Sandwich gewann.

»Du siehst genauso fröhlich aus, wie ich mich fühle«, sagte George in Montys schwermütiges Gesicht, sich sehr wohl der Tatsache bewusst, dass der Gesichtsausdruck des Hundes eher angeboren war als Ausdruck großer Gefühlstiefe. »Wir sind schon so ein Paar.«

Das Sandwich noch immer in der Hand, betrachtete er sich prüfend im Rückspiegel. Das breite, leicht gerötete Gesicht, das ihm entgegenstarrte, war das eines sechsundfünfzig Jahre und zwei Monate alten Mannes. Große graue Augen, eine große, keilförmige Nase, die ihm in jüngeren Jahren peinlich gewesen war. Jetzt hoffte er eher, dass die Augen tiefgründig wirkten und die Nase repräsentativ. Sein kastanienbraunes Haar sah aus, als sei er vor Kurzem in einen Sturm geraten. Halbherzig strich er mit der freien Hand darüber, ohne viel auszurichten. Der Anblick seines Gesichts schien Georges wachsende Erschütterung nur noch zu bestärken.

»Was zum Teufel hab ich da gemacht, Monty? Wie um Himmels willen sind wir hier gelandet?« Er war von der Beerdigung seiner Frau davongelaufen wie ein Bräutigam, der im letzten Augenblick kalte Füße bekam. Hier saß er nun und versteckte sich vor all den Leuten, denen Win etwas bedeutet hatte. Denselben Leuten, die er eigentlich bei sich zu Hause begrüßen und bei denen er sich bedanken sollte; deren Beileidsbekundungen er annehmen sollte. Er war sicher, dass sie ihn jetzt schon unmöglich fanden, all diese vermaledeiten Weiber. Er erkannte es an der Art, wie sie ihn anschauten. Sie dachten sowieso schon, er hätte Win vernachlässigt. Und jetzt hatte er auch noch gekniffen. »Was bin ich nur für ein Mann«, stöhnte er.

Monty, einen Speichelfaden an den Lefzen, folgte mit flehendem Blick dem Sandwich, das in Georges Hand durch die Luft auf und ab fuhr.

»Fang, alter Junge.« George warf die letzte Kruste hoch. Monty schnappte sie sich aus der Luft wie ein Seehund in einer Vorführung. »Oh, und guck nur, was ich hier habe, deine Lieblingsleckerli.« Montys Blick schnappte zu dem Rascheln in seiner Tasche. »Bassetts für den Basset.«

Er suchte ein Würfelchen Lakritz aus der kleinen Schachtel heraus und schnippte es in die Luft. Monty fing es beim ersten Versuch.

»Bitteschön, und komm bloß nicht auf die Idee, mir die aus der Tasche zu klauen.«

George wischte sich die Hände an der Hose ab und griff in die andere Tasche seines Tweed-Jacketts, um den Flachmann herauszuziehen (silber, L.G. Birmingham 1892 – nicht wirklich antik). Er zog den Deckel ab und war überrascht, wie sehr seine Hände zitterten, als er sich einen Schluck des honigfarbenen Getränks einschenkte. Bei dem Geruch blähten sich seine Nasenflügel: Dieser Cognac war eine Lobpreisung auf Kupferkessel und Eichenfässer. Er lehnte sich so weit zurück, wie man sich in dem Sitz zurücklehnen konnte, und starrte in den aufgeschwemmten Himmel.

»Oh lieber Gott, Monty, wie soll ich denen jemals wieder vor die Augen treten?«

Monty hatte dazu nichts anzubieten, außer dem leisen Grunzen, mit dem er sich auf dem Sitz zusammenrollte und sich damit abfand, dass in nächster Zeit wohl keine Aussichten auf noch mehr Lakritzkonfekt bestanden.

George legte eine Hand auf sein klopfendes Herz. »Du solltest dich schämen«, wies er sich selbst zurecht. Er nahm einen zweiten Schluck aus dem silbernen Deckel, um dann direkt aus der Flasche weiterzutrinken. Der Alkohol glitt angenehm brennend bis in seinen Magen. Seine Muskeln entspannten sich. Nach und nach legte sich die Aufregung. Er wurde nachdenklich. Das Mindeste, was er tun konnte, dachte er, während er sich benebelt aufrichtete, war, einen privaten Toast auf seine Frau auszubringen.

»Armer kleiner Teufel«, murmelte er, während er noch einmal in den Deckel einschenkte. »Wir hatten keine Ahnung, stimmt's?« Nach einer kurzen Denkpause setzte er hinzu: »Ich war ein schrecklich schlechter Ehemann.« Er schüttelte den Kopf. »Du warst ein guter Kumpel, meine

Liebe, warst du wirklich. Du hättest was sehr viel Besseres verdient gehabt.« Nach einer etwas längeren Pause hielt er den Deckel in die Luft: »Na gut, ich nehme an, wir haben unser Bestes gegeben. Auf dich, Win, altes Mädchen.«

Als er den Inhalt hinunterschluckte, sah er in dem Zwielicht vor sich auf dem Feldweg eine Bewegung. Ein Mann in einem braunen Mantel kam langsam den Hügel herauf, einen dicken Schal um den Hals. Sein Blick war nach unten gerichtet, er unterhielt sich mit einem Kind, das er an seiner Hand hielt, während sie zusammen durch den Schnee stapften. Beide hatten blau-weiß gestreifte Pudelmützen auf, als hätte ihnen jemand die zueinander passend gestrickt, und trugen Gummistiefel. Die des Jungen – irgendwie sah das Kind in seinem blauen Anorak aus wie ein Junge – waren rot.

Es war so still, dass er die ruhige Stimme des Mannes und die helleren Antworten des Jungen hören konnte. Er hatte große Augen, mit denen er vertrauensvoll alles um sich herum aufzunehmen schien. Seine Offenheit war das Erste, was George an dem Kind auffiel. Schmerzlich wurde ihm bewusst, dass er vor fünfzig Jahren dieser Junge hätte gewesen sein können: rundes Gesicht, rote Wangen, stämmig. Er war immer groß für sein Alter gewesen, die Leute hatten ihn meist für älter gehalten, als er war, und mehr Mut und Stärke von ihm erwartet, als er besessen hatte.

Als er sie hörte, sprang Monty vom Sitz auf und begann zu bellen. Vater und Sohn blieben überrascht stehen, dann lächelten sie. Der Junge sagte etwas, und sein Vater hob ihn hoch und trug ihn zur Beifahrerseite des Pick-ups, damit er hineinsehen konnte. Monty drehte durch, knurrte mit hochgezogenen Lefzen und gefletschten Zähnen wie ein sagenumwobenes Untier, tobte auf dem Sitz herum und bespritzte die Scheibe mit Sabber. George erhaschte einen Blick auf das erschrockene Gesicht des Jungen.

»Hallo.« George winkte in der Hoffnung, dass es freundlich aussah. In Wirklichkeit ist er ganz lieb, wollte er ihnen sagen. Das Auto ist sein Revier. Der Vater, blass und ernst, nickte knapp und wich zurück, um seinen Sohn abzusetzen.

»Ruhig, Monty, sonst trifft dich noch der Schlag.« Ein plötzlicher Schmerz erfüllte George, ihn überkam das Gefühl, dass er und sein Hund die Unschuld des Nachmittags für den Mann und seinen Jungen verdorben hatten.

Im Spiegel sah er die beiden langsam den Weg zurück ins Dorf gehen, zwei Gestalten nebeneinander. Er selbst und sein Vater, ein unsicherer Lehrer. Er selbst und das Gespenst des Sohnes, den sie nie bekommen hatten, er und Win. Das geisterhafte Bild einer Vergangenheit, die hätte ganz anders sein können.

Er steckte den Becher wieder auf die Flasche, fühlte sich warm und angenehm benommen und dennoch verzweifelt. Der Alkohol, der Mann und sein Sohn hatten ihn verletzlich gemacht. Er schaute über den schneebedeckten Hang. Je länger er hier saß, desto mehr wurden die Wege und die vertrauten Landmarken durch den Schnee verwandelt, so dass ihm dieser Ort, der so nah an zu Hause lag, immer fremder erschien. Ihm war, als habe sich auch sein Leben in den letzten Monaten verwandelt. Es war ein begrenztes Leben gewesen, in dem er Zuflucht gefunden hatte und in dem er sich oft dumpf und eingezwängt gefühlt hatte. Aber zumindest war das Leben mit Win vertraut und sicher gewesen. Jetzt war die liebe Win fort. Win, die ihm nach und nach immer mehr entglitten war, so dass sie ihn bereits einige Zeit verlassen hatte, bevor der Tod sie holte. Und er hatte den Halt verloren, war allein.

Die Erkenntnis traf ihn wie ein Hammerschlag: Hier saß er, George Oswald Baxter, ein alter Mann mit seinem lächerlichen Hund. Er hatte keinen einzigen Blutsverwandten auf der Welt. Allein, ohne Kompass in diesem Schneesturm, alle Orientierungspunkte verschwunden. Allein und …

Nein, das war nicht gut. Seltsame Gefühle bahnten sich ihren Weg. Gefühle, die in keiner Weise angebracht schienen. Freudige Erregung zum Beispiel, so heftig, dass er das Lenkrad umklammern musste. Sein Herz begann zu schlagen wie eine Trommel, während beschämende Aufregung ihm den Atem raubte. Es war schrecklich. Er wurde verrückt, erst wegrennen und jetzt das … Er fasste das Lenkrad fester. Um Himmels willen, Mann … Aber ja, ja … es war nicht zu leugnen. Schiere Lebenskraft durchfuhr ihn. Er war nicht derjenige, der gestorben war. Er hatte noch Leben in sich. Und wie es ihn danach dürstete – er wollte alles, und zwar ganz! Verlangen füllte ihn an, bis er nichts als Verlangen war. Es zerrte ihn an den Ohren und riss an seinen Knöcheln. Ein brachialer Hunger packte und erfüllte ihn: ein gieriger, blindwütiger Heißhunger auf das Leben.

Möglichkeiten wirbelten ihm durch den Kopf. Spaziergänge Hand in Hand über mit Butterblumen getupfte Wiesen. Teller voller reifer Trauben, Karaffen mit Wein und Abende, an denen man nackt im Fluss schwamm … Malerische Landschaften; ohne Sattel über weite Prärien reiten … Nein, vielleicht doch nicht … Seine Fantasie geriet vorübergehend ins Stocken. Er fand Pferde zutiefst furchterregend. Aber doch, leben bedeutete, eine weitere Welt zu sehen. Und zwar eine Welt, in der er das Bett mit einer hübschen

Frau teilen könnte, einer Frau, die übersprudeln und ihn zum Lachen bringen und – ohne eine Spur von Bosheit – über ihn lachen würde.

Er fühlte sich so verloren, sein ganzes Sehnen krachte so ungebremst auf den Schmerz und die Reue in seinem Herzen, dass er sich unter der Wucht des Aufpralls krümmte, bis sein Kopf aufs Lenkrad stieß. Sein Körper bebte. Zum ersten Mal seit einem Morgen im Sommer 1944, auf einem Hügel in Italien, weinte er. Er hielt die Augen geschlossen, als die Schluchzer in ihm aufwallten und ihn überwältigten; Tränen tropften auf seine Hände. Irgendwann merkte er, dass etwas Feuchtes, Behaartes und schwach nach Lakritz Riechendes gegen sein Ohr stupste.

»Ist schon gut«, sagte er. Immer noch schluchzend, setzte er sich auf und entzog sich Montys besorgter Schnauze. »Du mach mal Sitz, braver Junge.« Den Arm um den Hund gelegt, getröstet durch Montys streng riechende Körperwärme, blickte er in den dunkler werdenden Nachmittag hinaus. »Wir sollten einfach den Hügel runterfahren und nie wieder zurückkommen. Bist du dabei, Monty? Nur du und ich?«

Der Hund glotzte ihn leer an. George wischte sich übers Gesicht und schnäuzte sich die Nase, während die eiskalte Realität ihm erneut bewusst wurde. Was zur Hölle dachte er sich nur? Er hatte gerade erst von seiner Frau Abschied genommen. Es brachte nichts, etwas zu überstürzen. Er musste sich erst wieder zurechtfinden – und in der Zwischenzeit hatte er ein Geschäft zu führen und einen Hund, der dringend eine Dose Futter brauchte.

Er startete den Motor und ließ ihn eine Weile vor sich hintuckern, bevor er die Handbremse löste.

3.

Er musste sich dem Haus stellen. Sogar jetzt noch war ihm unbegreiflich, dass Win nicht mehr zurückkommen würde. Wenn er hineinging und sie in ihrer Schürze am Herd stehen sähe, würde sich das nicht seltsam anfühlen. Ihre Krankheit und ihr Tod würden wie ein Traum verblassen. Das Leben würde weitergehen.

Nachdem er die Haustür hinter sich zugezogen hatte, blieb er einen Augenblick in der kleinen Eingangshalle stehen, lauschte, nur für alle Fälle. Montys Krallen klickten über die Fliesen, dann blieb er stehen. Er drehte sich mit einem unglücklichen Blick zu ihm um, als wollte er sagen: »Nun komm schon.«

George spürte, wie die dunkle Stille auf ihm lastete. Während er durchs Haus ging, ertappte er sich dabei, wie er alle Lichtschalter drückte. Der vordere Teil war dem Geschäft gewidmet. Sein Büro lag gleich rechts neben dem Eingang. Er ging nicht hinein, sondern trat in den Ausstellungsraum zur Linken und drückte den Schalter. Das Licht gab ihm den großen Raum zurück, das Glänzen von poliertem Nuss- und Rosenholz, der süße Duft der Möbelpolitur, *Antiquax polish.* Er ließ das Licht an und ging nach hinten.

Ihre Wohnräume lagen nach hinten heraus, das Wohnzimmer als privateste Zuflucht am anderen Ende. Gelegentlich kam es vor, dass Kunden in die Küche gestreunt kamen, am Ende der Halle rechts. Aber bis ins Wohnzimmer kamen sie nie. Es war schon bemerkenswert, wie sehr sich Leute berechtigt fühlten, herumzulaufen und sich überall im Haus umzusehen. Er war so weit gegangen, am Fuß der Treppe ein Schild mit der Aufschrift PRIVAT aufzustellen, nachdem Win einmal im oberen Stockwerk einen Mann angetroffen hatte, der aus dem Badezimmer kam. An den Wochenenden, wenn es voll war, hängten sie sogar ein Absperrseil vor die Treppe.

Als er das Licht in der Küche einschaltete, überraschte ihn der Anblick, der sich ihm bot. Der Berg aus Schlemmereien war verschwunden, und an seiner Stelle stand ein weißer Teller, der mit einem ebensolchen abgedeckt war. Daneben eine Platte, auf der ein ganzer, riesiger Kuchen stand. Unter der Platte klemmte eine Karte, auf der in ordentlicher, schwungvoller Handschrift stand:

Lieber Mr. Baxter,
hier ist ein bisschen was für Sie zum Abendessen. Stecken Sie es einfach für etwa 25 Min. in den Ofen, nicht zu heiß, sagen wir, bei 150 Grad. Niemand hat den Kuchen angerührt, also dachte ich, Sie würden sich vielleicht darüber freuen. Ich komme morgen wieder.
Vera
PS: Wir alle verstehen.

George lugte unter den oberen Teller. Darunter lag eine großzügige Portion Leber mit Zwiebeln, Kartoffelbrei und Möhrengemüse. Erst jetzt, als er das Essen sah, merkte er, wie ausgehungert er war. Er legte den Teller wieder auf, stellte alles in den Backofen und schaltete ihn ein. Dann betrachtete er misstrauisch den welligen Rand des Kuchens. Ein bisschen rosafarbener Saft, der verräterisch daraus hervorgesickert war, bestätigte seine schlimmsten Befürchtungen.

»Rhabarber, lieber Gott, im Februar.«

Vera war ganz groß im Aufbewahren und Einkochen.

Pflaumen, Stachelbeeren, Rhabarber, Äpfel und Birnen mussten zu jeder Jahreszeit zur Verfügung stehen, nur das Schnappen eines Einweckgummis entfernt. Win hatte Rhabarber geliebt. Und war wohl nie dazu gekommen, Vera mitzuteilen, dass George eine heftige Abneigung dagegen hatte. Monty, der unter keinen Umständen als wählerisch bezeichnet werden konnte, würde in Unmengen von Resten schwelgen.

»Was für eine Verschwendung, George«, würde Win tadeln, während Monty ein weiteres Stück herunterschlang. »Und der Himmel weiß, was passiert, wenn er zu viel Rhabarber frisst.«

»Nun, an mich wär's genauso verschwendet, das kann ich dir sagen«, würde er antworten. »Der Hund freut sich wenigstens über das verdammte Zeug. Außerdem frisst er sowieso bloß den Teig.«

»Sie meint es doch nur gut«, würde Win behaupten.

Während dieses so häufig geführte Gespräch sich in seinem Kopf wiederholte, ließ sich George auf einen der Küchenstühle fallen. Montys Halsband klapperte gegen seine Schüssel, während er nach den letzten Happen Futter schnappte. George starrte auf seine Hände hinunter, die vor dem blassblauen Resopal des Tisches wie riesige Ungetüme aussahen. Frauen. Warum sorgten sie immer dafür, dass er sich hilflos fühlte? Mit Frauen fühlte er sich wie ein Korken, der von einer mächtigen Meereswelle mitgerissen wurde. Und dennoch, wie trostlos und unvorstellbar war ein Leben ohne eine Frau. Erneut trübten Tränen seine Sicht.

Nachdem er gegessen hatte, wusch er Teller und Besteck ab und stellte die Sachen in das Abtropfgestell. Aus Sorge, das hell erleuchtete Haus könnte Besucher ermutigen vorbeizukommen, machte er schnell die Runde, um überall das Licht auszuschalten. Im Wohnzimmer sank er in seinen durchgesessenen grünen Sessel. Monty machte es sich neben ihm gemütlich. Zwei weitere Hunde, aus abgestoßenem Staffordshire-Steingut, blickten George aus ihren Nischen auf jeder Seite des Kamins heraus melancholisch an.

Die Stille des Hauses bedrückte ihn. Würde es ab jetzt immer so sein, jeden Abend? Er zündete sich seine Pfeife an, gefüllt mit St. Bruno, und fühlte sich vorübergehend getröstet durch dieses wohlriechende Ritual. Seine Stimmung schwankte mal in diese, mal in jene Richtung. Eine Weile war er vollkommen verzweifelt, wenn er in die Leere seines Gefühlslebens blickte. Win war eine wundervolle Frau gewesen, alle sagten das. Doch ihre Ehe war zu einem kippeligen Balanceakt aus Gewohnheit und Vermeidung geworden. Es hatte kaum einen Tag in den letzten zwanzig Jahren gegeben, an dem er nicht gedacht hatte: Und das soll nun alles sein? An dem er nicht auf andere Paare geschaut hatte – glückliche, lachende, körperlich einander nahe Paare, so schien es zumindest – und sich innerlich vor Sehnsucht gewunden hatte. Und dieses Sehnen, die Verzweiflung jener Tage, als Win so krank war, dass sie nicht mehr sie selbst war, hatte zu Maggie geführt, zu … Oh Gott. Dem Himmel sei Dank, dass Win niemals davon erfahren hatte.

Aber das war damals gewesen. Jetzt wusste er kaum noch, wer er war, in welcher Richtung er den in keiner Karte eingezeichneten Weg in die Trauer beschreiten sollte. Er konnte keinen klaren Gedanken zu überhaupt nichts fassen.

Er streckte die Hand über die Sessellehne, fand Montys warmes Ohr und begann es zu kraulen.

4.

Es war spät, als das Telefon klingelte. George war im Sessel eingenickt, die Jacke über sich gebreitet, und wurde unsanft aus dem Schlaf gerissen, gereizt, ausgekühlt und verwirrt. Er warf die Jacke ab, stand auf und ging ohne nachzudenken zum Telefon in der Halle. Es kam ihm gar nicht in den Sinn, es einfach läuten zu lassen.

Als er abnahm, hörte das nervige Klingeln auf. Stille in der Leitung. Dann hörte er, wie jemand scharf die Luft einsog.

»George?«

Sie war es. Maggie.

»Mhm?«, entrang sich ihm ein erstickter Laut.

»Tut mir leid, dass es so spät ist.« Sie sprach sehr leise. »Ich musste warten, bis John und Rick zu Bett gegangen sind. Ich … ich wollte nicht zur Beerdigung kommen … Nicht, wo … na ja, du weißt schon.«

Der Weg zum Farmhaus stand ihm vor Augen, er konnte sich selbst darauf sehen, sah, wie Maggie Wyldes Arme sich für ihn ausbreiteten. Ein Schmerz fuhr ihm durch die Brust.

»Ich wollte nur hören, ob es dir gut geht, mein Schatz. Der Tag muss so furchtbar für dich gewesen sein …«

»Ja.« Er räusperte sich, versuchte, seiner Stimme einen entschiedenen Ton zu verleihen. »Ganz gut, danke dir.« Es gab einen Unterschied, unüberwindlich wie eine Mauer, zwischen dem, wie es im Bett war, und außerhalb des Bettes. Er konnte jetzt nicht mit ihr sprechen.

»Ich könnte kurz runterkommen …« Aber sie klang zweifelnd.

»Nein! Tu das nicht.« Und milder fügte er hinzu: »Es ist schon spät. Und du musst das wirklich nicht.«

»Nein. Wohl nicht.« Er hörte sie seufzen. »In Ordnung, Georgie – Hauptsache, es geht dir einigermaßen.«

Das Schweigen dauerte so lange an, dass er schon beinahe aufgelegt hätte. Dann brach es verzweifelt aus ihr heraus: »George? Ich will mit dir zusammen sein … richtig …« Sie klang, als weinte sie. »Oh Gott, tut mir leid – das wollte ich nicht.«

Für eine Sekunde hüpfte sein Herz voller Hoffnung. Eine Frau im Haus! Die liebenswerte Maggie. Sie würde einfach nur die Straße herunterziehen müssen. Er musste gar nicht allein sein. Doch schon mit dem nächsten Gedanken brach das drohende Unheil über ihn herein. John Wylde, ihre drei erwachsenen Kinder: Scheidung, Schande, Schicksalsschläge.

»Nein, Maggie«, sagte er traurig, aber mit einer Festigkeit, die ihn selbst überraschte, ja sogar beeindruckte. »Du weißt, dass das nicht richtig wäre.«

Ein erstickter Laut drang durch die Leitung. Schließlich sagte sie: »Ich weiß. Wirklich. Aber …«

»Maggie – nicht. Bitte. Ich lege jetzt auf. Auf Wiederhören, meine Liebe.«

»Wiederhören«, brachte sie nur heraus.

Er legte auf. Zum ersten Mal bemerkte er die Kälte, die von den Fliesen durch seine Socken kroch.

»Das darf nicht mehr vorkommen«, wies er sich selbst streng an. »Nie wieder.«

»Komm, Monty.« Im Wohnzimmer setzte der Hund sich hin und schaute ihn schuldbewusst an. Um die Lefzen herum war er ein bisschen schwarz, und in der Mitte des Zimmers, neben Georges Jacke, lagen die zerfetzten Überreste einer gelb-weißen Schachtel auf dem Fußboden.

»Du böser Junge …« Monty duckte sich theatralisch und blickte von unten zu ihm auf, so dass das Weiße in seinen Augen zu sehen war. »Du hast alle aufgefressen!« Er hatte nicht genug Energie, um dem Hund ernsthaft böse zu sein. Seine Gedanken waren noch mit Maggie beschäftigt. Er sammelte die zerfetzten Reste der Lakritzschachtel ein. »Na komm, du lasterhafte Kreatur – raus mit dir.«

Zwei

1.

Beim Aufwachen am nächsten Morgen spürte er als Erstes, wie die Decke schwer auf seiner Traurigkeit und Verlorenheit lastete. Außerdem lag er irgendwie unbequem auf dem linken Arm. Als er sich auf den Rücken drehte und die Augen aufschlug, durchströmte ihn einen Moment lang freudige Aufregung. Es fühlte sich an, als müsste alles anders sein. Der schneebedeckte Hang, wo er so von Lust erfüllt gewesen war – seine Offenbarung.

Alle folgenden Momente bestätigten, dass sich nichts geändert hatte. Zumindest nicht so, dass reife Pfirsiche und Nacktbaden in den Bereich des Möglichen gerückt wären. Ebenso wenig wie die Aussicht, dass sich liebenswürdige und verfügbare Frauen vor seiner Tür drängelten. Öde Tage voller Trauer und Verlorenheit – das war es, was vor ihm lag.

Doch, etwas hatte sich verändert. Zum einen war das Zimmer von einem gespenstischen, beinahe irrealen Licht erfüllt, der Schnee vor dem Fenster sorgte dafür. Und das schuldbewusste Gefühl von Freiheit war auch noch da. Er reckte sich, seine Zehen stießen gegen das Holz des Bettes. So musste man sich fühlen, wenn man nach einem Schiffbruch an Land gespült wurde: schlapp, zu Tode erschöpft, aber erfüllt von einer wilden Hoffnung.

Er trat zur Hintertür hinaus in den glitzernden Morgen. Gefrorene Spinnweben hingen an der Wäscheleine. Monty tobte wie ein Welpe durch den verschneiten Garten. Die Augen gegen das Gleißen zusammengekniffen, beobachtete George, wie der stattliche braun-weiße Körper hin und her walzte, mit fliegenden Ohren und ekstatischem Gebell.

»Du dummer alter Narr«, murmelte George. »Du tust dir noch weh. Na komm – wir müssen aufmachen.«

Es war tröstlich, den Alltag wieder aufzunehmen. Er ging ums Haus herum, aus dem privaten Blumengarten hinaus. Win hatte nicht gewollt, dass man ihre Unterwäsche auf der Leine hängen sah, weshalb er von hölzernen Spalieren umgeben war, die dicht mit Geißblatt und Kletterrosen überwachsen waren. Dahinter, neben der Scheune, waren sein Gemüsebeet und ein kleiner Sitzplatz mit einem rostigen Eisentisch und Stühlen, wo die Männer ihre Sandwiches aßen, wenn es warm genug war.

Im Hof schubste er die Schneehüte von den steinernen Hunden neben dem Scheunentor und drehte den Schlüssel herum. Drinnen sog er den muffigen Holzgeruch des Gebäudes ein. Rechter Hand, hinter einer Abtrennung, befand sich die Werkstatt, deren Fenster auf den Gemüsegarten hinausgingen. Der Rest der Scheune war Ausstellungsraum für alles, was im Haus keinen Platz fand.

George ließ den Blick über die Möbelstücke schweifen. Beide Ausstellungsräume waren mit blutrotem Teppichboden ausgelegt. Der Ausstellungsraum im Haus war mehr eingerichtet wie ein richtiges Zimmer, in der Scheune hingegen waren viele kleine Tableaus zu sehen. Er stellte die Stücke gern wie auf einer Bühne zusammen, die die Schauspieler nur kurz auf eine Tasse Tee verlassen hatten. Zu seiner Linken stand eine kleine Gruppe Stühle – ein Windsor aus Eibe, zwei französische Rokokostühle mit rosa-creme-weißer Polsterung und ein Farthingale-Stuhl mit steiler Lehne – um einen Sheraton-Tisch aus Mahagoni, als warteten sie nur darauf, dass sich jemand bei einem gesellschaftlichen Anlass darauf setzte. Der Farthingale hatte dreißig Jahre in irgendjemandes Schuppen gestanden, das Holz war strohtrocken gewesen. Die Jungs hatten wunderbare Arbeit geleistet. Der Stuhl strahlte förmlich. Ein Stück weiter stand ein Esstisch mit einem silbernen Kandelaber, drum herum zusammenpassende Trafalgar-Stühle. Der Kandelaber schien George nicht ganz in der Tischmitte zu stehen, und er ging hin, um ihn zurechtzurücken.

Antiquitäten waren für ihn nicht einfach nur Möbel. Und auch keine toten Museumsstücke. Sie waren von Händen geformt worden, unter Anstrengung, in bestimmten Stimmungen und mit Empfindungen. Er kannte das aus eigener Erfahrung, aus den Jahren, die er an der Werkbank verbracht hatte, um die Fertigkeiten für die Restaurierung zu erwerben. Und je besser man die Stücke arrangierte, desto mehr Leben verkörperten sie. Selbst hier in der Scheune stellte er die Möbel nicht einfach nur irgendwie hin, wie es manche Händler taten. Zum Beispiel dieser Banause Lewis Barker drüben bei Twyford mit seinem Lagerhaus – alles reingestopft und verstaubt wie nichts Gutes. Lewis hatte ein gutes Auge, so viel sei ihm zugestanden, aber sein Laden war so ziemlich das Trostloseste, was George sich denken konnte. Dieser grobklotzige Narr hätte genauso gut gebrauchte Rasenmäher verkaufen können.

Im Ausstellungsraum im Haus zeigte er die helleren Hölzer: Walnuss, Rosenholz, Zitronenholz. Der Raum war ein wahrer Augenschmaus, wenn die Morgensonne über die warme Maserung der Hölzer strich, den Glanz des Porzellans auffing und das Glühen rubinroten Glases, das er auf den Möbelstücken präsentierte. Manchmal schnappten die Besucher nach Luft bei dem Anblick. Die waren die beste Sorte Kunden: Leute, die die Seele der Möbelstücke erkennen wollten.

Im Moment lag die Werkstatt still da. Zwei der drei Männer, die hier arbeiteten, hatte er von Arthur Bagnold geerbt, als er das Geschäft nach dem Krieg von ihm übernommen hatte. Damals ging es ziemlich drunter und drüber. Arthur war alt geworden und hatte zum Schluss seine Gedanken nicht immer ganz beieinander gehabt. Als George das Grundstück kaufte, damit Win und er sich hier niederlassen konnten, hatte er fast noch einmal ganz von vorne anfangen müssen, hatte das Haus und die Nebengebäude wieder instandgesetzt und das Geschäft auf Vordermann gebracht.

Wie George auch, waren die beiden älteren Männer im Krieg gewesen. Clarence, der zwei Jahre älter als George war, war bei den Royal Berkshires gewesen, und Alan, Veras Mann, beim RAF Coastal Command. Beide hatten ihr Arbeitsleben bei Arthur Bagnold begonnen. Arthur hatte Clarence ausgebildet, der seinerseits Alan angeleitet hatte. Vor sechs Monaten hatte George noch einen jungen Mann angestellt, da inzwischen mehr zu tun war. Kevin, der siebzehnjährige Lehrling, hatte ein Gesicht wie eine welke Kartoffel und war von Natur aus etwas begriffsstutzig (wahrscheinlich ein Drüsenproblem). Aber er bekundete immer wieder, ganz begierig aufs Lernen zu sein: »Ich bin ja *so* gespannt, Mr. Baxter. *Gespannt* wie ein Flitzebogen. Im Ernst, das bin ich.« Und solcher Lerneifer, dachte George, musste gefördert werden.

Als er selbst damals noch beim alten Arkwright in die Lehre gegangen war, in seiner Heimatstadt in Suffolk, hatte niemand große Hoffnungen in ihn gesetzt. Sein Vater hatte ihn zu Arkwright gesteckt, als alle, einschließlich George selbst, an seiner Schullaufbahn verzweifelten. Er war ein großer, grobschlächtiger Junge, zu dem die Forstwirtschaft vom Körperbau her besser gepasst hätte als die akribische Feinarbeit bei der Restauration von Antiquitäten. Der alte Arkwright hatte ihn von Kopf bis Fuß gemustert und dann entschieden, ihm eine Chance zu geben. Georges fleischige Pranken erwiesen sich als überaus geschickt, und er entwickelte ein Gefühl für die Maserung des Holzes und ein Auge für geschwungene Formen und rechte Winkel.

»Na, mein Junge«, erklärte ihm Arkwright in breitestem Suffolk nach sechs Monaten, »schätze, du bist froh, dass du deinen Teich gefunden hast.« Und froh war er in der Tat gewesen.

Kevin hatte ebenfalls, entgegen des äußeren Anscheins, ein Händchen fürs Holz und war darüber hinaus willig. Auch er schien seinen Teich zu finden. Von Zeit zu Zeit verzogen sich seine stumpfen Gesichtszüge zu einem Lächeln verblüffter Genugtuung.

George kehrte auf den verschneiten Hof zurück. »Komm, Monty!« An der Vordertreppe klopfte er sich den Schnee von den Schuhen. »Frühstück – bevor die Truppen eintreffen.«

2.

Seit Win zu krank war, um aufzustehen, hatte er sich angewöhnt, allein zu frühstücken. Es verlieh ihm ein Gefühl von Männlichkeit, wie damals in der Army. Den silbernen Toastständer, auf den Win stets bestanden hatte, benutzte er nicht mehr. Heute war er außergewöhnlich hungrig. Er briet sich drei Eier, dazu vier dicke Scheiben Speck, und warf noch eine Handvoll Pilze in die Pfanne. Nachdem er das alles mit einem anständigen Stapel Toast verschlungen und dazu einen Becher Tee getrunken hatte, fühlte er sich allmählich bereit, ihnen allen entgegenzutreten.

»Immer in Bewegung bleiben, das ist die Lösung«, sagte er zu Monty. »Immer auf Zack sein.«

Der Hund gab einen langen, schläfrigen Seufzer von sich.

»Falls du anderer Meinung wärst, würdest du's sagen, oder?«, brummte George, als er über ihn hinwegstieg. Über Monty musste man immer hinwegsteigen, weil er immer direkt im Weg lag.

George stellte den Teller ins Waschbecken, während er in Gedanken schon bei der Arbeit war. Win hatte bei der Buchhaltung geholfen, war ans Telefon gegangen und wenn er unterwegs war, hatte sie auch Kunden bedient. Während Win krank war, war Vera eingesprungen und hatte ausgeholfen, wo sie konnte. Jetzt gab es kein Deuteln mehr: Er würde jemanden einstellen müssen – zumindest für die Buchhaltung. In seinem fragilen Gemütszustand erschien ihm das wie eine schier unüberwindbare Aufgabe.

Während er anfing, darüber nachzudenken, ob er nicht gleich abwaschen sollte, hörte er es rufen: »Huhuu? Hallo? Mr. Baxter?«

»Ich bin hinten, Vera!«

»Alles klärchen.« Es war zu hören, wie sie mit etwas mehr Aufhebens als nötig ihren Mantel auszog. Vera und Alan wohnten nur ein paar Minuten Fußweg entfernt. Das Haus, das gegenüber eines der Pubs lag, war ein neuer Bungalow, der, wie Alan nach längerer, sorgfältiger Überlegung angeordnet hatte, »Der Bungalow« genannt werden sollte.

Der Rhabarberkuchen stand noch unberührt auf dem Tisch. George schnappte ihn sich und stellte ihn ganz hinten in den Kühlschrank, gerade noch rechtzeitig, bevor Veras rundes Gesicht in der Küchentür erschien. Eine große Welle blassblonden Haars zierte ihre Stirn, und ähnlich ausladende Wellen bildeten einen wippenden Rahmen an den Seiten ihres Gesichts. Vera machte auf jeden Fall irgendetwas mit Lockenwicklern. Doch was immer es war, es musste anders sein als das, was Win damit getan hatte. Vera hatte aufrichtige blaue Augen und quadratische, weit auseinanderstehende Zähne, die ihr ein freundliches Aussehen verliehen, sobald sie die Lippen öffnete. Ihr wohlgeformter Körper konnte sehr schnell sehr viel Aktivität entwickeln – besonders an der Kuchenbackfront. Sie erinnerte George vage an ein blitzsauberes Grubenpony.

»Hallo, Mr. Baxter«, begrüßte sie ihn mit ihrer üblichen Berkshire-Begeisterung, wenn auch leicht gedämpft durch das Bewusstsein, es mit einem Hinterbliebenen zu tun zu haben. »Wie geht es Ihnen? (Nein, Monty, nicht auf meinen Rock sabbern, sitz, guter Junge).«

»Oh …« George rammte die Hände in die Hosentaschen. Heute trug er einen Anzug, den aus braun-grünem Tweed, von dem Win immer gesagt hatte, er sähe darin aus wie ein Buchmacher. »Ganz gut, danke, Vera.«

Während er sprach, fragte er sich, ob das nicht ein bisschen barsch klang. Maggie sagte, er sei ein mürrischer alter Brummbär, aber nur von außen betrachtet.

»Wirklich?« Vera trat dicht an ihn heran, immer noch den Korb in der Armbeuge, den sie jeden Tag mitbrachte, mit Scheuerpulver darin, gefalteten Servietten und anderen rätselhaften Gegenständen. Voll mütterlicher Fürsorge schaute sie ihm ins Gesicht. Auf ihren Lippen war irgendetwas unnatürlich Rosafarbenes. Er war an Wins roten Lippenstift gewöhnt, der ganz offensichtlich nach Lippenstift aussah und zu ihrem dunklen Typ passte. Aber das rosa Zeug ließ Lippen noch mehr nach Lippen aussehen, allerdings mit irgendeiner Art heftiger Entzündung. Er nahm den vertrauten chemischen Geruch von Haarspray wahr.

»Sie *Armer*«, fuhr Vera fort. »Oh, es tat mir ja so leid für Sie gestern. Dass Sie … Nun, dass Sie einfach nicht …«

»Ah. Ja.« George sah zu Boden, fand ein paar Münzen in der Hosentasche, mit denen er seine Finger beschäftigen konnte. »Ja. Sorry. Ich konnte wirklich nicht … Weißt du …«

»Oh, bitte entschuldigen Sie sich nicht, Mr. Baxter, wir verstehen das alle.« Vera stellte ihren Korb auf dem Tisch ab und zog die pinkfarbenen Gummihandschuhe heraus, die sie bei beinahe allen Tätigkeiten verwendete. »Tun wir wirklich.«

Einer der Handschuhe war auf links gezogen, die Innenseite beunruhigend fleischfarben.

»Ach je«, seufzte Vera, während sie den linken Handschuh überstreifte, der richtig herum war. »Arme Mrs. Baxter und Sie Armer. Sie war so eine liebenswerte Dame.«

»Das war sie.« Es stimmte, er wusste das.

»Sie müssen sich einfach *grauenhaft* fühlen. Ich meine, wenn Alan irgendetwas zustoßen würde …«

»Ja«, stimmte George zu. Er schüttelte den Kopf, als seien ihm die Worte ausgegangen, überwiegend, weil dem tatsächlich so war. »Aber danke für das Essen gestern Abend. Und den leckeren Kuchen.«

»Ach, gern geschehen. Das war doch nur eine Kleinigkeit.« Sie steckte den Mund in die Öffnung des anderen Handschuhs und blies hinein. Für einen Moment blähte sich vor ihrem Gesicht eine rosafarbene Gummihand auf.

»Wenn ich noch irgendetwas für Sie tun kann, sagen Sie mir Bescheid.« Mit beiden Handschuhen an den Händen begann sie, Wasser ins Waschbecken einlaufen zu lassen, und gab einen Schuss Spülmittel hinein. »Ich fang mal besser an.«

»Ja ... anfangen. Gute Idee.« George löste die Hände aus den Taschen.

»Niemand wird es Ihnen vorwerfen, wenn Sie heute nicht aufmachen«, sagte Vera über die Schulter hinweg.

Bis zu diesem Augenblick war ihm gar nicht in den Sinn gekommen, dass ihm jemand das vorwerfen könnte. Himmel, war das etwa ein weiterer Beleg für seine Dickfelligkeit?

»Ich dachte, ich mach lieber auf«, antwortete er unsicher. »Bringt ja nichts ... na ja ... Trübsal zu blasen.«

Vera drehte sich mit einem Lächeln zu ihm um. »Nein, natürlich nicht. Sie sind wirklich sehr tapfer, Mr. Baxter. Wirklich. Die anderen haben gestern auch alle gesagt, wie tapfer Sie sind.«

»Ah?« George bezweifelte das sehr stark.

»Sie haben alle gesagt, dass sie vorbeischauen werden, um zu gucken, wie es Ihnen geht.«

Wer? Wann? Gütiger Gott! »Wie nett. Richtig ... gut, ich muss dann mal los. Clarence kommt bestimmt gleich.«

Als George die Hand zur Tür ausstreckte, hielt er noch einmal kurz inne. »Ich werde wohl eine Annonce aufgeben müssen, um jemanden zu suchen, der sich um die Buchhaltung und das Telefon kümmert.«

Veras Körper schien sich zu versteifen. Langsam drehte sie sich um, stand neben dem Waschbecken, eine Hand noch im Waschwasser.

»Die Sache ist die, Mr. Baxter. Ich weiß, ich habe immer

nur hier und da ausgeholfen, aber ... Ich würde wirklich gern weitermachen«, sagte sie, und ihre Wangen röteten sich.

George war verblüfft. Vera war die Putzfrau, und er war noch nie auf die Idee gekommen, darüber hinaus zu denken. Allerdings musste er zugeben, dass sie seine Erwartungen bei Weitem übertroffen hatte. Er hatte gehofft, dass sie ein bisschen Staub wischte, freundlich zu den Kunden war und ans Telefon ging. Aber sie hatte sich als wirklich geschickt im Umgang mit den Kunden erwiesen und auch die Buchhaltung übernommen, nachdem Win ihr alles Nötige gezeigt hatte.

»Wenn ...«, setzte sie zögernd hinzu. »Nun, wenn es Ihnen nichts ausmacht. Sicher, ich bin wahrscheinlich nicht das, was Sie sich vorgestellt hatten.«

Überrascht erkannte George, dass da jemand vor ihm stand, der sich nach etwas sehnte.

»Wäre das nicht zu viel, Vera?« Er ging zu ihr zurück. »Was wird aus den anderen Sachen, die du so zu tun hast – kochen, saubermachen?« Sie hatte angefangen, auch für ihn zu kochen oder ihm etwas zu essen herüberzubringen.

»Oh, das kann ich schon noch machen, das ist doch nicht viel.« Es hörte sich abfällig an, sie klang beinahe verärgert und wandte den Blick ab, sah zum Fenster hinaus. Einen beängstigenden Moment lang dachte George, sie würde in Tränen ausbrechen. Doch dann schaute sie ihn wieder an, mit ernstem Gesicht. »Ich ... ich weiß nur nicht so viel über das Geschäft. Manchmal komme ich mir wie ein richtiger Trottel vor, wenn Kunden hereinkommen – besonders bei solchen wie dieser Lady ... wie heißt sie noch ...«

»Byngh.«

»Mit h«, sagten sie beide und lachten.

»Oh, von der lass dich mal nicht beeindrucken, die alte Schnepfe«, sagte George. »Versetzt alle in Angst und Schrecken in ihrem Daimler. Eine echte Landplage ist die.«

Vera musste kichern. »Die ist schon so eine Marke. Aber die Sache ist die, ich würde gern etwas lernen, Mr. Baxter. Ich hab nie groß was gemacht und war nie besonders gut in der Schule. Und hier ist alles so alt und so wunderschön. Ich arbeite furchtbar gern hier. Ich denke, ich könnte alles lernen, wenn Sie es mir beibringen ... und falls es Ihnen nichts ausmacht.«

An diese Lösung hatte er bisher noch überhaupt nicht gedacht, während Wins letzten Monaten hatten sie alle einfach irgendwie weitergewurschtelt. Erleichterung erfüllte ihn, wenn er darüber nachdachte, und er war gerührt, dass ihr das Geschäft so viel bedeutete. Eine schreckliche Sekunde lang ertappte er sich dabei, wie er sich wünschte, Vera wäre nicht mit Alan verheiratet oder mit irgendwem sonst, so dass sie einfach ... Aber nein. Und *nein* – Vera hatte schon zwei Söhne. Sie war ein paar Jahre jünger als Maggie, aber wahrscheinlich durchaus noch in der Lage zu so etwas.

»Jeder fängt irgendwann mal an«, sagte er. Vera, immer noch mit roten Wangen, lauschte seinen Worten, als hinge ihr ganzes künftiges Glück von ihm ab. »Ich wüsste nicht, warum nicht. Wir können es ja mal versuchen.«

»Oh, *danke*, Mr. Baxter!« Sie legte die Hände unterm Kinn aneinander, als wollte sie ein Gebet sprechen, Spülmittel-Blasen rannen an ihrem rechten Unterarm entlang.

»Ich habe zu danken.« George drehte sich um, hielt noch einmal inne. War das der richtige Moment, um sie zu fragen, ob vielleicht andere Kuchen als ausgerechnet Rhabarber im Bereich des Möglichen lagen? Doch der Mut verließ ihn. Sie hatten schon genug Fortschritte gemacht für einen Morgen.

»Mr. Baxter?« Ihre Stimme klang jetzt dunkel.

»Hmh?«

»Falls Sie irgendwelche Hilfe möchten, mit … Also mit Mrs. Baxters Sachen?«

Sachen? Natürlich. Daran hatte er überhaupt noch nicht gedacht. Es musste ausgeräumt werden. Es musste etwas organisiert werden. Wo sollte man da nur anfangen?

»Danke, Vera. Das würde mir sehr helfen. Nur vielleicht nicht gleich sofort …«

»Nein«, sagte sie sanft. »Natürlich nicht.«

3.

Clarence stieg am Tor von seinem Fahrrad, wie er es immer tat. Er trug wie immer einen schwarzen Mackintosh-Mantel, eng gegürtet, und eine schlammfarbene Tweed-Mütze. Sein einziges Zugeständnis an die winterlichen Wetterverhältnisse bestand in einem handgestrickten Schal in Schwefelgelb – die Wolle stammte von einem aufgeribbelten früheren Kleidungsstück unbekannter Herkunft –, der ordentlich um seinen Hals geschlungen war.

Abgesehen von den Kriegsjahren war Clarence seit Anbeginn der Zeiten die sechs Meilen aus Wallingford mit dem Rad hier herübergefahren. Möglicherweise sogar schon länger.

»Morgen, Clarence«, grüßte George ihn von der Treppe an der Haustür aus, wobei sein Atem weiße Wölkchen bildete. Monty bellte wie üblich. Wie üblich ignorierte Clarence ihn. »Also hast du's hergeschafft?«

Es hatte über Nacht gar nicht mehr geschneit, aber George wollte ihm schmeicheln, ja, vielleicht sogar ihm etwas überaus Seltenes entringen – ein Lächeln.

Clarence nickte kurz, ohne eine Miene in seinem Greyhoundgesicht zu verziehen. »Weiß nur nicht, ob ich es heute Abend auch zurückschaffe.«

Optimismus gehörte nicht zu Clarences Repertoire. Ebenso wenig wie Small Talk im Allgemeinen. Heute jedoch, anstatt nach seinem »überschwänglichen Redeschwall« wie üblich direkt den Weg in die Werkstatt zu nehmen, schob er sein schwarzes Fahrrad zu George und blickte zu ihm hinauf, die Augen so dunkel wie der Feuerstein, der überall auf den Kalksteinhügeln verstreut lag.

»Tut mir leid, dass ich gestern nicht mit zurück zum Haus gekommen bin. Edith war nicht danach. Hat sie alles ein bisschen mitgenommen.«

Als George am Vortag in die Kapelle des Krematoriums getreten war, hatte er Clarence und Edith Collins direkt an der hintersten Wand stehen sehen wie zwei gereizt blickende Saatkrähen. Clarence trug verblüffenderweise einen schwarzen Trilby, während Edith, in einem Mantel mit Hahnentrittmuster und einem schwarzen Porkpie-Hut, während der kurzen Trauerfeier ziemlich heftig in ihr Taschentuch schluchzte. Edith war einige Jahre älter als Clarence und mindestens drei Mal so umfangreich wie er.

»Das macht gar nichts, Clarence«, sagte George, ohne zu erwähnen, dass er selbst auch nicht da gewesen war. »Es war schön, dass ihr in der Kirche wart. Win wäre sehr dankbar dafür gewesen.«

In Wirklichkeit hatte Win Clarence für einen »erbärmlichen Miesepeter« gehalten.

Clarence nickte. Er sah aus, als wollte er noch etwas

sagen, doch dann presste er die Lippen über den gelben Stümpfen seiner Zähne zusammen und schob sein Fahrrad zur Scheune, wo er es an der Seite unter dem Dachüberstand abstellte. Sein rechtes Hosenbein war in eine hässliche schwarze Socke gesteckt. George sah, wie Clarence im Gehen das Hosenbein aus der Socke riss und es mit einem verärgerten Schwenken des Beins herunterschüttelte.

George fiel auf, dass ihn alle mit Samthandschuhen anfassten. Veras Mann Alan, schlank und schwarzhaarig, der beim Sprechen lange Pausen machte, kam ebenfalls direkt zu ihm, nahm die Mütze ab und schüttelte George die Hand.

»Gut, Sie zu sehen, Mr. Baxter«, sagte er, als wäre George mehrere Monate fort gewesen, an einem besorgniserregenden Ort.

Sogar Kevin, der Lehrling – der sich bis jetzt noch nicht durch Feinfühligkeit ausgezeichnet hatte –, sagte: »Morgen, Mr. Baxter. Alles in Ordnung mit Ihnen, oder?«, mit so einer rührend zärtlichen Stimme, dass George beinahe Tränen in die Augen traten und er eilig ins Haus zurückkehren musste.

4.

Aufgrund des Wetters war nicht viel los im Geschäft. George fand es schwierig, irgendwo still sitzen zu bleiben. Ruhelos wanderte er zwischen der Werkstatt, wo er den Männern im Weg herumstand, und dem Haus, wo er Vera im Weg herumstand, hin und her. Schließlich schlich er, einen Becher Tee in der Hand und Monty an den Fersen, hinaus zur Gartenhütte. Dort hatte er eine Werkbank, an der er manchmal

Reparaturen machte. Der tröstliche Geruch nach Hobelspänen und Lack empfing ihn. Er ließ die Tür offen stehen, um hinausblicken zu können, und feuerte den Paraffin-Ofen an, dann setzte er sich mit seiner Pfeife in den Korbsessel, legte sich eine Decke über die Beine, nahm die Krawatte ab und öffnete die obersten Hemdknöpfe. Monty streckte sich auf seiner Decke aus.

Wenn George sich vorbeugte, konnte er gerade so den Bug seines abgedeckten Bootes sehen, das neben der Hütte lag. Gedanken an sonnige Nachmittage auf dem Fluss, an eintauchende Ruderblätter, heiterten ihn ein wenig auf. Die Bögen der Kletterrosen, die im Sommer die Hütte beschatteten, waren winterkahl, so dass man durch sie hindurch den von Rosenbeeten begrenzten Rasen sehen konnte und die Wäscheleine, die von einem zum anderen Ende darüber hing.

»Ich weiß, dass du dich in der Hütte vor mir versteckst«, hatte Win gelegentlich gesagt, wenn es ihr in den Sinn kam, die Realitäten in ihrer Ehe unter die Lupe zu nehmen. »Deshalb hast du all die Rosen gepflanzt.«

»Ich verstecke mich nicht«, hatte er dann schnippisch geantwortet und ihr direkt in die zweifelnden Augen gelogen.

»Mach mir nichts vor, George. Das ist doch albern. Offensichtlich hast du das Gefühl, du müsstest mir entkommen. Du verbringst deine Zeit lieber mit diesem Hund als mit mir.«

Dann tat sich ein großes Schweigen in ihm auf. Wo sollte er anfangen? Welche Worte konnten beschreiben, was er wirklich empfand? Er gab sein Bestes, um mit ihr über die Runden zu kommen.

»Schließlich will ich dir nicht im Weg sein«, war häufig seine Zuflucht. »Damit du deine Glucken um dich haben kannst, ohne dass ich euch auf der Pelle hocke.«

»Nenn sie nicht so. Das hört sich an, als seien wir ein Hexenzirkel.«

Darauf gab es keine Antwort, die ihn nicht noch tiefer in die Bredouille bringen würde. Sie waren ihre Freundinnen. Sie zumindest waren freiwillig mit ihr zusammen. Und so weiter und so fort.

Sechsundzwanzig Jahre. Obwohl er da ungefähr vier Jahre weg gewesen war, zählte George den Krieg mit. Es kam ihm schon alles wie ein Traum vor. Sie war da gewesen, die ganze Zeit, und jetzt war sie nicht mehr da. Er vermisste sie. Natürlich tat er das. All die Jahre, die sie zusammen verbracht hatten. Und doch musste er sich beschämt eingestehen, dass sie ihn kaum berührt zu haben schien, nicht im Innersten … Irgendwie hatte er das Gefühl, als sei das einem schweren Charakterfehler von ihm zuzuschreiben, und so verfolgte er diesen Gedankengang lieber nicht weiter.

Zum Tee aß er ein paar Lincoln-Biscuits. Die Erschöpfung begann ihren Tribut zu fordern. Vielleicht war es ein Fehler gewesen, heute das Geschäft aufzumachen. Es war dämmrig in der Hütte, obwohl durch die offen stehende Tür und die Fenster Lichtstreifen hereinfielen. Nachdem er die Pfeife auf einer Untertasse auf dem Boden abgelegt hatte, schloss er die Augen und sah das Bleiglasfenster einer Bibliothek, durch das die Sonne hindurchschien; eine volle pinkfarbene Rosenblüte drückte sich dagegen, schien über ihn zu wachen. Das Bild wärmte und entspannte ihn, und für ein Weilchen nickte er ein.

Im Halbschlaf hörte er das Telefon klingeln, aber niemand kam, um ihn zu wecken. In seiner Benommenheit wurde ihm nach und nach wieder der neue Zustand seines Lebens bewusst, diesmal nicht in einer ekstatischen Vision, sondern voller Melancholie. Er war allein, diese Wahrheit sank immer tiefer in sein Bewusstsein: keine Frau, keine Kinder, keine Brüder oder Schwestern, mit denen er über seine Kindheit hätte sprechen können. Verschwommen starrte er auf das kleine Fleckchen Himmel, bevor er erneut die Augenlider sinken ließ. Vielleicht sollte er mal aus dem Haus gehen. Wäre es falsch von ihm, heute Abend in den Pub zu gehen?

5.

Sehr spät an diesem Abend ging er mit Monty die kleine Straße hinter dem Haus entlang. Der Schnee, inzwischen gefroren, knirschte unter seinen Füßen. Vom eisigen, wolkenlosen Himmel schaute ein Dreiviertelmond spöttisch, wie George fand, auf ihn herab.

Monty schnüffelte irgendwo außer Sicht. Direkt vor ihm begann der Feldweg, der zu Wyldes Farm führte. George blieb stehen, spürte die beißend kalte Luft in den Nasenlöchern, die schwere Last seines Mantels auf den Schultern und die allgemeine Benebelung, die den diversen Pints im Barley Mow geschuldet war. Seine Gedanken wanderten zurück in das rauchgeschwängerte Licht des Pubs, und er stöhnte gequält auf.

Das Erste war gewesen, dass neben den üblichen Gästen – seinen Kumpels Bill, Roy und den anderen – John Wylde, Maggies Mann, hereingekommen war. Er kam nicht oft her. Als Landwirt ging er mit den Hühnern ins Bett und stand auch mit ihnen auf. John war zu ihm gekommen und hatte George die Hand geschüttelt. Er war ein untersetzter, ernst dreinblickender Kerl mit schüchternem Auftreten. Wenn er einem aber ins Gesicht sah, dann hatte er einen ziemlich durchdringenden Blick. Heute Abend hatte George das fälschlicherweise als Beweis dafür angesehen, dass John mitten in seine zutiefst verschreckte Seele blicken konnte. Glücklicherweise schrieb John Georges stammelnden und letztlich vergeblichen Bemühungen, einen ganzen Satz zu bilden, der Trauer zu.

»Tut mir echt leid, das von Mrs. Baxter zu hören«, sagte John und streckte ihm die Hand entgegen.

»Äharrhg …«, begann George. Sie schüttelten sich die Hände, feierlich.

»Nun …« John machte eine Kunstpause, bevor er zum Dartboard hinübernickte. »Das Team wartet.«

George hatte mit seiner Pfeife dagesessen und den Gesprächen über die Auswirkungen des Wetters auf Bills Auto gelauscht, über den achtlos weggeworfenen Zigarettenstummel, der das Strohdach des unglücklichen Graham Sallers in Brand gesetzt hatte, und über die Schlaglöcher auf der Didcot Road. Beim dritten Pint angelangt, fasste er schließlich Mut. Diese Frau stand heute hinter dem Tresen – Barbara. Er könnte ausprobieren, wie es sich anfühlte, mit einer Frau zu sprechen, die er nicht kannte. Immerhin war es schon sehr lange her … Durch die dunstige Luft erhaschte er immer wieder einen flüchtigen Blick auf ihr schwarzes Haar, in der Mitte gescheitelt und im Nacken hochgebunden, das unter dem Licht am Tresen glänzte. Sie trug einen altrosa Pullover. Sie musste um die, ja was, fünfunddreißig sein. Eine kompakte Frau mit einem hübschen, aber abweisenden Gesicht mit dichten schwarzen Augenbrauen. Soweit er wusste, wohnte sie irgendwo auf der anderen Seite des Dorfes, und er hatte sie ein, zwei Mal auf der Straße gesehen. Auch wenn sie oft im Pub arbeitete, hatte er nie mehr als ein paar Worte mit ihr gewechselt. Vielleicht, dachte er, war jetzt der richtige Zeitpunkt, mal ein richtiges Gespräch zu führen.

»Meine Runde«, sagte George, stand auf und nahm die Bestellungen entgegen – ein halbes Mild, einen Cider und drei Pints Morland's –, straffte die Schultern, richtete seinen Hemdkragen und ging zum Tresen. Er versuchte, männlich, vornehm und jungenhaft attraktiv zu wirken. Während Barbara für einen Kerl in einer angeberischen Lederjacke ein Pint zapfte, lehnte er sich mit einem Arm an den Tresen. Georges Augen schienen sich aus eigenem Willen zu bewegen, auf ihren Oberkörper. Der Pullover hatte einen Rollkragen, war gerippt und lag eng an, betonte noch die interessanten Formen …

»Also, wollen Sie nun was zu trinken oder nicht?«

Es klang, als fragte sie nicht zum ersten Mal. Sie war zu ihm getreten. Ihre Arme waren fest unter dem Busen verschränkt, als könnte sie seine Gedanken lesen. George wich kurz einen Schritt zurück, weggeschoben von der Kraft ihres grimmigen Blickes.

»Äh … ah, ja! Natürlich.« Er lehnte sich wieder an den Tresen. »Hallo – Guten Abend, Barbara, meine Liebe.« Er lächelte, wartete darauf, dass ihr Gesicht einen etwas ermutigenderen Ausdruck annahm. Doch der finstere Ausdruck vertiefte sich noch.

»Ich heiße Brenda«, knurrte sie.

George war derart vor den Kopf geschlagen von ihrer knappen Antwort, dass er glatt vergaß, was er hatte bestellen wollen und zurück zum Tisch gehen musste, um nachzufragen. Die anderen bekamen das natürlich sofort spitz und zögerten nicht, ihn damit aufzuziehen.

»Na, sie macht dir wohl ordentlich zu schaffen, was?

Seht nur, George ist hingegangen und hat Brenda sauer gemacht – guckt euch nur mal ihr Gesicht an! Na los, George, sie wird dich schon nicht beißen!«

Sie hatten gar nicht genug davon bekommen können. Er hatte mit ihnen gelacht. Trotzdem hatte er sich albern und gedemütigt gefühlt, was allerdings, in Gegenwart von Frauen, für ihn nichts Neues war.

Während er nun Monty langsam durch die Dunkelheit folgte, dachte er mit trauriger Sehnsucht an Maggie. Maggie war die einzige Frau, die er je kennengelernt hatte, die ihm nicht das Gefühl vermittelt hatte, ein Trottel zu sein. Sogar mit Win, der am wenigsten einschüchternden Frau, die er hatte finden können, war das gelegentlich passiert. Langsam, und mit der Zeit immer mehr, hatte er sich ungenügend und stets im Unrecht gefühlt.

Er blieb am Anfang des Feldweges stehen. Er konnte kein Licht sehen. Maggie und John mussten schon im Bett liegen. Mit einem Schlag fühlte er sich kalt und überaus nüchtern. Maggie und er waren für eine kurze Zeit in ihr kleines Arrangement hineingerutscht. Und jetzt mussten sie da wieder hinaus. Er war nicht in Maggie Wylde verliebt, und er nahm auch nicht an, dass sie in ihn verliebt war. Doch bei dem Gedanken, nie wieder in Maggies Armen liegen zu dürfen, zog sich sein Herz kummervoll zusammen. Weil er – und was war das für ein Eingeständnis – in seinem siebenundfünfzigsten Lebensjahr mit Maggie eine herrliche Freiheit im Liebesakt erfahren hatte, die er zuvor noch nie erlebt hatte.

»Monty? Wo steckst du denn?« Er zog die Taschenlampe heraus und schaltete sie ein. Schon bald erfasste der Schein Montys Hoden, die ein paar Meter weiter vorn munter hin und her schwangen.

»Komm her – na los, komm schon«, rief er leise. »Wir gehen hier besser nicht mehr lang.« Während sie zurückgingen, sagte er: »Du scheinst ja ohne Frauen zurechtzukommen, alter Junge. Vielleicht sollte ich mir ein Beispiel an dir nehmen.«

Drei

1.

Win hatte nie so genau gewusst, wie sie Maggie finden sollte. »Ich wünschte, sie würde irgendwas mit ihrer Frisur machen«, hatte sie ein oder zwei Mal gesagt. Nichts Schärferes. Maggie war einfach zu warmherzig, um zu Kritik einzuladen. Aber irgendetwas hatte sie an sich, das Win beunruhigt hatte. George wusste, was das war. Maggie war, wie er dachte, jemand, den man natürlich nennen konnte.

Wylde's war in erster Linie ein Milchbauernhof mit etwas Weizen- und Gerstenanbau. Aber Maggie hielt auch Hühner, und ihre Hühner liefen frei herum. Die Vorstellung, sie in Legebatterien einzusperren, wie es einige Bauern jetzt taten, fand sie entsetzlich.

Win liebte Eier und ging ziemlich regelmäßig zu Maggie, um ein halbes Dutzend zu kaufen. Doch als sie nicht mehr auf dem Posten war, begann George, das zu übernehmen.

Maggie trug Röcke, immer, trotz der ganzen Arbeit, die sie auf der Farm leistete. Manche Frauen fingen ja heutzutage an, Hosen zu tragen, was George ganz allgemein bedauerte. Mit dem Krieg hatte das angefangen, natürlich. All die Mädels in den Streitkräften. Sogar Win trug manchmal Buxen, wie sie das nannte. Sie hatte eine hübsche marineblaue Freizeithose »für das ganze Herumgekletter, zu dem du mich verdonnerst«. Sie hatte auch das Boot nie sonderlich gemocht.

Maggie kletterte nicht herum. Abgesehen von den allerheißesten Sommertagen trug sie selten etwas anderes als schwarze Gummistiefel an den Füßen, egal, ob sie die Kühe in den Melkstand trieb oder Eier einsammelte. Über den Stiefeln kam dann der Rock und darüber eine dicke Strickjacke, die sie oft eng vor der Brust zusammennahm, so dass sie ohne Absicht ihre kurvenreiche Figur betonte. Wenn es kalt war, steckten ihre Hände tief in den Ärmeln. Bei jenem ersten Mal, als sie zusammen waren, war die Strickjacke ein grobes, schmutzig-erbsenfarbenes Teil gewesen. Und ihr Rock war braun. Auch wenn er also alles andere als aufreizend ausgesehen hatte, flatterte er auf eine Art und Weise um ihre Hüften und ihren Hintern, die einen überschwänglichen Eindruck der Bewegung darunter vermittelte. Ihr dickes Haar, das sie immer offen trug, hing ihr bis auf die Schultern herab. Keine Lockenwickler oder Haarnadeln für Maggie – sie war einfach nur sie selbst, locker und natürlich.

Es war nicht das erste Mal gewesen, dass er Eier kaufen war. Er hatte im vergangenen Herbst angefangen hinzugehen, nachdem Win einen Rückfall erlitten hatte. Es hatte eine kurze Gnadenfrist gegeben, nachdem die Brust abgenommen worden war, bevor »er« wieder zurück war – in der Leber dieses Mal. Monty hatte er nach dem ersten Besuch nicht mehr mitgenommen, weil seine Ankunft die schwarz-weißen Hütehunde in territoriale Raserei versetzt hatte. Sie hatten den Eindruck gemacht, als wollten sie Montys Schlappohren in Fetzen reißen.

George war damals in einer seltsamen Gemütsverfassung gewesen, erkannte er rückblickend. Damals hatte er es nicht wirklich bemerkt. Win zog sich mehr und mehr in eine eigene Welt zurück. Er wusste nie so recht, was er für sie tun konnte oder sollte. Auch wenn er es sich kaum eingestand, fühlte er sich verloren und so einsam, dass es schmerzte. Was an jenem Nachmittag geschah, war nie seine Absicht gewesen. Dennoch hatte es ihn nicht sonderlich überrascht. Seiner Erfahrung nach – und das hatte er noch nie jemandem anvertraut – verhielten sich Frauen meistens deutlich anders, als man es von ihnen erwartete oder von ihnen behauptete. Er wusste, dass einer der Gründe, warum er Win geheiratet hatte, darin lag, dass sie sich tatsächlich vorhersehbar zu verhalten schien.

Maggie verkaufte die Eier in einem Nebengebäude gegenüber dem Wohnhaus. Es war kalt geworden, und ein harscher Wind wehte und zwang den Gestank nach Kuhmist in Georges Nase, während er ihr über den Hof folgte. Sie schlang die Arme eng um ihren Körper, wie üblich. Wohlgefällig betrachtete er ihren Hintern. Bevor das Eierkaufen zu seiner Aufgabe geworden war, hatte er Maggie Wylde kaum wahrgenommen, aber jetzt ertappte er sich dabei, wie er Gefallen an ihrem rosigen, ländlichen Gesicht fand, ihren hohen Wangenknochen und dem breiten Mund. Nicht direkt eine schöne Frau, aber liebenswert, mit süßen Sommersprossen über der Nasenwurzel.

»Wie geht's Mrs. Baxter?«, hatte sie über die Schulter hinweg gefragt. Im Nacken hatte ihr Haar in dem grünen handgestrickten Schal gesteckt.

»Nicht so gut«, hatte George gesagt und dann wild mit den Armen gerudert, als er beinahe in einem dunklen Fleck aus breiiger Jauche ausgerutscht wäre.

»Hoppala!«, lachte Maggie, als sie ihn sich mühen sah.

Ihr Lachen, fiel ihm auf, klang wunderschön, tief und ein bisschen kehlig-verrucht.

Es war angenehm gewesen, in dem Nebengebäude zu sein, geschützt vor dem Wind. Die Papptráger für die Eier standen aufgestapelt auf einem Tisch. Daneben warteten die Schachteln mit Deckel darauf, gefüllt zu werden.

»Ein Dutzend oder ein halbes?«

Er bat um ein Dutzend in Größe Zwei. Während sie mit der linken Hand die vorderen Kanten der Jacke zusammenhielt, streckte sich Maggie mit der rechten nach den Schachteln und begann dann, die Eier in die Vertiefungen fallen zu lassen, immer zwei gleichzeitig. Einige waren weiß, andere braun. Ein paar waren noch schmutzig und hatten Federn an der Schale kleben. Während George ihr zusah, bemerkte er, dass sie Nägel kaute. Ihre Nasenspitze war gerötet von der Kälte. Dann klappte sie die Deckel der beiden Schachteln zu, stellte eine auf die andere und schob sie zu ihm hinüber. Zum ersten Mal hob sie den Blick und schaute ihn an, ein schieferblauer Blick, während er die Münzen in ihre Hand gleiten ließ. Sie blickte nach unten, zählte das Geld und ließ es in eine schwarze Geldkassette fallen. Als sie wieder aufschaute, zögerte sie einen Augenblick, fragend und voller Mitgefühl, dann sagte sie: »Es ist niemand hier außer mir.«

Es war beinahe wortlos dann, das erste Mal. Maggie kam um den Tisch herum und bedeutete ihm mit einem sanften Nicken, ihr zu folgen. Er folgte ihr, beinahe überwältigt von Ergebenheit, in den Wind hinaus, zur Scheune auf der anderen Seite des Melkstalles.

Zwei kranke Kälber waren von der Weide geholt und in einem aus Strohballen errichteten Pferch innerhalb der Scheune untergebracht worden. Maggie musste ihm das erklärt haben, aber hinterher konnte er sich nicht mehr daran erinnern, dass sie überhaupt etwas gesagt hatte. Woran er sich noch erinnern konnte, war die kühle Kraft ihrer Hand, während sie ihn in die Ecke hinter dem höchsten Teil der Strohwand zog, ihre Hände, die seine unter ihre Bluse führten, die kehligen Laute, die sie machte, als sie sich vereinten. Sein Verlangen wuchs rasch und erreichte eine alarmierende Stärke. Ihr Kopf fiel nach hinten, ihre Hände packten seine Arme. Er konnte ihren Kehlkopf arbeiten sehen, ihr Kinn, das zu den Dachbalken zeigte, während er sich in sie ergoss mit noch nie da gewesener Energie. Während sie zu Atem kamen, senkte sie den Kopf und zog an seinen Armen. Sie drückte ihn an sich, als er aus ihr hinausglitt, froh darüber, die Beine strecken zu können. In der Stille wurde er sich der beiden Jungtiere bewusst, die neben ihnen atmeten. Er streichelte Maggies dickes Haar. Er fühlte sich weich und erlöst und dankbar.

»Ich bin ziemlich oft hier«, sagte sie, während sie ihren Rock zurechtzog. »Allein, meine ich.« In sein Schweigen hinein setzte sie hinzu: »Es kann nichts passieren. Ich habe diese Pillen.«

»Hast du?«, fragte er verwundert.

Sie nickte und lächelte zu ihm hoch. »Ich bin ein moderneres Mädchen, als man annehmen sollte.«

2.

Es geschah danach nur noch zwei Mal. Er brauchte lange, bevor er sich zurück nach Hause traute. Er schämte sich seines Fehlverhaltens und hatte Angst, Maggie erneut gegenüberzutreten – davor, was sie von ihm wollen könnte oder nicht wollen. Doch eines Nachmittags im neuen Jahr, als er sich einsamer fühlte als jemals zuvor in seinem Leben, ging er noch einmal hin. Vorher hatte er John Wylde in seinem Lieferwagen wegfahren sehen und dachte, dass sie vielleicht allein war. Er versuchte sich einzureden, dass sie Eier bräuchten, auch wenn die wirklich verzweifelte, schmerzliche Sehnsucht nach Trost und Sicherheit seine ganz eigene war.

»John wird Stunden fort sein«, sagte sie, als sie ihn in die Küche führte, die nach Viehfutter und Hunden roch. »Er ist nach Aylesbury gefahren.« Die drei Hunde beschnupperten ihn misstrauisch, bis Maggie sie wegschickte.

»Nicht in eurem Schlafzimmer«, protestierte George, als sie die mit grünem Teppich belegte Treppe hinaufgingen. Die Vorstellung, mit John Wylde dieselben Laken zu teilen, erfüllte ihn mit einer urtümlichen Abneigung.

»Sei nicht albern.« Maggies Rock wallte vor ihm. »Da wäre noch Lindas altes Zimmer.« Nur das jüngste ihrer drei Kinder, ihr Sohn Rick, wohnte noch zu Hause, und er war auf der Arbeit. »Das wird jetzt nicht mehr benutzt, und es gibt einen kleinen Heizer.«

Oben angekommen griff sie erneut nach seiner Hand. Sie betrachtete sie einen Moment lang, lachte dann leise auf, stellte sich auf Zehenspitzen und küsste ihn auf die Wange. »Na komm.«

Sie führte ihn in ein Zimmer am Ende des Flurs: hellgrüne Wände, ein Einzelbett und eine Kommode. Es gab so gut wie keine persönlichen Gegenstände hier, abgesehen von ein paar Porzellantieren auf der Kommode – Elefanten, ein gläserner Fisch. Der Fußboden war mit braunem Linoleum ausgelegt, auf dem ein Streifen Sonnenlicht lag.

Was ihn am meisten überraschte an all der fiebrigen,

lebensspendenden Erleichterung des Ganzen, war, wie viel sie lachten, Maggie und er. Erst einmal ihre Reaktion, als sie ihn nackt sah. Rosig und rundlich und entzückend hatte sie vor ihm gestanden, ihr Haar offen über die Schultern fallend. Plötzlich hatte sich Maggie rückwärts auf das Bett sinken lassen, und Lachen war aus ihr hervorgequollen wie Wasser aus einem Springbrunnen.

»Was zum Teufel ist denn so witzig?«, hatte er verletzt gefragt.

»Du!« Sie versuchte sich wieder zu fassen, und wischte sich die Augen. »Oh je … es tut mir leid! Einfach nur du, Georgy-Porgy.« Mit einem liebevollen Grinsen breitete sie die Arme aus. »Na los, komm her.«

Sich in einem Einzelbett zu lieben, ließ sie sich wie Jugendliche fühlen, die etwas Neues, Verbotenes taten. Maggies Körper war zwar keine Überraschung, denn er hatte sehr viel Zeit damit verbracht, ihn sich vorzustellen, aber ein Wunder. Ihre Glieder wie ihr Haar waren von einer Schwere, die er als stark und sicher empfand, als wäre sie eine Wand, an die er sich anlehnen könnte.

Von Anfang an gab es entspannte, zärtliche Verspieltheit. Ihre Blicke trafen sich immer wieder, ihr Gesicht belustigt, liebevoll, erregt. Am Ende glitt sie auf ihn, und sie bewegten sich gemeinsam, bis sie keuchte und er sich nicht länger zurückhalten konnte, die Sterne platzen zu lassen, zu fliehen und den engen Raum seines Körpers zu verlassen; in diesen Augenblicken konnte er all die Hilflosigkeit und Trostlosigkeit vergessen, die ihn erfüllten, weil Win ihm allmählich entglitt.

Als sie beide wieder ruhiger atmeten und mit schweißüberströmten Leibern nebeneinanderlagen, waren sie ernst. Da begann das Reden.

George stützte sich auf einen Ellbogen und blickte auf sie hinunter. Er fuhr mit dem Finger einen gewundenen Dehnungsstreifen an ihrer Seite nach. Maggie tätschelte ihren Bauch wie einen Freund.

»Drei Kinder«, sagte sie. »Bisschen wie ein Zelt – der hohe First. Kommt einem jetzt komisch vor.« Ein leiser Seufzer entrang sich ihr. »Jetzt sind sie alle aus dem Haus – fast jedenfalls. Und ich bin noch hier – immer noch nur hier.«

George streichelte ihren Oberschenkel, ohne etwas zu sagen. Das überstieg seine Erfahrung. Win und er hatten nie Kinder bekommen. Er hatte nie diese schreckliche Angst erfahren, ein Mädchen geschwängert zu haben, worüber andere Männer sich ständig Sorgen zu machen schienen. Win hatte diese Pillen nie gebraucht. Nach allem, was sie wussten, konnte es genauso gut seine Schuld gewesen sein. Sie hatten das nie überprüfen lassen, und so lag immer eine gewisse Traurigkeit still zwischen ihnen. Doch Win schien davon auszugehen, dass der Fehler bei ihr lag, und sie litt auf eine ruhige, undramatische Weise darunter, die ihn ausschloss.

Für einen Augenblick blitzte die verstörende Erinnerung an Argentinien und Inés Lester auf, und er schob sie weg. Eine Frau, die ihm ihre Unfruchtbarkeit gebeichtet hatte. Vor langer Zeit, dachte er. Und weit, weit weg.

Maggie hob den Kopf und sah ihn an, mit großen Augen wie ein Kind. »Du bist ein netter Mann, George. Ich hoffe, du denkst jetzt nicht schlecht von mir.«

Es war ihm überhaupt nicht in den Sinn gekommen, schlecht zu denken. Im Moment war er ganz in seiner Verehrung für sie verloren. Er war der Schurke in diesem Stück – ein Mann, der seiner kranken Frau untreu war. Er sagte es ihr, und sie lächelte traurig.

»Du bist kein Schurke. Wir alle brauchen einfach ein bisschen mehr, als wir die meiste Zeit kriegen können.« Kurz darauf rollte sie sich von ihm weg und wischte sich die Armbeugen ab und dann die Hände an den Oberschenkeln. »Puh – ist das warm. Sollen wir den Heizer ausschalten?«

George stand auf, streckte sich und ging zu dem Heizlüfter, der warme Luft in den Raum blies. Er war glücklich, als hätte er eine Atempause bekommen, fühlte sich lebendig, nackt in der warmen Luft, die über seine Haut strich. Vom Bett kam ein wieherndes Lachen.

»Du hast einen hübschen Hintern, Georgy-Porgy.«

»Findest du?«

»Sehr reichlich.«

Er ging zum Bett zurück. »Und Sie, meine Dame, sind ein sehr freches Mädchen.« Er kitzelte sie, und sie wand sich und wackelte so appetitlich, dass seine Lust erneut erwachte. Er legte sich wieder neben sie, einen Arm über ihren Körper, und fing an zu reden.

»Ich werde Frauen nie verstehen. Verrückte kleine Viecher, hat einer meiner Army-Kameraden immer gesagt. Ziemlich verrückt.«

Er erwartete, dass sie lachte oder protestierte, aber sie rückte ein wenig auf dem Kissen von ihm ab und blickte ihn aufmerksam an. »Was meinst du damit?«

»Soll ich das wirklich sagen?«

»Ja.«

Er drehte sich auf den Rücken und legte seine Hand auf ihren warmen Bauch. Sie legte eine Handfläche auf seine schweißfeuchte Brust, als wollte sie sein Herz schlagen fühlen.

»Die Sache ist ... Das hört sich jetzt an, als wollte ich angeben. Aber darum geht's mir nicht – es ist einfach so, dass die meisten Frauen bisher zu mir gekommen sind. Sie haben die Regie übernommen.«

Außer Win, dachte er. Sie nicht. Das war auch etwas gewesen, was ihn angezogen hatte – sie hatte gewartet, bis er den ersten Schritt machte.

Maggie gab einen kleinen, belustigten Laut von sich. »Du hast verführerische Augen, George.«

»Wirklich?« Das war ja ganz was Neues.

»Oh ja, hast du.«

Er versuchte immer noch, das zu verarbeiten, als sie sagte: »Wie war denn deine Mum?«

George hob ein Bein und schlug die Knöchel übereinander. Was für eine Freiheit: nackt dazuliegen und zu reden. Ein lässiges, freudiges Gefühl.

»Sie ist gestorben, als ich noch ziemlich klein war«, sagte er. »Ich war gerade mal fünf. Sie müssen mich woandershin gebracht haben an dem Tag, in ein Haus irgendwo. Da war eine graue Katze, sehr groß mit gelben Augen. Ich mochte sie nicht – sie mochte mich auch nicht besonders. Das ist alles, woran ich mich erinnere.«

»Aber du erinnerst dich an sie?«

Er dachte nach. Da war eine pinkfarbene Rose vor dem bleiverglasten Fenster einer Schule … »Sie war immer knapp außer Reichweite.«

Maggie hob den Kopf und sah in sein Gesicht. »Du armer kleiner Teufel.« Ihr ländlicher Akzent ließ alles noch zärtlicher klingen. »Was ist mit Brüdern, Schwestern?«

»Es gibt nur mich. Mein Vater war Lehrer. Einige Zeit später hat er es geschafft, eine Stelle in einem Internat zu bekommen – da konnten wir wohnen, und ich hatte Gesellschaft. Natürlich waren da keine Kinder in meinem Alter, aber am Ende habe ich eine Art Stipendium bekommen.«

»Das hört sich vornehm an«, sagte Maggie und streckte sich wieder aus. »Deshalb redest du so.«

»Wie?«

»Gut. Anständig. Nicht so wie ich.«

»Ich mag, wie du redest. Aber ja, ich hatte gute Möglichkeiten da. Obwohl ich nie gut war in der Schule. War immer besser mit meinen Händen. Dad hat das früh erkannt und mich, sobald er konnte, rausgeholt und zu Arkwright in die Lehre gegeben, damit ich Tischlerei und Restauration lernen konnte.«

»Bist du nicht weggelaufen?« Als sie den Kopf ein wenig bewegte, streichelte ihr Haar seine Haut. Etwas brummte am Fenster und entfernte sich dann wieder. »Aus der Schule? Man muss ja weglaufen wollen, wenn man in so einer Einrichtung eingesperrt ist.«

»Mein Vater hat da gelebt – wo hätte ich denn hinlaufen sollen?«

»Ich weiß nicht – weg halt, zur See! Das hätte ich gemacht.« Dann sagte sie: »Willst du nicht manchmal auch von hier weg, George? Irgendwohin gehen, um was zu sehen? Das Weiteste, was ich je weg war, war Devon – und auch das nur einmal.«

Devon. Wins Lieblingsurlaubsort. »Warum fahren wir zur Abwechslung nicht mal ins Ausland?«, hatte er anfangs gefragt. Er hatte bereits ein bisschen was von der Welt gesehen, und es hatte seinen Horizont erweitert.

»Ins Ausland?« Dazu gab es dann immer eine passende Grimasse. »Warum um Himmels willen sollte man das wollen, wenn es hier doch so schön ist? Wir können in diese saubere kleine Pension gehen – das sind so angenehme Leute …« Jahr um Jahr. Er hatte aufgehört, sie zu bitten.

»Du bist bestimmt rumgekommen, Georgie … im Krieg?«

»Ich war in Italien – Service Corps. Und bevor ich in den Krieg gegangen bin, war ich in New York – und Buenos Aires.«

Ihr Kopf fuhr hoch. »Ehrlich? Warum?«

»Oh … geschäftlich.« Er sprach nicht darüber.

»New York – da würde ich gern mal hin. Wie war es?«

»Es war … außerordentlich.«

Das war ein passendes Wort dafür, dachte er. Ein ganzes Bündel unangenehmer Gefühle stieg in ihm auf, als er an diese Erinnerungen rührte: New York, Argentinien, die Lesters. Das würde er jetzt nicht alles wieder aufwärmen. Er drehte sich auf die Seite und nahm Maggie in die Arme. Sie fühlte sich groß und weich und warm an. Doch jetzt, wo er ruhiger war und entspannt, spürte er, wie das schlechte Gewissen kalt an ihm zu nagen begann. Er musste gehen. Er sollte hier nicht sein, hätte niemals herkommen dürfen.

»Also bist du ein Mädchen von hier?« Als läge das nicht auf der Hand. Aber er wollte das Thema wechseln.

»Oh ja, allerdings«, sagte sie ausdruckslos. »Bin in Cholsey aufgewachsen. Habe meine Schülerliebe geheiratet. Manchmal gucke ich zurück und denke, warum ich es eigentlich so eilig gehabt habe. Ich war achtzehn, als ich ihn geheiratet habe. Ich hätte alles Mögliche machen können – ein Auto kaufen und abhauen, die Welt bereisen. Ich würde so gerne was von der Welt sehen, George.« Sie klang jetzt beinahe, als würde sie gleich weinen. »Nicht nur Kühe und Hühner.«

»Vielleicht eines Tages ja noch.« Er küsste sie auf die Stirn, fühlte, dass er sich ihr entziehen wollte, wollte sie aber auch nicht verletzen. »Warum kommst du nicht mal mit raus auf den Fluss?«

»Was – nach Wallingford?« Sie hörte sich alles andere

als begeistert an. »Das kann man wohl kaum *die Welt sehen* nennen, oder?«

»Na ja, immerhin wäre es eine Abwechslung ...« Er lächelte sie an. Draußen wurde es bereits dunkler. »Ich muss los, Liebes. Muss nach Hause.«

Maggie gab ihm einen Kuss auf die Wange. »Das musst du.« Sie schauten sich lächelnd an und umarmten sich noch einmal, bevor er aus dem Bett stieg.

3.

Sie waren nie zusammen mit dem Boot rausgefahren. Es hatte nur diese beiden Nachmittage gegeben (das eine Mal in der Scheune zählte für ihn schwerlich). Beim zweiten Mal, vor einem Monat erst, war sie morgens zufällig an ihm vorbeigegangen, als er den Hund ausführte. »Ich bin heute allein«, hatte sie leise im Vorübergehen gesagt, ohne stehen zu bleiben.

Wieder war da das hellgrüne Zimmer, in dem sie beide Zuflucht beieinander fanden, während der Winternachmittag weit weg, draußen vor dem Fenster, verging. Die wahre Untreue lag für ihn im Reden, auch wenn er wusste, dass Win ihn in Wirklichkeit längst verlassen hatte. Sogar in den kurzen Zeitabschnitten, in denen sie jetzt noch wach war, war sie weit, weit weg. Sie schien sich in Gesellschaft ihrer Pflegerin wohler zu fühlen als mit ihm. Er fühlte sich Maggie tief verbunden, ihre Sehnsucht berührte ihn. Sie musste genauso sehr reden wie er, um zurechtzukommen, wäre lieber treu gewesen.

An jenem zweiten Nachmittag unter der Decke, den Heizer hatten sie gar nicht erst eingeschaltet, die Köpfe auf einem gemeinsamen Kissen, richtete Maggie sich ein wenig auf und sah in sein Gesicht. Er schaute besorgt zurück.

»Warst du jemals richtig verliebt, George? Wirklich verliebt?«

Schockiert von ihrer Frage, hatte er gezögert. Er liebte Win, natürlich. Aber er wusste nur zu genau, wonach Maggie fragte. Hatte er schon einmal richtig geliebt, bis in die tiefsten Tiefen seiner Seele? Und gab es so etwas überhaupt, war es überhaupt möglich, oder gab es das nur in Romanen? Es fiel ihm schwer, eine Antwort für sie zu finden, weil er kaum jemals gewagt hatte, sich so etwas zu fragen.

»Na ja – auf eine etwas seltsame Art und Weise schon«, antwortete er schließlich nach einer Weile. Maggie hatte sich wieder hingelegt und eng an ihn geschmiegt, doch jetzt fuhr ihr Kopf wieder hoch, als er sagte: »Ich möchte nicht, dass du eine falsche Vorstellung bekommst.« Er legte eine Hand an ihren Kopf und drückte ihn sanft nach unten zurück. »Ich habe dir doch erzählt, dass ich im Krieg beim Nachschub war, oder? Weißt du noch, was Cassino war?«

Er spürte, wie sie nickte. »Natürlich. Dieses Kloster.«

»Das war im Februar 44. Gott, was für ein Winter. Regen und immer noch mehr gefrierender Regen, der von diesen Bergen herunterkam, diesen riesigen, zerklüfteten Ungeheuern. Die Deutschen hatten sich da oben verschanzt. Alle Straßen waren aufgeweicht wie Sümpfe. Mit einem Lastwagen kam man nicht mal in die Nähe der Front. Also setzte man Mulis ein. Ein Muli war damals wesentlich effektiver als ein Panzer. Überall auf den Bauernhöfen wurden Mulis requiriert. Das sind beeindruckende Tiere, widerstandsfähig wie sonst was, nobel dazu … Wie auch immer …« Er merkte, dass ein Lächeln an seinen Wangen zupfte. »Nach ein paar Tagen da oben wurde ich einer Muli-Kompanie zugeteilt, die Nachschub an die Front bringen sollte. Ich fand das alles andere als erfreulich, weil ich mit Pferden noch nie gut klargekommen bin. Das bisschen Erfahrung, das ich hatte, hat mich eher abgeschreckt. Hinterhältige Viecher, nichts als Zähne und Hufe und nichts anderes im Sinn, als einen dranzukriegen. Die meisten derjenigen, die sich um die Mulis kümmerten, waren Inder – prima Burschen. Die schienen zu wissen, was sie taten, was ich von mir nicht behaupten konnte.«

Er hörte ein amüsiertes Schnauben aus der Gegend seiner Achsel.

»Während wir also aufluden, habe ich mich mit einem von ihnen unterhalten, ein junger Kerl namens Rajesh – ein Hänfling, immer fröhlich. Er hielt sein Muli am Halfter. Sie war ein prächtiges Tier; Milchmaul, große, lange Ohren. ›Sie heißt Clotilde‹, erklärte der Junge. ›Aber wir nennen sie nur Lottie. Sie ist ein sehr gutes Muli.‹

Da standen wir im Nieselregen, das Muli direkt neben uns, und unterhielten uns darüber, was als Nächstes zu tun war. Nach einer Weile merkte ich, wie jemand meinen Hintern kraulte …«

»Ich hab dir doch gesagt, du hast einen hübschen Hintern«, murmelte Maggie in seinen Arm.

»Ja, aber dann spürte ich, wie sich Zähne hineingruben. Es tat nicht wirklich weh, weil ich sehr dick angezogen war, aber ich fuhr trotzdem herum. Rajesh schaute mich verwundert an. ›Sie hat mich gebissen!‹, rief ich – ich war ziemlich sauer. Aber das Viech hatte längst den Kopf abgewendet und starrte in die andere Richtung, als wäre sie mit dem Maul niemals auch nur in die Nähe meines Hinterns gekommen. Rajesh grinste von einem Ohr zum anderen.

›Ich glaube, sie wollte Ihnen einen Streich spielen‹, sagte er. ›Lottie ist ein ganz schlimmes Mädchen.‹«

Maggie hob erneut den Kopf und lachte ihn an: »Sie hat dich in den Po gebissen und dann so getan, als wäre sie unschuldig?«

»Es gab nie ein Tier, das unschuldiger gucken konnte. In den paar Tagen, die ich mit ihr verbracht habe, habe ich ihren wundervollen Charakter kennengelernt. Man konnte mit ihr reden – ihr allen Kummer anvertrauen, so was in der Art. Sie hat mich nie wieder gebissen. Aber sie hatte definitiv Humor. Wenn man neben ihr stand, reckte sie den Hals und pustete einem ins Ohr. Fast als wollte sie einem einen Kuss geben. Und diese Mulis sind widerstandsfähig wie sonst was: Sie haben Verletzte ins Tal gebracht, eine Bahre auf jeder Seite. Und die Lasten, die sie die Berge raufgeschleppt haben … erstaunlich.«

Ihm wurde eng um die Brust. Er würde doch jetzt nicht wieder in Tränen ausbrechen, nach all den Jahren?

»Es klingt verrückt, ich weiß, aber sie hat dafür gesorgt, dass ich mich immer sicher fühlte. Ich habe mich den ganzen Weg dicht bei ihr gehalten. Es war verdammt furchterregend da oben. Die Wege waren unglaublich schmal, feucht und glitschig. Für die Infanterie war's die Hölle, anders kann man es nicht ausdrücken. Lottie war … ich weiß nicht … sie war liebevoll, sie hat einen zum Lachen gebracht … sie war *das Leben*. Hört sich albern an, oder?«

»Nein«, sagte Maggie. »Tiere sind besser als wir, meistens jedenfalls.«

»Stundenlang quälten wir uns den Berg hinauf, im strömenden Regen. Man konnte die Gewehre hören. Und dann, ohne irgendeine Vorwarnung, kam die größte Explosion überhaupt, direkt hinter mir – hat mich zu Boden geschleudert. Ich dachte, mir fliegt das Herz oben zum Schädel raus. Und sie war tot.«

»Lottie?« Maggie hob wieder den Kopf.

»Auf eine Mine getreten. Kastrator wurde die genannt. Teile von ihr lagen überall verstreut ... Und ...« Er verstummte, nicht sicher, ob seine Stimme noch tragen würde.

»Oh!« Maggie nahm ihn in den Arm, plötzlich ganz mütterlich, oder zumindest so, wie er sich eine Mutter vorstellte. »Das ist schrecklich!«

»Rajesh hat nur geheult. Wir beide haben geheult da an diesem Berghang, geflennt wie kleine Kinder.«

»Oh, Georgy-Porgy«, sagte Maggie.

»Dieses alberne Muli so zu verlieren – das war wie der ganze Krieg, alles; darin lag die ganze schreckliche, grausame Dummheit des Ganzen.« Er spürte, wie Maggie seine Brust streichelte. »Ist das Liebe?« Er versuchte ein Auflachen und wischte sich die Augen. »Jedenfalls hatte es sich so angefühlt. Gute, alte Lottie.«

»Warum soll das keine Liebe sein?«, fragte Maggie. »Wenn es einem so zu Herzen geht.«

George holte tief Luft, sog den würzigen Duft von Maggie neben sich ein. Die erstickende Enge in der Brust begann sich zu lösen. Er war schlapp und, wieder einmal, dankbar. Er legte eine Hand auf ihr Bein.

»Komische Zeiten, das«, sagte er. »Alles so grell, blendend.« Einen Augenblick später setzte er hinzu: »Das hab ich noch nie jemandem erzählt.«

Maggie rollte sich auf den Bauch, ihr Haar kitzelte seinen Oberkörper. »Niemandem?«

»Niemandem.«

Sie zog sich weiter hoch und drückte einen Kuss auf

seine Lippen. »Danke«, sagte sie zärtlich. »Dass du mir das erzählt hast.«

Win wurde immer kränker. Er versuchte, so oft wie möglich bei ihr zu sein. Doch sie zog sich von Woche zu Woche mehr zurück, und in den Tagen, bevor sie ins Krankenhaus ging, fand er es immer schwieriger, an sie heranzukommen. Schuldbewusst nahm er an, dass sie wütend auf ihn war. Wies sie ihn zurück, um ihn auf die Zeit vorzubereiten, wenn sie nicht mehr da war – oder merkte sie ihm diese neue körperliche Zufriedenheit an? Sie verletzen wollte er auf keinen Fall. Wussten es alle? Er hatte Maggie so selten gesehen, dass es eigentlich niemand herausgefunden haben konnte. Auf dem Hof und dem Weg hin oder zurück hatte er nie eine Menschenseele getroffen. Doch Frauen schienen immer alles zu wissen, als hätten sie Kameras dabei, wo sie gingen und standen. Was war mit ihren Freundinnen, Rosemary und Pat, Eunice und den anderen? Mehr und mehr kam er zu der Überzeugung, dass sie es wussten.

Aber bereute er es denn? Win schien ihn schon lange zurückgelassen zu haben auf ihrer Reise zu einem Ort, zu dem er ihr nicht folgen konnte. Und Maggie hatte ihm ganz neue Seiten an sich als Mann gezeigt: Freude an seinem Körper, den er ohne Scham mit ihr feiern konnte. Er und Win hatten schon auch ein Intimleben gehabt. Sie war immer bereit gewesen (das fasste es ziemlich gut zusammen). Aber sie war den Sexualverkehr angegangen wie einen Berg Bügelwäsche – zügig abarbeiten, zusammenlegen und wegräumen, genauso wie sie sich hinterher schnell ihren geblümten Morgenmantel umgelegt und den Gürtel ordentlich festgezurrt hatte. Sie zog es vor, wenn er ebenfalls angezogen war. Und niemals wurde dabei über irgendetwas geredet.

Er wusste, dass Win ihn mochte, genauso wie er sie – zärtlich und über all die Jahre treu. Aber irgendwie hatte er sich nie frei gefühlt in diesem Lebensbereich, als müsste er immer unendlich höflich sein und auf der Hut.

Maggie, die Gute, hatte in ihm etwas entzündet, sie hatte ihm offenbart, wie er sein konnte – eines Tages, irgendwann einmal. Wenn er nur jemanden fand, mit dem er so sein konnte.

Vier

1.

In den nächsten Tagen ging im Geschäft alles seinen Gang. George ließ Kuchenstücke abwechselnd im Mülleimer oder in Montys Futternapf verschwinden, heimlich und in einem Tempo, das realistisch erschien. Die Auswirkungen auf den Hund, der ja schon ein begeisterter Lakritzkonfekt-Anhänger war, waren nicht allzu dramatisch. Der Schnee war zu Schneematsch geworden, so dass die meisten Leute, die an die Haustür kamen, dies in rutschigen Gummistiefeln taten. Nach ein paar Tagen taktvoller Zurückhaltung steckte in den Gummistiefeln, die die Zufahrt entlangkamen, immer öfter eine der Glucken.

Rosemary war die Erste. George saß gerade in Hausschuhen in der Küche, kaute auf einem Sandwich mit Käse und Pickles herum und fragte sich, ob sein selbstgebrautes Bier gut werden würde. Der Türklopfer knallte. Der Hund brach in lautes Gebell aus. George scheuchte ihn grummelnd in die Küche zurück, wo er wild weiterbellte, bis er sich schmollend auf sein Kissen verzog. George schaltete das Licht im Flur ein. Als er aufmachte, sah er sich einem schwarzen Regenschirm gegenüber – es hatte angefangen zu nieseln –, dann tauchte Rosemarys Gesicht auf wie das einer Schildkröte.

»Ah, Mr. Baxter!«, rief sie aus, als sei es wahnsinnig

überraschend, ihn hier auf seiner eigenen Türschwelle anzutreffen.

Rosemary, ein paar Jahre älter als George, war breithüftig, mit vollen Brüsten und einem rotwangigen Gesicht, einer Dauerwelle, die ihre grauen Haare in kleine Löckchen zwang, und gebieterischen braunen Augen. Sie hatte den größten Teil ihres Lebens als Krankenschwester gearbeitet – »Ich habe in Barts gelernt, wissen Sie … und es bis zur Oberin gebracht!« –, was erklärte, warum George sich in ihrer Gegenwart meist ein wenig wie von einem Einlauf bedroht fühlte. Win hatte das immer lächerlich gefunden, doch es war nun mal so. In ihrem makellosen Lebenslauf hatte es irgendwann eine kurze Unterbrechung gegeben, als Rosemary heiratete. Niemand wusste, was aus ihrem Mann geworden war, abgesehen davon, dass diese Episode das Wort »Grauen« beinhaltete und für gewöhnlich rasch übergangen wurde. Frag besser nicht, hatte Win gesagt, schien aber immer unwillkürlich lächeln zu müssen.

»Ah«, sagte George. »Hallo Mrs., äh, Miss …« Wie zum Teufel lautete ihr Nachname? »Rosemary«, nahm er Zuflucht zum Vornamen. Seine Hand umklammerte die Pfeife in seiner Jackentasche.

»Ich dachte, ich schau mal vorbei«, verkündete Rosemary. Später, als auch die anderen nacheinander auftauchten, wurde ihm klar, dass sie sich wahrscheinlich als Vorhut angeboten hatte.

»Wollen Sie reinkommen?« Er trat einen Schritt zurück.

»Oh nein, nicht nötig …«

»Aber das Wetter ist scheußlich.«

Sie lenkte mit einem mädchenhaften Auflachen ein, das ihn verdutzte, und einen Augenblick später standen sie im Flur. Von der Spitze ihres Regenschirms tropfte es auf die Fliesen. Sie trug riesige schwarze Galoschen. Erst da bemerkte George, dass sie etwas Sperriges unter den linken Arm geklemmt hatte. Zu ihren Gummistiefeln trug sie einen Kamelhaarmantel, unter dem der Saum eines Faltenrocks zu erahnen war.

»Kommen Sie doch durch …« Er wedelte mit der Hand Richtung Küche. »Möchten Sie etwas trinken, eine Tasse Tee vielleicht?«

»Oh, nein, lieber nicht.«

»Hm, oder Kaffee?« Was war das passende Getränk? Kakao? Gin?

»Nein, ich bleibe ja nicht lange.«

George war, als sähe er eine fleckige Röte unter dem Kragen der Frau nach oben steigen. Er wusste nicht recht, wie er das deuten sollte. Sie war unübersehbar nervös. Mit Win zusammen hatte sie nie nervös gewirkt. Sie hatte ihm im Vorübergehen ein »Guten Morgen« zugeworfen, als wäre er ein flüchtiger Bekannter, an den sie sich nur vage erinnerte. Aber nervös? Niemals.

»Ich dachte, ich schau mal nach, ob Sie vielleicht Hilfe brauchen«, sagte sie. »Ich weiß, Vera ist wundervoll, aber sie hat ja schon mehr als genug mit ihrer eigenen Brut zu tun und manchmal, na ja … Ein professioneller Blick … Ich bin sicher, Sie verstehen …«

»Ah …« Er spielte auf Zeit. Er hatte nicht die geringste Ahnung, worauf die Frau hinauswollte. Sie kam ihm wirklich ziemlich seltsam vor. Außerdem wurde ihm plötzlich bewusst, dass sein Atem wahrscheinlich nach eingelegten Zwiebeln roch, was ihm irgendwie unpassend erschien.

»Ich wollte nicht stören. Ich weiß ja, dass Vera sich sehr gut um Sie kümmert.«

»Oh ja, das tut sie«, sagte George und dachte dabei

schuldbewusst an die Überreste des Kuchens, die in einer Papiertüte ganz unten im Abfalleimer versteckt lagen. Für die Mengen, die Monty fressen durfte, gab es Grenzen.

»Was ich meine, also an Hilfe …« Rosemary machte einen tastenden Schritt auf ihn zu und schien sich zu wappnen. »Also wegen Wins … wegen Mrs. Baxters … Sachen. Ich dachte, da könnten Sie vielleicht ein weibliches Auge brauchen, bei solchen, nun ja, *intimen* Aufgaben.« Inzwischen war sie feuerrot angelaufen.

»Ja, in der Tat, vielen Dank … So weit bin ich noch gar nicht gekommen …«

»Nein, *natürlich* nicht, so etwas sollte man ja auch nicht überstürzen. Alles zu seiner Zeit. Aber falls und wenn … Nun, ich muss wieder los! Oh!«, rief sie aus und tat, als hätte sie den Gegenstand vollkommen vergessen, den sie unter dem Arm trug. »Ich dachte, Sie würden sich vielleicht hierüber freuen. Es ist so wichtig, gut zu essen.«

Im nächsten Augenblick hielt George eine große Blechdose in der Hand.

»Oh, danke! Wie nett«, sagte er.

Es gab noch einen peinlichen Moment, als sie beide gleichzeitig in die Tür traten, die Dose zwischen ihnen.

»Ach, du meine Güte!«, rief George und machte einen Satz zurück, während Rosemary »Entschuldigung!« quietschte und ebenfalls zurücksprang, als hätte sie von der Türklinke einen elektrischen Schlag bekommen.

Sie standen wieder da, wo sie eben gestanden hatten, und fühlten sich noch unwohler.

»Nach Ihnen«, sagte George mit einer bühnenreifen Verbeugung und kam sich nun vollends wie ein Idiot vor.

Zumindest gelang es ihnen jetzt, Rosemary draußen auf die Treppe zu manövrieren, wo sie ihren Schirm wieder aufspannte. Aber sie rührte sich immer noch nicht vom Fleck.

»Wir, äh …«, stammelte sie. George wartete. Was um Himmels willen kam jetzt noch? »Wir sind alle … Nun, so durcheinander. Win und so …«

Ein paar Sekunden hatte er wieder das Bild vor Augen, wie sie alle um Wins Bett herumstanden, die alten Krähen, ihre loyalen Freundinnen, von denen sie sich wesentlich mehr geliebt gefühlt hatte als von ihm, nahm er an.

»Und Sie so allein«, sagte Rosemary. »Wissen Sie, das ist doch nicht richtig, ein Mann so ganz allein. Sehr traurig. Aber Sie wissen ja, wo Sie mich finden – jederzeit …«

»Oh, vielen Dank!«, sagte George. »Sehr freundlich von Ihnen.«

Er blickte ihr nach, wie sie durch den Schneematsch die Zufahrt entlang in die Dunkelheit stapfte, leicht nach vorn gebeugt unter dem Regenschirm, und ihm wurde klar, dass er keine Ahnung hatte, wo sie wohnte.

»Komische Frau.«

Entschlossen schob er das alles beiseite und ging in den Keller, um sich einen Krug von seinem Bier zu holen. Er ließ das Geschenk der Frau auf der Anrichte in der Küche stehen und verschwendete keinen Gedanken mehr daran bis zum nächsten Morgen, als Vera kam. Sie blieb in der Küchentür stehen.

»Was ist das denn?«, fragte sie und beäugte den fremden Gegenstand. Es war eine quadratische Keksdose von Huntley & Palmers mit der Aufschrift »Cocktail Assorted«.

»Oh, ich weiß nicht«, sagte George. »Rosemary … Du weißt schon, *Rosemary* hat das gestern Abend vorbeigebracht.«

»Abbott.« Vera sah ziemlich verstimmt aus. »Ach wirklich. Die ist schon so ein kleiner Diktator.« Sie stellte ihre Tasche ab, nahm die Dose in die Hand und wog sie misstrauisch. Als sie den Deckel abhob, trat George zu ihr, um hineinzusehen. Diagonal in die quadratische Dose gequetscht, lag eine fette Biskuitrolle, aus der an jedem Ende Marmelade quoll.

»Ach, du liebes bisschen«, sagte Vera, während sie auf die Gabe starrte. Und zu seiner Verblüffung sah George, wie sich ein breites Grinsen auf Veras Gesicht ausbreitete. »Na, da frage ich mich doch, auf was für ein Sahneschnittchen die es abgesehen hat!« Sie fing an zu kichern, eine Hand vor dem Mund.

George fiel diese seltsame Röte wieder ein, die an Rosemary Abbotts Hals hinaufgekrochen war. Ein kleines, furchterregendes Licht ging ihm auf.

»Das ist doch ... Vera, ehrlich – du willst mich auf den Arm nehmen!«

»Na, wenn Sie meinen.« Vera legte den Deckel wieder auf die Kuchendose und ging zum Waschbecken. Sie gluckste immer noch. »Ojemine, da werden wir wohl ein bisschen auf Sie aufpassen müssen, Mr. Baxter.«

2.

Pat Nesbitt, Wins beste Freundin, kam zwei Tage später mit ihren braun-weißen Springer-Spaniels. George wurde regelrecht überrumpelt, er hatte die Haustür offenstehen lassen. Zuerst hatte er sich nur über das wütende Gebell von Monty gewundert, der es gar nicht schätzte, wenn andere Hunde in seinem Vorgarten auftauchten, und rausstürmte.

Pat und ihr Mann lebten in einem mit Clematis überwucherten Cottage im Dorfkern. Pat, blaue Augen, so gerade noch blonde Locken und ein strahlendes Lächeln, war Mitglied des Korps der weiblichen Helfer der Royal Air Force gewesen. Ihr Mann Bill, ehemals Royal Air Force, war irgendwas bei Harwell (so hatte Win immer versucht, es zu erklären), dem Atomforschungszentrum. Irgendwas nicht Wissenschaftliches. Über die Ehe der Nesbitts hatte sie gesagt, sie kämen gut miteinander aus. Mehr nicht?, hatte George dann immer fragen wollen, wusste aber, dass er das besser nicht tat. Doch egal, was Pat in ihrer Ehe erlebte oder nicht, sie wirkte jedenfalls stets einigermaßen fröhlich. Und das, obwohl ihre einzige Tochter so weit weggezogen war. Da das Mädchen einen Yorkshire-Mann geheiratet hatte, hatten Pat und Bill mit dem Golfen angefangen, dem sie nun jedes Wochenende mit, wie George fand, übertriebenem Enthusiasmus frönten.

»Monty!«, brüllte George und warf sich in das wilde Getümmel aus kläffenden Hunden und wedelnden Schwänzen. Er bekam Montys Halsband zu fassen, seine Hände waren beinahe sofort mit Sabber beschmiert, und riss daran, schien jedoch nur das gesamte zähnefletschende Hundeknäuel, mit Monty in der Mitte, mitzuschleifen.

»Ach herrje«, rief Pat fröhlich. »Was für ein Trubel!«

Pat gehörte zu jenen Frauen, die jede ihrer Äußerungen, und sei sie noch so düster, mit einem wiehernden Lachen untermalten. »Sieht wirklich schlimm aus, nicht wahr?« Haa-ha-ha-haa-ha! »Ich fürchte, Lulu wird demnächst läufig!«, schrillte sie über das Meer aus wogendem Fell hinweg.

»Ah! Oh!«, brüllte George. Warum zur Hölle hatte die törichte Frau sie dann mit hergebracht? Außerdem versuchte

Pat die ganze Zeit, ihm über das Fellknäuel hinweg ein Glas Orangenmarmelade in die Hand zu drängen.

»Dick geschnitten!«, quietschte sie. Während sie an den Spaniels zerrte, stieß sie weitere Wörter aus. »Letztes Jahr gekocht ... Sevilla-Orangen ... Hoffe, Sie kommen zurecht ... Vera – ganz wunderbar ...«

Nachdem es ihm gelungen war, das Marmeladenglas in die Jackentasche zu stecken, riss George den schäumenden Monty vom Rücken eines der Spaniels und versuchte, ihn zurück zum Haus zu schleifen, doch Monty ließ sich plötzlich fallen und rutschte aus dem Halsband. Sein eher langsam tuckerndes Gehirn brauchte einige Sekunden, um zu begreifen, dass er frei war, doch dann drehte er sich um und nahm erneut die duftende Hündin aufs Korn.

»Um Himmels willen, Monty!« George warf sich ihm nach und geriet ins Stolpern, wodurch die Bewegung etwas von einem Rugby-Tackle bekam. Er landete halb auf Monty und warf die Hände um den Hals des Hundes. Beide grunzten sie atemlos. Etwas drückte George gegen die rechte Seite. Er lag nicht nur platt auf einem großen Basset, sondern auch auf einem Glas mit dick geschnittener Orangenmarmelade. Während er sich aufrappelte und dabei versuchte, das immer noch rasende Tier unter Kontrolle zu bekommen, stieß er verschiedene, tief empfundene Army-Flüche aus.

»Verdammte, närrische Frau«, grummelte er, während er den liebestollen Monty ins Haus zurückschleifte. Als die Tür hinter ihnen geschlossen war, legte der Hund den Kopf in den Nacken und heulte frustriert. »Wieso hat sie die überhaupt mitgebracht, hä?« George betastete seine Rippen und fragte sich, ob womöglich etwas gebrochen war. Er beschloss, davon auszugehen, dass das nicht der Fall war. »Nur um dich zu quälen, alter Junge, nur darum.«

Doch dann wurde ihm klar, dass Pat die Hunde zur Tarnung mitgebracht hatte, damit sie nicht miteinander reden mussten, wonach ihm genauso wenig war wie ihr wahrscheinlich. Im Nachhinein war er ihr fast dankbar dafür. Pat Nesbitt war wirklich ganz in Ordnung. Unter all dem Gewieher war sie freundlich und unkompliziert.

»So«, murmelte er, während er den zutiefst verzweifelten Monty auf der Fußmatte sitzen ließ, »und jetzt frage ich mich, welche wohl als Nächste kommt.«

3.

Er musste sich das nur bis Sonntagnachmittag fragen, als wieder eine erschien. Vielleicht hatten die alten Schrapnellen damit gerechnet – zu Recht –, dass dies der Tag war, an dem es schwierig für ihn wurde.

Nach dem Mittagessen machte George ein Nickerchen vor dem Kamin. Dann beschäftigte er sich, indem er Zeitungspapier auf dem Kartentisch ausbreitete und einen kaputten Teller aus Meißener Porzellan zusammenklebte. Während Wins Krankheit hatte er sich daran gewöhnt, dass das Haus so still war. Jetzt jedoch, während er die in zarten Farben bemalten Scherben zusammensetzte und den Geruch des Klebstoffs genoss, schien die Uhr so laut zu ticken, dass er sie beinahe in ein anderes Zimmer stellen wollte.

Er hatte gerade Wasser aufgesetzt und ließ Monty vorne nach draußen, als eine hagere Gestalt in einem knöchellangen dunkelblauen Mantel und einem dazu passenden Topfhut in die Zufahrt einbog. Sein erster Impuls war, so zu tun, als sei er nicht zu Hause. Dann ging er doch zu Monty, um dessen freundliche Empörung im Zaum zu halten.

»Ja, ja, so ist es richtig, pass du nur schön auf«, sagte die Frau mit ihrer tiefen, kultivierten Stimme, als Monty auf ihre Beine zuraste. Sie blieb stehen, um ihn zu tätscheln. Innerhalb von Sekunden war der Hund still wie ein Mönch und warf bewundernde Blicke zu ihr hinauf.

»Sorry, Miss MacLean«, sagte George, erleichtert darüber, dass ihm dieses Mal zumindest der Name eingefallen war. Eunice MacLean wohnte in einem der schmalen Tudor-Reihenhäuser direkt an der Straße.

»Oh, wir sind ja alte Freunde, Monty und ich«, sagte sie, während sie sich aufrichtete. Sie hatte eine Stofftragetasche bei sich, die aussah, als enthielte sie ein riesiges Glas Marmelade.

»Kommen Sie doch herein«, lud er sie ein, selbst überrascht über sein Bedürfnis nach menschlicher Gesellschaft.

»Oh, ich möchte nicht stören.«

»Nein, nein«, sagte er, »kommen Sie nur rein. Ich war gerade dabei, Tee zu kochen.«

Er führte die Bohnenstange von einer Frau in die Halle. Als er ihr den Mantel abnahm, kam darunter ein schlichtes, glattes graues Kleid hervor, mit einem kleinen Spitzenkragen am Halsausschnitt.

»Eine Tasse Tee?«

»Nett von Ihnen. Wobei ich Kaffee vorziehen würde.«

Die Tür zum Ausstellungsraum stand offen, und sie verweilte kurz, um einen Blick hineinzuwerfen. George musterte sie von hinten. Ihr stahlgraues Haar war zu einem exakten Pagenkopf geschnitten, und sie trug schwarze Stiefeletten mit Riemen und Knopf. Auf ihre Weise sah sie ziemlich schick aus. Sie erinnerte ihn an die 1920er Jahre, und ihre altmodischen Umgangsformen unterstrichen diesen Eindruck noch.

»Was für ein wunderschöner Raum das ist, Mr. Baxter.« Sie sprach langsam und gemessen. »So ein kunstvolles Arrangement. Und das hier – exquisit.« Sie trat näher an einen Damenschreibtisch aus Rosenholz und lächelte wehmütig. »So hübsch und wohlproportioniert. Wenn man nur die Mittel dafür hätte.«

»Schönes Stück, nicht wahr?«, stimmte er zu. Die Frau hatte ein gutes Auge. »Ich, … äh, setz dann mal den Kaffee auf.«

Sie drehte sich um. »Oh, bitte, machen Sie sich meinetwegen keine Umstände.«

»Ganz und gar nicht«, sagte er, schon auf halbem Wege in die Küche. Wie sonst sollte man denn Tee oder Kaffee kochen?, fragte er sich erschöpft. Die Tatsache, dass er seine Frau verloren hatte, schien die Leute denken zu lassen, dass er nicht mal in der Lage war, einen Wasserkessel anzuheben.

Als er dann Eunice MacLean im Wohnzimmer gegenübersaß, beeindruckte ihn ihr Aussehen schon wieder. Sie war nicht nur auf eine altmodische Weise elegant, sondern bewegte sich auch mit Anmut. Wenn er sie so ansah, ihre harten, beinahe männlichen Züge, die blauen Augen, die geschwungenen schmalen Augenbrauen, dann wurde ihm klar, dass sie früher ein ziemlicher Hingucker gewesen sein musste, vielleicht sogar einschüchternd schön. Jetzt allerdings war sie so weit von allem entfernt, was George an einer Frau attraktiv fand, dass er sich in ihrer Gegenwart verhältnismäßig entspannt fühlte, fast wie mit einem anderen Mann oder vielleicht einem Chippendale-Stuhl.

»Es ist ja schwierig zu entscheiden, wann man jemandem einen Besuch abstattet«, sagte sie in ihrem präzisen Englisch. Nach dieser Bemerkung nippte sie damenhaft an ihrem Kaffee. George sah, wie ihre knorpelige Kehle sich bewegte. »Aber nach einem solch großen Verlust ganz allein gelassen zu werden, ist nicht gut.«

George schluckte seinen Tee herunter, überrascht von der aufrichtigen Wärme in ihrer Stimme. »Nein, wahrscheinlich nicht«, sagte er. Er hielt ihr den kleinen Teller hin. »Schokoladenkeks?«

Eunice lehnte mit einer Handbewegung ab. Sie saß sehr gerade auf ihrem Stuhl, die Füße zusammengestellt wie eine Gouvernante. Auch wenn sie George wie ein Wesen aus einer anderen Zeit erschien, faszinierte sie ihn doch.

Er trank noch einen großen Schluck Tee und fingerte verlegen an der Pfeife in seiner Tasche herum. Nie war er mit einer dieser Frauen allein gewesen, als Win noch am Leben war. Sie waren in seinem Haus ein und aus gegangen, und Win in ihren Häusern. Doch er kannte sie alle kaum, abgesehen von den flüchtigen Bemerkungen, die Win hin und wieder über sie hatte fallen lassen. Er versuchte sich an irgendetwas zu erinnern, das sie über Eunice gesagt hatte. Es gab da eine Verbindung nach Frankreich. Eine Tragödie. Er glaubte nicht, dass Win im Detail darüber Bescheid gewusst hatte.

»Ich habe etwas mitgebracht, das ich Ihnen zeigen möchte«, sagte Eunice und griff nach der Tasche und dem Marmeladenglas. Die Marmelade, die so schwer war, dass man sie mit beiden Händen hochnehmen musste, entpuppte sich als eine Uhr. Sie stellte sie auf den Tisch, drehte sie zu ihm, und er sah sich einem Ausbund an Schönheit gegenüber.

»Holla!« Von aufrichtiger Freude überrascht, richtete er sich auf. »Was für ein wunderschönes Stück. Dieses Dekor – Sèvres, würde ich sagen?«

Er erkannte, dass die Uhr französisch war, eine prachtvolle Zusammenstellung aus Gold, Rot, Weiß und leuchtendem Blau. Sie war wie ein Portikus konstruiert, das Ziffernblatt befand sich unter einem goldenen Dach, zwischen zwei kleinen verzierten Säulen. Im unteren Teil war in einem vergoldeten Rahmen die Abbildung einer Nymphe. Um die Uhr herum, zu den Säulen hin und oben zum Dach, befanden sich farbenprächtige Intarsien.

»Der Stil ist Sèvres nachempfunden, glaube ich«, sagte Eunice. Ein sympathisches Lächeln nahm ihrem ernsten Gesicht etwas von seiner Strenge. Ihre Augen leuchteten voller Leben und Begeisterung. »Sie ist, so hat man mir jedenfalls gesagt, irgendwann Mitte des letzten Jahrhunderts hergestellt worden.«

»Der Stil passt jedenfalls zum 19. Jahrhundert.«

»Ja.« Sie schien erfreut. »Papa – mein Vater – hat sie mir geschenkt.«

»Ihr Vater war Franzose?«

»Oh nein, meine Mutter war diejenige, die aus Frankreich kam. Vater war Schotte. Presbyterianer.«

Natürlich. MacLean. George wartete ab, ob sie noch mehr sagen wollte. Aber sie schwieg, und er wollte nicht aufdringlich wirken. Wenn es da irgendeine Tragödie gab, dann war er ganz sicher nicht derjenige, der sie aufdecken würde. Er räusperte sich. »Wollen Sie, dass ich sie schätze?«

»Nein, *nein*«, wehrte sie beinahe ungehalten ab. »Ich habe nicht vor, sie zu verkaufen. Ich dachte nur, sie wäre vielleicht interessant, mehr nicht.«

»Oh, das ist sie in der Tat.« Er lächelte. »Wunderschön. Und sehr viel besser als Marmelade.«

»Marmelade?« Sie zog die Augenbrauen zusammen.

»Ja, äh …« Das konnte er unmöglich erklären, und glücklicherweise ging Eunice darüber hinweg. Sie verstaute die Uhr wieder in der Tasche.

»Ich weiß, die anderen haben bestimmt bereits nachgefragt«, sagte sie, die Tasche auf dem Schoß. »Aber nach einem Todesfall ist immer viel zu tun. Ich würde gern helfen, falls Sie Hilfe brauchen.«

»Danke, Miss MacLean«, sagte er und meinte es auch so. Wenn er schon irgendwann auf eines dieser Angebote eingehen musste, dann würde er ihres tatsächlich bevorzugen. »Das ist sehr freundlich von Ihnen. Wir Männer, so ganz allein …« Er lachte auf. »Alles andere als praktisch veranlagt. Aber ich denke, Vera wird mir helfen, falls es nötig ist.«

»Wissen Sie …« Sie schaute von der Tasche mit der Uhr in ihrem Schoß auf. »Ich will ja nicht aufdringlich wirken, Mr. Baxter …«

Oh, du lieber Gott, dachte George, was kommt denn jetzt? Er bemühte sich um eine neutrale, interessierte Miene.

»Win war auf ihre Weise ein wundervoller Mensch«, begann sie. »Voller praktischer Herzensgüte.« George nickte. Ja, natürlich, natürlich. Eine Freundlichkeit, von der er Tag für Tag profitiert hatte … wenn sie für ihn gekocht, sich um ihn gekümmert hatte. Plötzlich sehnte er sich schmerzlich danach, sie hereinkommen zu sehen. Es war doch gut gewesen, so vieles war gut gewesen, oder etwa nicht? Bilder von ihr zogen vor seinem inneren Auge vorüber: Win im Garten beim Wäscheaufhängen; auf einem Spaziergang am Strand in Wales, ihr dunkles Haar vom Wind zu einer Seite geweht; der Tag ihrer Hochzeit, wie sie ihn vor dem Altar angesehen hatte, voller Vertrauen. Eine gute Frau. Und wenn er an den jungen Mann zurückdachte, der er damals gewesen war, würde der es nicht wieder genauso machen?

»Aber …« Miss MacLean blickte ihn mit dermaßen beunruhigender Direktheit an, dass es George schwerfiel, ihrem Blick standzuhalten, besonders, als er sah, dass ihr beinahe die Tränen kamen. Doch sie schien sich auf etwas anderes zu besinnen als das, was sie eigentlich hatte sagen wollen. Sie schwieg einen Augenblick. »Ich bin sicher, Sie haben noch eine ganze Menge Leben zu leben«, sagte sie schließlich mit einem freundlichen Lächeln.

»Ja. Das hoffen wir mal.« Er versuchte zurückzulächeln, musste jetzt aber selbst blinzeln vor Rührung.

Als sie ihre Getränke ausgetrunken und sich noch ein wenig unterhalten hatten, brachte er sie zur Tür. Sie stand bereits draußen, da drehte sie sich noch einmal um, stellte die Füße präzise nebeneinander und sagte: »Mr. Baxter, hätten Sie vielleicht Lust, mal einen Abend mit ins Kino zu kommen?«

George war dermaßen überrumpelt, dass er einige Sekunden mit offenem Mund dastand, während sein eingelulltes Gehirn erst langsam auf Touren kam. War das …? Hatte er die Situation so falsch eingeschätzt? Ein eher verstörendes Bild von der Biskuitrolle, die Rosemary Abbott ihm gebracht hatte, drängte sich ihm ungewollt auf. War das …? Bedeutete das etwa …? Ach, du lieber Gott.

»Das *Regal* in Wallingford hat ein gutes Programm«, fuhr Eunice unbeirrt fort.

Ihm fiel wirklich nichts ein, was er dazu sagen konnte.

»Schon gut, Mr. Baxter«, sagte Eunice. Er war sicher, dass er sich den leicht beschämten Unterton nicht einbildete. »Ich habe nur gefragt, ob Sie Lust hätten, einmal mit ins Kino zu gehen, da wir ja beide allein leben. Ich wollte keinesfalls etwas anderes nahelegen. Ich bin fast dreiundfünfzig Jahre alt – alt genug, denke ich, um über jegliche Form von Flatterhaftigkeit hinaus zu sein, da werden Sie mir sicher zustimmen. Ein Kinobesuch ist für mich nichts weiter als einfach nur ein Kinobesuch.«

»Es tut mir leid«, stammelte er mühsam. »Echt leid. Bisschen ... komisch zurzeit. Ausnahmezustand. Ja – danke auch ... Ich meine, vielleicht ...«

Sie hielt eine Hand hoch. »Nicht nötig, sich jetzt gleich zu entscheiden. Es war nur so eine Idee. Vielen Dank für den Kaffee, Mr. Baxter.«

»Nein, ich habe zu danken«, sprudelte es aus ihm heraus. »Und für die Marmelade ... Uhr, meine ich!« Er sah ihr nach, als sie in den sich verdunkelnden Nachmittag hinausging, beschämt durch die Würde, mit der sie ihre Einsamkeit trug.

»Du ungeschickter Tölpel«, beschimpfte er sich selbst. Nachdem er Monty nach drinnen geschoben und die Tür hinter sich zugemacht hatte, ließ er sich erschöpft dagegensinken. »Frauen«, stöhnte er. Aber da waren diese Worte, die sie vor ihm ausgebreitet hatte wie ein Geschenk. *Ich bin sicher, Sie haben noch eine ganze Menge Leben zu leben.* Und alles, was er empfinden konnte, war Dankbarkeit dafür. Ihre Worte sprühten Funken in ihm – sie waren wie ein Segen. Als hätte sie ihm auf irgendeine Weise die Erlaubnis zum Leben gegeben.

Einen Moment lang schloss er die Augen, dann riss er sich zusammen. »Gut, Monty – wie wär's mit ein paar von diesen Würstchen?«

Als er den Kühlschrank aufmachte, entfuhr ihm ein erschrockenes Wimmern. »Oh nein – oh Gott!« Wie hatte er das übersehen können, als er die Milch herausgeholt hatte?

Und wie …? Wann …? Vera musste irgendwann heute Morgen vorbeigeschaut haben. Auf dem obersten Gitter, mit wunderschön gezackten Rändern und den verräterischen rosafarbenen Sickerspuren, stand ein weiterer sehr großer Kuchen.

März

Fünf

1.

George saß an seinem Schreibtisch vorne im Büro. Es war ein Samstagmorgen, draußen tummelte sich ein böiger Wind. Durchs Fenster konnte er die Narzissen sich erst in die eine Richtung und dann in die andere biegen sehen, wie alte Frauen, die neugierig im Fenster lehnten.

Das kleine Zimmer war vollgestellt mit dem Schreibtisch, Regalen und einem Aktenschrank, so dass die abgetretenen Überreste eines einst tiefroten Perserteppichs nur einen kleinen freien Flecken auf dem Boden bedecken konnten. Einen Flecken, der seinerseits überwiegend mit Monty bedeckt war, der sich in einer übertrieben entspannten Pose ausgestreckt hatte und leise vor sich hin miefte. Auch wenn das ganz normal war, begann George sich zu fragen, ob es zu dem leichten Schwindel beitrug, der ihm schon den ganzen Tag das Gefühl bereitete, dass irgendetwas nicht in Ordnung war. Er öffnete das Fenster einen Spalt weit.

Die deckenhohen Regale zu seiner Linken waren mit alten Büchern gefüllt, dazwischen immer mal ein paar andere Sachen. Auf Augenhöhe standen zwei Fotos, das erste ein Bild von ihm und Win bei ihrer Hochzeit, er kerzengerade, mit abweisender Miene und ziemlich lächerlich aussehend. Win, klein und ordentlich neben ihm, in einem langen weißen Kleid mit Schleier, war mit ihrem zurückhaltenden Lächeln verewigt worden. Das andere war eine Studioaufnahme von Win, ein Porträt, das vor ungefähr zehn Jahren aufgenommen worden war, mit demselben gelockten Haar, aber nun mit einem verschlossenen Lächeln, als würde sie überallhin lieber blicken als in die Kamera.

Ganz oben war der Kopf eines Königstigers mit aufgerissenem Rachen, den er irgendwann einmal zusammen mit anderen Gegenständen aus einer Haushaltsauflösung ersteigert hatte. Bei einem anderen Verkauf hatte er die Reproduktion von Canalettos Canal Grande in Venedig gekauft, die zu seiner Rechten hing. Er war 1945 auf dem Weg nach Norden durch Venedig gekommen, und die Stadt hatte ihn tief beeindruckt.

Vor ihm auf dem Tisch lag ein aufgeschlagenes Kontobuch, aber es war ihm nahezu unmöglich, sich zu konzentrieren. Vera kümmerte sich im Ausstellungsraum gegenüber um ein paar Frischverheiratete – oder wollten sie demnächst erst heiraten? Immer wieder drang das opernhafte Lachen der Frau durch die geschlossene Tür zu ihm und zerrte an seinen strapazierten Nerven. Irgendetwas stimmte heute definitiv nicht mit ihm. Seine Beine fühlten sich eigentümlich an und seine Schläfen klopften. Er starrte auf die Seite des Kontobuchs. Das Geschäft lief nicht schlecht, allerdings würde er bald das Haus verlassen und sich um neue Ware kümmern müssen. Er fühlte sich schwerfällig und dumm im Kopf. War irgendetwas mit seinem Selbstgebrauten gestern Abend nicht in Ordnung gewesen, oder wurde er tatsächlich krank? Er konnte es nicht sagen.

Draußen redete Vera. Sie hörte sich ziemlich bestimmend an, dachte er anerkennend. Als er erneut auf die sich biegenden Narzissen hinausblickte – das ganze Leben fühlte sich heute Morgen schwankend an –, kam ihm der Gedanke, dass in letzter Zeit irgendetwas an Vera anders war. Er versuchte ein paar Sekunden lang herauszubekommen, was genau sich verändert hatte, kam aber nicht darauf und gab schließlich auf. Er war einfach nicht in der Lage, richtig nachzudenken.

Doch wie dem auch sein mochte, ansonsten lief es mit Vera ziemlich gut. Sie hatten sich über ihre Aufgaben geeinigt: Sie würde weiterhin ein bisschen saubermachen, aber dabei mehr und mehr Verantwortung im Geschäft übernehmen. Neulich hatte Vera ihn überrascht, als sie sagte, dass es vielleicht am besten wäre, er würde jemand anderen zum Putzen einstellen.

Obendrein hatte George versprochen, Kochen zu lernen. Bis jetzt hatte er sein Repertoire von Eiern mit Schinken und Bohnen auf Toast auf Folgendes erweitert:

Würstchen mit Kartoffelbrei

Kotelett, Schwein oder Lamm, mit Kartoffeln und Kohl

Bücklinge (auch wenn danach das ganze Haus roch und Vera ihm davon abgeraten hatte: »Wir wollen doch nicht die Kunden vertreiben.«)

Pilzomelette.

»Sie müssten mal einen Braten machen«, schlug Vera vor. »Davon hätten Sie eine ganze Woche was. Und Käsenudeln kann man auch immer machen, lecker mit einem Klecks Senf.«

Der Kuchennachschub war abgeebbt. Zu seiner großen Erleichterung hatte sie auch mal Obst-Crumbles gebracht, nicht nur Rhabarberkuchen.

Ein weiteres Arpeggio aus Gelächter plätscherte durch

die Tür, gefolgt von irgendwelchen gurrenden Bemerkungen. Jeden Moment würde die Frau jetzt zu einer Arie ansetzen. Sie standen direkt vor der Tür zu seinem Büro. Vera schien sie hinausscheuchen zu wollen. Er stützte seinen schmerzenden Kopf in eine Hand, lauschte auf das *Ting!* der Türklingel und hörte Vera sagen: »Ja, in der Scheune, schauen Sie sich ruhig um, da gibt es noch eine Menge zu entdecken, gehen Sie nur schon vor. Wir kommen gleich nach.« Er hörte Schritte draußen auf dem Kies.

Die Tür ging auf.

»Mr. Baxter?«

Als er hörte, wie angespannt Veras Stimme klang, drehte er sich sofort um. Sie schlüpfte herein, schloss die Tür, lehnte sich dagegen und verzog das Gesicht.

»Ich dachte, falls es Ihnen nichts ausmacht …«, fing sie an. George erschrak. Himmel, Vera würde doch nicht in Tränen ausbrechen? »Vielleicht sollten Sie lieber …« Sie schlug die Hände vors Gesicht, ihre Schultern bebten, und ein kleines Quieken entrang sich ihr. Dann nahm sie die Hände herunter, wedelte damit herum, als würde ihr das irgendwie helfen weiterzusprechen. Was es nicht tat. Ihr Gesicht war dunkelrot angelaufen, Tränen lange unterdrückter Heiterkeit traten in ihre Augen. Schon bald musste George auch lachen.

»Oh, es tut mir leid, ich kann nicht anders!«, quietschte Vera, während kleine Mascara-Rinnsale über ihre Wangen rannen. »Oh … ich fürchte, Sie müssen sich um die kümmern … Ich kann das einfach nicht! Oh – so jung, so verliebt.« Eine weitere Lachsalve brach aus ihr heraus, und sie konnte nur noch zur Scheune zeigen. »Sie sind … drüben …«

»Na gut«, lenkte George gutmütig ein. »Ich gehe.«

Er fand das junge Paar, Seite an Seite, vor einem Mahagoni-Sideboard vor, dessen Anblick die beiden offensichtlich überwältigt hatte. Er hatte es vor ein paar Wochen von einem Händler in Henley gekauft. Es verfügte über wunderbare Proportionen und eine geschwungene Frontseite. Alan hatte noch Reparaturen und Vera Muskelschmalz hinzugegeben, um seine Anmut zum Glänzen zu bringen. Es passte perfekt in ein elegantes, großzügiges Heim. Er konnte die beiden zunächst nur von hinten sehen, ihre Hüften berührten sich, sie wirkten sehr jung auf ihn, wie Schulkinder. Das blonde Haar der jungen Frau reichte beinahe bis zum Gesäß, und sie trug ein dunkelblaues Trägerkleid. Er steckte in einem braunen Anzug. Sein Arm lag bequem um ihre Taille.

»Hübsches kleines Stück, das«, sagte George vorsichtig, weil er nicht beeindruckt erscheinen wollte, dass jemand, der offensichtlich gerade frisch von der Schulbank kam, auch nur darüber nachdenken konnte, sich ein solches Stück zu leisten.

Das Pärchen schwang zu ihm herum. George sah sich einer großäugigen, selig strahlenden Englischen Rose gegenüber und einem seltsam schlaff wirkenden jungen Mann mit sehr großen Schneidezähnen und einer blutorangenfarbenen Krawatte unter dem Hemdkragen.

»Uh, hall*oohoh*!«, trällerte das Mädchen. »Wir haben Sie gar nicht kommen gehört!« Es folgte das klingelnde Lachen, das er vorhin gehört hatte.

»Kann ich Ihnen helfen, Sir, Madam?«, fragte George mit der übertriebenen Höflichkeit, die sich schon häufig als nützlich erwiesen hatte, wenn er sich mit solchen Menschen konfrontiert sah.

»Naja«, informierte ihn der junge Mann. »Sehen Sie,

Marina und ich werden demnächst heiraten …« Er streckte George eine schlaffe Hand entgegen. »Gerry, übrigens. Wir sind gerade dabei, unser künftiges Heim in Bourne End einzurichten, wir wollen es *absolut entzückend* machen.«

»Oh, das wird es werden!«, bekräftigte Marina, die am Arm des jungen Mannes hing und ihn mit übertriebener und, wie George fand, vollkommen unbegründeter Bewunderung anhimmelte. »Wie *aufregend* das alles ist!«

»Wie erfreulich«, pflichtete George bei. Er deutete eine Verbeugung an.

»Oh, Schatz«, sagte Gerry und glotzte sie verliebt an. »Was haben wir nur für ein *Glück*, nicht wahr!«

George räusperte sich. Er legte die Hände hinter dem Rücken zusammen. Wellen aus Schmerz wogten durch seinen Kopf.

»Daddy sagt, wir sollen nicht zu viel ausgeben«, fuhr die junge Frau fort. »Aber Gerry denkt – und natürlich denke ich das ebenfalls –, dass man schon auf Qualität achten sollte, schließlich ist das eine *Investition* auf lange Zeit. Würden Sie nicht auch sagen? Und natürlich wollen wir umgeben von schönen Dingen …«

»Wie alt ist das?« Gerry zeigte auf das Sideboard.

»George III«, sagte George.

Gerrys Miene legte nahe, dass ihm diese Information nichts sagte.

»Ungefähr 1790«, half ihm George aus. »Mahagoni. Edles Stück.«

»Ist es *das* Stück?«, fragte das Mädchen ernst.

»Nun …« Gerry – der, so vermutete George, nicht die blasseste Ahnung hatte – spielte den Ball elegant zurück. »Was meinst *du* denn, mein Herzblättchen?«

»Oh nein, Liebling, was meinst du?« Sie hängte sich noch

enger an seinen Arm und schaute mit großen blauen Augen zu ihm auf.

»Passt schon, denke ich.«

»Was immer *du* denkst, denke *ich* auch. Du weißt es doch immer am besten, Liebling. Du bestimmst …«

Lieber Gott, dachte George. Wahrscheinlich war der Milchbubi tatsächlich bereits irgendwo in leitender Position, bei einer Bank vermutlich.

Er wollte ihnen gerade vorschlagen, sich noch ein wenig umzuschauen, als von draußen das satte Dröhnen eines großen Motors kam, Reifen auf dem Kies knirschten, und in der Lautstärke einer Werkssirene eine Hupe mehrfach ertönte. Rettung nahte.

»Würden Sie mich kurz entschuldigen?«, sagte George. Die beiden schienen kaum zu bemerken, ob er da war oder nicht.

»Mr. Baxter!« Alan kam in seinem blauen Overall aus der Werkstatt. »Es ist Lady Byngh – sie ist, also, sie ist *hier.*«

»Danke, Alan. Ich habe es gehört.« Er ging nach draußen. Seine Beine fühlten sich ganz und gar nicht wie normale Beine an.

Auf dem Hof prangte Lady Bynghs ausladender schwarz-roter Daimler, dessen Baujahr weit vor dem letzten Krieg lag. Der Oldtimer wies deutlich mehr als die für sein Alter angemessene Menge an Schrammen und Beulen auf. Einer der Scheinwerfer war eingeschlagen, das vordere Nummernschild baumelte, nur von einer Schraube gehalten, lose herab. Der Motor verstummte pfeifend.

Der Wagen enthielt vier Kreaturen, alle bellten.

»Baxter!«, kommandierte eine davon. »Kommen Sie her!«

Während er um den Wagen herumschlenderte, erhaschte George einen Blick auf Vera, die in der Haustür erschienen war, jedoch nur kurz nach draußen lugte, um sich schnell wieder zurückzuziehen und die Tür mit einer Geschwindigkeit zuzuknallen, als ginge es darum, eine Wolke Giftgas auszuschließen.

Lady Bynghs kriegerisches Gesicht präsentierte sich George am offenen Fenster unter einem eingedrückten schwarzen Strohhut, und bei seinem Anblick warfen sich die beiden fetten Cairn Terrier zähnefletschend gegen das hintere Fenster. Ein ebenso dicker gelber Labrador blickte ihm verzweifelt vom Beifahrersitz durch den Nebel aus Zigarettenrauch entgegen. Lady Byngh hatte heute eindeutig nicht vor, aus ihrem Wagen auszusteigen, demzufolge drohte ihm auch nicht der Anblick ihrer vom Zigarettenrauch verqualmten Tweedkleidung oder ihrer nicht zusammenpassenden Strümpfe. Einmal hatte er sie mit einem braunen und einem orangen Strumpf gesehen; überraschend wohlgeformte Beine hatten in altmodischen, aber eleganten Schuhen gesteckt.

»Ah, da sind Sie ja, Baxter!«, bellte ihn Lady Byngh über das Gekläffe hinweg an. Ihre Stimmlage wich nur selten von der Lautstärke ab, mit der man dem letzten Mann hoch oben in den Wanten eines vom Sturm gebeutelten Schiffes etwas zurief. »Jetzt *haltet* aber mal den Rand, alle beide!«, brüllte sie über die Schulter hinweg. Nicht, dass es etwas gebracht hätte. Das Gespräch wurde mit maximaler Lautstärke fortgesetzt. Jedes Mal, wenn sie den Mund aufmachte, quoll Rauch in wirbelnden Schwaden heraus. Als George sich näher an das Fenster beugte, biss der aus Tabakrauch, Whisky und Hund zusammengesetzte Geruch in seinen Nasenlöchern wie Riechsalz.

»Mein Mann wird den Hepplewhite vorbeibringen«, verkündete Lady Byngh, als müsste George bereits ganz genau wissen, um welches Möbelstück es sich handelte. Da ihm bisher das Vergnügen eines Besuches in Greenburton House – Lady Bynghs nach allem, was man hörte, ziemlich heruntergekommener Heimstatt im Nachbardorf Aston Parva – erspart geblieben war, hatte er nicht die geringste Ahnung, wovon sie sprechen mochte.

»Das muss gemacht werden.« Sie zog gierig an ihrer Zigarette. »Hochzeitsgeschenk, mein Neffe.«

»Ah?« George versuchte dienstbeflissen zu klingen. »Ah, ehm, ein Esstisch?«

»Nein, nein, der Sekretär. Wunderbares Stück. Unbezahlbar. Soll der Junge bekommen. Er macht in Tee, natürlich, Assam, wissen Sie. Hochzeit ist in Yorkshire – denke nicht, dass ich hinfahre. Werde ihn schicken müssen.« Sie nahm einen letzten, hektischen Zug von der schnell dahinschwindenden Zigarette, drückte sie dann auf dem Armaturenbrett aus und ließ den Stummel irgendwo in die vor sich hin rottende Schicht auf dem Boden des Wagens fallen. »Also, Sie werden das gleich machen.« Es war keine Frage. »Mein Mann kommt vorbei.«

Sie ließ den Wagen an, und der Hof war neuerlich erfüllt vom Klappern und Röhren des Motors und einer blauen Abgaswolke. Ohne weitere Worte fuhr sie davon. George sah den Umriss ihres Hutes, während der Wagen vom Gelände schaukelte.

Die Haustür ging auf, und Vera lugte heraus. »Ist sie weg?«

George zeigte auf den leeren Hof. Er fühlte sich noch schwächer und seltsamer als zuvor.

»Die jagt mir immer eine Gänsehaut über den Rücken«, sagte Vera, während sie ins Haus gingen. Plötzlich fiel ihm auf, dass Vera Schuhe mit hohen Absätzen trug, dunkelblau. »Und sie sieht immer so … *abgerissen* aus. Sollte man doch nicht meinen, wo sie adelig ist und so …«

»Sie hat den Zigarettenstummel einfach so ins Auto geworfen«, sagte George. »Ich dachte schon, das ganze Ding geht gleich in Qualm auf.«

»Oh nein«, sagte Vera. »Ich wette, in dem Auto ist es so feucht wie im Achselhaar einer Kellnerin. Da kann nichts brennen.«

Wieder einmal sprachlos angesichts einer von Veras Bemerkungen, ging George in die Küche. Geschlagen sank er am Küchentisch auf einen Stuhl und versuchte, sich übers Mittagessen Gedanken zu machen. Dann dachte er darüber nach, einfach ins Bett zu kriechen.

2.

Später am Nachmittag weckte ihn ein zögerliches Klopfen an der Schlafzimmertür. Er drehte sich um, wobei sich in seinem Kopf etwas auf unangenehme, dröhnende Weise verschob. Sein Gesicht war heiß, aber seine Füße waren eiskalt. Wins Uhr sagte, es sei halb sechs.

»Ja?« Er hörte sich zittrig an, wie ein alter Mann.

Vera lugte herein. »Habe Ihnen eine Tasse Tee raufgebracht, Mr. Baxter. Und Aspirin.« Ihre Absätze klickten über die Dielen, bis sie gnädigerweise vom Bettvorleger gedämpft wurden. »Oh je, Sie sehen aus, als hätten Sie die Grippe.«

»Ich, err …«, krächzte er. Seine Kehle fühlte sich an, als hätte jemand mit einer Kreissäge darin gewütet. Als er sich im Bett bewegte, stieg ihm der verschwitzte Geruch seines eigenen Schlafanzuges in die Nase.

»Ach, herrje.« Vera lächelte besorgt auf ihn herunter. Ihr Gesicht war größer, als er es in Erinnerung hatte. Dennoch war er sehr erfreut, sie zu sehen. »Also, ich hole Ihnen gleich ein Glas Wasser – hier sind die Aspirin. Und ich füttere Monty und gehe kurz mit ihm raus, ja?« Sie zögerte. »Soll ich über Nacht hierbleiben, Mr. Baxter? Ich meine, ich könnte Alan Tee machen und dann zurückkommen …«

Er schüttelte heftig den Kopf, was er sofort ebenso heftig bedauerte. »Ich komme sehr gut zurecht. Ich geh später mit dem Hund. Sag mal – die beiden heute Morgen …?«

»Ach ja, sie haben das Sideboard gekauft.« Veras Gesicht zuckte belustigt. »Meine Güte, was für ein albernes Pärchen.« Sie beugte sich über ihn. »Kommen Sie – sehen wir zu, dass Sie ein bisschen von dem Tee trinken.« Sie half ihm, sich aufzusetzen. In seinem verschossenen grünen Schlafanzug fühlte George sich gleichzeitig jämmerlich und auf angenehme Weise kindlich.

»Eine Wärmflasche wäre nett«, wagte er sich vor. »Wenn es nicht zu viele Umstände macht.«

»Aber natürlich hole ich Ihnen eine Wärmflasche!« Vera schien froh, um etwas gebeten zu werden. »Und ein paar Pfefferminzbonbons, so wie Sie sich anhören.«

Eingemummelt, mit dem Gummigeruch der heißen Wärmflasche in der Nase, überall auf seinem Körper heiße und eiskalte Stellen, dämmerte er zurück in einen eigenartigen Fieberschlaf. Die klamme Flanellbettwäsche schlang sich um seinen Oberkörper. Irgendwann im Verlauf des Abends kam er zu der Überzeugung, dass eine Ladung feuchter Sand auf seine Füße gekippt worden sein musste, und nahm an, dass Kevin daran schuld war. Dann träumte er, dass eine Schlange, die aussah wie ein Fließband aus dicken braunen Boxhandschuhen, sich auf ihn zubewegte und auf seinen Brustkorb legte, um ihn zu ersticken. Er dachte an seine weißen Knöchel und wie bedeutungslos er angesichts der Weite der Welt war, bevor er nach Luft ringend und schweißnass im Dunkeln aufwachte.

Muss den Hund rauslassen, dachte er mit einer seltsamen Klarheit.

Ihm war zu heiß, als dass an einen Morgenmantel oder Hausschuhe auch nur zu denken war, also taumelte er im Schlafanzug und mit nackten Füßen in die Küche. Das Linoleum dort fühlte sich plötzlich schrecklich kalt an, grauenhaft. Lieber Gott, wenn der Fußboden schon so kalt war, wie kalt würde sich dann erst der Toilettensitz anfühlen? Das Licht in der Küche stach ihm wie eine Stricknadel durch die Augen, direkt ins Gehirn.

Monty hob verschlafen den Kopf.

»Komm schon, alter Junge. Raus mit dir.« Er tippte mit dem Fuß gegen den Hund. Das Fell an Montys Hintern fühlte sich warm und behaglich an.

George schaltete das grelle Deckenlicht in der Küche aus und stattdessen das Außenlicht ein. Die Kälte drang auf ihn ein, und er begann zu zittern. Es regnete, der Wind wehte böig. Monty gefiel der Regen ganz und gar nicht. Er warf einen düsteren Blick nach draußen, trottete die Stufen hinunter und pinkelte verächtlich ins Gras, bevor er wieder zurück ins Haus eilte.

Als er die Tür wieder zugemacht hatte, ließ sich George in der dunklen Küche auf einen Stuhl fallen. Seine Zähne klapperten. Mit einem Mal überkam ihn der Drang, seine Taschen nach Montys Lakritzkonfekt zu durchsuchen und ein paar davon zu vertilgen. Eine Sekunde später bereitete ihm der Gedanke Übelkeit. Jetzt die Treppe hinaufzusteigen, um ins Bett zurückzukehren, erschien ihm eine übermenschliche Aufgabe.

»Oh Mann …« Er stützte die Arme auf den Tisch und legte den Kopf darauf. »Nur eine Minute hier sitzen …«

»George, warum um Himmels willen bist du nicht im Bett?«

Er hob den Kopf. Sein Körper schien zu einem starren Eisklotz gefroren zu sein. War er wach? Jemand stand in einem langen Morgenmantel neben ihm. Ohne aufzusehen, wusste er, dass es Win war.

»Na komm, das geht doch so nicht. Was du brauchst, ist etwas Schönes, Heißes zu trinken und ein Aspirin. Und jetzt zurück ins Bett mit dir!«

Er wollte ihr sagen, dass Vera ihm schon Aspirin gegeben hatte und dass es oben neben dem Bett lag, schien aber seine Stimme nicht zu finden.

»Na komm, ab mit dir nach oben, mein Lieber.« Wins nüchterne Stimme hatte einen weichen, mütterlichen Tonfall angenommen, den sie im Leben nicht oft hatte einüben können. Sie nahm seine Hand, und er folgte ihr langsam die Treppe hinauf, wobei er jedes Mal beide Füße auf eine Stufe stellte, bevor er die nächste in Angriff nahm. Getröstet durch ihren Anblick, den vertrauten Blümchenstoff und die Bewegung ihres schlanken Körpers darunter. Sie brachte ihn zu Bett und strich ihm über den Kopf, bis er einschlief.

Er träumte von einer Frau auf einem Pferd und erkannte sie sofort: die Schönheit des hinter ihr her flatternden Haars und ihr direkter Blick, die Perfektion, mit der sich die bronzenen Glieder des Pferdes bewegten, rührten ihn fast zu Tränen. Die prächtige Bronzestatue stand auf einem marmornen Kaminsims. Ich habe sie gefunden, sie ist hier, versuchte er ihnen zu sagen, einem ganzen Raum voller Leute.

Frühes siebzehntes Jahrhundert – sehen Sie, hier drüben … Niemand hörte ihm zu.

Später wachte er auf, und der Regen prasselte hart gegen die Fensterscheiben. Er wünschte sich, Win wäre noch da. Es lag niemand neben ihm im Bett. Sie musste irgendwo sein, wo er sie nicht sehen konnte, vielleicht war sie in einem Sessel eingeschlafen. Als die Morgendämmerung grau heraufzog, war immer noch nichts von ihr zu sehen, und er sehnte sich danach, dass sie zurückkam.

3.

»Sie verpassen nichts da draußen, das kann ich Ihnen sagen«, begrüßte ihn Vera am nächsten Morgen. »Die Narzissen haben keine Chance bei dem Wetter.«

Ihr Haar sah platt aus, trotz des Regenschirms. Irgendwo in den Tiefen des Fiebers dämmerte es George, dass es ganz allgemein platter aussah. Diese großen Wellen waren fort. Der vordere Teil der Frisur war aus der Stirn gekämmt und mit einer Spange am Hinterkopf befestigt, während die unteren Partien lose herabhingen. Was geht hier vor?, fragte er sich benommen. Doch was immer sie getan hatte, es passte besser zu ihr.

»Sie sehen mir nicht allzu gut aus«, sagte Vera mit einem besorgten Blick. »Soll ich Dr. Bell rufen? Womöglich brauchen Sie Penicillin.«

»Nein«, flüsterte George. »Belästigen Sie ihn nicht. Entweder übersteh ich es oder eben nicht.«

Vera schien sein Leiden zu amüsieren. »Oh, ich gehe doch mal davon aus, dass Sie das überleben«, sagte sie. »Aber machen Sie sich keine Sorgen, Mr. Baxter, wir kümmern uns um Sie. Wenn Sie Alan brauchen, für alles, was … persönlicher ist, lassen Sie es mich nur wissen, in Ordnung? Ich behalte in der Zwischenzeit das Geschäft im Auge.«

Vera wurde seine Krankenschwester, abgesehen von den Nächten. Sie übernahm die Leitung des Geschäfts, brachte ihm Krüge mit kaltem Wasser und Flaschen mit heißem nach oben, Wick VapoRub und einen schier unendlichen Nachschub an Tee. George konnte nichts tun, als verschwitzt und voller Dankbarkeit auf seinem Krankenlager vor sich hin zu schmoren.

Die ersten beiden Tage verbrachte er in einem fiebrigen Dämmerschlaf, aus dem er hin und wieder kurz erwachte, nur unterbrochen von mühsamen Gängen ins Badezimmer. Eine gute halbe Stunde musste er jedes Mal die Kraft dafür sammeln. Auf dem Weg hielt er sich an jedem greifbaren Möbelstück fest. Der Toilettensitz war so eisig wie befürchtet.

Geräusche drangen in sein Bewusstsein und verschwanden wieder daraus, während er im Bett lag – Montys Bellen, das Knirschen von Kies, wenn ein Auto in den Hof fuhr, die Haustür, die auf und zu ging, Stimmen. Von irgendwoher meinte er, blecherne Musik zu hören. Er dachte erst, er halluzinierte, bis Vera ihm sagte, dass sie ein kleines Transistorradio mitgebracht hatte, um in der Küche Musik zu hören – sie *liebte* diese Beatles wirklich! Er hatte doch nichts dagegen, oder? Nein, stimmte er pflichtschuldig zu, hatte er nicht.

Eines Morgens folgte auf hohe, wiehernde Töne von draußen ein kleines Glas mit einem Strauß Schneeglöckchen auf seinem Nachttisch. Von Pat Nesbitt, erzählte ihm Vera. Sie waren zart und wunderhübsch. Irgendwann am zweiten Tag, als er nach einer dieser Expeditionen ins Bad gerade wieder erschöpft ins Bett gesunken war, hörte er direkt unter seinem Fenster einen heftigen Streit.

»Das mag ja sein, dass Sie das denken, nichtsdestotrotz bin ich vom Fach, und meiner Meinung nach …«

Wer zum Teufel war das nun wieder? Die Stimme hörte sich bekannt an.

»Natürlich sind Sie das«, antwortete Vera. »Aber alles ist in bester Ordnung. Mr. Baxter hat alles, was er braucht, und er hat ausdrücklich gesagt …« Hatte er das? Er konnte sich nicht erinnern, so viel Energie aufgebracht zu haben, um irgendetwas *ausdrücklich* zu sagen. »… dass er niemanden sehen möchte.«

»Das spielt keine Rolle«, sagte die Stimme jetzt noch lauter. »Ich bestehe darauf, dass Sie mich einen Blick auf ihn werfen lassen. Sie wissen mit Abstand nicht so viel über Influenza wie ich, und glauben Sie mir, ich habe einige Patienten an diese schreckliche Krankheit verloren …«

Rosemary Abbott!, durchfuhr ihn die Erkenntnis wie ein Stromschlag. Was, wenn sie hier oben gewesen ist, während er auf der Toilette war? Von Grauen erfüllt, umklammerte er den Rand der Bettdecke. Bitte, Vera, flehte er inständig, lass die um Himmels willen nicht hier rein. Ängstlich lauschte er auf herrische Schritte auf der Treppe.

Vera sagte etwas so leise, dass er es nicht hören konnte.

»Wie Sie meinen«, antwortete Rosemary schnippisch. »Ich denke, Sie machen einen Fehler. Ich hoffe, der Arzt war zumindest bei ihm.«

Dann kamen Schritte die Treppe herauf. George drehte die Augen zur Tür, ohne den Kopf zu bewegen; seine Nase ragte gerade eben unter der Bettdecke hervor. Vera hatte die Arme immer noch vor ihrem flauschigen, weiten braunen Pullover verschränkt, wahrscheinlich die Pose, in der sie Rosemary abgewehrt hatte.

»So«, sagte sie. »Haben Sie das gehört? Das war Rosemary Abbott.«

George beäugte sie. »Dass sie die Hälfte ihrer Patienten verloren hat, klang für mich nicht nach einer Empfehlung«, sagte er.

Vera lachte und löste die Arme, um sich vorzubeugen und seine Decke am Fußende glatt zu ziehen. »Sie wollte nach Ihnen schauen, hat sie gesagt.«

George stöhnte schwach. Als er Vera so sah, wie sie sich über sein Bett beugte, war er kurz versucht, sie zu fragen, ob sie nicht unter die Decke kommen wollte, ein bisschen kuscheln.

Vera sah auf und grinste. »Schon gut, Mr. Baxter. An mir kommt niemand vorbei.« Sie stützte sich auf dem Bett ab, um sich wieder aufzurichten, und fragte: »Wie wäre es mit einem gekochten Ei?«

Als sie wieder nach unten ging, hörte er sie diesen neuen Song singen, *»Can't buy me lo-hove …«*

Am nächsten Tag, als eine wässrige Sonne die gräulichen Wolken beiseiteboxte, hörte er ein großes Fahrzeug sich die Zufahrt entlangquälen. Das Fahrzeug hielt direkt vor dem Haus, und eine Tür ging auf und wurde wieder zugeknallt. Eine leutselige männliche Stimme rief: »Lieferung für Sie!«

Er hörte Veras Stimme und dann auch Clarences knarrende Antwort, ohne allerdings zu verstehen, was gesagt wurde. Die folgenden Geräusche – das Quietschen, als die Türen zum Laderaum geöffnet wurden; mühseliges Schieben, Grunzen, dumpfe Schläge und Anweisungen, die gerufen wurden – deuteten darauf hin, dass ein schweres Möbelstück von einem Ort zu einem anderen geschafft wurde.

George lag frustriert da. Ich kann kaum den Kopf heben, dachte er, ganz zu schweigen davon, mein Geschäft zu führen. Er fühlte sich schlapp und bar jeglicher Energie.

»Das war Lady Bynghs Bücherdingens, das gekommen ist«, verkündete Vera, als sie eine Tasse Tee auf seinen Nachttisch stellte, dazu ein paar Butterkekse.

»Oben Bücherregal, unten Schubladen?«, fragte er, während er sich zum Sitzen hochstemmte. Vera machte Anstalten, ihm zu helfen, zog sich dann aber zurück, als sie sah, dass er zurechtkam.

»Ja – mit Glas vorne. Es geht Ihnen allmählich besser, oder?«

»Das nennt man einen Sekretär mit Vitrinenaufsatz«, erklärte er.

»Jawohl«, antwortete Vera. Er wusste, dass sie es nicht vergessen würde. Sie vergaß nie etwas.

»Ich hab das alte Mädchen gar nicht gehört«, sagte er, während er an seinem Tee nippte.

»Oh, sie ist nicht gekommen, sondern ein netter Kerl mit einem Lieferwagen. Clarence sagte, das wird eine Woche oder so warten müssen – sie haben den Sekretär hinten in die Scheune gestellt.«

George runzelte die Stirn. »Wann ist die Hochzeit?«

»Anscheinend nicht vor Juli.«

»Dann ist es ja in Ordnung.«

»Oh – es war auch noch ein Brief dabei, warten Sie!« Vera lief nach unten und kehrte mit einem dicken cremefarbenen Umschlag zurück.

»Meine Güte«, sagte George. »Allerbeste Qualität.«

Vera schlitzte ihn auf und reichte ihm das kleine Blatt aus cremefarbenem Papier, das darin steckte. Eine schwungvolle Handschrift in blauer Tinte schnörkelte sich, ein wenig nach rechts geneigt, über die ganze Seite.

Baxter!
Anbei Lieferung meines Hepplewhite. Sie tun alles, was nötig ist, um ihn aufzuarbeiten, damit er als Geschenk für den Jungen meines verstorbenen Bruders taugt, Roderick Storr-Mayfield.
Ich erwarte Ihren Anruf, sobald die Arbeit abgeschlossen ist, und mein Mann wird dann kommen, um ihn abzuholen.
Herzlich

Es folgte ein unleserliches Gekritzel, danach, in Großbuchstaben und Druckschrift: ELEANORA AGNES LUCINDA BYNGH

4.

Sonntagnachmittag fühlte er sich gut genug, um nach unten zu bummeln, mit der Aussicht auf einen friedlichen Nachmittag ganz für sich allein. Als er im Erdgeschoss ankam, begrüßte Monty ihn, als wäre er Jahre fort gewesen.

»Vorsicht, alter Junge, du wirfst mich noch um«, protestierte George über das glückliche Bellen und wilde Schwanzgewedel hinweg. »Ja, ja – ich weiß, du freust dich, mich zu sehen.« Er beugte sich nach unten und kraulte liebevoll Montys Ohren. »Na komm – ich brauche dringend etwas zu essen.«

Er hatte Vera gesagt, dass er auf jeden Fall allein zurechtkam. Es verschaffte ihm ein berauschendes Gefühl von Freiheit, allein in seiner Küche stehen zu können und sich ein Omelette zu machen, ohne dass irgendwer dazwischenfunkte oder er mit jemandem sprechen musste, abgesehen von dem Hund. Nachdem er geviertelte Pilze und gebackene Bohnen dazugegeben und ein paar dicke Scheiben Brot mit ordentlich Butter beschmiert hatte, setzte er sich, berauscht vom Duft des Essens, an den Tisch. Mit Bier fange ich wohl besser noch nicht an, dachte er. Arme und Beine waren eindeutig noch zittrig. Zu seiner Überraschung schaffte er es nicht, das ganze Butterbrot zu essen. Seine Hosen fühlten sich locker an um die Hüfte. Das war nicht gut.

»Also dann, Monty«, sagte er und stellte das benutzte Geschirr ins Waschbecken. »Lass uns mal gucken gehen, was so los war, während ich auf dem Krankenlager war.«

Monty folgte ihm mit klickenden Pfoten ins Büro. George warf ihm ein Lakritzkonfekt zu.

»Das war's für heute. Jetzt leg dich hin.«

Monty ließ sich mit einem Ächzen hinter dem Stuhl zu Boden sacken und legte den Kopf auf die Pfoten. George schlug das aktuelle Bestandsbuch auf und setzte sich überrascht kerzengerade auf.

»Meine Güte!«, sagte er. Da war eine ziemlich umfangreiche Liste in Veras kindlicher Handschrift. Nicht nur das Sideboard mit der geschwungenen Front war hier notiert, das die beiden Turteltäubchen erworben hatten, sondern auch ein Mahagoni-Esstisch und die dazugehörigen Stühle – und sogar die monströse hohe Schlafzimmerkommode in Eiche, die schon seit Wochen im Ausstellungsraum stand. Den Namen des Käufers kannte er nicht. Vielleicht ein Zwischenhändler.

»Sieh an, sieh an«, sagte er. »Die gute alte Vera.« Sie hatte ihm das wahrscheinlich alles erzählt, wenn er so darüber nachdachte, aber er war wahrscheinlich nicht in der Lage gewesen, es aufzunehmen. Es gab keinerlei Grund zu Besorgnis. Vera hatte eindeutig alles im Griff.

Er lehnte sich zurück, während seine Gedanken auf Wanderschaft gingen. Er hatte den ganzen Nachmittag für sich – er sollte irgendetwas damit anfangen. Sollte er Wins Sachen durchsehen, solange er für sich allein war, ohne all diese Frauen, die darauf bestanden, ihm zu helfen? Doch er scheute sich davor – ebenso vor den leeren Schubladen und Schränken, die sich daraus ergeben würden, wie vor der Aufgabe selbst. Nein. Das war zu endgültig. Dankbar erinnerte er sich daran, wie sie während seines Fiebers für ihn da gewesen war. Er konnte nicht damit anfangen, ihre Sachen auszuräumen, solange es sich noch so anfühlte, als könnte sie jederzeit hereinkommen.

Er rollte den Stuhl näher an die Regale, nahm ein paar alte Bestandsbücher heraus und blätterte sie durch, betrachtete vergangene Jahre – in seiner eigenen, verblassenden Handschrift ordentlich aufgelistete Gegenstände. Er erinnerte sich an sehr viele davon, wo er sie gekauft hatte und von wem; an wen er sie verkauft hatte.

Zwei Zeitungsausschnitte fielen aus einem der Bücher, als er die vergilbten, mit angerosteten Heftklammern zusammengehaltenen Seiten durchblätterte. Es berührte ihn, sein jüngeres Selbst zu sehen wie jemanden, der einem zufällig hinter einer Kurve entgegenkommt, und er brauchte ein paar Sekunden, um zu begreifen, was er da sah. Stirnrunzelnd starrte er auf das körnige Foto. Der Prince of Wales war darauf abgebildet, noch vor dem ganzen Theater mit Miss Simpson. Er eröffnete die British Trade Fair in

Buenos Aires, im Blitzlichtgewitter umgeben von wogenden Fahnen. März 1931 war das gewesen. Deshalb hatte er es ausgeschnitten, offensichtlich. Drei Jahre später war er selbst dort gewesen.

Das andere war ein Foto von ihm selbst, aufgenommen von Joe Black, seinem Londoner Arbeitgeber, und später abgedruckt in einer Zeitung. Er posierte vor einem reich verzierten Kaminsims aus Marmor.

George starrte einigermaßen fassungslos auf den behäbigen Achtzehnjährigen in dem engsitzenden Anzug, die Hände vor dem Körper aneinandergelegt. Beinahe konnte er die Röte spüren, die ihm an jenem Tag in Lord Bucklefords Haus ins Gesicht gestiegen war, als Joe Black ihn angewiesen hatte: »In Ordnung, Junge, und jetzt ganz stillhalten.« Hinter ihm auf dem Kaminsims standen, fürs Foto arrangiert, die Allodola-Bronzen, Mars und Venus, beide zu Pferd, zwei exquisite Exemplare aus den Florentiner Werkstätten: die beiden schönsten Stücke, die er je gesehen hatte. Als er sie zum ersten Mal erblickt hatte, hatte er eine Gänsehaut bekommen, so wunderschön waren sie, so perfekt. Und er musste zu den Menschen gehören, die sie zuletzt zusammen gesehen hatten, 1926, bevor sie durch einen unglücklichen Zufall voneinander getrennt wurden. Aufgrund dieses Fotos hatten sich die Zeitungen irgendwann an Joe Black gewandt, um den verschollenen Mars ausfindig zu machen, leider vergeblich.

Wie seltsam, dass ihm die Fotografie ausgerechnet jetzt in die Hände gefallen war, nachdem er diesen Traum gehabt hatte. Er wusste, wo Mars war, das schon. Mars war nach Amerika gelangt. Es war die außergewöhnlich schöne Venus, die vergangene Nacht durch seinen Traum galoppiert war. Der tragische Verlust ihres Gegenstücks erschien wie eine Erweiterung der Tragödie, die die Bucklefords erlitten hatten.

Lord Bucklefords drei Söhne waren im Ersten Weltkrieg Offiziere der Army gewesen. Keiner von ihnen war in das Dorf in Sussex zurückgekehrt. Dass dann Lady Buckleford 1926 starb, hatte Lord Buckleford endgültig das Herz gebrochen, und so hatte er das Herrenhaus verkauft. Bei der Aufteilung der Gegenstände war Mars versehentlich zu den Dingen geraten, die verkauft werden sollten, und – wie George herausfand, als er die Bronzestatue zwei Jahre darauf auf Paul Lesters Estancia in Argentinien wiedersah – exportiert worden. Venus, so schien es, war daraufhin in aller Eile ebenfalls verkauft worden. Ohne Mars war sie wesentlich weniger wert gewesen. Doch George hatte sich immer gefragt, ob nicht ihr Anblick, auf ewig getrennt von ihrem Partner, für Lord Buckleford einfach zu schmerzlich gewesen war, weil er darin seinen eigenen Verlust gespiegelt sah. Venus war verschwunden. Seit inzwischen mehr als dreißig Jahren, seit er Mars wiederentdeckt hatte, hatte er sich danach gesehnt, sie wiederzufinden. Er hatte sie nie ganz vergessen, hatte immer nach ihrer wundervollen Gestalt Ausschau gehalten, dem wehenden Haar und den niedergeschlagenen Augen, die ganze Zeit, seit damals.

April

Sechs

1.

Wann es wohl mal wärmer würde, fragte sich George, während er seinen morgendlichen Porridge-Topf abwusch. Ein harscher Wind scheuchte die Wolken mit ungewöhnlicher Geschwindigkeit über den Himmel und sorgte dafür, dass die Sonne aufblitzte und wieder verdeckt wurde.

»Porridge«, sagte er, stellte den Topf auf das Abtropfgestell und pulte ein paar Haferflocken und Zwiebelschalen aus dem Ausguss, »ist einfach das Beste.« Porridge zum Frühstück war wie Beton in ein Fundament zu gießen, und er konnte mit Sicherheit etwas davon in seinem Fundament brauchen. In den zehn Tagen, seit er aus dem Bett gekrochen war, unsicher wie ein neugeborenes Kälbchen, war er nur langsam wieder zu Kräften gekommen. Täglich dachte er darüber nach, dass er seine Kartoffeln und Zwiebeln setzen musste, aber noch immer fühlte er sich benommen und wackelig auf den Beinen.

»Das ist normal nach einem Trauerfall«, hatte Vera ihn informiert, und es hörte sich an wie etwas, das sie gerade irgendwo gelesen hatte. »Es ist nicht nur ein seelisches Problem, wissen Sie.« Sie hatte so gut verkauft, und das sogar zu ziemlich guten Preisen, dass die Ausstellungsräume allmählich kärglich aussahen, statt jenen Eindruck von elegantem Überfluss und Luxus zu vermitteln, den George anstrebte. Er musste wirklich los, um einzukaufen. Morgen, gleich morgen. Er würde den Vanguard herausholen, und in der Nähe von Marlow gab es eine Auktion …

Er war gerade dabei, seine alte Tweedjacke überzuziehen, als von der Hintertür ein drängendes Klopfen kam. Kevin stand auf der Schwelle, den Overall schief und halb offen, so dass er den Blick auf ein willkürlich zugeknöpftes Hemd freigab. Offensichtlich war er mit einer so dringenden Nachricht herübergeschickt worden, dass er noch mitten beim Frühstück war, das aus einem Käse-Zwiebel-Sandwich bestand. Es musste noch heftig gekaut und heruntergeschluckt werden, bevor er die ersten Silben äußern konnte.

»Clarence sagt …«, quetschte er heraus, bevor er noch einmal verstummen musste. Sein Adamsapfel sprang bedenklich auf und ab.

»Lass dir Zeit, Junge«, riet George.

»Er sagt, Sie kommen besser mal rüber«, erklärte Kevin, nach einem letzten, fordernden Schlucken. »Kleines Problem.«

In der Werkstatt, aus der normalerweise Hämmern und Meißeln, das Kreischen der Kreissäge und die Rufe der Männer drangen, war es still. Als George eintrat, umfing ihn der vertraute Geruch von Sägemehl und Lack, und Alan und Clarence standen neben dem Mahagoni-Sekretär, den Lady Bynghs »Mann« neulich vorbeigebracht hatte. Wie es von den meisten Gegenständen in Lady Bynghs Besitz zu erwarten war, brauchte er dringend Beistand.

»Na, was gibt's, Clarence?« Wie üblich ertappte George sich dabei, Clarence mit einer jovialen Fröhlichkeit anzusprechen, die schon an Idiotie grenzte, nur um dessen düsterer Schwermut etwas entgegenzusetzen.

Clarence, mit aufgerollten Hemdsärmeln, stieß dem Möbelstück den Zeigefinger in die Seite, als wollte er es vorwarnen, dann verschränkte er die Arme vor der Brust, trat einen Schritt zurück und starrte es an.

»Das«, verkündete er schließlich mit einem grimmigen Nicken zu dem Sekretär hin, »ist zusammengestückelt.«

George blickte verblüfft auf das hohe Möbelstück mit seinen verglasten Türen – ein paar Scheiben fehlten, andere hatten Sprünge –, seinem eleganten, gebrochenen Giebelkranz, das Holz der Rückwand und der Schubladen, die förmlich nach Sauberkeit und Nahrung dürsteten, die sich am Ende aber sehr hübsch machen würden. Das Stück, das Lady Byngh »meinen Hepplewhite« genannt hatte.

Die Sache bei Clarence – so zermürbend er sein konnte – war, dass er äußerst selten, eigentlich fast nie, danebenlag.

»Zeig mal her.«

Clarence löste die verschränkten Arme und machte sich bereit, etwas zu sagen.

»Es ist doch zumindest ein Hepplewhite, oder?«, drängte George ihn ungeduldig zum Sprechen.

»Der obere Teil vielleicht«, erklärte Clarence schließlich. »Der Zustand, in dem er ist, hilft nicht gerade. Der ganze Dreck verbirgt einiges. Aber gucken Sie mal hier.«

Wo der obere und der untere Teil aufeinandertrafen, kratzte er an einer kleinen Stelle an der Seite die jahrzehntealte Schicht aus Dreck, Nikotin und uralter Möbelpolitur weg, die auf dem Holz lag wie Schweiß auf einem Kranken. Kurz darauf sah George entsetzt eine unleugbare Fuge zum Vorschein kommen. Zusammen zogen sie die unteren Schubladen heraus, wobei sie mehrfach pausieren mussten, so brachte der Staub sie zum Niesen. Von Nahem gesehen, sprach so gut wie alles am Unterteil des Sekretärs von Fälschung.

»Und die Füße«, Clarence zeigte mit einem spindeldürren Finger darauf. »Diese Klauenfüße, auch wenn sie stilistisch passen, sind schlecht proportioniert und viel zu groß.«

George richtete sich langsam auf und betastete den Lack. »Ist nicht dumm gemacht«, sagte er.

»Allerdings«, stimmte Clarence zu. »Aber das ändert nichts daran, dass er eine Fälschung ist.«

George fuhr sich mit den Fingern durch die Haare, wie er es immer tat, wenn ihm etwas zu schaffen machte.

»Das würde man nicht erwarten … nicht bei jemandem wie ihr, oder?«, sagte Alan und klang ungewöhnlich verdrießlich.

»Sie hat gesagt, er sei seit Generationen in ihrer Familie«, erwiderte George. Idiotischerweise, das wurde ihm jetzt klar, hatte er – da Lady Byngh an der Spitze irgendeines Zweiges der Aristokratie stand, wie schwach auch immer der sein mochte – niemals hinterfragt, ob das Stück echt war.

»Ich würde sagen, das Unterteil ist gute vierzig, fünfzig Jahre jünger als das Oberteil«, sagte Clarence.

»Ja«, gestand George demütig ein. »Ich sehe es. Ich bin dir überaus dankbar, Clarence.«

Ein leichtes Zucken der Mundwinkel deutete darauf hin, dass Clarence mit sich zufrieden war. Alter Griesgram, dachte George voller Zuneigung.

Kevin stand abwartend neben ihnen und pulte sich mit einem Holzspänchen Zwiebelstücke zwischen den Zähnen hervor.

Alan, der mit verschränkten Armen an der Werkbank lehnte, sagte: »Werden Sie's ihr sagen? Sie will ihn ja zurückhaben, bevor sie ihn verschickt.«

Das war ein seltenes Dilemma. Hier ging es um Lady Eleanora Byngh. Auf einmal war es, als stünde sie mit ihnen im Raum, in ihren angesengten alten Tweedsachen, mit ihrer wirren Vogelnestfrisur und den nicht zusammenpassenden Strümpfen. Sie hatte ihnen das Beste gebracht, das sie finden konnte, hatte ihr muffiges Haus und die Überbleibsel ihres Stolzes durchkämmt, um ein Geschenk mit einem gewissen Prestige zu finden, für einen entfernten jungen Verwandten, der wahrscheinlich keine Vorstellung davon hatte, unter welchen Bedingungen sie lebte. Der Sekretär würde nach Yorkshire gebracht werden, wo er wahrscheinlich Jahrzehnte irgendwo stehen würde, bis irgendjemand entdeckte, dass der Hepplewhite gefälscht war.

»Nein«, sagte George ruhig. »Ich glaube nicht, dass wir das tun werden. Sie bezahlt uns für die Restaurierung. Tut einfach euer Bestes. Und lasst uns hoffen, dass damit alles gut ist.«

Die Blicke der Männer trafen sich – nur Kevin schien sich für den Moment in einem Zustand sandwichgesättigter Dumpfheit zu befinden und starrte ins Leere. Sie nickten.

2.

»Sie fahren wohl gleich los, Mr. Baxter, oder?«

»Morgen, Kevin!« George schüttete einen letzten Eimer Wasser über die Motorhaube des Wagens. Es war eine elegante Standard Vanguard Limousine, und er genoss den Anblick des tropfenden grauen und glänzend sauberen Lacks. In dem jämmerlichen Zustand, in dem er gewesen war – man hatte kaum feststellen können, welche Farbe der Lack hatte –, hätte er keinesfalls damit losfahren können. Man musste sich schon von seiner besten Seite zeigen, ein guter Eindruck war wichtig. Den Eimer in der Hand, drehte er sich zum Haus um. »Ja, zu einer Auktion. Muss aufstocken.«

Kevin sprang hinter ihm her. »Meinen Sie, ich könnte mitkommen? Nur dieses eine Mal? Ich war noch nie auf so ner Auktion. War noch nie wirklich irgendwo.«

»Nun ...« George wandte sich zu ihm um, gestoppt von diesem tragischen Eingeständnis. »Ja, warum nicht? Es gibt nichts, was nicht auch bis morgen warten könnte, glaube ich. In zehn Minuten. Geh und sag Clarence Bescheid – und nimm dir deine Sandwiches mit.«

»Oh, *danke,* Mr. Baxter!« Begeistert und mit nie dagewesener Geschwindigkeit verschwand Kevin in der Scheune gegenüber.

George zog sich um, wählte einen Tweedanzug, der ihn, so fand er, ziemlich schneidig aussehen ließ. Er versuchte sich zusammenzureißen und hatte sich einen Haarschnitt gegönnt. Irgendwo musste man ja anfangen. Er schenkte sich selbst im Spiegel ein, wie er hoffte, breites, gewinnendes Lächeln. Unten fand er Vera vor einem anderen Spiegel vor.

Sie murmelte etwas Unverständliches, während sie mehr von dem rosafarbenen Lippenstift auftrug.

»Ich werde Monty hierlassen müssen«, sagte George.

»Oh, das ist in Ordnung«, antwortete Vera seinem Spiegelbild. Sie rollte die Lippen aufeinander. »Er kommt schon klar.« Sie drehte sich um und musterte George. »O-ho, Sie sehen aber schick aus heute, Mr. Baxter.«

»Danke, Vera.« Dankbar musterte er sie seinerseits. Sie trug einen gut geschnittenen dunkelblauen Hosenanzug zu ihren hochhackigen Schuhen, und diese Frisur war definitiv anders.

»Du aber auch«, sagte er. Es stimmte. Sie sah … Welches Wort passte da? … kultivierter? … aus?

»Nun …« Vera strich sich mit der Hand übers Haar und dann über den Aufschlag ihrer Jacke. »Ich kann ja schließlich nicht herumlaufen wie die Putzfrau, wenn ich im Geschäft bin, oder?«

»Nein, natürlich nicht. Da hast du recht.« Mit einem Mal empfand er überwältigende Dankbarkeit ihr gegenüber. Ja, das kleine Transistorradio machte seine Küche zu einem eher lärmigen Ort. Aber sie brachte Lebensfreude in sein Haus. Verlegen setzte er hinzu: »Du machst das wirklich gut, Vera.«

Sie errötete mit mädchenhafter Begeisterung. »*Wirklich*, Mr. Baxter? Ehrlich? Ich gebe wirklich mein Bestes.«

»Du machst das ausgezeichnet«, lachte er. »Was glaubst du denn, warum ich heute losfahren und aufstocken muss? Du scheinst mein halbes Lager verkauft zu haben, während ich außer Gefecht war!«

Vera strahlte angesichts des Lobes. Dann nahm ihr Gesicht wieder einen ängstlichen Ausdruck an. »Und es macht Ihnen nichts aus, dass … Nun, dass ich nicht mehr so viel koche und …«

»Ich kann doch jetzt selbst kochen, und auch das habe ich dir zu verdanken! Ich bin sicher, dass Alan sich auch freut, wenn ab und zu ein Essen auf dem Tisch steht.«

»Oh, *das* bekomme ich schon noch hin. Ich meine nur … na ja, die ganzen anderen Sachen, die ich noch gemacht habe. Derzeit deutet alles darauf hin, dass ich es gar nicht mehr schaffen werde, einzukochen, und ich backe nicht mehr so viel Kuchen und all diese Sachen. Alan wird allmählich ein bisschen … Wie dem auch sei, ich dachte, es macht Ihnen vielleicht auch etwas aus?«

Die Ausmaße von Georges Erleichterung waren gar nicht in Worte zu fassen. »Vera, meine Liebe – wir haben deine Kuchen viele Jahre lang genossen. Aber jetzt ist es vielleicht einfach Zeit für etwas anderes. Die Kuchen werden dahinter zurückstehen müssen. Natürlich macht mir das nichts aus.«

»Oh, ich wusste, Sie würden das verstehen, Mr. Baxter. Und ich kann mich nur glücklich schätzen, so einen netten Chef zu haben!« Sie machte Anstalten zu gehen, drehte sich dann aber doch noch einmal um.

»Übrigens, Mrs. Linklater hat ihre Rechnung immer noch nicht bezahlt.«

»Ah«, sagte George geistesabwesend. »Vielleicht schaue ich in ein, zwei Tagen mal bei ihr vorbei, wenn ich in der Nähe bin.«

Die etwa dreißig Meilen weite Fahrt zum Auktionshaus war angenehm. Sie überquerten in Wallingford den Fluss, umfuhren in Nettlebed die Ausläufer der Chiltern Hills und überquerten in Henley ein weiteres Mal die Themse. In der Luft schien eine frühlingshafte Leichtigkeit zu liegen, und die Sonne gewann zunehmend an Kraft. Auf dem Fluss, der seit Urzeiten verlässlich gen London floss, waren die ersten Boote zu sehen. Die Felder waren flaumig von der gerade aufgehenden Saat, die Umrisse der Bäume wurden weich mit dem ersten Grün, und der Schwarzdorn blühte weiß.

Kevin, das Gesicht zum Fenster gedreht, biss, noch bevor sie fünf Meilen gefahren waren, in sein erstes Käse-Zwiebel-Sandwich. Zwiebelige Düfte erfüllten das Auto. George warf einen genervten Blick hinüber. Es wäre unterhaltsamer gewesen, Monty dabeizuhaben, dann hätte er wenigstens blödsinnige Kommentare abgeben oder vor sich hin singen können. Selbstmitleid durchfuhr ihn wie ein stechender Schmerz. Würde das ab jetzt sein Leben sein – Monty und Kevin? Der Frühling kam mit all seinen Versprechungen – Licht, Neuanfang! Was sein eigenes Leben anging, konnte er sich kaum an den kurzen Frühlingsteil erinnern. Was war aus seinem Hochsommer geworden? Er war verregnet gewesen und deutlich abgekühlt und unerfüllt in den Herbst übergegangen.

Nachdem das Sandwich aufgegessen war, auf der Fahrt durch Crowmarsh Gifford, beschloss George, seine sehnsüchtigen Gedanken zurückzudrängen und sich Mühe zu geben.

»Was macht denn dein Dad beruflich, Kevin?«, begann er jovial. Er wusste nur wenig über Kevin, wurde ihm klar, außer dass er irgendwo am Rand des Dorfes wohnte. Seine Mutter, eine plumpe, verängstigt aussehende, aber nette Frau, die, so meinte er sich zu erinnern, Sue hieß, hatte Kevin begleitet, als er sich um die Lehrstelle beworben hatte.

Kevin wandte sich ihm zu. »Kein Dad«, sagte er.

»Ah?« George dachte, dies sei das Ende des Gesprächs, aber es kam noch mehr.

»Er ist weg. Jetzt gibt's nur noch Mum und mich und meine Schwester. Ich kann mich nicht mal an ihn erinnern.«

»Deine arme Mutter«, sagte George.

Der Junge nickte und sah aus dem Fenster.

Ein langes Schweigen folgte, bevor Kevin sich wieder zu ihm umdrehte und sagte: »Mr. Baxter … Kann ich Sie was fragen?«

George schreckte auf. Himmel, der Junge wollte doch nicht etwa eines der Gespräche anfangen, die man mit Vätern führte? Nicht, dass sein eigener Vater diesem Anspruch in irgendeiner Weise gerecht geworden wäre. Er sah sich selbst in Kevins Alter, ein großer, tapsiger, ahnungsloser Junge. In dem Alter hatte er wahrscheinlich für Arkwright gearbeitet, verfolgt von der blonden und kurvenreichen Ellen, der siebzehnjährigen Tochter des alten Arkwright. Er selbst plötzlich spitz wie Nachbars Lumpi und beinahe besinnungslos vor Angst. Wenn er damals, in jener Zeit schrecklicher Verwirrung, nur jemanden gehabt hätte, mit dem er hätte sprechen können. Die Vorstellung, jetzt die richtigen Worte finden zu müssen, war haarsträubend, aber wenn es denn sein musste …

»Ja, natürlich, Junge.« Er zwang Wärme in seine Stimme, straffte die Schultern und wappnete sich.

»Ich … die Sache ist die …«, stammelte Kevin.

»Ist schon in Ordnung, Kevin – schieß los«, ermutigte ihn George leichthin.

»Ich bin ja erst dabei, eine ganze Menge Sachen zu verstehen«, begann Kevin. »Stimmt es, Mr. Baxter, dass bei englischem Porzellan aus dem 18. Jahrhundert nur das aus Plymouth und Bristol *kein* Weichporzellan ist – also, dass deshalb alle anderen wie Chelsea und Derby und Worchester Weichporzellan *sind*?«

George fuhr zu Kevin herum und starrte ihn an wie ein Mann, dessen Pferd ihn gerade gefragt hat, wie viel Uhr es sei. Nur mit Mühe konnte er seine Aufmerksamkeit wieder auf die Straße lenken und einem entgegenkommenden Müllwagen ausweichen. Kevin wartete immer noch ernst auf seine Antwort.

»Äh, ja, so ungefähr«, sagte George. Er war kein Spezialist für Porzellan, aber er kannte die Grundlagen. »Ich, äh … Aber du bist Tischlerlehrling, Kevin, was hat das mit Porzellan zu tun?«

»Ich weiß. Und das ist auch in Ordnung. Ich mag das.

Aber ich mag auch *Porzellan.*« Er hüpfte jetzt beinahe auf seinem Sitz herum. »Ich hab da diese Bücher aus der Bücherei in Wallingford. Ich mag die Farben – die *bedeuten* alle was, diese Farben! Und ich mag die Wörter! Qing-Dynastie! Teestaub-Schwarz! Seladon-Glasur!« Sein Gesicht war gerötet vor Begeisterung. »*Famille Rouge!* Majolika! Die meisten davon kann ich nicht mal aussprechen. Aber sie sind wunderschön, nicht wahr, Mr. Baxter?«

Und George, gerührt durch diese ungeschliffene Begeisterung, konnte ihm da nur zustimmen.

»Wir haben mindestens eine Stunde Zeit für den Katalog, bevor es losgeht«, sagte George, während er auf dem Hof hinter dem Auktionsgebäude anhielt. »Warum gehst du nicht schon mal vor und siehst dich um?«

»In Ordnung, Mr. Baxter!« Aufgeregt sprang Kevin aus dem Wagen und rannte um das Gebäude herum zum Eingang.

George ließ die Hände am Lenkrad und stieß einen langen Atemzug aus. Er blickte in den Rückspiegel auf sein kurz geschorenes Haar und sein gestärktes weißes Hemd. Es bedrückte ihn, hier auf demselben Sitz zu sitzen, auf dem er seine Vision gehabt hatte, als ihm unter Tränen klar geworden war, was er sich am meisten wünschte. Auch wenn Wins Tod erst zwei Monate her war, schien inzwischen eine lange Zeit vergangen zu sein, und er hatte den Eindruck, dass er überhaupt nicht vom Fleck gekommen war. Wo war all seine Energie hin? Er richtete sich auf und schöpfte Atem.

»Los jetzt, George«, sagte er. Man wusste nie, was sich auf solchen Veranstaltungen ergab, sie zogen Menschen von überallher an.

Der Auktionssaal erinnerte an den Salon eines exzentrischen Haushalts, in dem sich alle Aktivitäten, abgesehen von den intimsten, in einem einzigen Raum abspielten. Am anderen Ende befand sich die Bühne, behängt mit einem Teppich mit Jagdszenen, vor dem ein Poster hing, das verkündete: »Edles antikes Mobiliar – Versteigerung«. Gepflegte Menschen in Mantel und Hut, den Auktionskatalog in den Händen, schlenderten plaudernd herum, bewunderten und betasteten die großen Ausstellungsstücke, auf denen die kleineren Gegenstände zur Schau gestellt wurden. Rundherum an den Wänden hingen oben und standen unten Gemälde, Kamingitter und Gegenstände, die zu schwer waren, um sie auf ein anderes Möbelstück zu stellen. In einer Ecke stand eine Uhr aus kunstvoll verziertem Marmor und daneben etwas, das aussah wie ein Tresor aus Blei.

George blieb in einer Ecke des Raumes stehen und schaute sich begeistert um. Hier, umgeben von einer Fülle schöner Gegenstände, war er in seinem Element. Mit einem Nicken durch den Raum hinweg begrüßte er ein paar der anderen Händler. Sein geschulter Blick schweifte über die Antiquitäten: das Holz und die feinen Möbelstücke, das Silber und die Spiegel, hier und da ein Gemälde. So gut wie nie kaufte er Glas oder Porzellan – zu zerbrechlich –, es sei denn, es war einfach zu schön, als dass er hätte widerstehen können.

Im Katalog hatte er sich einige Stücke angekreuzt, die ihn interessierten, und machte sich nun auf den Weg, sie zu finden: einen Queen-Anne-Schreibtisch aus Walnussholz, einen Chippendale-Spiegel mit Goldrahmen, ein Paar William-and-Mary-Stühle ... Während er sich zwischen den Menschen hindurchbewegte und über die ausgestellten Stücke hinwegblickte, entdeckte er in der Ecke etwas, das seinen Blick auf sich zog. Es stand auf einer Kommode. Ein Pferd – eine Bronze – konnte es vielleicht ...? Irgendwo musste sie ja sein ... Vielleicht heute ...

Energisch drängte er sich durch die Menge, bis er davorstand, fand aber nicht Venus, sondern einen Soldaten mit Schnurrbart auf einem Pferd. Enttäuscht zog er ab und machte sich auf die Suche nach Lot 107, einem Nussbaumsekretär. Bestürzt musste er jedoch sehen, dass bereits Lewis Barker aus Twyford in besitzergreifender Haltung davorstand.

Lewis, ein grobschlächtiger, schwitzender Riese mit dem Gesicht eines Metzgers, den George (nicht zuletzt aufgrund von dessen unablässigen Prahlereien) als leidenschaftlichen, erfolgreichen und nicht sonderlich verschwiegenen Schürzenjäger kannte, hatte offensichtlich bereits seine Finger an dem Stück.

»Ah, George!« Er hob eine plumpe Hand. »Sehen Sie sich das mal an – schönes Stück, nicht wahr? Hab schon ein Auge drauf.«

Verdammt, dachte George. Die Vorstellung, den Sekretär irgendwo zwischen dem lieblos zusammengeschobenen Ramsch von Lewis' Lagerhalle verstaut zu wissen, war deprimierend. Er würde ihn überbieten, darauf konnte Lewis wetten.

Lewis stieß die Hände in die Taschen seines Jacketts, legte den Kopf schief und lehnte sich ein wenig zurück. »Das Einzige ist nur ... Nein, das kann nicht sein ... Es *ist* doch ein englisches Stück, oder was meinen Sie, George? Ich bin mir fast sicher ... Aber die Formgebung an den Türen, und dann der Kranz – das ist schon ungewöhnlich.«

Wenn es eins gab, dessen er sich bei Lewis sicher war,

abgesehen davon, dass er englische Möbelstücke ausländischen vorzog, dann war es seine Neigung zum Widerspruch gegen alles, was man ihm nahelegte. George trat einen Schritt vor und tat, als sähe er sich den Sekretär genauer an, schaute hierhin und dorthin und tat, als dächte er nach.

»Wissen Sie«, verkündete er schließlich, mehr einer spontanen Eingebung als präzisen Informationen folgend, »ich würde sagen, es ist holländisch.«

»Holländisch?«, antwortete Lewis ungläubig. Er machte einen Schritt zurück, als könne er den Schreibtisch so besser in Augenschein nehmen, und zog Luft zwischen den Zähnen hindurch. »Nein, da irren Sie sich, George. Das ist so englisch wie Bulldogge und Roastbeef. Holländisch! Pff. Sehen Sie doch mal hin. Wenn das nicht englisch ist, dann bin ich …, na ja, ein Holländer!«

Während George noch Lewis Barkers bellendes Lachen durchlitt, wurden seine Sinne plötzlich auf ein neues Aroma aufmerksam, das sich deutlich von schlecht gelüfteter Wolle, Mottenkugeln und Möbelpolitur unterschied. Seine Nasenflügel zitterten. Parfüm, französisch. Givenchy vielleicht? Da war sie, ging an ihm vorüber, ohne in seine Richtung zu blicken, zwischen den altgedienten Händlern mit ihren knorrigen Gesichtern, den wohlsituierten Ehepaaren im Ruhestand auf der Suche nach einem Schnäppchen, den Schnorrern, die bei jeder Auktion zu finden waren, und den ohne Zweifel ebenfalls hier zu findenden Kriminellen: eine schlanke Frau in einem taubenblauen Mantel. Sein Blick folgte ihr, während sie sich zwischen ausgebeultem, altem Tweed und feinem Kammgarn hindurchschlängelte. Lewis Barker und sein Unsinn waren vergessen. George konzentrierte sich mit allem, was er war, auf ihr glänzendes Haar in der Farbe frischer Rosskastanien, hochgesteckt über einem Gesicht, auf das er noch nicht einmal einen Blick erhascht hatte. Innerhalb von Sekunden war er auf eine primitive Entwicklungsstufe hinabgeworfen. Sein Geist, Körper und ganzes Sein orientierten sich auf eine Sache hin: die Frau. Alles, was in ihm vom Affen abstammte, brüllte ihm zu: *Lauf ihr nach!*

Die anderen Lots, die er sich noch ansehen wollte, waren vollkommen vergessen, er drängte sich durch die Menge. Der dunkle, gut frisierte Kopf war über einige Gegenstände auf einem Tisch gebeugt. Was unter all diesen Sachen – ein mit Glasprismen behängter Kerzenleuchter, Gewürzbehälter mit silbernen Deckeln, eine goldbronzene Uhr und chinesische Schnupftabakdosen – würde ihre Aufmerksamkeit auf sich ziehen? Als er einen Blick auf ihr Profil erhaschte, sah er eine fein geschwungene Augenbraue, makellose Haut und eine Stupsnase. Warum konnten die anderen verdammt noch eins nicht einfach mal aus dem Weg gehen, damit er näher an sie herankam?

»Also so was wollte ich aber nicht in meinem Wohnzimmer haben«, sagte vor ihm eine Frau mit einem randlosen Filzhütchen und zeigte auf eine gläserne Haube, die zwei ausgestopfte Seemöwen enthielt.

»Wozu sollte man dann noch in Urlaub fahren, wenn man das zu Hause hat, nicht wahr?«, setzte ihr Begleiter hinzu.

George, kurz davor, dieses letzte Hindernis beiseitezustoßen, ohne auch nur eine Ahnung zu haben, was er eigentlich tun würde, wenn er am Ziel war, sah sich plötzlich lautstark und mit beachtlicher Lautstärke von hinten gerufen.

»Ooooh! 'ello, Mr. Baxter!«

George schloss für eine Sekunde die Augen. Seine Schultern sackten nach unten. Es gab nur einen Menschen, der mit dieser Stimme und in dieser Lautstärke sprach.

Er drehte sich um. Da war sie, eins fünfundvierzig hoch, in Knöpfstiefeln, knallblauem Kostüm und mit kurz geschnittenem dunkelblondem Haar, in jeder Hinsicht ein Relikt ihrer Pracht und Herrlichkeit aus den Zwanzigern. Ihr Lächeln entblößte eine Reihe makelloser Zähne. Maud Roberts war eine wahre Frohnatur, stets gut gelaunt, immer freundlich und taub wie ein steinerner Hund.

»Hallo, Maud!«, grüßte er sie nicht ohne Vergnügen. Er hätte sich noch mehr freuen können, sie zu sehen, wären da nicht zwei Dinge gewesen. Erstens zerrte sein Instinkt, dem Ruf der Wildnis folgend, seine Aufmerksamkeit immer noch in Richtung der eleganten Frau im taubenblauen Mantel, und zweitens mussten alle Gespräche mit Maud in höchster Lautstärke geführt werden, was in einem Raum voller Menschen schlichtweg peinlich war. Er warf einen Blick über die Schulter. Die Frau im taubenblauen Mantel bewegte sich von ihm fort. Er musste sich zwingen, Maud Roberts anzublicken.

»Wie schön, Sie zu sehen, Mr. Baxter – wie kommen Sie denn zurecht ohne Ihre liebenswerte Frau?«, wollte sie in breitestem Cockney wissen, so laut, dass der ganze Saal mithören konnte. Sie bohrte die Spitze ihres schlanken Regenschirms in den Boden.

George trat näher an sie heran. Er hatte Maud schon immer gemocht. Ursprünglich stammte sie aus East London und war Kammerzofe gewesen, dann hatte sie einen Kaufmann namens Dudley Roberts geheiratet. In jungen Jahren hatten sie zusammen die Welt bereist und mehrfach per Schiff den Atlantik überquert. Das war etwas, das sie gemeinsam hatten, George und Dudley – sie waren beide in

Amerika gewesen. Später hatte er aus einem kleinen Haus in Marlow heraus Gebraucht-Möbel verkauft. Auf seinen Touren hatte George häufig eine Tasse Tee, dicht gefolgt von einem Gläschen Kognak für den Weg, bei Maud und Dudley genossen, in ihrem kleinen Hinterzimmer voller Souvenirs, bei voll aufgedrehtem elektrischem Heizkörper. Dudley war vor zwei Jahren gestorben und hatte Maud allein, aber unbezähmt zurückgelassen. Ihre blauen Augen funkelten ihn hinter Brillengläsern an.

»Mir geht's ganz gut, danke, Maud«, antwortete George so laut, wie er es ertragen konnte.

Mauds schmales Gesicht verzog sich, sie legte eine Hand hinters Ohr und kreischte: »Häh?«

Oh du lieber Gott, dachte George. Statt es mit noch mehr Sprechen zu versuchen, hob er einen Daumen in die Luft und nickte mit einem beruhigenden Lächeln.

»Oh, gut. Es ist schrecklich, wenn sie gehen, nicht wahr, aber man muss frohen Mutes bleiben. Sie sollten mal vorbeikommen, George, jetzt, wo wir beide so einsame alte Dinger sind!«

George schaute sich um. Dies war nicht die Art und Weise, wie er allgemein bekannt werden wollte.

»Ich habe unsere kleinen Treffen vermisst – Sie kommen doch mal vorbei und besuchen mich, oder?« Sie legte ihm kurz eine Hand auf den Arm und verkündete lautstark allen Anwesenden: »Sie wussten doch immer, wie Sie mich zum Lachen bringen konnten.«

George nickte hilflos, als er sah, wie Kevin sich mit beflissenem Gesicht einen Weg durch die Menge bahnte und dabei etwas an sich drückte.

»Mr. Baxter, gucken Sie mal! Können wir darauf bieten? Können wir?«

Lot 49 wurde ihm unter die Nase gehalten, ein Teller von etwa 40 cm Durchmesser in atemberaubendem Grün, Schwarz, Korallenrot und Gold.

»Das ist *famille verte,* nicht wahr?«, stammelte Kevin ganz verzückt. »Oh *bitte,* können wir darauf bieten? Sie fangen in einer Minute an.«

Mit einem Mal fühlte sich George wie der Vater eines sehr kleinen Jungen.

»Der ist gut«, sprudelte Kevin weiter. »Gucken Sie mal den Rand hier – sehen Sie, wie die Glasur über dem Weiß liegt? *Irisierend.* So nennt man das – das *muss* ein guter sein!«

»Nun …« George merkte, dass er dieser Begeisterung kaum etwas entgegenzusetzen hatte. »Er sieht schon ziemlich gut aus …«

»Wer ist denn das?«, kreischte Maud.

»Das ist mein Lehrling, Kevin …«

»Häh?«

»KEVIN!«

Von der Tribüne her erklang ein Hämmern, George fühlte sich zur Ordnung gerufen und fuhr herum, bis er begriff, dass es nur das Zeichen war, dass die Auktion begann.

»Ooh, wir sind jetzt lieber mal still, oder?«, riet Maud in voller Lautstärke und legte einen Finger an die Lippen.

George verabschiedete sich mit einem Nicken von ihr und packte Kevins knochigen Arm. »Komm mit – ich will Lot 107 im Auge behalten.« Ihm wurde bewusst, dass er es kaum geschafft hatte, irgendetwas anzusehen.

»Also können wir …?«

»Ja.« Um Himmels willen. So musste es sein, wenn man Kinder hatte. »Ja, Kevin, wir werden darauf bieten. Und jetzt stell das Ding ab, bevor du es noch fallen lässt.«

Während die Menge erwartungsvoll Platz nahm, sah

George sich nach Lewis Barker um. Er fand dessen schrill gemustertes Sakko ein paar Reihen weiter vorn. Eine Sekunde darauf erhaschte er einen Blick auf einen sorgfältig frisierten Hinterkopf und einen weichen taubenblauen Mantel ganz vorn, direkt vor der Bühne.

Kevin stand neben ihm, gespannt vor Erwartung, während die Auktion begann. Lot 10, Lot 11 … George versank in einer Art Trance, die Aufregung einer Auktion verfehlte nie ihre Wirkung auf ihn: der Gegenstand, der vorn präsentiert wurde, sofern er nicht zu schwer dafür war, die Startpreise, die Blicke und Gesten, die sich wie eine Welle durch den gesamten Raum fortsetzten, die Spannung, wenn wie im Rausch immer schneller ein Gebot auf das andere folgte. Und wenn dann, in einer kurzen Unterbrechung der liturgischen Litanei des Auktionators, die Blicke umherhuschten, um das letzte Gebot in letzter Minute nicht zu verpassen – Knall! – der Hammer fiel.

Es dauerte eine ganze Weile, bis Lot 19, ein Gemälde mit Pferden im Stil von Stubbs, versteigert war. Nichts Besonderes, aber doch alt und begehrenswert. Zwei Bieter – einer ein Agent, wie George klar wurde – verwickelten sich in einen Zweikampf. Der Preis stieg und stieg. George spürte, wie sich sein Körper in Erregung spannte. Kevin schien kurz vor einer Explosion zu stehen und hüpfte von einem Fuß auf den anderen. Als der Hammer fiel, ließ er den Atem ausströmen wie ein angepiekster Luftballon.

»Oh, das war klasse, so klasse!«, rief er. »Oh, das ist der beste Tag meines Lebens! Wollen Sie nicht auch mal auf etwas bieten, Mr. Baxter?«

George lächelte ihm zu. »Allerdings, es gibt da ein paar Lots, die demnächst drankommen, auf die ich wohl ein Gebot abgeben werde.«

Es waren alte Sachen, bei denen er wusste, dass er sie verkaufen können würde. Ein Lot bestand aus alten Schürhaken, die trotz der zunehmenden Verbreitung von Zentralheizungen immer noch weggingen wie warme Semmeln. Sie erinnerten die Menschen an gemütliche Abende vor dem Kamin, vermutete George. Und dann war da noch eine Kiste mit Spirituosen-Karaffen. Die würde er zu einem Silberschmied bringen, den er kannte, und mit einem silbernen Band unter dem Rand versehen lassen. Damit sahen sie sehr hübsch aus und würden sich gut verkaufen – sie verkauften sich immer. Er gewann beide Male.

Lot 49 kam näher.

»Und? Werden Sie?«, fragte Kevin, während Lot 48 für verkauft erklärt wurde.

Als er dem Jungen ins blasse Gesicht mit den flehenden braunen Augen blickte, wusste er, dass er es tun musste. Im Übrigen hatte Kevin überraschenderweise recht – es war ein außergewöhnlich hübsches Stück chinesischen Porzellans.

Die Gebote kamen schnell zu Anfang. Handbewegungen, ein leichtes Nicken, kleine Gesten. Kevins Gesicht wurde dunkelrot. Der Preis stieg, und die Zahl der Bieter schwand.

»Machen Sie weiter, Mr. Baxter, hören Sie nicht auf!«, drängte ihn Kevin mit vor Qual erstickter Stimme. Sie waren bereits auf zwanzig Pfund hoch. Es boten noch drei: er selbst, jemand rechts von ihm und ein anderer ganz vorne. Dann nur zwei – und dann dämmerte es ihm, als er eine blasse Hand sich zum Gebot heben sah und den Rand eines vertrauten blauen Ärmels, dass er gegen *sie* bot.

Aller Augen blickten zwischen ihnen beiden hin und her. Kevin stand neben ihm, die Arme um den Oberkörper geschlungen, die Hände zu Fäusten geballt. Der Preis stieg, um fünf Schilling jedes Mal, dann zehn. Fünfundzwanzig, dreißig. Die kleine weiße Hand schoss jedes Mal ohne Zögern in die Höhe. Wie hoch würde sie gehen – vierzig, fünfzig, höher? Der Gedanke, fünfzig oder sechzig Pfund für einen Teller zu bezahlen, war verrückt. Er wollte weder das Gesicht verlieren noch den begeisterten Jungen neben sich enttäuschen. Aber die Frau würde nicht nachgeben. Er würde derjenige sein müssen, der aufhörte.

Ein weiteres Gebot – George nickte zu einem neuen und letzten Preis: vierzig Pfund. Die weiße Hand schoss erneut ohne zu zögern in die Höhe. Der Auktionator schubste die Gebote jetzt langsamer nach oben: zweiundvierzig. George senkte den Blick und holte erleichtert Atem.

»Zum ersten, zum zweiten uuuund … Lot 49 verkauft an die Lady hier vorne!«

Der Hammer fiel knallend. Die Menge entspannte sich. Kevin stöhnte gequält auf, riss sich dann jedoch zusammen. »Wär wohl noch ziemlich hoch gegangen, schätze ich. Ohh, aber das war knapp – und Sie haben toll geboten, Mr. Baxter!«

George lachte, seltsam geschmeichelt trotz der Anmaßung.

»Und wir hätten doch die Dame nicht enttäuschen wollen, nicht wahr?« Er fragte sich, ob ihm dies jetzt eine Entschuldigung liefern konnte, um sie anzusprechen. »Aber ich sag dir was, Kevin – Lot 107 kriege ich, und wenn es das Letzte ist, was ich mache.«

Lot 107, als es drankam, wurde als »George II, Walnuss, englisch« angekündigt. Lewis Barker drehte sich um und grinste George wissend an. George nickte freundlich zurück. War der Schreibtisch wirklich englisch? Er beäugte das Ding, das zu ihrer Linken stand. Er war immer noch nicht überzeugt. Der Tisch war etwa hüfthoch, ohne Aufsatz, mit einem steil ansteigenden Deckel und wunderschön gedrechselten, geschwungenen Beinen, die ihn dem späten achtzehnten Jahrhundert zuordneten. Ein nüchternes Stück, ohne die üppigen Kurven und Verzierungen, die holländische Handwerkskunst so häufig zur Schau stellte. Und dennoch … Verdammt, dachte er. Was immer es ist, ich kann es nicht Lewis überlassen, damit er es in sein dunkles, vollgestelltes Loch in Twyford zerrt.

Sie boten, schneller und schneller. Sechzig, achtzig, hundert. Schon bald waren Lewis und er die zwei Einzigen, die noch boten. Zwischen den Geboten drehte Lewis sich immer wieder mit seinem selbstgefälligen Grinsen zu ihm um, das eindeutig sagen sollte, bald ist er meiner. Doch nach und nach drehte er sich seltener um, und seine Gebote kamen zögerlicher.

»Na los, Mr. Baxter, weiter!«, drängte Kevin ihn flüsternd, als wären sie beim Grand National.

»Weitere Gebote?« Der Hammer hing in der Luft. Hundertfünfundsiebzig – eine stattliche Summe.

»Ja? Höre ich da einsfünfundsiebzig? Möchte irgendjemand über einsfünfundsiebzig gehen?«

Um sie herum begannen die Leute zu murmeln. George hielt den Blick auf den Auktionator gerichtet. Die Blicke aller anderen lagen auf ihm. Er ließ die Spannung noch eine Sekunde länger steigen, während der Hammer sich hob und in der Luft schwebte. Dann nickte er leicht, aber entschlossen.

»Eins achtzig! Jemand mehr als eins achtzig?«

Die nächsten zwei Sekunden fühlten sich an wie eine Ewigkeit. So tollkühn er sich auch geben mochte, wusste

George doch, dass er würde aufhören müssen, wenn Lewis den Preis noch weiter in die Höhe trieb. Der Hammerschlag knallte in die Stille.

»Einhundertundachtzig Pfund?« Ein letzter Blick in die Runde. »Verkauft! Für hundertachtzig Pfund an George Baxter.«

Kevin brach in Jubel aus. Hätte er einen Hut gehabt, er hätte ihn wahrscheinlich in die Luft geworfen. »Wir haben gewonnen!«

»Es ist nicht wirklich ein Rennen«, erklärte George, auch wenn er selbst sehr zufrieden mit sich war.

»Gut«, murmelte Lewis, als er zu ihm herübergeschlurft kam. »Freut mich, dass Sie so einen guten Riecher für englisches Nussbaum haben, George.« Er schüttelte den Kopf, als wäre er gerade Zeuge einer großen Dummheit geworden. »Einen happigen Preis haben Sie da gerade gezahlt. Ziemlich überteuert, würde ich sagen.«

George hielt sich davon ab, ihn darauf hinzuweisen, dass Lewis selbst vor wenigen Minuten erst bereit gewesen war, fast genauso viel zu zahlen, und lächelte ihn gelassen an.

»Es ist ein gutes Stück«, sagte er. »Ein guter Tag.«

Aus dem Augenwinkel sah er einen blauen Mantel auf die Tür zugehen.

»Oh, sehen Sie nur, Mr. Baxter – wie schön das ist!« Lot 108 war ein schlanker *bonheur du jour* Damenschreibtisch, mit Goldbronze eingefasst, die Schubladen mit weißblauen Porzellanplaketten verziert. »Wollen wir darauf bieten?«

»Äh, was? *Nein!* Einen Augenblick«, sagte George zu Kevin und Lewis. »Ich muss nur schnell …«

Getrieben von irgendeinem vernunftlosen Instinkt, den er nicht genau benennen konnte, folgte George der Frau im blauen Mantel nach draußen. Sie ging zum Parkplatz hinter dem Gebäude, und er bewunderte ihre wohlgeformten, in hauchzarte Strumpfhosen gekleideten Beine. Er schloss gerade zu ihr auf, als sie neben einem schlanken ozeanblauen Bentley stehen blieb, dessen Tür von einem uniformierten Chauffeur aufgehalten wurde. George kam rutschend zum Halten, aber es nützte nichts. Als sie sich umdrehte, um in den Wagen zu steigen, musste sie ihn sehen.

»Ich, äh, guten Tag, Madam«, stammelte er.

Ein ovales Gesicht aus alabasterner Abweisung schaute ihm entgegen. Sie war um die dreißig, von eisigem Schick. *Du Narr!*, brüllte ihm seine Vernunft zu. *Schwachkopf!*

Die Frau gab jene Laute von sich, die Menschen ihrer Klasse anscheinend von sich geben konnten, um ein Gespräch zu vermeiden.

»Sie haben, äh, den Teller gekauft – den *famille verte*«, mühte er sich ab. Ihr Blick, so blau und hart wie Kristall, trug nicht dazu bei, ihm Mut zu machen. »Nur dass ich es war, der gegen Sie geboten hat. Ich wollte, äh, Ihnen nur alles Gute wünschen. Mit Ihrem Teller«, plapperte er idiotisch weiter.

Ein undefinierbarer »Pff«-Laut drang aus dem Mund der Frau.

»Ah, nun ja, schönen Tag noch«, sagte George und versuchte noch, den Hut zu lüften, als ihm bewusst wurde, dass er gar keinen trug, was dazu führte, dass er vage mit der Hand in der Luft herumrührte.

Die Frau glitt in den Fond, geschmeidig wie eine Kobra. Der Chauffeur schloss die Tür und ging um den Wagen herum, ohne George eines Blickes zu würdigen.

George beeilte sich wegzukommen. Seiner inneren Stimme schienen die Worte für weitere Selbstbeschimpfungen ausgegangen zu sein. Sie krümmte sich in stiller Selbstkasteiung.

»Einhundertachtzig Pfund?«, staunte Vera, als sie zurückkamen. Unausgesprochen, aber unmissverständlich mitgeteilt blieben die Worte: *Nun, Sie müssen ja wissen, was Sie tun.*

»Es war ... es war einfach großartig!«, sagte Kevin, während er ausgelassen Richtung Scheune hüpfte.

Vera starrte ihm nach. »Was ist denn mit dem los?«

Clarence holte die ersteigerten Gegenstände am folgenden Tag mit dem grünen Morris aus dem Auktionshaus ab. Als sie den Schreibsekretär auf der Zufahrt ausluden, musterte Clarence ihn mit schiefgelegtem Kopf.

»Hübsch. Sehr hübsch. Englisch?«

»Hieß es zumindest«, antwortete George. »Aber ich bin mir nicht sicher. Kann nicht genau sagen, warum. Als ich ihn zum ersten Mal gesehen habe, dachte ich, holländisch. Wie auch immer, ich hab ihn vor Lewis Barker gerettet.«

Clarence lachte freudlos auf. »Auch gut. Jedenfalls braucht er erst mal eine ordentliche Politur. Kevin!« Er bedachte den Jungen mit einem scharfen Blick, als wollte er ihn eindringlich warnen, noch einmal solche Aufregung wie am Vortag zur Schau zu stellen. »Komm her und hilf mir!«

Am nächsten Morgen erschien Clarence mit düsterer Miene und einem Zettel in der Hand im Büro.

»Was gibt's, Clarence?«, sagte George leichthin, obwohl er sich selbst ziemlich düster und unbehaglich fühlte.

»Lady Bynghs Sekretär«, sagte Clarence mit leichtem Abscheu. »Macht sich ganz hübsch inzwischen.«

»Oh, gut«, antwortete George. Es war nicht zu übersehen, dass da noch mehr kam.

»Dieser andere Sekretär«, begann Clarence mit einem Nicken in Richtung der Werkstatt. »Ich hab damit angefangen.« Eine beachtliche Pause folgte, die Clarence nutzte, um die Arme vor dem Oberkörper zu verschränken. »Da ist ein kleines Fach drin, ein Geheimfach – man sieht, dass da eins sein muss, an den Abmessungen ... Ich hab mal innen rumgetastet, da ging es auf. Sehen Sie, das lag da drin.«

Er löste den linken Arm, um George den Zettel zu geben. Er war dick, gelb, alt. Die paar Worte darauf waren in verblichener blauer Tinte, in schwungvoller, verschnörkelter Schrift geschrieben. Nach einem kurzen Absatz, aus dem George nicht schlau wurde, folgten die Worte *Jan de Vroom, Nijmegen, 1788.*

Er blickte Clarence an.

»Schätze mal, der ist holländisch«, sagte Clarence. »Nijmegen liegt in Holland.«

George merkte, wie ein Grinsen sich auf seinem Gesicht ausbreitete. »Ja, das ist wohl so, nicht wahr?«

Mai

Sieben

1.

George stieg mit der Geschmeidigkeit langjähriger Übung ins Boot und stieß es von der Treppe unter der Brücke ab. Er setzte sich auf den hinteren Sitz und ließ die *Barchetta* in tieferes Wasser gleiten, bevor er an der Schnur des Außenbordmotors zog.

Monty, der vor ihm ins Boot gestolpert war, ließ sich mit einem langmütigen Seufzer auf dem Boden nieder. Monty schätzte Wasser nicht sonderlich.

»Beschwer dich, so viel du willst«, sagte George zu der langen braun-weißen Rolle tiergewordener Abneigung. »Aber du wolltest ja unbedingt mitkommen.«

Monty schloss die Augen, die Ohren auf dem warmen Holz drapiert, als könnte er sich so von der ganzen trübseligen Angelegenheit loslösen.

George ließ den Motor vor sich hin tuckern, lehnte sich zurück und schöpfte tief Atem. Ah, der Geruch des Flusses! Es war seine erste Ausfahrt in diesem Jahr, und die Sonne strahlte vom Himmel. Es würde ein guter Sommer werden. Er fühlte sich besser, als hätten die Grippe und das Gesundwerden ihn in eine andere Welt gebracht, wo er sich immer leichter fühlte, je heller das Jahr wurde. Er war im Garten gewesen, hatte gepflanzt und gejätet. Die Rosen trieben Knospen, und das allein war schon ein Grund zur Freude.

Überall, wo man Rosen setzen konnte, hatte er Rosen gesetzt – gelbe, goldene und cremefarbene vorne, rosa, weiße und dunkelrote hinten: Das Lächeln ihrer Schönheit war überall zu sehen.

Mit wachsendem Wohlbefinden schaute er sich um. Er hatte den Nautical-Wheel-Pub bereits hinter sich gelassen, an dem er und zwei kräftige Helfer die *Barchetta* vom Anhänger gehievt und zu Wasser gelassen hatten. Er kam an der öffentlichen Badestelle vorbei, fröhliches Lärmen und Spritzen in hellem flachem Blau; am Schwimmbad und auf dem Campingplatz standen bereits ein paar Campingbusse und Zelte. Der Ort lag hinter ihm, die schlanke Kirchturmspitze von St. Peter stach in den Himmel. Vor ihm floss der Fluss gemächlich durch saftig grüne Wiesen, die mit gelben Butterblumen und den geisterhaften Kugeln verblühten Löwenzahns gesprenkelt waren. Hier und da war zu seiner Linken zwischen den schwarz-weißen Kühen ein Stück des alten Schlosses zu sehen, dessen Ruinen wie abgebrochene Zähne emporragten. Zu beiden Seiten neigten sich die Weiden über den Fluss, und vor ihm war nichts zu sehen als das ruhige Grün des Wassers.

Er hatte nicht das Bedürfnis, sonderlich weit zu fahren. Schon bald drehte er nach links bei, wo der Treidelpfad entlangführte, und machte das Boot an einer jungen Weide im Schatten fest. Monty erhob sich halb und blickte sich benommen um.

»Nein, du steigst jetzt nicht aus. Leg dich hin.«

Monty beäugte mit lethargischer Wehmut das Ufer, beschloss aber, zu tun wie ihm geheißen.

»Guter Hund, Zeit fürs Picknick.«

George ging über das schwankende Boot, um seine Tasche zu holen, die im Bug außerhalb von Montys Reichweite sicher verstaut war, trug sie zurück und hörte dabei das verheißungsvolle Klirren der Morland's-Flaschen. Nachdem er es sich im Schatten bequem gemacht hatte, öffnete er die erste Flasche, goss den Inhalt in ein Glas und schlürfte genießerisch.

»Aaaaahh. Gute alte Vera.« Auch wenn es Sonntag war, hatte sie ihm ein Picknick gepackt, als er ihr erzählt hatte, dass er mit dem Boot aufs Wasser hinauswollte.

»Machen Sie sich mal einen schönen Tag«, hatte sie gesagt. »Sie sind immer noch ziemlich blass um die Nase und kränklich – es war schließlich auch keine leichte Zeit, nicht wahr? Ich mache Ihnen was zurecht, Mr. Baxter.«

Während er in der Leinentasche herumkramte, fand er Schinkensandwiches – mit viel Senf –, Hähnchenschenkel, Tomaten und eine Tüte Chips. Ein paar Äpfel gab es auch und ein Stück Kuchen. Eher mehr als ein Stück, um ehrlich zu sein, eher ein Viertel des gesamten Kuchens. Als er es misstrauisch von der Seite her beäugte, entdeckte er zu seiner Freude, dass die Füllung aus Äpfeln bestand.

»Der Wunder ist kein Ende.« Aber er lächelte. Veras Kuchen waren in letzter Zeit rar geworden. Gute alte Vera, dachte er, weich gestimmt durch das Bier; neben den vielen Talenten, über die sie verfügte, war sie wirklich eine ausgezeichnete Bäckerin.

Ein weiterer Vorzug von Vera war ihre Geduld. Sie hatte gewartet, bis George gesagt hatte, er sei bereit. Sie hatten ein paar Anläufe gemacht, über drei Tage, um Wins Sachen durchzugehen. Vera schien zu spüren, wann sie ihm unter die Arme greifen musste und wann es richtig war, einfach fortzubleiben.

Als Letztes hatte er sich daran gewagt, die Tür des riesigen Kleiderschranks in dem Schlafzimmer aufzumachen, in dem Win und er achtzehn Jahre lang geschlafen hatten. Unter den ordentlich aufgehängten Kleidern, von denen ein Hauch ihres Duftes ausging, stand eine bescheidene Reihe von Schuhen in Größe vier. Da wurde ihm bewusst, dass er allein war, nicht nur in diesem Moment, sondern *allein auf der Welt*, und er fühlte sich immer noch, als hätte er sich in einem Schneesturm verirrt, ohne Karte.

Eine Weile stand er da, die Hände an den Türen des Kleiderschranks, als wollte er ihn zum Tanzen auffordern. Alles darin war dunkelblau oder irgendwie braun, mit Ausnahme ihrer cremefarbenen Bluse, einem Paar mit schwarzer Wolle besetzter Stiefel und dem pfirsichfarbenen Kleid, das sie zu den seltenen Gelegenheiten getragen hatte, wenn sie zu einer Cocktailparty eingeladen waren. Ihre Sommersachen, Kleider in Pastellgrün und Rosa, waren in einem Koffer weggepackt, der oben auf dem Schrank ruhte. Die Schuhe standen paarweise fein säuberlich aufgereiht nebeneinander, wie Menschen, die nebeneinander in einer Kirchenbank sitzen. So vertraut, so … Win. Jeder Schuh, jedes Kleidungsstück trug ihre Form, den Abdruck ihrer knappen Bewegungen, als könnten sie jeden Moment aus dem Schrank treten und mit ihrer Stimme zu sprechen anfangen.

Mit einem Mal fühlten sich seine Arme so schwer an, dass er sie sinken lassen musste. Seine Schultern sackten nach unten. Sechsundzwanzig Jahre … Ihr Geruch, die Form und Textur ihrer Kleider war so ungemein vertraut. Seine Frau. Eine Frau, die äußerlich betrachtet ohne Fehl und Tadel gewesen war. Und doch verschwand das Eigentliche an dieser Frau, in deren Gesellschaft er beinahe sein halbes Leben verbracht hatte, so schnell in der Vergangenheit, in eine unbekannte Fremdheit.

»Geh nicht.«

Er hörte die Worte aus seinem Mund kommen. Zu spät. Er konnte Wins Leben jetzt als Ganzes sehen, seinen Anfang und das Ende, sein Alpha und Omega. Win, die Frau, deren Körper er geliebt hatte. Aber ihre Seele, ihr Selbst? Sollten Seelen sich nicht eigentlich berühren und Leben entzünden, wie die Fingerspitzen auf diesen Gemälden in der Sixtinischen Kapelle? Ihre Arme, Wins und seine, waren irgendwie nie lang genug gewesen, selbst als sie noch jünger waren und sich nacheinander ausgestreckt hatten, es versucht hatten. Irgendwann hatten sie aufgegeben, sich zurückgezogen und mit herunterhängenden Armen weitergelebt. Hatten weitergemacht, freundschaftlich, aber ohne Funken.

George atmete schwer gegen die Enge in seiner Brust an. Er erinnerte sich daran, wie die alten Glucken, ihre Freundinnen, sich um Wins Bett geschart hatten, wie sie besser darin gewesen waren, sie zu lieben, als er. Inzwischen ließen sie ihn in Ruhe, hatten vielleicht das Gefühl, ihre Pflicht und Schuldigkeit getan zu haben. Vor ein paar Tagen war er zufällig Pat Nesbitt begegnet. »Wie geht es Ihnen, George?«, hatte sie mitleidig gefragt. »Oh, Sie vermissen sie so sehr, nicht wahr?«

Tat er das? Natürlich tat er das. Es stimmte, er vermisste sie, in all ihren Facetten, jeden Tag. Als er hier so stand, fühlte er die Gegenwart in sich einsickern. Nach vorn schauen – das war es, was er tun musste. Er drehte sich um und ging zur Tür.

»Vera?«, rief er. »Ich denke, wir können jetzt anfangen.«

Während der Winter in den Frühling überging, mit Krokussen, Winterlingen und Narzissen, mit Frost und Regen und Arbeit, trauerte er um Win. Die Trauer erinnerte ihn immer wieder, oft überraschend, an das unauffällige Leben, das sie geführt hatten. Schmerzlich empfand er das Fehlen von jemandem im Haus, der eine Schürze trug. Sogar Vera trug nur noch selten eine. Die Wäsche, die er in den Korb warf, blieb da liegen, bis Vera vorschlug, dass er es mal mit der Waschmaschine probieren sollte. Der Anblick seiner Socken, wie sie tropfend auf dem Wäscheständer am Feuer im Hinterzimmer hingen, konnte ihn mit Niedergeschlagenheit fluten. Er vermisste ihr Summen, wenn sie durchs Haus ging, ihr leises Schnarchen und ihren weichen Atem, wenn sie im Dunkeln neben ihm schlief. Er ertappte sich sogar dabei, ihre Freundinnen zu vermissen und das Gegacker, das immer eingesetzt hatte, sobald eins von den alten Hühnern an der Tür geklopft hatte.

Dann kam der Frühling so richtig. In allem wurden die Farben aufgedreht. Grün wurde grüner, Knospen erschienen, und die ersten bleichen Blumen öffneten sich zu überschäumenden Blütenmeeren. Es gab Arbeit im Garten. Tag für Tag ging er mit Monty ins Dorf, in sicherem Abstand zur Farm oder Maggie. Er war dankbar dafür, dass sie sich fern von ihm hielt. Er blieb auf einen Schwatz zwischen strohgedeckten Cottages und mit Brunnenkresse geblümten Bächen stehen. Die Leute waren höflich und freundlich, fragten ständig, ob er etwas brauchte. Er konnte wohl kaum antworten: »Jemanden, den ich aus der Tiefe meiner Seele heraus lieben kann, bitte.«

Die Temperaturen stiegen. Die Bäume explodierten in Grün, Raupen schlängelten sich flaumig in den Weißdornhecken, und die Vögel am Fluss flatterten und zwitscherten, von Hormonen getrieben, wie von Sinnen. Es war warm, und es war prachtvoll, mit Flieder und Akelei, Goldregen und Kirsche. Im Einklang mit dem ganzen knospenden, kitschigen Blühen von allem begannen auch Georges Lebensgeister sich zu regen.

»Ich hab den Frühling im Herzen«, verkündete er eines Morgens dem Rasierspiegel. Er schenkte sich selbst ein verschmitztes Lächeln und drehte seine frisch geschabten Wangen hierhin und dorthin. Nachdem er die letzten Seifenreste unter der Nase weggewischt hatte, gab er ein würdigeres und, wie er dachte, auch gewinnenderes Bild ab.

George machte es sich im hinteren Teil des sich sanft wiegenden Bootes bequem, trank Morland's und schaute sich mit milde gestimmter Zärtlichkeit um. Was konnte es Schöneres geben als das hier? Ruhig und zufrieden fühlte er sich. Das Geschäft lief gut. Clarence hatte an Lady Bynghs Vitrinensekretär (der jetzt bei ihnen den Spitznamen »der Hochstapler« trug) gute Arbeit geleistet. Ihr »Mann« war vorbeigekommen, um ihn abzuholen. Bald darauf hatte George eine ihrer gebieterischen Nachrichten erhalten: *Danke, Baxter – sehr zufriedenstellend.* Immerhin hatte sie sich bedankt. Und sie zahlte immer zügig. Er lächelte, als er ein wenig mitleidig an sie dachte. Armes altes Mädchen.

Er konnte Lerchen über den Wiesen hinter ihm hören. Allodola, dachte er. Die Feldlerche. Sie war das winzige Zeichen, das stets irgendwo auf den Stücken aus der Werkstatt jener Zeit zu finden war – der kleine schwarze Umriss dicht an einem der Vorderhufe des Pferdes der Venus …. Ein Ast wippte auf dem Wasser neben dem Boot, anscheinend hing er fest. Hin und wieder fielen zitronengelbe Blüten von der Weide auf die Wasseroberfläche und lösten winzige, im Sonnenlicht glitzernde Wellen aus. Auch wenn das Boot nicht bequem genug war, um richtig darin zu schlafen, döste George ein und schloss die Augen.

Das Klatschen von Rudern und Gelächter weckten ihn. Er schlug die Augen auf und sah ein Ruderboot näher kommen. Ein Pärchen saß eng nebeneinandergequetscht auf der Ruderbank, mit dem Rücken zu ihm, jeder an einem Ruder. Obwohl sie anscheinend versuchten, im gleichen Takt zu rudern, gab das Mädchen immer wieder unter lautem Gelächter auf und ließ ihr Ruder ins Wasser sinken, so dass das Boot sich drehte.

»Hör auf, Sal!«, herrschte der Mann sie leicht verärgert an. »Wegen dir drehen wir uns nur im Kreis. Du musst durchziehen, wenn ich das auch mache!«

In einiger Entfernung hinter ihnen sah George ein weißes Segel sich nähern.

»Ich kann das nicht!«, gluckste das Mädchen. »Ich weiß gar nicht, wie das gehen soll!«

Als sie näher kamen, erkannte George, dass sie ein rundliches Mädchen in einem pink-weiß bonbonfarben gestreiften Kleid mit einem schwingenden Pferdeschwanz war.

»Du nimmst das alles viel zu ernst, Philip«, sagte sie in schmeichelndem Tonfall. »Ich guck dich nur an, und schon muss ich lachen.« Ihre Stimme wurde leise und verführerisch. »Hab dich doch nicht so, Philip. Lass uns küssen.«

Ihren Arm um seinen Rücken gelegt, drehte sie ihm die vollen Lippen zu. George beobachtete sie und kam sich dumm vor. Sie schienen keine Ahnung davon zu haben, dass er hier war.

»Oh, du«, sagte der Junge, legte die Ruder hoch, schlang die Arme um sie, und schon bald küssten sie sich leidenschaftlich, während sie vorbeitrieben. Das Mädchen streichelte den Nacken des Jungen so, dass George es beinahe selbst spüren konnte. Oh, sorgenfreie Jugend! Noch einmal zwanzig sein, in einem Ruderboot an einem warmen Tag mit einem üppigen Mädchen. O Gott, o Gott …!

»He da!« Ein Schrei erklang von dem Segelboot, das jetzt beinahe bei den beiden war. Es kreuzte in der sanften Brise nur mit dem Hauptsegel und versuchte, dem launischen Ruderboot auszuweichen.

Der Junge riss die Ruder an sich und begann wie wild zu rudern. Mit knapper Not konnten sie einen Zusammenstoß vermeiden, und das Segelboot rauschte an ihnen vorbei, gesteuert von einem Mann mit zerfurchtem Gesicht und beinahe weißem Haar. Auf dem Vorschiff saß im Schneidersitz ein kleines Mädchen von ungefähr sechs Jahren, mit braunen Zöpfen, das anscheinend locker am Mast angebunden war. Seine Enkeltochter, dachte George. Alarmiert von der Situation drehte sich das Kind um und schaute den Mann ernst an.

»Daddy?«

»Alles in Ordnung, Jenny«, rief er. »Bleib einfach sitzen.«

Das Kind nickte und drehte sich wieder nach vorn um, als kehrte es zu seinen Träumen zurück.

Ihre niedliche Selbstbeherrschung rührte George. Und ihr Vater – doch bestimmt älter als er selbst? Wie außerordentlich es sich anfühlen musste, die Arme eines kleinen Mädchens um den Hals zu spüren; Daddy, Daddy … Seine Hormone gerieten in Aufruhr. Seine Seele heulte auf. Der Tag schien alles daranzusetzen, ihm vor Augen zu führen, was ihm fehlte. Dann war es wieder still auf dem Fluss.

»Genau«, sagte er. »Lunch.«

Beim ersten Knistern des Butterbrotpapiers um das Sandwichpaket tauchte Monty auf wie ein Wal aus der Tiefsee. George biss in ein Schinkensandwich und dachte nüchtern über seine Sehnsüchte nach. Nur, weil man beschloss, etwas zu wollen, hieß das noch lange nicht, dass es leichter wurde, es zu bekommen, oder?

Ein einzelner Schwan rauschte durch die Luft, landete auf der Wasseroberfläche und schüttelte kess seine Federn zurecht. Als er ein anderes Lebewesen in der Nähe wahrnahm, fuhr sein Kopf herum, und sein Blick registrierte, dass im Boot gegessen wurde. *A-ha,* konnte man ihn denken sehen.

»O nein, mein Lieber«, sagte George und legte das Sandwich nieder.

Mit der eiskalten Arroganz, die Schwäne so an sich haben, schwamm das Tier auf das Boot zu. Innerhalb von Sekunden legte sich der Hals an die Bordwand, und der Schwanenkopf lugte herüber wie eine Handpuppe im Kasperletheater. Monty geriet außer sich und tobte wild bellend im Boot herum.

»Ruhe bewahren, Monty, du bringst uns noch zum Kentern!« George griff sich eines der Ruder. Monty kläffte, der Schwan zischte mit zurückgezogenem Kopf. »Hau ab, na los, du Depp!« Er wollte schlagende Bewegungen in Richtung des Schwans machen, hatte allerdings Schwierigkeiten damit, das schwere Ruder zu schwingen, und schaffte es doch tatsächlich, sich selbst einen Kinnhaken zu verpassen. »Hau ab!«

Mit beleidigtem Zischen legte der Schwan den Rückwärtsgang ein und glitt mit hochnäsig geschwungenem Hals davon.

»Verdammtes Vieh«, murmelte George, verschwitzt und verärgert. »Oh, nun hör schon auf, Monty, um Himmels willen.«

»Also, so was!« Eine helle Stimme drang scharf vom Treidelpfad über das unaufhörliche Bellen hinweg zu ihm herunter. Erst da merkte George, dass noch etwas anderes bellte, ein schrilles Kläffen, das in seinen Ohren schmerzte. »Ich denke nicht, dass man Schwäne schlagen darf! Immerhin sind sie doch Eigentum Ihrer Majestät!«

Eine blonde kurvige Frau in einer weißen Bluse und einem grünkarierten Rock stand am Ufer. Das schrille Kläffen stammte von einer Kreatur, die aussah wie ein cremeweißer Staubwedel.

George stöhnte, und das nicht gerade leise. Nicht noch eine Frau, die wild entschlossen war, ihm zu sagen, was er zu tun und zu lassen hatte … Er streckte sich vor und versuchte, Monty am Halsband zu packen. Nach dem Schwan und jetzt angesichts dieses kläffenden Haushaltsgegenstands schäumte der inzwischen vor Wut und schien sich gar nicht mehr einkriegen zu können.

»Madam.« George versuchte, unterwürfig zu klingen, was ziemlich schwierig ist, wenn man sich lautstark Gehör verschaffen muss. »Dieser Schwan hat meinen Hund angegriffen. Das ist doch auch nicht richtig, oder?«

Die Dame schaute Monty an, der bemerkenswerterweise in diesem Augenblick aufgehört hatte zu bellen. Sein Gesicht verzog sich zu einem gekränkten Ausdruck. George zog sanft am Tau des Bootes, um sie näher ans Ufer zu bringen. Monty konnte er jetzt gefahrlos loslassen.

»Nein, wohl nicht«, gestand sie ein. Monty beäugte ihren Hund, der immer noch Geräusche von sich gab, wenn auch nicht mehr ununterbrochen, und dabei auf nicht sichtbaren Beinen in Richtung des Bootes an der dünnen Leine abwechselnd vorsprang und wieder zurückwich. »Als ich gesehen habe, wie Sie mit diesem Ruder herumgewedelt haben, da hat sich mir der Eindruck aufgedrängt …«

Es geschah innerhalb von Sekunden. Als das Boot sich

dem Ufer näherte, erblickte Monty eine Chance, festen Boden unter die Pfoten zu bekommen. Während die Frau George erzählte, welcher Eindruck sich ihr aufgedrängt hatte, warf Monty seine vordere Hälfte über Bord.

»Monty!«, brüllte George und versuchte, ihn zu packen. Das Boot schwankte heftig. Montys vordere Hälfte hing im Wasser, und das muskulöse Bassethinterteil schabte an der Bordwand, bevor der ganze Hund mit einem lauten »Splosch« verschwand.

»Ach, du liebe Güte!«, rief die Frau aus.

George wusste, dass er Monty niemals über die Bordwand zurück an Bord hieven konnte, also sprang er ihm nach. Einen Meter weiter fiel die Fahrrinne relativ steil ab, doch hier in Ufernähe reichte ihm das Wasser nur bis zum Oberschenkel. Monty geriet in Panik, seine kurzen Beine wühlten sich in den Uferschlamm, während er wieder wild kläffte.

»Komm her, du dummes Tier!«

Als er sich vorbeugte, fiel ihm der Hut ins Wasser, aber es gelang ihm, die Arme um den durchnässten Körper des Hundes zu schlingen. Während seine Füße sich nur mühsam aus dem Uferschlamm befreien ließen, hievte er Monty ans Ufer – wo erneut ein Tumult ausbrach, als Monty, erfüllt von verletztem Stolz, sich auf den hündischen Zeugen seiner Erniedrigung warf.

»Also wirklich!« Die Frau schnappte sich ihr belferndes Fellknäuel und marschierte mit schnellen, wütenden Schritten über den Treidelpfad davon.

»Verdammtes Weib«, brach es aus George hervor. »Die verdirbt mir den ganzen Nachmittag! Wo ist mein Hut?«

Glücklicherweise war der Hut in den festhängenden Ast getrieben und gaukelte heiter auf dem Wasser. George holte ihn zurück, pflügte dabei durch hüfthohes Wasser und Schlamm.

»Diese verdammte Frau mit ihrem lächerlichen Staubwedel-Hund!«, beschwerte er sich. Während er sich zum Ufer umdrehte, um aus dem Wasser zu steigen, sagte er: »Und was dich angeht, Monty …«

Erst da bemerkte er ein weiteres Paar Füße in weißen Schuhen mit einem kleinen Absatz, die neben Monty standen. Über den Schuhen waren köstlich gerundete Beine in einer weißen Hose, eine hellrosa Bluse, eine komplizierte Auftürmung dunklen Haars und mascaraschwere Wimpern. Darunter hervor blickten ihn riesige braune Augen mit, wie es schien, lebhafter Belustigung an.

Aus dem Gesicht kam eine Stimme mit weichem, ländlichem Akzent und einem lachenden Unterton. »Kann ich Ihnen irgendwie helfen?«

2.

George stand einfach nur da, die Hose vollgesogen mit Wasser und mit stinkendem Schmodder bedeckt, den tropfenden Hut in der Hand, während Monty, sobald er begriffen hatte, dass ein Neuankömmling die Szene betreten hatte, zu ihr hinübertrottete, um ihre Knöchel zu beschnuppern.

»Oh!«, rief sie aus und trat schnell zur Seite, während Monty ihr folgte. »Holen Sie ihn bitte weg von mir, ja?« Kichernd sprang sie herum. »Seine Ohren tropfen auf meine Schuhe!«

Monty fand, dass dies der richtige Moment war, um sich gründlich zu schütteln und reichlich Flusswasser und Sabber in der Umgebung zu verteilen. Mit einem Quieken wich die Frau noch weiter zurück. George hatte das Gefühl, dass seine Seele zu Schlamm geworden war. Ausgerechnet dann, wenn er sich verzweifelt nach weiblicher Aufmerksamkeit sehnte und eine solch wohlgeformte Herrlichkeit erschien, musste er schlammgetränkt am Wasser stehen und Monty sich von seiner abscheulichsten Seite zeigen.

»Monty, hierher! Es tut mir so leid«, sagte er und griff nach dem Halsband. Ihm wurde bewusst, dass die nassen, an ihm klebenden Hosenbeine seine Beine kläglich und dünn aussehen lassen mussten, daher ging er, in dem Versuch, seinen jämmerlichen Zustand ein wenig zu verbergen, neben Monty in die Knie. Der modrige Geruch, der von ihm aufstieg, erschien ihm wie der Tod jeder Hoffnung.

»Schon gut.« Die Erscheinung kam wieder vorsichtig näher. »Es ist nur, dass ich ein bisschen ängstlich gegenüber Hunden bin, und dieser da ist ziemlich ...« Ihre Stimme fühlte sich an wie eine Liebkosung.

»Ja«, stimmte er zu. »Er ist beschämend. Das heißt aber nicht, dass er Ihnen irgendwas Böses will – nicht wahr, alter Junge?« Seine Gedanken rasten. Das war eine freundliche, attraktive Frau. Wie alt mochte sie wohl sein? Vierzig? Vielleicht nicht einmal. Aber mit Sicherheit verheiratet, mit Sicherheit. »Die Sache ist die ...« Er hatte das Gefühl, ihr eine Erklärung für seine derangierte Erscheinung zu schulden. »Also, er ist auf einmal über Bord gesprungen und ins Wasser gefallen. Ich musste ihm nach und ...«

Die Frau kicherte. Ein Grübchen erschien rechts von ihrem Mund, was sie sogar noch attraktiver aussehen ließ. George spürte, wie er sich ihr innerlich zuneigte. Sie stand jetzt ganz entspannt da, die Hände hinter dem Rücken verschränkt.

»Sie sehen aus, als kämen Sie aus dem Krieg, Sie beide.

Ist das Ihr Boot? Es ist wunderschön.« Sie legte den Kopf schief, um den Namen am Bug zu lesen. »*Barchetta.* Das ist hübsch. Wie in dem Lied?«

George schaute sie ergriffen an. »Ja! Lustig, dass Sie das kennen!«

Mit einer starken, klaren Stimme sang sie: »*Venite all'agile, barchetta mia – Santa Lucia, Santa Lucia!*« Spöttisch deutete sie einen Knicks an und zeigte beim Lächeln eine Reihe kleiner, regelmäßiger Zähne.

George wollte sie gerade anstrahlen, als er sah, wie ihr Gesicht einen traurigen Ausdruck annahm.

»Mein erster Mann, Lionel, hat mir das Lied beigebracht, vor dem Krieg«, sagte sie. »Und dann war er auf dem Italienfeldzug, und es wurde zu *unserem* Lied. Jedes Mal, wenn ich es höre oder singe, denke ich an dich, hat er gesagt. Was für ein Romantiker! 1944 ist er gefallen.«

»Ach du je«, sagte George voller Anteilnahme und korrigierte seinen Gesichtsausdruck. Zusätzlich zu dem schlammigen Geruch wurde er sich des zunehmenden Kneifens seiner Unterwäsche bewusst, aber dies war nicht der rechte Moment, um daran etwas zu ändern. »Wie das Leben so spielt, war ich auch dort.«

»*Wirklich*?« Das schien sie zu erfreuen. »Lustig. Sie und mein Lionel … Wie heißen Sie?«

»George – Baxter.« Seine Beine verkrampften sich allmählich. Er richtete sich auf, um ihr die Hand hinzuhalten; inzwischen, hoffte er, konnte er das Halsband gefahrlos loslassen. »Tut mir leid, bisschen nass.«

»Schon gut.« Eine kleine, mollige Hand legte sich in seine und verweilte. Ihre Augen blickten freundlich. George spürte, wie ein kleiner Funke sich in seinem Inneren entzündete. Es lag an der Art und Weise, wie sie ihm so direkt in die Augen blickte. Ihre Augen waren so groß und sahen so feucht aus wie die eines Welpen. »Ich bin Sylvia Newsome.«

»Nett, Sie kennenzulernen.« Sie hielt immer noch seine Hand. »Also, Ihr Mann war Lionel Newsome?«, schloss er.

»O nein!« Sie zog ohne Eile ihre Hand zurück. »Nein. Ich habe nach dem Krieg wieder geheiratet.«

»Natürlich, natürlich haben Sie das getan«, entfuhr es ihm. »Also ja. Wie schön … wie schön für Sie.«

Sylvia blickte auf das Boot. »Ich weiß, das ist ein bisschen frech von mir, aber könnte ich vielleicht mitfahren? Ich gehe oft hier spazieren und denke, wie hübsch es doch wäre, auf dem Wasser zu sein.«

»Ja, selbstverständlich … aber gerne doch!«, sagte George.

Sie musterte ihn von oben bis unten. »Oh, aber Sie sind ja ganz nass und der Hund auch.«

»Ach, das trocknet gleich wieder!«, winkte George leichthin ab. Eine verheiratete Frau, sagte er sich selbst. Ganz offen und ehrlich. Immerhin ein bisschen nette Gesellschaft, und schließlich war sie es ja gewesen, die gefragt hatte.

»Ich muss nur diesen Kerl hier erst wieder reinkriegen.« Er beugte sich über Monty. »Wenn Sie vielleicht das Tau halten könnten, das da, das Seil dort. Halten Sie uns dicht am Ufer …«

Sie fasste das Tau mit beiden Händen und lehnte sich zurück: »Aye, aye, Käpt'n.«

»Machen Sie sich nicht schmutzig …« Er bückte sich, um den Hund auf den Arm zu nehmen, dann stieg er verwegen ins Boot, das sofort wild zu schaukeln anfing und ihn aus dem Gleichgewicht brachte. Mit einem leichtfüßigen Schwung, zu dem er sich im Nachhinein noch beglückwünschen würde, wirbelte er herum und machte dann einen tastenden Ausfallschritt, um Monty im Bug unterzubringen. Er geriet ins Straucheln und lag schließlich mehr, als dass er stand, über der Bank, während Monty sich als klägliches Häuflein Elend im Bug zusammenkauerte. Hinter sich hörte er ein Kichern.

»So …« Er richtete sich auf, zog seine Kleidung zurecht und versuchte den Eindruck zu vermitteln, als sei das alles vollkommen normal. »Nun geben Sie mir Ihre Hand und lassen Sie mich Ihnen an Bord helfen.«

Die weiche Hand glitt wieder in seine, und Sylvia Newsome hüpfte an Bord der *Barchetta* wie eine mollige kleine Ziege. Als sie neben ihm landete, fing George einen angenehmen Hauch Parfüm auf – etwas Schweres, vielleicht Französisches? Sie klammerte sich an seine Hand, um das Gleichgewicht nicht zu verlieren, und für einen Augenblick standen sie plötzlich sehr dicht beieinander, die verschränkten Hände zwischen ihren Oberkörpern. Ihr Oberkörper bot alles, was ein Mann sich nur erträumen konnte, gestattete er sich zu bemerken, bevor er den Blick abwenden musste: gerundet, ausladend, aber dabei nicht aufdringlich. Sie sah ihm in die Augen, und die Intensität ihres Blickes blendete ihn. Eine Gänsehaut überlief ihn. Von Nahem konnte er erkennen, dass sie eine gesunde Gesichtsfarbe hatte, auch wenn ihr Gesicht von mehr Altersfältchen durchzogen war, als er von Weitem hatte sehen können.

»Oh, das wird ein Vergnügen.« Sie sah ihm immer noch so in die Augen, dass er innerlich ganz aufgewühlt war. »Ich bin Ihnen ja so dankbar, Mr. Baxter.«

»George, bitte«, protestierte er. »Nun, meine Liebe, setzen Sie sich mal hierhin, ins Heck.«

Erst als sie sich anmutig auf die hintere Bank sinken ließ und zu ihm emporlächelte, ließ sie seine Hand los.

George legte die Ruder in die Dollen ein, um vom Ufer wegzurudern und dann sanft stromaufwärts. Es hatte keinen Sinn, den Außenbordmotor anzuwerfen; sie würden viel zu schnell vorankommen, und es war laut und unromantisch. Von seiner Position aus konnte er Sylvia Newsome so viel angucken, wie sein bereits in sie vernarrtes Herz es begehrte.

Monty, vollkommen erschöpft von den Aufregungen, die der Tag bisher geboten hatte, ließ den Kopf auf die nassen Pfoten fallen und gab nur noch hin und wieder ein trauriges Seufzen von sich. Sein Fell sah vor Nässe geriffelt aus.

Sylvia saß anmutig da, die Knie eng zusammen, die kleinen weißen Pumps säuberlich nebeneinandergestellt, die Hände im Schoß. George sah, dass ihre Fingernägel korallenrot lackiert waren. Sie schaute sich mit allen Anzeichen freudiger Begeisterung um, während er ruderte. Er hatte seinen feuchten Hut in einem, wie er hoffte, verwegenen Winkel wieder auf den Kopf gesetzt.

Die Natur bot allerschönstes Sonnenlicht, das sich auf den kleinen Wellen, die die Ruder auslösten, spiegelte und Sylvia Newsomes dunkles Haar jedes Mal zum Glänzen brachte, wenn sie aus dem Schatten hinausfuhren und dann wieder eintauchten. Sie war, dachte George, während er unauffällig ihre kurvenreiche Figur, ihre rundlichen Wangen und den Schmollmund betrachtete, wirklich eine Granate von einer Frau.

»Das ist wunderschön, Mr. … George, meine ich«, sagte sie mit einem Seufzen, während sie zwischen den sich in der Brise wiegenden Weiden hindurchfuhren. »Das ist so nett von Ihnen, mir alter Frau so etwas zu bieten.«

Wieder spürte er ihren leuchtenden Blick auf sich ruhen. Ausgerechnet heute, wo er seine älteste Hose und ein fadenscheiniges Hemd trug, ganz zu schweigen davon, dass er jetzt stank wie ein Sumpf, ausgerechnet da musste er eine solche Frau treffen. Diese köstliche, vollbusige, frauliche Frau. Ein schmerzliches Sehnen hatte begonnen, sich in seiner Brust zu regen. Ein paar Momente lang fiel ihm sogar das Atmen schwer. Er fragte sich, ob er gerade dabei war, sich zu verlieben, oder kurz davorstand, einen Herzinfarkt zu erleiden, und ob es da überhaupt einen nennenswerten Unterschied gab.

»Hat Ihr Mann denn nie darüber nachgedacht, ein Boot anzuschaffen?«, fragte er, während er sich in die Riemen legte. Rudern war ja im Grunde eine männliche Tätigkeit, und eine, die ihr Mann anscheinend nicht beherrschte. Diese Tatsache ließ ihn sich ziemlich gut fühlen, trotz der leichten Sorge um sein Herz. »So ein kleines Ruderboot fordert ja nicht viel Aufwand, wenn man so nah am Fluss wohnt.«

Ihre Augen weiteten sich. »Mann? Oh, Sie meinen David, den armen Schatz. Das hätte ich erklären müssen. David und ich haben 1952 geheiratet. Er war …«, sie senkte vertraulich die Stimme, »*geschieden*. Ja, ich weiß, und drei Kinder hatte er obendrein. Schrecklich, wirklich. Ich weiß noch, wie aufgewühlt er war, als das alles passierte. Nicht gut für einen Rechtsanwalt, der so bekannt in der Stadt ist.« Einen Moment lang lag korrekte Sittsamkeit in ihrer Stimme. »Er war mein Chef, wissen Sie … ich schreibe Kurzschrift und Maschine.«

Da wurde George klar, woher ihm der Name Newsome vertraut war: James, Son & Newsome, Anwälte. Er erinnerte sich sogar vage an David Newsome, den er schon mal im Ort gesehen hatte – ein eher rundlicher Kerl mit einem feschen Schnurrbart.

»David war ein ganzes Stück älter als ich, aber das hat uns nie auch nur das geringste bisschen ausgemacht.« Nun wurde ihr Blick weich, während sie sich erinnerte. »Wir hatten magische zehn Jahre zusammen und dann …« Ein Taschentuch erschien aus einer bis dato unsichtbaren Tasche. »Dann ist er eines Nachmittags ganz plötzlich gestorben. Es hieß, es sei das Herz gewesen, dass es sehr schnell gegangen sein musste und dass er nichts davon gemerkt hätte. Aber ich war nicht bei ihm. Ich war bei Petits. Ich muss gerade Knöpfe gekauft haben, in dem Augenblick, als er … Ich kann mir das bis heute nicht verzeihen.« Sie blickte nach oben zum gleichgültigen Himmel hinauf, als hoffte sie auf Absolution.

George hielt inne, die Ruder zu den Seiten ausgestreckt über dem Wasser. Win hatte ihre Gefühle selten gezeigt. Der Anblick solch leidenschaftlicher Trauer und Selbstbeschuldigung erfüllte ihn mit einem unbesonnenen Drang, Sylvia Newsome in seine Arme zu ziehen. Gerade als dieser Drang die Oberhand gewinnen wollte, wurde er durch eine neuerliche Miefwolke entmutigt, die von seinen mit Schlamm getränkten Hosenbeinen aufstieg. Sein Zustand erlaubte es schlichtweg nicht, ihr näherzukommen.

»Sie armes Mädchen«, rief er, während er erneut nach den Rudern griff und sein Herz voller Hoffnung schneller schlug. Sie war nicht verheiratet, sie war Witwe. »Wie schrecklich für Sie.«

»Ich weiß.« Sie tupfte sich die Augen trocken. »Manchmal frage ich mich, was ich getan habe, um das alles zu verdienen. Lionel und ich waren nur fünf Jahre verheiratet, und davon war er drei Jahre fort. Er war ein wunderbarer Mensch. Und dann David, so großzügig und liebevoll zu mir … Um die Wahrheit zu sagen, erinnern Sie mich ein bisschen an ihn, George. Sie scheinen ein freundlicher Mann zu sein.«

»Nun, äh …« George lief rot an und machte vage, paddelnde Bewegungen mit den Rudern. Das Boot begann langsam stromabwärts und zurück ans Ufer zu treiben. Es war ihm in den letzten Augenblicken vollkommen gleichgültig gewesen, was dieses Boot machte.

»Ihre Frau kann sich glücklich schätzen«, sagte Sylvia, während sie das Taschentuch wieder verstaute.

»Oh, nun ja, ich war wirklich ein glücklicher Mann«, sagte George und hatte den Eindruck, dass er ein wenig salbungsvoll klang, versuchte jedoch, den Grundton des Gesprächs zu halten. »Aber ich habe meine Frau verloren … vor ein paar Monaten erst.«

Zwei zartschmelzende Augen blickten ihn anteilnehmend an.

»Oh, Sie Armer! Oh, für einen Mann muss das schrecklich sein. Wenn wir Frauen unseren Mann verlieren … nun, natürlich sind wir furchtbar traurig und mit einem Mal ganz allein und wehrlos in der Welt. Aber für einen Mann! Es ist grauenvoll für Adam, seine Eva zu verlieren, nicht wahr?«

»Äh, ja«, stimmte George ihr zu, während er innerlich in Flammen stand. So jemandem war er noch nie im Leben begegnet.

»Also sind wir beide allein«, stellte Sylvia Newsome fest. Wieder blickten ihre Augen ganz tief in seine. »Schon komisch, wie das Leben so spielt! Vielleicht stand dieses Treffen in unseren Sternen.«

In diesem Augenblick gab es einen leisen, dumpfen Schlag, als das Boot ans Ufer stieß. Beide lachten sie überrascht auf. In die darauffolgende Stille, während das Boot zur Ruhe kam, eine Stille, die ihnen beiden mit Bedeutung aufgeladen erschien, sagte George das Einzige, was ihm in den Sinn kam, und das war: »Hätten Sie Lust auf ein Stückchen Kuchen?«

Als sie den Fluss verließen und sich die Strahlen der tiefstehenden Sonne durch die Weiden woben und über die Wiesen dahinter legten, bot er Sylvia an, sie nach Hause zu fahren.

»Oh, das ist nett von Ihnen, George«, sagte sie. »Es ist schon ein kleiner Weg.« Er mochte es, dass sie seinen Namen so oft gebrauchte. *George*. Bildete er sich den liebevollen Unterton darin nur ein?

»Es liegt für mich auf dem Weg«, versicherte er ihr, auch wenn er bisher nur eine ungefähre Vorstellung davon hatte, wo sie wohnte. Er wusste nur, dass sie bei Green's, der örtlichen Autowerkstatt, im Büro arbeitete.

»Ich bin ziemlich müde«, gestand sie. »Das muss an der vielen frischen Luft liegen.« Sie warf einen zweifelnden Blick auf Monty, den George den ganzen Nachmittag von ihr ferngehalten hatte.

»Keine Sorge.« Er wickelte sich die Leine in mehreren Schlaufen um die Hand. »Ich binde ihn hinten an. Er wird Sie nicht belästigen.«

»Wie lieb von Ihnen.« Sylvia legte eine Hand an die Brust. »Es liegt ja nicht daran, dass ich ihn nicht mag. Ich habe nur ein bisschen Angst vor Hunden. Oh ...« Sie unterbrach sich und beäugte anerkennend die geschwungenen grau lackierten Umrisse des Vanguard. In dieser schmalen Straße sah er besonders groß aus, bemerkte George mit Genugtuung. »Das ist aber wirklich sehr hübsch.« In ihrer Stimme lag noch mehr Wärme, als sie ergänzte: »O ja ... sehr. Aber Sie brauchen nicht die ganze Strecke zu fahren, setzen Sie mich einfach an der St. John's Road ab. Oh, Sie sind wirklich ein netter Mann, George, dass Sie mich jetzt auch noch im Auto mitnehmen.«

»Keine Ursache.« Mit fasziniertem Wohlgefallen sah er ihr zu, wie sie ihren üppigen Körper auf den Beifahrersitz manövrierte, während er ihr die Tür aufhielt. Er scheuchte Monty auf den Rücksitz und gab ihm dafür ein paar Bonbons.

»Lakritz?«, fragte Sylvia. »Mögen Hunde so etwas?«

»Dieser hier schon«, sagte George, während Monty schmatzte. »Das ist der Weg in sein Herz. Und man kann ihn damit sehr gut ablenken.«

Während er fuhr und dabei betete, dass der Wind den Schlammgeruch zerstreute, blickte er, sooft er es wagte, zu Sylvia hinüber. Sie blickte aufmerksam nach vorne. Einige Strähnen ihres dunklen Haars fielen ihr in die Stirn, was einen beeindruckenden Kontrast zu ihrer hellen Haut bildete. Sie sieht aus wie eine Frau aus einem Gemälde, dachte er. Renoir vielleicht?

Schon bald bemerkte er aus dem Augenwinkel, dass Sylvias Hand sich um das Sitzpolster an der Seite schloss, neben der Handbremse. Ihr Daumen mit seinem korallenroten Nagel strich immer wieder über das Leder. Die Bewegung hörte nicht auf, war immer in seinem Augenwinkel zu sehen. Ansonsten saß sie ziemlich still da, Knie und Füße wieder ordentlich aneinandergestellt. Noch lange, nachdem er sie abgesetzt hatte, nachdem er eine Einladung für Freitag ausgesprochen und sie diese angenommen hatte, sowohl in seinen Träumen als auch in echt, hatte er aufregende Bilder vor Augen, von Händen mit korallenroten Fingernägeln.

Acht

1.

George lenkte den Morris-Pick-up von der Straße in den üppig bewachsenen Schutz einer Hecke und schaltete den Motor aus. Die Atmosphäre der Felder schien durch die Fenster zu drängen, die warme Brise und das Vogelzwitschern, der Geruch der Gerste und des blühenden Weißdorns von der Hecke. Er befand sich unweit von Dorchester, und der Durchgang in der Hecke bot ihm einen Blick auf die Wittenham Clumps, zwei nebeneinanderliegende, flache und mit Bäumen und Gebüsch bedeckte Hügel.

»Na los, Monty, geh und lauf ein wenig herum.« Er beugte sich über seinen schläfrigen Hund hinweg und stieß die Beifahrertür auf. Monty sprang halb, halb stürzte er hinaus, schnüffelte sich zum Tor des Feldes vor und verschwand, indem er sich darunter hindurchzwängte. George lächelte. Es war schön, Monty auf den montäglichen Ausfahrten dabeizuhaben.

Er griff in seinen alten Armytornister und suchte nach der braunen Papiertüte, die seit Henley darin steckte. Zwei rosige italienische Pfirsiche lagen darin, die ersten des Sommers. Er nahm einen heraus und drückte ihn. Noch ein bisschen hart, aber das machte nichts. Er wollte gerade hineinbeißen, als er Wins Stimme hörte: »Hast du den gewaschen, George? Du weißt nicht, wer den schon alles angefasst hat …« Er rieb den Pfirsich am Hosenbein ab, als Zeichen des guten Willens, und biss hinein.

»Oh, wie schön – *bellissimo!*«

Der Pfirsich war reifer, als er gedacht hatte, das Fleisch hell, um den Stein herum blutrot. Er schloss die Augen, als der Geschmack ihn zurück in den Süden Italiens transportierte. Bettelarm und vom Krieg geschunden, war ihm das Land doch ans Herz gegangen. Ein weiterer Bissen, und ihm rann der Saft übers Kinn.

»Molto bene«, murmelte er mit feuchten Lippen.

Es war ein anstrengender Vormittag gewesen. Erst Henley, wo er nicht nur die Pfirsiche, sondern auch eine hohe Schlafzimmerkommode gekauft hatte, die er zusammen mit dem Händler gerade so auf die Ladefläche des Pickups hatte hieven können. Er hatte noch überlegt, nach Marlow zu fahren, mehr, um der schwerhörigen Maud Roberts einen Gefallen zu tun, als um tatsächlich ernsthaft etwas zu kaufen. Aber dann hatte die Vorstellung von Monty in Mauds winzigem vollgestopftem Haus ihn davon abgebracht. Stattdessen hatte er sich am Riemen gerissen und war nach Twyford gefahren.

Mit Freuden hätte er auf die Besuche bei Lewis Barker verzichten können, diesem aufgeblasenen Besserwisser, der zwei Arten von Büchern führte: einmal als Hauptbuch und einmal in der Keksdosen-Version. Lewis stellte keinen Clarence oder Alan an, um die Stücke aufzuarbeiten, die er kaufte – er hatte einfach nur ein Warenlager, das auch als schäbige Verkaufsfläche diente. Alles an Lewis ging George auf die Nerven, von seinem schwitzigen schinkenfarbenen Gesicht bis zu seinem unmöglichen Umgang mit Antiquitäten. Aber im Lauf der Jahre hatte er viele gute Stücke von Lewis gekauft, also versuchte er, in Kontakt mit ihm zu bleiben. Lewis war ein bekannter Händler, dem man sowieso nicht aus dem Weg gehen konnte, weder in der Region noch bei den Schauen oder Zusammenkünften der British Antique Dealers Association. Lewis wusste, wie man im Geschäft blieb. Und George gefiel sich irgendwie auch als Retter geschundener Antiquitäten, die er bei Lewis kaufte, um sie dann mit viel Mühe zu neuem Leben zu erwecken, was ihren Wert beträchtlich steigerte.

Lewis' Lager befand sich direkt am Rande von Twyford. Als George auf dem Hof parkte, kam Lewis aus dem Haus, eine Zigarette in den linken Mundwinkel geklemmt, die Jacke offen, so dass seine dunkelroten Hosenträger zu sehen waren und ein Büschel Haare aus dem offenen Hemdkragen hervorlugte.

»Morgen, George!« Lewis nahm den Zigarettenstummel aus dem Mund. »Ah, Sie haben diesen alten Köter dabei! Macht mehr Arbeit, als er wert ist, was? Schlimmer als eine Frau!« Sein rötliches Gesicht erschien am Seitenfenster und mit ihm der Gestank nach altem Schweiß und abgestandenem Rauch.

»Was dagegen, wenn ich ihn hier herumlaufen lasse?«, fragte George. »Er geht nicht weit.«

Ohne auf eine Antwort zu warten, öffnete er die Beifahrertür.

»Ich mach auf.« Lewis zermalmte den Zigarettenstummel mit dem Schuh und schlenderte zu seinem Lagerhaus.

Monty schnüffelte sich zu dem kleinen Fleckchen Gras und Löwenzahn am Rand der Zufahrt vor. Da er wusste, dass der Hund ihm irgendwann folgen würde, überquerte George den mit Zigarettenstummeln übersäten Hof und ging auf das hässliche Betongebäude zu, in dem das Lager untergebracht war. Die wenigen verdreckten Fenster waren mit Spinnweben verschleiert. Es war eine verdammte Schande, dachte George, jetzt schon niedergeschlagen. Beim Eintreten kam es ihm vor, als beträte er ein ärmliches Waisenhaus. »Hilf uns, *bitte*«, schien es ihm aus den chaotischen Haufen aus Holz, niemals abgestaubtem Glas, Polstern und stumpfen Messingbeschlägen entgegenzuflüstern.

Lewis, die Daumen in die Hosenträger eingehakt, trödelte hinter ihm her und quasselte die ganze Zeit: »Neulich hab ich den alten Soundso gesehen. Das ist vielleicht ein Dummkopf. Hat der doch viel zu viel bezahlt für ...« George gelang es nur mit Mühe, ihn nicht zu beachten. So schnell das zu bewerkstelligen war, ohne grob zu wirken, wählte er ein paar Stücke aus: ein schickes französisches Sofa, dessen Rosenholzrahmen mit aufwändigen Intarsien verziert war und das in einer dunklen Nische sein Dasein gefristet hatte, mit einem lieblos abgestellten eichenen Geschirrschrank darauf. Dessen Schloss hing halb heraus, und seine untere Kante bohrte sich schmerzlich in das Sitzpolster des Sofas. George kaufte auch den Geschirrschrank, er würde ihn schon noch irgendwie in den Laderaum des Transporters gequetscht bekommen.

Als er auf dem vollgeräumten Tisch, der Lewis als Schreibtisch diente, den Scheck ausstellte, sagte Lewis mit selbstzufriedener Miene: »Haben Sie den Sekretär schon verkauft, den Sie neulich gekauft haben?« Er zog die Luft durch seine gelben Zähne ein und schüttelte mitleidig den Kopf. »Nach allem, was Sie dafür hingeblättert haben, haben Sie wahrscheinlich nichts mehr draufschlagen können, was, George?«

»Ah!« George richtete sich abrupt auf und reichte Lewis den Scheck. »Danke für die Erinnerung, ich hab da noch etwas, das ich Ihnen zeigen muss, Lewis. Wusste, das würde

Sie interessieren, mit Ihrem guten Auge für Handwerkskunst.«

»Ah, nun …« Lewis nahm das Kompliment hin, als gebühre es ihm. Er verstaute den Scheck in einer abgestoßenen schwarzen Geldkassette. George zog das vergilbte Stück Papier aus der Brusttasche.

»Hier ist es ja, sehen Sie sich das mal an.«

Lewis gab sich alle Mühe, unbeeindruckt zu blicken, als er es entgegennahm.

George beobachtete, wie Lewis las. *Jan de Vroom, Nijmegen.*

»Der alte Clarence hat es in einer Geheimschublade in dem Sekretär gefunden. Holland.«

Lewis gab ihm den Zettel mit einem verächtlichen Auflachen zurück. »Sag ich's doch – holländisch. Hab ich's nicht gesagt, dass es vermutlich holländisch ist? Das werden Sie so schnell nicht loswerden, alter Junge – niemand will heutzutage holländische Möbel, oder? Mit englischen ist man wesentlich besser bedient.«

Während er im Morris saß, den Geschmack des Pfirsichs noch auf der Zunge, amüsierte er sich selbst mit Visionen von Lewis Barker, wie er von einem Schnellzug niedergemäht oder von einer Klippe gestoßen wurde. Ein paar Minuten lang hielten ihn diese Fantasien bei Laune, bis ein anderer Gedanke, der ihn dieser Tage ständig ablenkte, sich in seinen Geist drängte: Sylvia Newsome.

2.

Am nächsten Morgen schlenderte George auf das von Rosenblüten umhüllte Haus zu, nachdem er die Scheune aufgeschlossen hatte, als er Veras schnelle Schritte auf dem Kies näher kommen hörte. Seit dem Wochenende hatte er sich beinahe ununterbrochen Träumereien von Sylvia Newsome hingegeben, doch jetzt riss er seine Gedanken in die Gegenwart zurück.

Wie üblich trug Vera ihren Korb in der Armbeuge. Aber sehr anders als üblich war der eng geschnittene dunkelgrüne Anzug, den er noch nie an ihr gesehen hatte, und ihr Haar, das jetzt um die Ohren herum kurz geschnitten und in Stufen auftoupiert war. Sie ging mit gesenktem Kopf und energischen Schrittes, so dass ihm nur wenige Sekunden blieben, um diese Veränderung aufzunehmen, bevor sie an der Haustür aufeinandertrafen.

»Mr. Baxter«, sagte sie, als sie zu ihm aufschaute, und verkündete dann ohne weitere Vorrede: »Ich habe eine Entscheidung getroffen.«

»Oh.«

Vera blinzelte zu ihm herauf. Sie sah jünger aus und irgendwie ziemlich gut. Ihre Wangen erschienen fester, die Augen blauer. Die ein wenig nach oben zeigende Spitze ihrer Nase war rosa. Sie musste sich gestern im Garten des Bungalows gesonnt haben. Ihre Miene war ernst. Unbehagen regte sich in ihm. »Nichts allzu Gefährliches, hoffe ich?«

»Ich fühle mich«, verkündete Vera erhobenen Hauptes, »überlastet.«

»Oh.« George vergrub die Hände in den Hosentaschen. »Oh, meine Liebe. Aber …« Er runzelte die Stirn. »Du hast einen Kuchen gebacken.« In seinen Augen bedeutete dies, genug Zeit für alles Mögliche zu haben.

»Genau darum geht es ja«, antwortete Vera. »Ich habe *einen Kuchen* gebacken. Einen. Wir mussten ihn teilen. Ein Stück für Sie und der Rest für uns.«

»Aber das ist …«

»Das ist furchtbar, ich weiß. Sehen Sie, bis jetzt habe ich es gerade so noch geschafft, aber ich musste Alans in Vanillesoße ertränken, damit er übers Wochenende reichte. Alan kann ziemlich schwierig werden, wenn er seinen Kuchen nicht bekommt.«

Das war ein Aspekt von Veras und Alans Ehe, von dem George bisher nicht die geringste Ahnung gehabt hatte. Sicher, Alan hatte in letzter Zeit missmutig gewirkt, aber er war sowieso ein eher stiller Mann, weshalb schwer zu sagen war, was er fühlte.

»Sie hätten mir doch keinen geben müssen, wenn Sie so knapp waren.« Schuldbewusst erinnerte er sich daran, wie Sylvia Newsome eine ordentliche Portion des Picknick-Kuchens verdrückt und Monty schließlich die Kruste weggeputzt hatte.

»Worauf ich hinauswill, Mr. Baxter«, Veras Ton wurde plötzlich herrisch, »ist, dass ich Hilfe brauche. Ich habe Sie gewarnt, dass ich eventuell eine Putzhilfe würde einstellen wollen.«

»O ja, natürlich … das.« Was für eine Erleichterung. Er hatte schon angefangen, sich Sorgen zu machen, dass dieses Gespräch extrem kompliziert werden würde, wie es so häufig mit Frauen zu passieren schien. Einen Moment paddelte man zufrieden im seichten Wasser, im nächsten versank man überraschend in einer Kluft im Meeresgrund. Aber hier handelte es sich um eine eindeutige Bitte, und die Mittel dafür würden mit Sicherheit vorhanden sein. »Das soll mir absolut recht sein, Vera«, sagte er warmherzig. »Mach nur.«

»Ich habe Sharon Jenkins gefragt«, fuhr Vera fort. »Sie sucht Arbeit.« Als sie Georges leeren Blick sah, nahm sie ihren Korb in die andere Armbeuge und setzte mit leichter Ungeduld hinzu. »Brenda Jenkins' Tochter, Sie wissen schon.«

»Brenda Jen …«

»Barfrau. Der Barley Mow.«

Der Groschen fiel. Brenda. Barfrau. Furchterregend.

»Oh, *die* Brenda! Hat sie eine Tochter? Ich wusste gar nicht, dass sie verheiratet ist.«

»Nun, ich nehme an, irgendwann muss sie es mal gewesen sein«, sagte Vera, während sie sich zum Haus umdrehte. »Oder nicht. Wie dem auch sei, Sharon.«

»Ja, ja, Sharon. Tun Sie nur, was Sie für richtig halten, Vera«, sagte er zu ihrem Rücken. »Übrigens … Sie sehen hübsch aus heute.«

Sie drehte sich um, plötzlich ein strahlendes Lächeln auf dem Gesicht, als wäre sie selbst überrascht von ihrem Erfolg. »Danke, Mr. Baxter.«

»Äh, Vera …«

Sie war schon auf der Treppe und blickte jetzt nach unten in seine Augen.

»Wäre es … Ich meine, ich glaube, ich habe etwas ein bisschen überstürzt.« Vera wartete mit einem neutralen Ausdruck auf dem Gesicht. George betrachtete seine braunen Schuhe. »Ich habe, äh, eine Dame gefragt, ob sie herkommen und … Nun, herzukommen und … Ich dachte, ich führe sie ins Bridge Hotel aus.«

»Haben Sie das, Mr. Baxter?« Veras Ton war so schwer zu

entschlüsseln, dass er den Blick wieder hob und ihr in die Augen sah, um festzustellen, ob sie entsetzt oder nur interessiert war oder sich gar für ihn freute. Keine dieser Reaktionen schien im Vordergrund zu stehen. Stattdessen las er *gespannte Neugier* in ihrer Miene.

»Denken Sie, das ist in Ordnung?«, fragte er. »Oder ist es noch ein bisschen zu früh?«

Vera verschränkte die Arme vor der Brust, den Henkel des Korbs im linken Ellbogen eingehängt. »Das können wirklich nur Sie allein entscheiden«, sagte sie dann vorsichtig.

Einen Moment lang standen sie so da, beinahe taub durch Veras unausgesprochene Fragen, so dass er sich schließlich gedrängt fühlte, die ganze Geschichte auszuspucken.

»Sie heißt Sylvia Newsome. Ich habe sie am Sonntag auf dem Fluss getroffen, gewissermaßen. Sie ist Witwe. Ich dachte, ich führe sie ins …, wie ich schon gesagt habe … Freitag.«

Vera zog die Augenbrauen hoch. Nach und nach folgten ihre Mundwinkel zu einem langsamen Lächeln. »Newsome«, wiederholte sie wie jemand, der versucht, sich an ein altes Lied zu erinnern. »Newsome … Hm …« Sie drehte sich um. »Nun, das ist doch nett. Ich hoffe, Sie haben eine schöne Zeit.«

3.

Im Laufe der Woche, nachdem George am Dienstagmorgen Sylvia gegenüber Vera erwähnt hatte, bemerkte er eine Art Schwingung, die sich um ihn herum zu verstärken schien. Als Erstes fischte Vera ziemlich unverblümt nach Informationen.

»Newsome«, sagte sie, als sie vorübergehend zu ihren Gummihandschuhen in die Küche zurückkehrte – die neue Putzhilfe würde in Kürze anfangen. »Das sind nicht zufällig die Newsomes von James, Son & Newsome?«

»Ich könnte mir vorstellen, dass es da eine Verbindung gibt«, antwortete George, während er seinen mit Ei beschmierten Teller in die Spüle stellte.

Mit einem Mal verspürte er das Bedürfnis, alles zu verschleiern. Warum hatte er Vera so früh etwas gesagt? Aus welchem Grund hatte er überhaupt irgendjemandem auch nur das Geringste über Sylvia Newsome erzählt, während er selbst in seinem neuen, unerprobten Zustand doch noch so unsicher und gleichzeitig so verschossen in sie war? In seinem Kopf war sie zu einem ständigen elektrischen Strom geworden, Bilder von ihr funkten immer wieder auf – von ihm und ihr zusammen – von ihr, wie sie sein Kind trug … Wie wundervoll sie aussehen würde! Ob all seine Sehnsüchte, die sich in ihm drängelten wie Bauerntölpel auf einer Kirmes, von ihr erfüllt werden könnten, dieser prächtigen, fruchtbar aussehenden Frau?

»Sie muss die sein, die mit Newsome verheiratet war«, sagte Vera. »Er ist schon vor einer ganzen Weile gestorben, nicht wahr?«

»Glaube schon«, antwortete George vage.

Vera bewegte schweigend den Abwaschlappen über die Teller. Es war still in der Küche, was George umso nervenaufreibender fand, als sie das Radio nicht eingeschaltet hatte. Er setzte eine Miene auf, als sei er mit einem schwierigen geschäftlichen Problem beschäftigt, und drehte sich um.

»Also ich gehe dann mal und …« Er floh aus der Küche, bevor noch mehr Fragen folgen konnten.

Nachdem er am nächsten Tag zugesperrt hatte, ging er mit Monty rund um den Ort spazieren, als ihm auf dem schmalen Pfad um die Kirche herum zwei von den Glucken entgegenkamen. Eunice McLean und Pat Nesbitt mit ihren beiden Hunden versperrten ihm den Weg. Die Frauen standen, tief in ein Gespräch versunken, in der Nähe der beiden mit Rosen zugewucherten Armenhäuser. Für den Bruchteil eines Augenblickes dachte George darüber nach, einfach umzudrehen und zurückzugehen. Aber natürlich bemerkten Pats Hunde ihn sofort und begannen, sich in die Leinen zu werfen. Die beiden Frauen fuhren herum, und er war in ihrem Blickfeld.

»Ah, Mr. Baxter!«, rief Pat und lehnte sich zurück wie ein Wasserskifahrer, um die Spaniels im Zaum zu halten. »Wie schön, Sie zu sehen!«

»Schönen Abend, Mr. Baxter!«, rief ihm Eunice McLean zu. Sie hielt er noch für die Erträglichste von ihnen, aber sogar sie hatte an diesem Nachmittag so einen stechend neugierigen Blick. Gottseidank war nicht auch noch Rosemary Abbott dabei. Sie vermittelte ihm immer den Eindruck, etwas falsch gemacht zu haben, wobei ihm nie klar wurde, was er denn so Tadelnswertes getan haben könnte, außer sie nicht an seinem Krankenbett haben zu wollen. Hatte er ihr nicht aufs Allerherzlichste für diese Biskuitrolle gedankt? Ganz bestimmt doch, oder? Wenigstens schien er ihr dieser Tage nicht zufällig über den Weg zu laufen.

»Schönen Nachmittag«, rief er. Monty, der sich ausnahmsweise einmal als Verbündeter erwies, begann in einer Lautstärke zu bellen, die alles andere übertönte.

»Ich, äh … gehe den anderen Weg zurück«, rief er.

»Nein … kommen Sie nur vorbei!«, protestierte Pat. »Wir

hatten gehofft, wir könnten mal kurz … Wir haben gehört, Sie hätten Neuigkeiten …«

»Ja, schon gut, keine Ursache …« Er zog sich zurück und tat, als hätte er ihre letzte Bemerkung nicht gehört. Sie hatten gerade über ihn gesprochen, davon war er überzeugt. »Komm, Monty!« Er schleifte den Hund hinter sich her.

Worüber konnten sie denn mit ihm sprechen wollen? Doch sicher nicht über Sylvia? Andererseits hatte er kaum andere »Neuigkeiten«. Wie konnten sie überhaupt schon von ihr wissen? Finstere Gedanken über Vera drängten sich ihm auf. Erst gestern hatte er Sylvia ihr gegenüber erwähnt. Wie zum Teufel konnte die Nachricht so schnell die Runde gemacht haben?

Aber schon bald kehrten seine Gedanken wieder zu Sylvia zurück. Sylvia … Jedes Mal, wenn er an die Aussicht dachte, sie Freitag wiederzusehen, begann es sich in seinem Inneren zu drehen wie in einer dieser neumodischen automatischen Waschmaschinen.

4.

»Mr. Baxter, was ist denn das hier?« Vera, die gerade ans Waschbecken getreten war, drehte sich kichernd um. Es war Freitagmorgen. Sie lachte, als sie sein verwirrtes Gesicht sah.

George ging zu ihr und fragte sich, was er nun schon wieder getan hatte. Im Waschbecken, fein säuberlich nebeneinander, standen seine braunen Wildlederschuhe. Glücklicherweise war kein Wasser im Becken. Er musterte sie stirnrunzelnd.

»Hab ich die da hineingestellt? Ich kann mich nicht erinnern.«

»Nun, ich war es mit Sicherheit nicht«, antwortete Vera.

»Warten Sie mal …« Er dachte nach. Was hatte er gerade getan? »Ich glaube …«

An der Hintertür, wo er normalerweise seine Schuhe abstellte, stand ein mit Ei beschmierter Teller, auf dem ein kleiner Rest Schinkenknorpel sowie ein Messer und eine Gabel lagen.

»Was um Himmels willen ist denn da über Sie gekommen?«, fragte Vera.

Ja was? Sehen Sie, Vera, es ist so: Seit ich Sylvia Newsome getroffen habe, befinde ich mich beinahe ununterbrochen in einem Zustand sexuellen Hungers und Erwartung. Und die Tatsache, dass jede Frau in einem Umkreis von einer Meile sich schon eine Meinung über die Nachricht gebildet hat, dass ich mich am Freitag mit Sylvia treffen werde, ist an sich schon schlimm genug, aber das ist überhaupt nichts im Vergleich zu der nackten Panik, die ich angesichts dieser Aussicht empfinde. Es ist mehr als zwei Jahrzehnte her, dass ich eine Frau umworben habe – und sie war in jeder Hinsicht eine ganz andere Art Frau. Deshalb fällt es mir nicht gerade leicht, mich zu konzentrieren.

Stattdessen gab er ein paar vage, entschuldigende Laute von sich und floh in Richtung der Scheune, als müsste er dringend mit den Männern sprechen. Doch als ihm einfiel, dass Kevin in letzter Zeit, wie es nur Kevin konnte, ständig darauf drängte, zu einer weiteren Auktion mitgenommen zu werden, schlug er eine andere Richtung ein. Am Ende stand er in seiner Hütte hinten im Garten, sog in tiefen Atemzügen die ölige Luft ein und versuchte sich irgendwie zu beruhigen.

5.

Sie wartete, wie sie es gesagt hatte, eine unverwechselbare Eieruhr-Gestalt in einem smaragdgrünen Kleid, etwas Blasses über den linken Arm drapiert. Gütiger Himmel, dachte George, als er vorfuhr. Trugen Frauen heutzutage tatsächlich so kurze Röcke? Ihr Haar war oben auf dem Kopf aufgetürmt, kleine weiche Locken ringelten sich um die Stirn und vor den Ohren. Für eine Frau aus der Region hatte sie einen mutigen Stil. George machte sich Sorgen, ob er da würde mithalten können.

Er hatte sich in einen leichten milchkaffeefarbenen Sommeranzug geworfen und sich dazu für eine verwegene rote Fliege entschieden. Jetzt fragte er sich, ob das nicht alles vollkommen verkehrt war und er lieber gleich einen schwarzen Abendanzug hätte anziehen sollen, aber nun war es zu spät. Er hatte dem Wagen eine gründliche Reinigung zukommen lassen, um jegliche Spur von Hundehaaren zu beseitigen, und auf der Fahrt für alle Fälle die Fenster offen gelassen. Als er direkt vor Sylvia hielt, sprang er hinaus und eilte um den Wagen herum, um ihr die Beifahrertür aufzuhalten.

»Hallo, George.« Ihre Stimme wirkte wie der Atem eines Heizlüfters an einem bereits warmen Sommertag. Zu seinem beträchtlichen Vergnügen trat sie direkt an ihn heran und gab ihm einen Kuss auf die Wange. »Sie sehen aber schick aus«, sagte sie.

Ein paar Minuten später verfluchte er sich selbst. Er hätte ihr sagen sollen, wie hübsch sie aussah. Aber er war von Empfindungen überwältigt: dieses Parfüm wieder, das wie klingende Glocken in seiner Nase hing, der allgemeine, fleischige Druck von Sylvias Nähe und ein klebriger Überrest ihres Lippenstiftes auf seiner Wange. Bis sie beide im Auto saßen, hatte er kaum ein Wort herausgebracht.

Er fuhr voller Ehrfurcht, als hätte er einen seltenen Vogel, einen Falken oder Adler, auf dem Sitz neben sich. Während der paar Meilen über Land zum Bridge Hotel gab er zustimmende Antworten auf ihre leichten Bemerkungen zur Schönheit des Abends und wie nett es von ihm sei, dass er sie ausführte, und ob er glaubte, dass es noch Gewitter geben würde? Sie hatte ja keine Ahnung, wie nah das Gewitter schon war …

Sie bogen auf den Parkplatz des Hotels ein, ein anmutiges Gebäude am Flussufer, dessen pastellfarbene Mauern mit Glyzinien überwachsen waren. Die Lampen leuchteten warm und einladend. Eine Reihe von Luxuskarossen – darunter ein Bentley und ein Jaguar – parkten davor. George betrachtete die Szenerie und konnte es kaum fassen, hier zu sein. Er verkehrte normalerweise eher in Kneipen, in denen Monty erwünscht war, er ein oder zwei Pint Bier trinken und in irgendeiner verrauchten Ecke mit seiner Pfeife entspannen konnte. Win hätte das Bridge Hotel nicht gut gefunden. Es war protzig und verhieß unnötige Ausgaben. »Ich könnte das zu Hause für einen Bruchteil des Preises selbst kochen …« Doch Sylvia, nachdem er ihr aus dem Wagen geholfen hatte, betrachtete es wie jemand, der endlich an den Ort gelangt war, an den er gehörte. Mit einer eleganten Bewegung zog sie ihren Rock zurecht. Meine Güte, dachte George, dieses Kleid war wirklich gewagt geschnitten. Wer immer es geschneidert hatte, hatte mit Sicherheit kein Material verschwendet.

»Oh, George«, seufzte Sylvia, während sich ihre Lippen in karminrotem Entzücken verzogen und ihr Grübchen zum

Vorschein brachten. »Das ist so herrlich. Sie wissen wirklich, wie man eine Frau verwöhnt.« Sie griff nach seinem Arm. Er richtete sich kerzengerade auf wie ein General, und dann gingen sie hinein, George fröhlich beschwingt.

»Wollen wir mit einem Aperitif beginnen?«, fragte er, ganz beeindruckt von sich selbst, noch während er es aussprach.

»Sie müssen in Ihrem Beruf ja so viele interessante Menschen treffen, George«, sagte Sylvia, als der Kellner sie an ihren Tisch in einer Ecke des Restaurants gebracht hatte.

Es war ihm dunkel erschienen, als sie hereingekommen waren. Der lange Raum wurde von einem einzigen Kronleuchter erhellt, der genau in der Mitte hing, einem Ding im Rokoko-Stil, mit kerzenförmigen Glühbirnen, das mit Ketten aus Glasperlen und Prismen behängt war. Die Wände waren mit Wandleuchtern verziert, deren Schatten rostfarbene Brokatmuster an die Wände malten. Als er auf einem etwas klebrigen dunkelroten Teppich zwischen den mit feinen Tüchern eingedeckten Tischen hindurchging, passten sich seine Augen an die düstere, intime Stimmung des Raumes an. Gleich würde er ihr gegenübersitzen, nicht in der vollen lauten Bar, wo die Sodaflaschen zischten, Gläser klingelten und die anderen Gäste sich laut unterhielten, sondern an ihrem eigenen Tisch, getrennt von den anderen.

Sylvia hatte den Kellner aufmunternd angelächelt, als er eine Leinenserviette in ihrem Schoß ausbreitete, und gewartet, bis er die Weinkarte hervorzog, bevor sie diese Frage stellte. Sie war voller Fragen.

»Interessant?« Er trank sein Glas Gin Tonic aus, das er von der Bar mitgenommen hatte. »Oh … ja. Ziemlich unterschiedliche, um die Wahrheit zu sagen.«

Er genoss Sylvias Anblick wie in Trance. Das gedämpfte Licht nahm ihrem Kleid das Glänzen, ließ sein Grün weniger leuchtend aussehen und warf Schatten in die Einbuchtungen unter ihren Wangenknochen und die sanften Falten unter dem Kinn. Ihr linker Arm ruhte auf dem Tisch, während die Finger der anderen Hand locker um das Glas mit Martini-Soda geschlossen waren. Während er sprach, blickte sie ihn mit andächtiger Aufmerksamkeit an, so dass jede seiner Äußerungen mehr Bedeutung zu bekommen schien, als ihr seinem Empfinden nach in Wirklichkeit zustand.

»Ich nehme an, ich meinte …« Sie lachte leise auf und legte dabei den Kopf schief. »Adelige. Sie wissen schon, diese reichen Leute, von denen man in den Zeitschriften liest, Lords und Ladys. So romantisch, zumindest stelle ich es mir so vor.«

»Ah ja. *Diese* Leute.« Er fand ihre naive Bewunderung rührend. »Manche, ja, natürlich.« Die erste Adelige, die sich rüde in seine Gedanken drängte, war Lady Eleanora Byngh. »Auch wenn das alles längst nicht so glamourös ist, wie Sie vielleicht denken. Mir fallen da ein paar ziemlich schreckliche Lumpen ein. Die schwimmen heutzutage bei Weitem nicht alle in Geld. Alles, was hochfliegt, kommt irgendwann wieder runter.« Sein leises Kichern wurde mit einem Blick feierlichen Unverständnisses quittiert. Eleanora Byngh war vielleicht nicht die Art von Society, die Sylvia im Sinn gehabt hatte.

»Mein David hat immer sehr interessante Klienten dieser Art gehabt.« Mit vor Ehrfurcht gedämpfter Stimme fuhr Sylvia fort: »Ich erinnere mich noch daran, wie die Linklaters in dieses wunderschöne Haus neben den Bensons gezogen sind. Sie waren gerade aus Afrika zurück, glaube ich, und brauchten Davids Unterstützung bei den ganzen rechtlichen Aspekten des Hauskaufs, der Liegenschaftsübertragung und so weiter.« George fiel auf, dass, wann immer Sylvia über die Arbeit ihres früheren Ehemannes sprach, sie den Tonfall der Sekretärin des Mannes an der Spitze anschlug. »Sind Sie ihnen schon einmal begegnet?«, fragte sie.

»Ja, tatsächlich.« George blätterte die Weinkarte auf und dachte, dass das mal ein Test war, den er bestehen konnte. »Gerade gestern war ich bei Mrs. Linklater.«

»Nein! Wirklich?« Sylvia lehnte sich mit solch lebendiger Begeisterung in ihrem Sitz zurück, dass sie beinahe dem Kellner, der von hinten an ihren Tisch kam, die Speisekarten aus der Hand schlug. Sie entschied sich schnell.

»Ich nehme den Hummer«, verkündete sie ohne eine Spur von Unentschlossenheit.

George spürte, wie ein Schock ihn durchlief. Er war so sehr an Win gewöhnt, die niemals auf das obere Ende irgendeiner Speisekarte blickte. Sie arbeitete sich immer von unten nach oben vor, und das nie weit. Sylvia hingegen bestellte, als wäre dies ein Leben, für das sie geboren war, ohne Kompromisse. Widerwillig bewunderte er sie dafür, auch wenn er das Gefühl hatte, dass ein kurzes Zaudern, eine Spur von »Wäre es in Ordnung, wenn ich …« ihn etwas mehr für sie eingenommen hätte.

Sein Blick wanderte weiter nach unten zu den Steak-und-Bohnen-Regionen der Karte. Verdammt noch mal, er hatte Lust auf Steak und Bohnen, auch wenn es nicht sonderlich glamourös erschien. Er würde das auf der Weinkarte wiedergutmachen, nicht den jugoslawischen Lutomer Riesling bestellen, den billigsten, den er eigentlich im Auge gehabt hatte.

»Wir nehmen eine Flasche Châteauneuf-du-Pape – den

weißen, bitte«, sagte er leichthin, als wäre das eine ganz alltägliche Entscheidung für ihn, bei der ihm mitnichten schwindelig wurde. Eine Guinee für eine Flasche Wein – guter Gott! »Der wird gut zu Ihrem Hummer passen.«

»Oh, das ist so nett«, sagte Sylvia.

»Keine Ursache – zum Wohl!« Er hielt das Glas hoch. »Auf einen schönen Abend.«

Er bekam ein so leidenschaftliches Lächeln geschenkt, dass er beschloss, es war jeden Penny wert.

»Wie war es denn nun mit Mrs. Linklater«, hakte sie nach. Ihr Blick bohrte sich wissensdurstig in ihn.

»Nun, ich saß in ihrem Esszimmer, gestern Nachmittag, wir haben eine Magnumflasche Champagner getrunken, um genau zu sein.« Er präsentierte ihr diese Information, wie ein Zauberer ein Kaninchen aus dem Hut zieht.

»Wirklich?« Sie beugte sich mit begeisterter Miene vor. »Oh, erzählen Sie mir alles darüber, George. Wie war das Haus? Sehr groß, nicht wahr? Ich wette, es ist wunderschön, es muss von innen wie ein Palast sein.«

Er stimmte zu. In Wirklichkeit hätte der Nachmittag überaus demütigend verlaufen können, wäre die Frau nicht so gutmütig gewesen.

Nachdem er von der Hausdame »Cobb« durch die weitläufige geflieste Halle des georgianischen Anwesens geführt worden war, war er von Mrs. Arthur (ihren eigenen Vornamen hatte er nie herausgefunden) Linklater empfangen worden, die ein lilafarbenes Kleid trug. Ihr hellblond gefärbtes Haar – zumindest vermutete er, dass es gefärbt war – war zu einem lockeren Knoten zusammengenommen und von einem roten Band mit einer verspielten Schleife gehalten. Sie war kaum einen Meter fünfzig groß und stöckelte auf winzigen cremefarbenen Schuhen mit dicken Absätzen einher. Mrs. Linklater musste Anfang sechzig sein. Mit ihrem runden Gesicht mit den großen grauen Augen und ihrer schnurrenden Stimme erinnerte sie ihn an eine dicke, launische Katze.

»Ah, Mr. Baxter, kommen Sie doch herein! Bei uns geht es heute ziemlich drunter und drüber, ich habe einen Handwerker da, der nach der Elektrik schaut.« Sie führte ihn zu einem Eichentisch, der den größten Teil des Esszimmers ausfüllte. Darauf standen in einer Reihe verschiedene zierliche Schüsseln voll mit knallbunten Bonbons. Die Schüssel direkt vor ihm enthielt Smarties. »Nehmen Sie nur eins!« Sie hielt ihm eine Schüssel hin. »Nein?« Sie warf ein gelbes und ein grünes Bonbon in ihren Mund und drängte ihn schmatzend: »Setzen Sie sich doch!« Als sie am Kopf des Tisches Platz genommen hatte, baumelten ihre Füße in der Luft. Sie schenkte ihm eines ihrer breiten, entwaffnenden Lächeln.

»Ich bin sehr froh, dass Sie endlich zu mir gekommen sind, Mr. Baxter. Ich bin doch immer eine treue Kundin gewesen, nicht wahr? Was nun diese Rechnung für den Kleiderschrank angeht, den ich im März, glaube ich, gekauft habe …«

George nickte ermutigend. Vera hatte, soweit er wusste, ihr die Rechnung bereits zum dritten Mal geschickt.

»Ich habe gehört, dass Ihr Mann, äh, Ihre Frau, die, die für Sie …«

»Vera Day, ja.«

»Sie schickt jetzt für Sie die Rechnungen raus, nehme ich an? Die Sache ist die, Mr. Baxter …« Mrs. Arthur beugte sich zu ihm vor und stützte den Busen in einer Weise auf den Tisch, die er irgendwie beruhigend fand. »Ich habe die Rechnung direkt vor Ort bezahlt, als ich ihn gekauft habe.

Ich erledige so etwas immer gern gleich und auf einmal, wissen Sie. Also müssten Sie wohl noch mal einen Blick in Ihre Buchhaltung werfen.« Sie lehnte sich zurück und ließ mit katzenhaftem Lächeln Georges entsetzte Entschuldigungen an sich abprallen. »Nur ein winziger Irrtum, Mr. Baxter. Ist schon vergessen! Das sind ja schwierige Zeiten für Sie, Ihre wunderbare Frau und so … Ich bin sicher, Sie haben Zeit, einen Schluck mit mir zu trinken. Dann können Sie mir alles über Ihre aufregenden Neuerwerbungen erzählen und versuchen, mich zu irgendetwas zu verführen.« Sie glitt vom Stuhl und ging zur Tür. »Cobb! Eine Magnum Champagner ins Esszimmer, mit zwei Gläsern bitte!«

Als George nach einer halben Stunde angenehmen Geplauders mit Mrs. Linklater leicht beschwipst zum Wagen zurückging, war die Sache mit den Rechnungen vergessen.

»Also das nenne ich mal eine *Dame*«, hatte er verkündet, als er die Handbremse löste.

Diese Geschichte erzählte er Sylvia Newsome. Sie wurde hingerissen aufgenommen.

»Sie hat Champagner mit Ihnen getrunken?«, fragte sie atemlos. »Oh, finden Sie nicht auch, dass das eine wahre Lady ausmacht? Champagner, wann immer man Lust darauf hat!«

George konnte kaum widersprechen.

»Und wie sieht ihr Haus aus? Ich wette, es ist atemberaubend.«

Er beschrieb es ihr in allen Einzelheiten, zumindest in denen, die er hatte wahrnehmen können, solange er noch nüchtern gewesen war: der riesige Tisch, dicke, seidene Vorhänge vor den Fenstern, die Rosenschale mit dem silbernen Rand, in der rosa Blütenköpfe schwammen.

»Oh, wie hübsch.« Sylvia legte hingerissen die Hände an die Wangen. »Rosenblüten in einer Schale? Oh, es muss herrlich sein, so zu leben, meinen Sie nicht auch, George?«

Sie aßen ihre Vorspeisen, Honigmelone mit einer Prise Ingwer, und gingen dann zum Hauptgang über, jeder von ihnen mit einem Glas des klaren, kühlen Weins. Der Speisesaal füllte sich nach und nach, und schon bald waren sie in geselliger Atmosphäre umgeben von festlichem Gläserklingen und dem Klirren von Besteck auf Porzellantellern, und hin und wieder erhob sich über dem gleichmäßigen Gemurmel der Gespräche das wiehernde Lachen eines riesigen, in Tweed gekleideten Mannes mit Schnurrbart, der direkt unter dem Kronleuchter saß. Licht spiegelte sich in seiner Glatze.

Die ganze Zeit stellte Sylvia Fragen, und George, durch den Wein entspannt, entfaltete sich unter ihrem Interesse. Er konnte sich nicht erinnern, jemals eine Frau getroffen zu haben, die ihm solch konzentrierte Faszination entgegengebracht hatte. Sie zog die Informationen aus ihm heraus wie die teuren Scheibchen Hummer aus dessen Panzer. Und sie erklärte beinahe bei jedem zweiten Bissen, wie schön das alles war, was für ein Vergnügen! Er beobachtete die Bewegungen ihrer rundlichen Hände, die Kurven ihrer Arme, wie sie innehielt, ihre Lippen vom Essen glänzten, wie sie alles aufzusaugen schien, was er sagte. Sie stellte eine Frage, dann eine weitere, und er legte los, die Worte strömten nur so aus ihm heraus.

Am Ende erzählte er ihr davon, wie er für Joe und Walter Blacks Firma in London gearbeitet hatte. Mit siebzehn, nach der Lehre bei Arkwright, war er dorthin gegangen, weil er etwas Neues lernen, mehr vom Leben wollte.

»Da war ich nun, ein Junge vom Land, plötzlich losgelassen in einer Stadt wie London«, sagte er und lehnte sich mit dem Weinglas in der Hand zurück, dick und rund von seiner Steak-Bohnen-Pastete. »Sie haben mir alles beigebracht, was sie wussten. Am Ende bin ich sogar für sie nach Übersee gereist: Amerika, Argentinien …« Als er sah, wie ihre Augenbrauen sich hoben, ruderte er schnell zurück. Er wollte darauf jetzt nicht näher eingehen. »Als ich anfing, haben sie mich ins East End zum Metzger geschickt …«

»Zum Metzger?« Sie riss die Augen auf. »Warum? Um Lunch zu holen?«

»Nein, nein«, lachte er. »Die Metzger wickelten die Kadaver in Baumwollstoff ein, der das Fett aufsog. Das war …« Er verstummte verwirrt. Was war das da unter dem Tisch, das sich gegen sein Bein drückte und sich bemerkenswert nach einem ihrer Beine anfühlte? »Der Musselin war …« Sein rechter Knöchel wurde von irgendetwas beschnüffelt. Monty konnte es dieses Mal nicht sein. Sylvia hatte ihren Hummer aufgegessen. Ihre Ellbogen stützten sich auf den Tisch, das Kinn ruhte in den Händen, und sie blickte ihn mit einem so hingerissenen Ausdruck an, dass es – beinahe – unmöglich war zu glauben, dass sie noch mit irgendeinem anderen Teil ihres Körpers irgendetwas tun konnte. Aber da war es schon wieder.

»Er wurde zum Polieren der Möbel verwendet.« Benebelt vom Wein, begann er sich zu fragen, ob er halluzinierte. Einen Moment lang hörte das Gefühl auf. Sylvia setzte sich gerader hin.

»Ich nehme an, dass es Juden waren, die zu Vermögen gekommen waren«, sagte sie mit plötzlicher Schärfe. »Und Sie haben alles von ihnen gelernt. Sie wissen bestimmt *so* viel, George. Was für eine gute Branche Sie sich da ausgesucht haben, wo sie mit all diesen reichen Leuten zusammenkommen. Offensichtlich haben Sie alles richtig gemacht.«

»Oh, ich würde nicht unbedingt sagen, dass ich alles getan hätte, was … Ich hab einfach nur eins nach dem anderen …« Er fühlte erneut eine eindeutige Liebkosung, sanfter dieses Mal, außen an seinem rechten Bein. Sie musste den Schuh abgestreift haben. Ihr Eifer wirkte beinahe kindlich, wollte so gar nicht zu dem passen, was unter dem Tisch vor sich ging. »Ich meine, reiche Leute sind alles andere als interessant, wissen Sie. Nicht zwingend jedenfalls. Es ist nicht gut, wenn man etwas nur wegen des Geldes macht.«

Nein, dachte er. Er wollte ganz bestimmt nicht anfangen, mit ihr über Argentinien zu sprechen. Aber in diesem Augenblick, als er in ihr begieriges Gesicht schaute, wusste er, wie sehr es ihn geprägt hatte. Sie war so unschuldig, dachte er zärtlich, mit dieser kindlichen Bewunderung des Geldes. In Argentinien hatte er Menschen kennengelernt, deren Blut nur in ihrem Körper zu zirkulieren schien, um ihren Reichtum zu mehren. Alles war käuflich, selbst der Staub. Niemand schien an etwas anderes zu denken. Diese Getriebenheit, diese Ausschließlichkeit, neben der für nichts anderes mehr Platz war – wie sehr ihn das angeekelt hatte.

»Meinen Beruf nur wegen des Geldes zu machen, ist nicht gut«, dozierte er. »Man muss lieben, was man tut – das Holz und die Kunstfertigkeit der Arbeiten.«

»Oh ja«, stimmte sie ihm leidenschaftlich zu. »Natürlich tun Sie das, George. Ich meinte nur, dass Sie sich glücklich schätzen können, dass Sie gut davon leben können, weil Sie eben *clever* sind.« Sie betrachtete ihn verträumt. »Ich würde so gern einmal vorbeikommen und mir alles anschauen – Ihr Geschäft, meine ich. Es muss schön sein und sehr interessant.«

George griff nach der Weinflasche und füllte ihre Gläser auf. Er zog seine Füße zurück, so dass sie sittsam unter seinem Stuhl standen. Die Balance des Abends musste wiederhergestellt werden, fand er. Er hatte geredet und geredet, die Worte waren aus ihm herausgesprudelt, als hätte er damit ein leeres Gefäß füllen wollen. Er war ziemlich unhöflich gewesen.

»Nun, Sylvia.« Er lehnte sich zurück und zündete seine Pfeife an. »Ich habe viel zu lange geredet. Jetzt müssen Sie mir etwas von sich erzählen. Leben Sie ganz allein?«

Sylvia schluckte den Wein hinunter und stellte das Glas vorsichtig ab, behielt aber den Stiel zwischen Zeige- und Mittelfinger. George sah einen scharfen Ausdruck über ihr Gesicht huschen, konnte sich aber keinen Reim darauf machen. Einen Augenblick später war er wieder verschwunden, und die braunen Augen schienen sich mit Traurigkeit zu füllen.

»Oh nein, ich wohne im Haus meiner Mutter.« Mit einer rot lackierten Fingerspitze fuhr sie um den Fuß des Glases herum. »Als David gestorben ist …« Die Serviette wurde rasch zum Tupfen ans Auge geführt. »Also, George, ich habe es allein in unserem Haus nicht ausgehalten. Und Mutter geht es auch nicht allzu gut … sie war nie verheiratet. Ich wollte wirklich nicht gern bei ihr einziehen. Es fühlte sich an, als würde man wieder zum Kind. Das mochte ich nicht. Aber ich dachte, warum sollte ich hier so allein und aufgewühlt bleiben, wenn ich doch meiner alten Mutter helfen konnte? Sie braucht mich, George. Und es ist wichtig, gebraucht zu werden, nicht wahr? Andernfalls hätte ich das Gefühl, dass mein Leben überhaupt nichts wert ist.«

»Oh, meine Liebe«, antwortete George gerührt. Die spröde Person von vor einigen Minuten war zu dieser weichen, verletzlichen Frau geschmolzen, deren Augen ihn so süß und verführerisch anschauten. Er schob seinen Fuß wieder nach vorn und spürte, wie ihr Bein sich an seines legte. »Aber ich bin mir sicher, dass Sie gebraucht werden.« Er sah eine Gelegenheit, um die Frage einzuflechten, die er hatte stellen wollen: »Hatten Sie und Ihr … Lionel und David … hatten Sie Kinder?«

Der tragische Gesichtsausdruck vertiefte sich. »Nein. Sehen Sie, Lionel und ich wollten zu Kriegsbeginn kein Kind in die Welt setzen, als alles so gefährlich aussah und man nie wissen konnte, was noch passieren würde. Und dann war es natürlich zu spät … Und David hatte ja schon drei … Ich hätte sehr gern eigene Kinder gehabt … Ich bin ein ziemlich mütterlicher Mensch, George, sehen Sie.«

George sah es mit Freuden.

»Aber David wollte nicht noch mehr. Da war er sehr konsequent. Er hatte sogar …«, wieder wurde ihre Stimme flüsterleise, »*die Operation* machen lassen.«

George war schockiert. Noch nie hatte er jemanden getroffen, der zugab, dass er »den Schnipp« hatte machen lassen.

»Ich war sehr traurig darüber, aber ich konnte auch sehen, wie viel ihm seine Kinder abverlangten. Und abgesehen davon waren er und ich so glücklich. Manchmal, wenn ein Baby kommt, verdirbt das alles. Zumindest hat er das über seine erste Frau gesagt, und ich wollte nicht, dass mir das auch passiert. Aber ich war nie Mutter, George, und das ist sehr hart für eine Frau.«

»Ja, das ist traurig.« Er dachte an Win und wusste, dass sie es im Stillen betrauert hatte, keine Kinder bekommen zu haben. Genau wie er, auf seine Weise.

»Ich bin so froh, dass ich Sie kennengelernt habe,

George. Eine dieser unerwarteten Überraschungen.« Sie verschränkte die Finger auf dem Tischtuch. »Heutzutage erwarte ich nicht mehr viel vom Leben. Aber manchmal habe ich das Gefühl, dass ich ja zumindest mal von den guten Sachen probieren durfte, auch wenn sie mir dann wieder entrissen worden sind.« Sie senkte den Blick, als müsste sie sich erst fassen, bevor sie weitersprechen und den Kopf heben konnte. »Wir könnten uns ein wenig gegenseitig trösten, nicht wahr, George?« Sie streckte die Hand zwischen den Gläsern aus, ohne den Blick von seinen Augen abzuwenden, als wollte sie ihn einladen, ihre Hand zu nehmen, was er mit wild klopfendem Herzen auch tat.

»Lassen Sie uns anhalten, George, ja?« Sie befanden sich auf der Rückfahrt. Sylvia legte ihre Hand auf seinen Arm. »Nur für ein paar Minuten? Gehen wir an der Brücke spazieren, wo wir neulich waren. Es ist so ein schöner Abend.«

»Ja, gerne.« Er parkte dort, wo er immer parkte. Er fühlte sich wie ein Stück Treibgut, das sich leicht von ihrem Willen und der angenehmen Benebelung durch den Alkohol mitreißen ließ.

Das »Dessert«, wie Sylvia es genannt hatte, war Pfirsich Melba gewesen, gefolgt von einem Kaffee und Likör – Cointreau für sie, ein großzügig eingeschenkter Remy Martin für ihn, zusammen mit einem schönen Brocken frischen Tabaks für seine Pfeife. Lange bevor er die Rechnung gesehen hatte, war ihm klar gewesen, dass dies das mit Abstand teuerste Essen seines Lebens war. Wins schmallippige Miene stand ihm vor Augen. Aber ihm war nach Trotz. Schließlich konnte er es sich leisten. Nicht jede Woche natürlich, aber dieses eine Mal. Und es gab auch andere Lebensstile. War er nicht auf der Suche nach einem neuen Leben, nach neuen Wegen, die sich ihm eröffneten? Unter dem Kaffeeumrühren und dem Drinksschlürfen hatten sie die Hände über dem Tisch ineinandergelegt. Und jetzt, während sie unter dem gerade wieder zunehmenden Mond spazieren gingen, nahm er ihre Hand und legte sie in seine Armbeuge, und zumindest irgendetwas war damit offen anerkannt worden.

Sie nahmen den Pfad neben der Brücke. George war hin und hergerissen zwischen einem benommenen, ozeanischen Gefühl und der geschärften Wahrnehmung, die ihn alles intensiver und wacher erleben ließ. Das Gewicht von Sylvias rundlichem Arm, der in seiner Armbeuge ruhte, und der Duft ihres Parfüms weckten körperliche Erinnerungen in ihm – die Berührung einer Frau, duftend, mit prachtvoller Figur … Rohes Verlangen wuchs in ihm, so intensiv, dass er nicht mehr zwischen dem emotionalen und dem physischen unterscheiden konnte. Beinahe schmerzhaft sehnte er sich danach, seine Arme um diese Frau zu legen, seinen Blick in ihrem wiederzufinden.

»So hübsch, nicht wahr?«, sagte Sylvia und blieb stehen. George riss sich selbst aus der Höhle seines Begehrens heraus, um zu antworten, dass, ja, es in der Tat sehr hübsch war: die Bögen der alten Brücke, das Wasser, das in kleinen Wellen im Mondlicht gegen die Pfeiler schlug, auch wenn er selbst das Wort »hübsch« nicht gewählt hätte.

Sie wandte sich ihm zu. In der Dunkelheit und obwohl er so dicht vor ihr stand, konnte er gerade einmal ihre Umrisse ausmachen. In der schattenhaften Fläche ihres Gesichts sahen ihre Augen riesengroß aus. Sie trug das blasse Schal-Dings über dem grünen Kleid.

»So einen Abend habe ich noch nie erlebt«, sagte sie.

»Das ist der beste Abend meines Lebens, George. Ich kann es kaum fassen. Und alles dank Ihnen.«

Dieses Eingeständnis machte ihn sprachlos, vor allem die Verletzlichkeit, mit der sie es aussprach. Wie konnte das sein – was war mit dem wunderbaren Lionel und Schatzi David? Sie hatte doch mit Sicherheit viele wunderschöne Abende erlebt?

»Sie sind ein absolut liebenswerter Mann, George.« Es lag etwas Magisches in der Art und Weise, wie sie immer wieder seinen Namen aussprach. »Ich bin so froh, dass ich Sie kennengelernt habe. Ich dachte, mein Leben sei vorüber, das dachte ich wirklich. Und jetzt komme ich mir vor wie das glücklichste Mädchen der Welt.«

Befriedigung wallte durch ihn hindurch. Er hatte alles richtig gemacht. Sie war zufrieden. Und er war gerührt durch ihr Eingeständnis, durch diese plötzliche Zerbrechlichkeit, die ihn sich ziemlich männlich und felsengleich verlässlich fühlen ließ.

»Mich freut natürlich, dass es Ihnen gefällt«, sagte er.

»Haben Sie es denn auch genossen, George? Ich weiß, Sie sind ein so kluger Mann, und ich bin nur … nun, Sie wissen ja. Letztlich ein einfaches Mädchen vom Lande. Nicht wie Sie, der Sie schon in London gearbeitet und die Welt bereist haben.«

»Oh, das habe ich. Und Sie sind wirklich eine Liebe«, sagte er.

»Wäre es verkehrt … Oh, du meine Güte.« Mit einem mädchenhaften Kichern drehte sie den Kopf weg und sah ihn dann wieder an. »Ich würde dir gern einen Kuss geben, George. Im Grunde sind wir ja alles andere als Anfänger, keiner von uns, nicht wahr?«

»Nein, wohl eher nicht«, stimmte er zu, während das Blut

in seinen Ohren rauschte. »Ich bin sicher, das wäre ziemlich …«

Sylvias Lippen trafen auf seine, bevor er irgendetwas Vernünftiges formulieren konnte. Er wurde in die feuchte Wärme von Lippenstift und Cointreau gezogen und in die elektrischen Schauer, die Sylvias Finger auslösten, während sie seinen Nacken liebkosten.

6.

Als er am nächsten Morgen die Haustür aufmachte und Alan Day, Veras Mann, davor stehen sah, meinte George ein paar Sekunden lang zu halluzinieren. Sein Denken war in etwa so zielgerichtet wie ein auseinandergestobener Schwarm aufgeschreckter Tauben. Doch während er sich um mehr Klarheit bemühte, hatte er immer noch das Gefühl, dass Alan an einem Samstagmorgen um acht Uhr nicht auf seine Türschwelle gehörte. Aber diese außergewöhnliche Halluzination verschwand, im Gegensatz zu seinen Starkstromträumen von Sylvia Newsome, nicht mit einem Blinzeln.

Alan hatte braune Augen, ausgeprägte Wangenknochen und kurz geschnittenes schwarzes Haar. Seine Augenbrauen waren dunkel und zu fragenden Bögen geschwungen. Wie immer trug er eine schwarze Hose und ein weißes Hemd.

»Ich wollte nur mal kurz mit Ihnen sprechen, Mr. Baxter, bevor die anderen kommen.«

Er machte einen nervösen Eindruck, ein Zustand, den George plötzlich ansteckend fand. Ein Schauer durchfuhr seine Eingeweide. Worum ging es hier? Weshalb war er so früh gekommen? Alan bildete sich doch sicher nicht ein – was für ein schrecklicher Gedanke –, dass zwischen ihm und Vera etwas lief? Oder ging es um all die Kuchen oder eher den plötzlichen Mangel daran in Alans früher so wohlgeordnetem Leben?

»Warum kommst du nicht kurz herein, Alan?«, lud er ihn in herzlichem Tonfall ein.

»Nein, schon gut, Mr. Baxter. Was ich sagen muss, kann ich genauso gut hier draußen sagen, von Mann zu Mann.«

Das war wirklich rätselhaft. George blieb in der Tür stehen, die Hände tief in die Taschen seiner Cordhose vergraben, und tat sein Bestes, um freundlich interessiert zu wirken.

»Die Sache ist die …« Alans Hände machten sich ebenfalls an die Erforschung des Inneren der Hosentaschen. Er blickte nach unten auf die Schwelle. »Es geht um Vera.« Dann brach es plötzlich mit überraschender Leidenschaftlichkeit aus ihm heraus: »Sie verändert sich. Sie ist nicht mehr das Mädchen, das ich mal geheiratet habe.« Flehend blickte er zu George auf. »Verstehen Sie, was ich sagen will, Mr. Baxter?«

George verstand, bis zu einem gewissen Grad. »Naja … ihre Haare sehen ein bisschen anders aus. Und ich nehme an, sie backt nicht mehr so viel Kuchen wie früher«, tastete er sich vor.

Alan griff nach diesem Beweis gemeinsamen Empfindens. »Oh ja, das mit dem Kuchen – aber was ich meine, ist mehr, sie wird allmählich größenwahnsinnig! Ständig redet sie davon, was sie nicht alles verkauft hat, wo sie's aber mal wem gezeigt hat. Nur noch so was. All diese …« Er unterbrach sich, um noch etwas Ekel in seine Stimme zu legen. »*Popsongs*, die sie jetzt hört.« Er schüttelte den Kopf angesichts dieser Abartigkeit. »Und dann dieses Mädchen, das sie eingestellt hat! Also, meine Vera und Leute heuern und feuern? Direkt unter Ihrer Nase, Mr. Baxter? Das kann doch nicht richtig sein. Ganz und gar nicht richtig.«

Das fragliche Mädchen erschien etwas später an jenem Morgen. Auch wenn George einige Zeit darauf verwendet hatte, um Alan zu versichern, dass seine Frau keine machtbesoffene Aufständische war, sondern dass er selbst die Einstellung von Sharon Jenkins gestattet hatte, erschrak er doch, als er auf diese junge und – wie ihre Mutter – finster blickende Frau in seiner Küche stieß.

Er war draußen gewesen und eilte gerade schnell zum Haus zurück, um Kevin und dessen »Oh, Mr. Baxter, kann ich bald wieder mit Ihnen zu einer Auktion fahren? *Kann* ich? Oh, *bitte!*« aus dem Weg zu gehen. Er wusste, dass er früher oder später nachgeben würde, aber dieses Mal rettete Clarence ihn. Er lockte Kevin mit einem dürren Zeigefinger wie der Sensenmann. »Kevin, komm in die Werkstatt, Junge!«

Während Kevin seinen Kurs änderte, eilte George mit einem Seufzer der Erleichterung nach drinnen. Über dem Gemurmel des Radios und Montys Bellen merkte er, dass jemand im hinteren Teil des Hauses war. In der Küche sah er jemanden abwaschen, der auf ihn einen Eindruck allgemeiner Braunheit machte: eine Bluse, aus deren Ärmeln unglaublich stark aussehende, sonnengebräunte Arme ragten, Rock, Haare, Schuhe – alles die ein oder andere Variation von Schokoladenbraun.

»Ah, Mr. Baxter.« Vera war auch da. Geistesgegenwärtig schaltete sie das Radio aus, so dass man einander verstehen konnte. »Das ist Sharon. Ich erkläre ihr gerade das

Wichtigste. Wir mussten Monty in den Garten sperren. Er hat sie bedrängt.«

George konnte hören, wie sein Hund hinter der Tür empörte Laute von sich gab. Die braune Erscheinung drehte sich langsam um. Die rechte Hand in die Hüfte gestützt, das linke Bein über das rechte gekreuzt, lehnte sie sich in einer Art und Weise gegen das Waschbecken, die nicht anders als herausfordernd bezeichnet werden konnte. Wie ihre Mutter Brenda war sie von einer kleinen Kompaktheit, die ihren Oberkörper betonte. Sharon verfügte über eine wahre Mähne dicker, lockiger Haare und über dunkle, nachdrückliche Augenbrauen. Ja, im Grunde war alles an ihr nachdrücklich: die dicken, schmollenden Lippen, die starken Wangenknochen und die großen Augen von unbestimmter Farbe, die jetzt mit einem Blick, der nur als schwelende Abneigung interpretiert werden konnte, auf ihm lagen.

»Kann nicht arbeiten, wenn dieser Hund hier ist«, verkündete sie mit einer für ihren Körperbau erstaunlich hellen Stimme. »Stört mich.«

Monty ließ draußen ein herzerweichendes Heulen hören.

»Keine Sorge, er kann draußen bleiben, während Sie arbeiten«, sagte George. Die Art und Weise, wie das Mädchen ihn ansah, beunruhigte ihn zutiefst. Er würde Wochen brauchen, um sich an die Tatsache zu gewöhnen, dass dies einfach ihr normaler Gesichtsausdruck war.

»Sie arbeitet sich gerade ein, stimmt's meine Liebe?« Vera schien ziemlich entspannt zu sein. »Ich zeige ihr heute Morgen alles.«

»Ich mache mir nur eine Tasse Tee und stehe Ihnen dann nicht mehr im Weg«, sagte George.

Sharon drehte sich langsam zum Waschbecken um; er

würde noch lernen, dass langsam ihre einzige Geschwindigkeit war.

Als er zur Hintertür hinaus floh, begrüßte ihn Monty mit heiserem Jubel, als wäre er seit dem Frühstück mindestens am Südpol verschollen gewesen.

»Na komm, alter Junge, wir setzen uns ins Gartenhaus. Mach dir keine Sorgen, sie wird nur einmal die Woche herkommen.«

Später berichtete Vera, dass sie den Eindruck hatte, Sharon sei schon die Richtige, auch wenn sie zugegebenermaßen nicht die Schnellste sei. Und dass sie zwei Mal die Woche kommen würde.

»Sie wird es lernen«, meinte Vera. »Langsam, aber sicher.«

»Sie kann doch nicht erst siebzehn sein?«

»Oh doch«, sagte Vera. »Im selben Alter wie Kevin. Unglaublich, nicht wahr!« Sie verweilte noch, obwohl all ihre Arbeit getan war. »Haben Sie heute Abend was Schönes vor, Mr. Baxter?«

George wurde klar, dass er ausgeforscht wurde. »Nein«, sagte er erstaunt. »Warum?«

»Ach, nur so.« Vera nahm ihre Tasche. »Oh …« Sie drehte sich um. »Übrigens, Sie haben es doch wohl geschafft, diese Mrs. Linklater dazu zu bringen, endlich mal ihre Rechnung zu bezahlen, oder?«

»Ah, nein, nein«, antwortete George. Er verschränkte die Arme und schlug einen freundlichen Ton an. Er wollte nicht klingen, als würde er Vera beschuldigen. »Wir haben die Angelegenheit geklärt. Sie sagte, sie habe direkt bar bezahlt. Sie war wirklich großzügig, wenn man bedenkt, dass wir sie tatsächlich gemahnt haben.« Er lachte leise auf. »Hat sogar einen Champagner für mich aufgemacht.«

»Hat sie das?« Vera starrte ihn an, ohne zu lächeln. »Nun,

das hat sie aber geschickt angestellt. Ich nehme an, Sie haben das alles geschluckt, oder?«

Georges Lächeln verblasste. »Wie meinen Sie das?«

»Mr. Baxter …« Vera trat dicht an ihn heran. »Diese Frau hat nicht bezahlt, was sie gekauft hat. Ich war dabei. Ich erinnere mich. Wenn sie bezahlt hätte, hätte ich es aufgeschrieben, wie ich es immer tue. Ist es jemals vorgekommen, dass ich etwas nicht aufgeschrieben habe?«

»Nun, nein …«

»Und sie hat nicht bezahlt, also werden wir ihr noch einmal eine Rechnung zukommen lassen müssen.«

»Vera, das können wir nicht tun«, wiegelte er entsetzt ab. »Nicht nach gestern. Ich meine, das ist jetzt zu Ende, wirklich, ich kann sie unmöglich noch einmal damit behelligen.«

Vera stand vor ihm, eine Hand in die Hüfte gestemmt, und blickte ihn zornig an. »Lustig, dass es immer eigene Regeln für die Reichen gibt, nicht wahr? Aber wenn Sie das so wollen, kann ich ja wohl kaum etwas dagegen sagen.«

George hielt ihr die Türe auf und sah ihr nach, wie sie die Zufahrt entlang davonging in ihrem schicken Anzug mit den dazu passenden Schuhen. Bildete er sich das nur ein, oder ging sie tatsächlich dieser Tage schneller als früher? Mitgefühl mit Alan überkam ihn. Vera konnte furchterregend sein. Aber man kann niemanden zurückhalten, dachte er. Wahrscheinlich habe ich mich von Win zurückgehalten gefühlt. Er musste an Maggie denken und fragte sich, ob verheiratete Paare auf lange Sicht überhaupt auf derselben Wellenlänge bleiben konnten. Schritt halten, das war das Problem. Er sah Vera hinter der Baumreihe verschwinden, die am Rand seines Grundstücks stand, und hoffte, sie würde auf lange Sicht Alan nicht abhängen.

Kopfschüttelnd dachte er, dass er den Verkauf an die hinterhältige Mrs. Linklater jetzt wohl abschreiben musste.

Doch als er die Tür schloss, kreisten seine Gedanken schon wieder um Sylvia. Wieder und wieder spielte er in der Erinnerung ihre Küsse durch, und seine Knie wurden ganz schwach vor Erwartung. Zwei Tage musste er noch warten, bis er sie wiedersehen konnte. Zwei ganze Tage. Er würde hart im Garten schuften müssen, um sich abzulenken.

Juni

Neun

1.

»Oh, George, das ist himmlisch!«

Sylvia saß an der Steuerbordseite im Boot und blickte hingerissen auf die friedlichen Wiesen bei Day's Lock hinaus. Sie waren von Wallingford aus nach Norden getuckert, am Bridge Hotel vorbei – »Oh!«, hatte Sylvia ausgerufen, als sie es erblickte, »hier hat es mit uns angefangen, nicht wahr, George?« – Richtung Little Wittenham und der Clumps. Bevor sie an die Schleuse kamen, hatte George den Motor ausgemacht und das Boot an das mit Schilf bestandene Ufer treiben lassen. Warme Stille umwogte sie, nur unterbrochen vom ängstlichen Pfeifen der Moorhühner. Die Sonne war noch dabei, den Nebel wegzubrennen, und die Landschaft schien Feuchtigkeit auszuatmen und den durchdringenden Geruch von Holunder.

George blickte zu den Zwillingshügeln hinüber, mit ihren dunklen Kronen aus Bäumen. Er fühlte sich gesegnet durch die Schönheit der Landschaft. Und an seiner Seite diese himmlische Frau.

Monty hatte er heute zu Hause gelassen. »Tut mir leid, alter Junge, aber du magst doch sowieso das Wasser nicht. Und die Frauen mögen deine ekligen Gewohnheiten nicht.« Er hatte sich gebückt, um ihm die Ohren zu kraulen, bevor er ging. »Einen entspannten Nachmittag wünsche ich dir. Wir sind nicht lange weg.« Monty, auf seinem Hundebett im Hinterzimmer ausgestreckt, hatte unter gerunzelten Brauen hervor trübe aufgeschaut, bevor er sich einem entspannten Nachmittag hingab.

»Ich dachte, wir könnten hier unser Picknick machen«, sagte George. Die Taschen mit dem Essen waren im Bug verstaut. Es waren keine Schwäne in der Nähe, aber im Gras waren gefährliche Kuhfladen verteilt, und überall standen ansehnliche Disteln.

»Wir bleiben lieber im Boot, würde ich sagen«, meinte er.

»Ich kümmere mich ums Essen«, bot sie eilfertig an, stets darauf bedacht, ihm zu gefallen.

Sylvia trug heute eine wadenlange dunkelblaue Hose, ein gestreiftes Oberteil und schwarze Schuhe mit flachen Absätzen. George nutzte die Gelegenheit voll aus, ihre Figur zu bewundern, während sie sich vorbeugte, um die Taschen heranzuziehen. Wieder durchfuhr ihn schmerzliches Verlangen. Komm einfach her und nimm mich in die Arme, Frau. Ach, wenn sie nur irgendwo drinnen sein könnten, einen Nachmittag voll fleischiger Zärtlichkeit und Erleichterung verbringen. Dieses ganze Werben war doch ziemlich ermüdend.

»Uuufff!«, kicherte sie. »Hab sie!«

Sie richtete sich auf und rutschte auf die mittlere Bank. Er versuchte, nicht zu starren. Die gestreifte Bluse war, wie die meisten von Sylvias Oberteilen, tief genug ausgeschnitten, um so viel von der Spalte zwischen den Brüsten sehen zu lassen, dass er sich kaum konzentrieren konnte.

»Ich hoffe, du magst, was ich mitgebracht habe, George«, sagte sie bescheiden. »Ich werde noch lernen müssen, was du magst, nicht wahr?«

Er fand das auf süße Weise entwaffnend. Sie hatte darauf

bestanden, das Picknick mitzubringen. »Du warst so nett zu mir – das ist das Mindeste, was ich tun kann. Oh, und sieh nur – die hab ich für deinen Du-weißt-schon-wen mitgebracht.«

Sie hielt ihm eine Schachtel mit Lakritzbonbons hin.

»Schade, dass er nicht mitisst«, sagte sie tapfer. »Aber du kannst sie ihm ja von mir geben, in Ordnung?«

George war tief gerührt. Er wusste, dass die Süßigkeiten eher ihm gefallen sollten als dem Hund, aber es war eine nette Geste, und das sagte er ihr auch. »Oh, er wird sich *sehr* darüber freuen«, setzte er hinzu.

»Nun, ich weiß ja, wie sehr du diesen Hund liebst – und er ist ja auch ein lieber alter Junge«, sagte sie und drehte sich dabei lächelnd zu ihm um, während sie ein Tuch auf die Bodengitter legte und eine ganze Reihe Tupperdosen in verschiedenen Größen aus den Taschen auspackte. George fragte sich, was in der riesigen ganz unten sein mochte. Aus den anderen holte sie Sandwiches – Eiersalat und Fleisch –, Hühnerschlegel, Schottische Eier und Cocktailwürstchen, Tomaten, Gurken, Selleriestangen und Brunnenkresse und drapierte alles auf Melaminteller. Es gab auch noch Chipstüten und Flaschen mit Watney's Pale Ale. (»Du magst doch ein schönes Ale, nicht wahr, George?« Gesagt wurde es mit dem süßesten aller Lächeln.)

Als alles schön ausgelegt war, setzte sie sich auf und legte die Hände auf die Oberschenkel. »So, na, wie ist das? Und ich habe eine Erdbeertorte gebacken.« Sie zeigte auf die größte Dose. »Wir können dich ja nicht hungrig lassen, nicht wahr?«

»Was für ein Leckerbissen!«, sagte er.

»Komm her.« Sie klopfte auf die Bank neben sich. Er lächelte und balancierte vorsichtig zu ihr hinüber.

Sylvia wandte sich ihm verschämt zu. »Da ist noch etwas, wozu du nichts gesagt hast, George. Hast du es nicht bemerkt?« Sie tätschelte ihr Haar. »Gefällt es dir?«

George musterte sie mit leichter Beunruhigung. Die Haare – waren die irgendwie anders? Mehr vielleicht oder lockiger?

»Ich habe eine Dauerwelle machen lassen.« Sie schüttelte den Kopf, so dass die dunklen Locken um ihren Kopf flogen. »Ich hoffe, es gefällt dir.«

»Oh, aber ja«, stimmte George inbrünstig zu. Es gefiel ihm, wurde ihm bewusst, auch wenn ihm an ihr jede Frisur gefallen hätte. »Es macht dich sehr jugendlich«, sagte er.

Sie lachte erfreut auf. Er sehnte sich danach, die Hand auszustrecken und sein Gesicht in die dunklen kleinen Höhlungen um ihren Hals und über den Schlüsselbeinen zu legen und sich ganz um sie herum zu falten.

Dies war schon ihr zweites Treffen nach dem Dinner im Bridge Hotel. Am Sonntagabend hatten sie vor dem Nautical Wheel an der Wallingford Bridge gesessen – Wermut für sie, ein paar Pints für ihn. Sie hatte ihn mit verträumter Aufmerksamkeit angeschaut, wenn er redete. Sie hatte nach Win gefragt, und er hatte ihr erzählt, was er konnte, und Win im freundlichst möglichen Licht dargestellt. Es war ja auch nichts verkehrt gewesen an Win. Er hatte immer das Gefühl gehabt, dass der Fehler bei ihm lag, weil er mehr wollte und brauchte, weil er sich mit weniger zufriedengegeben hatte. Aber das sagte er nicht. Er sagte: »Sie war ein guter Kumpel. Hatte viele Freunde, war im Dorf aktiv.«

Sylvias Augen wurden feucht vor Mitgefühl. »Es ist schrecklich, einen geliebten Menschen zu verlieren, nicht wahr?« Sie streckte die Hand aus und streichelte kurz seinen Handrücken. »Das ist das Schlimmste. Oh, und *wie* ich das weiß, George.«

Er war dankbar, schmolz dahin unter der Aufmerksamkeit, die sie ihm schenkte. An so viel Aufmerksamkeit war er nicht gewöhnt, nur von Maggie hatte er sie je bekommen. Natürlich gab es ein paar Dinge an ihr, die ihm fremd waren. Wie wichtig es ihr war, was Dinge kosteten, fand er überaus seltsam. Und dieses mädchenhafte Getue … Aber, erinnerte er sich selbst, Menschen mussten sich erst aneinander gewöhnen. Und überhaupt, er musste gerade reden, mit seiner stinkenden Pfeife und seinem Hund, der gern Menschen am Hintern schnüffelte. Wenn sie erst einmal aneinander gewöhnt wären, dann würden sie einander ihr Alter und ihre Gewohnheiten vergeben können.

An dem Abend, als die Dunkelheit sich um sie herabsenkte und ihre Augen der hellste Teil von ihr blieben, weil sich der Lichtschein aus dem Pub darin spiegelte, hatte sie ihm von ihrem Vater erzählt.

»Er hat uns verlassen.« Sie senkte den Blick, als schämte sie sich. »Ist einfach abgehauen und hat Mum, Jean und mich zurückgelassen. Ich kann mich kaum an ihn erinnern, ich war erst drei. Jean war sechs. Arme Mum; sie fing an, selbst Brot und Kuchen zu backen und verkaufte sie aus dem Vorderzimmer, damit wir über die Runden kamen.« Sie hob den Kopf. Ihr Gesicht hatte sich verändert. George hatte noch niemanden mit so ausdrucksstarken Gesichtszügen getroffen. Es gab keine Tränen, aber pulsierenden Schmerz. »Ich hatte nicht viel Glück mit Männern in meinem Leben. Ich meine, sie sind nie bei mir geblieben und haben für mich gesorgt. Das wird wohl auch der Grund gewesen sein, warum es mich nie gedrängt hat, Kinder zu bekommen – nicht einmal mit Lionel, als hätte ich geahnt, dass … Ich habe mich nie sicher genug gefühlt.«

Diese Verletzlichkeit und ihre schiere, fleischliche Liebenswürdigkeit lösten lüsterne und beschützende Gefühle aus, die in Georges Körper herumschwappten.

»Armes Mädchen.« Dieses Mal hatte er ihre Hand genommen. »So viel Pech.«

»Oh, George«, hatte Sylvia geseufzt und den Kopf schiefgelegt. »Du bist ja so lieb zu mir. Ich glaube wirklich, von allen Männern, die ich je kennengelernt habe, fühle ich mich am allersichersten bei dir.«

Während sie so nebeneinandersaßen und ihr Picknick aßen, löcherte sie ihn mit Fragen.

»Oh, George, du bist so ein beeindruckender Mensch, ein richtiger Weltmann. Du musst mir alles über New York erzählen.« Das war befriedigend zu hören, und George, dem es an Befriedigung fehlte, schluckte ihre Worte gierig wie die ersten Erdbeeren des Sommers.

Was er in Wirklichkeit gerade aß, war ein großer Bissen Schottisches Ei, während er den vielversprechenden Druck ihres Oberschenkels gegen seinen genoss. Nachdem er den Bissen heruntergeschluckt hatte, wobei er rasch die verschiedenen Möglichkeiten durchspielte, diese besondere Schublade seiner Erinnerung auszupacken, entschied er, dass Glamour der Schlüssel zum Erfolg war.

»Joe und Walter, die guten alten Black-Brüder, hatten wirklich Stil«, begann er. »Sie haben mich als ihren Agenten nach Übersee geschickt und direkt im Waldorf Astoria an der Fifth Avenue untergebracht.«

Er hörte, wie Sylvia nach Luft schnappte, genau wie er selbst es damals getan hatte, als ihm klar wurde, dass er, der Tölpel vom Land, tatsächlich in solch einem hochaufragenden Palast logieren würde. Jeden Tag war er im Hotel umhergewandert und hatte benommen dessen üppige Pracht bewundert.

»Das war natürlich noch das alte Astoria, im Jahr darauf wurde es abgerissen. Aber, meine Güte, du hättest es sehen sollen – der Speisesaal, der Luxus, mit dem die Schlafzimmer ausgestattet waren … Telefone … kannst du dir das vorstellen?«

Damit hatte er sie, wie er bei einem Seitenblick auf Sylvia feststellen konnte.

Er begann seine Erzählung mit der Überquerung des Atlantiks auf der SS Aquitania. Nachdem er sein Zimmer im Waldorf Astoria bezogen hatte, trafen er und sein Kontaktmann in New York, Edvin Helle, sich mit Händlern und Antiquitätenkäufern, von denen einige aus den umliegenden Staaten mit der Eisenbahn angereist waren, um mit ihnen zusammenzusitzen, teuren Kaffee zu trinken und die verführerischen Kataloge zu durchstöbern, die ihm Joe und Walter mitgegeben hatten. Dicke Pergamentseiten mit Fotografien, die die Handwerkskunst der Alten Welt feierten, nach der die Käufer lechzten und mit der sie ihre Heimstätten und Firmenbüros schmücken wollten. Er traf beeindruckende athletische Männer, die aussahen, als hätten sie von Geburt an gesund gegessen, mit perfekt gebügelten Anzügen, glatt pomadiertem Haar und liebenswürdigem Selbstvertrauen. Nur einer, erinnerte er sich, ein mickriger Kerl aus Pennsylvania mit hohlen Wangen und Nickelbrille, der seine Schüchternheit mit Lautstärke zu überdecken versuchte, sah aus, als habe er die eingeengten Horizonte der Armut gerade erst hinter sich gelassen.

»Dann habe ich die Bestellungen an die Gebrüder Black

telegraphiert – oder die Anfragen. Konnten sie dies oder jenes Stück auftreiben? Etwas Französisches oder …« Ihm war, als sähe er erste Samen der Langeweile in Sylvias Miene aufkeimen, wie Schimmel, der auf einem Pfirsich aufzublühen begann.

»*Sorry*, ich schweife ab …« Er senkte den Blick auf seine Schuhe und kam sich dumm vor, ein langweiliger Angeber.

»*Nein*, George!« Sie legte die Hand auf seinen Arm und ließ sie dort ruhen. Seine Haare stellten sich auf, als stünde er unter Strom. »Das ist alles so interessant. Aber erzähl mir mehr über die Stadt selbst. Ich würde sie so gern einmal sehen. Es heißt, dort sähe alles anders aus.«

»Oh, das stimmt.« Während ihre Hand immer noch auf seinem Arm lag, versuchte er, es genauer zu fassen. Die himmelhoch aufragenden Gebäude, so dass einem schwindelig wurde, wenn man daran emporblickte. »Die Jungs, die diese Häuser gebaut haben, diese Wolkenkratzer, wurden ›Sky Boys‹ genannt. Stell dir vor, ganz da oben zu arbeiten.«

»Oooh.« Sylvia überkam ein Schauder, der auf für George angenehme Weise durch ihren ganzen Körper lief.

»Und die Menschen dort, so viele verschiedene Typen und Akzente und Sprachen hast du noch nicht gesehen! Reiche, Arme – alles scheint irgendwie mehr zu sein als hier. Und dann die Musik – oh, das war eine vollkommen neue Welt für mich, das kann ich dir sagen.«

Er gab sein Bestes, um wie ein Abenteurer zu klingen, ein junger Mann mit sehr viel mehr Selbstvertrauen als der zwanzigjährige Milchbart, der er tatsächlich gewesen war. In Wirklichkeit waren all seine Erinnerungen an die andere Seite des Atlantiks mit Erniedrigung und Abscheu durchtränkt. New York war nur der Anfang gewesen, bevor er von Paul Lester nach Buenos Aires eingeladen – oder vielmehr abkommandiert – worden war. Doch New York, auch wenn es unleugbar aufregend gewesen war, hatte ihn auf eine Weise verstört, die er Sylvia gegenüber niemals zugeben würde. Es würde ihn unmännlich erscheinen lassen. Es war diese irre, laute Geschwindigkeit von allem, die zum Beispiel Alkohol, auch weil er verboten war, zur Obsession zu machen schien. Er hatte sogar Suppe gegessen, die mit irgendeinem Schnaps oder sonstigem Fusel versetzt worden war. Und – noch schwieriger zuzugeben – diese Musik, diese raue wilde Musik des »Jazz-Zeitalters« hatte ihn in Angst und Schrecken versetzt. Sie hatte sich durch Hauseingänge an sein Ohr geschlichen oder war ihm entgegengeschmettert worden oder hatte auf seine Schläfen eingehämmert, wenn er an diese Orte gehen musste – Clubs, die nach Fusel stanken und nach Sex und drohender Gewalt –, in die der langweilige und gleichzeitig lüsterne Edvin Helle ihn unbedingt mitschleifen musste. Helle, dessen Gesellschaft ihm aufgezwungen worden war.

Helle, sechs Jahre älter als er, arbeitete für einen prominenten New Yorker Antiquitätenhändler. Eine schlaksige Kreatur mit dünnem Haarflaum und einem länglichen Gesicht, weiß wie ein Fischbauch. Er trug einen Schnurrbart mit herunterhängenden Spitzen, von dem er anzunehmen schien, dass er ihn sexuell unwiderstehlich machte.

»Komm schon, Sonny Jim«, pflegte Helle herablassend zu sagen. Schlimmerweise sagte er oft »Sonny Jim«. »Ich nehm dich mit in eine Flüsterkneipe. Du kannst nicht in New York gewesen sein, ohne wenigstens einmal vom Highlife gekostet zu haben.«

Zwei Abende gelang es George, ihm aus dem Weg zu gehen. Nach dem anstrengenden Tag und den vielen neuen Gesichtern wollte er am liebsten nichts anderes tun, als durch die Straßen zu spazieren. Er wanderte durch den Central Park mit seinem beruhigenden See, der es seinen Augen leichter machte, diesen ungewohnt pulsierenden und modernen Ort aufzunehmen. Er wollte sich irgendwo in Ruhe hinsetzen und sich umschauen. Ja, das mochte langweilig sein, aber er war in einem Ort aufgewachsen, in dem schon ein vorbeifahrendes Automobil ein Ereignis war, das die Kinder aus den Häusern auf die Straße laufen und winken ließ.

Am dritten Abend waren ihm die Entschuldigungen ausgegangen.

»So …«, sagte Helle, als sie an jenem warmen Aprilabend aus dem Waldorf traten. Helle schwitzte, und sein Atem stank nach vergorenen Äpfeln. »Endlich mal ausgehen! Jetzt kannst du dir die Hörner abstoßen – oder eher, deinen Samen verspritzen, Sonny Jim.« Er versetzte ihm einen Knuff, für den ihm George am liebsten eine reingehauen hätte, direkt auf seinen blöden, knochigen Kiefer.

Helle führte ihn durch verschiedene Seitenstraßen. Schon bald schien er nicht mehr ganz bei sich und geradezu kindisch aufgeregt zu sein. »Wo wir hingehen, kannst du alles trinken, was du willst, Sonny Jim!« Er packte George am Ellbogen und führte ihn durch enge Straßen, die von hohen Mietskasernen gesäumt waren, und eine Treppe in einen düsteren Keller hinunter. George hasste alles an dem Club, von dem Moment an, in dem er ihn betrat: wie die Wände um ihn zusammenzurücken schienen, die dicke Luft, die nach billigem Parfüm und Fusel und anderen, noch primitiveren Gerüchen stank, und die allgemeine Atmosphäre von Liederlichkeit und Ausschweifung.

Helle stieß ihn bis zu einem Tisch. Eine dunkelhaarige Frau saß rittlings auf dem Schoß eines Mannes, dessen Gesicht George nicht erkennen konnte, weil ihr Gesicht dagegengepresst war, während sie auf und ab schaukelte. Es brauchte ein paar Augenblicke, bis George dämmerte, dass die beiden tatsächlich … Dass sie … Er versuchte, nicht hinzusehen. Sobald Helle einen Drink intus hatte, wurde er noch um ein Vielfaches anstrengender als in nüchternem Zustand. George wurde ein Gläschen mit einer klaren Flüssigkeit gereicht. Sie roch wie Farbverdünner. Überall waren Frauen, die ihm – wie er aus der Art, wie sie ihn bedrängten und betatschten, schloss – anboten, was direkt außerhalb seines Sichtfeldes vor sich ging. Er ertrug eine halbe Stunde intensiven Unbehagens und wachsender Wut, in der er so tat, als probierte er den Fusel, während die Mädchen ihn bedrängten und ihm Vorschläge machten, auf die ihm keine Antworten einfielen. Zum Teufel damit, dachte er, als er es nicht mehr länger ertrug, und ging einfach hinaus. Helle, der gerade mit einem Mädchen mit dick verkleisterten Wimpern und einem Schönheitspflaster auf der Wange redete, merkte es kaum. Die nächsten zwei Tage sprachen er und Helle nicht mehr miteinander, abgesehen von strikt geschäftlichen Themen, und Helle schaute ihm nicht in die Augen.

Doch für Sylvia beschrieb er den Club, als wäre er ihm dort ebenbürtig oder doch zumindest sein lerneifriger Schüler gewesen. Es war sicher besser, New York gewachsen gewesen zu sein. Er war durch die Straßen geschlendert, hatte vom Battery Park aufs Meer hinausgeblickt und hatte die glamouröse Atmosphäre eingesogen. Er ertappte sich dabei, wie er diese Erinnerungen ausgrub, um ihr die Prachtbauten und die Geschäfte auf der Fifth Avenue zu beschreiben, weil er dachte, dass sie darüber etwas hören wollte.

Und dann, weil ihm allmählich die Dinge ausgingen, die er über New York berichten konnte, und er annahm, dass Argentinien sie nicht interessierte, erzählte er ihr von der einen Sache, die als Geschichte von Lords und Ladys durchgehen konnte, nämlich wie er die Allodola-Venus und den Mars in Lord Bucklefords Herrenhaus gesehen und später auf Lesters Estancia in Argentinien den Mars zu Pferde wiedergefunden hatte, während die Venus verschollen blieb.

»Was für eine traurige Geschichte«, sagte sie, als er geendet hatte. »Und Lord Buckleford musste sein schönes Haus verkaufen? Wie schrecklich, all seine Söhne auf so … tragische Weise zu verlieren.« Sie schüttelte den Kopf, dann hellte sich ihre Miene auf. »Ich kann dir helfen, nach der Venus zu suchen! Das würde mir gefallen!«

George lächelte. Als ob sie nach all der Zeit einfach nur in einen Laden zu gehen bräuchten und … Aber andererseits war das nicht vollkommen unwahrscheinlich. Alles war möglich.

»Das könnte unsere eigene, kleine Schatzjagd sein«, sagte sie. Während sie redeten, hatte sie angefangen, mit den Fingern über die Härchen auf seinem Unterarm zu streichen. Das Kitzeln, die kirschrot lackierten Nägel holten ihn aus seinen Erinnerungen zum Glitzern des Lichts und dem Geruch des Flusses zurück. Und zu ihr. In seinem Hunger erschien ihm jede Berührung wie eine Verheißung möglicher Erfüllung. Er hörte auf zu reden, zu sehr in die Gegenwart zurückgezogen, um sich an noch mehr zu erinnern.

»George?« Sylvia hielt ihre Finger still, ließ sie jedoch auf seiner Haut liegen. Mit der anderen Hand griff sie nach unten nach der großen Tupperdose. »Ich habe eine Erdbeertorte gebacken.«

»Wie schön.« Er befand sich in einem begehrlichen, tranceartigen Zustand.

Sie brauchte zwei Hände, um das Ding in ihrem Schoß aufzumachen. Darin ruhten auf einem Biskuitboden rot glänzende Erdbeeren zwischen Türmchen aus geschlagener Sahne.

»Oh mein Gott«, fand er die Geistesgegenwart, um den Anblick zu honorieren. »Was für eine Frau du bist!«

Sylvia lachte auf, schien das Kompliment zu genießen, und er sah, wie sich kleine Sonnen in ihren Augen spiegelten. »Mum hat mir beigebracht, wie man einen guten Kuchen backt. Alles für dich, George.« Sie schenkte ihm einen langen, tiefen Blick, dann streckte sie sich ihm entgegen und gab ihm einen sanften Kuss auf die Wange. Als sie sich langsam wieder von ihm wegbeugte, faszinierte ihn der Anblick ihres Ohrs, des fleischigen rosa Ohrläppchens, und davor ringelte sich eine dunkle Haarsträhne nach unten. Der Anblick erschien ihm wie ein Symbol der Weiblichkeit, der geheime Gehörgang, die Perle, die im Ohrläppchen ruhte. Ihr Ohr erfüllte ihn mit sanftem Sehnen.

Während das Blut in seinen Adern rauschte, nahm er sie in die Arme, suchten seine Lippen die ihren, die ihm geboten wurden, voll und warm. Alles andere war vergessen. Er wollte, dass dies hier immer weiterging, hier, irgendwo, egal wo …

»George, mein Lieber …« Sie zog sich zurück und tippte mit einem belustigten Ausdruck in den Augen auf seinen Arm. Die Torte lag immer noch in ihrer Dose in ihrem Schoß. »Ich lasse das noch fallen, wenn … Lass mich dir ein Stück abschneiden, ja?«

Er tauchte wieder auf wie jemand, der von einer Klippe zurückgezogen worden war.

2.

In der warmen Dunkelheit des Abends, der Mond wie ein schmaler Riss im Himmel, führte George Monty aus. Der Hund, der den ganzen Nachmittag auf der faulen Haut gelegen hatte, war munter wie ein Welpe. Er zerrte George die Zufahrt entlang, und, bevor George sich's versah, auf den Pfad, der am Rand der Downs entlang zu Maggie und John Wyldes Farm führte.

Kühle senkte sich über die Felder. Die nächtlichen Ausdünstungen der Pflanzen drangen zu ihm: Wiesenkerbel, Geißblatt, eine Mischung, die ihm zu Kopf stieg und Sylvias Duft zu ihm zurückbrachte. Sylvia … ein ganzer Haufen vernarrter Gefühle durchlief ihn.

Er zögerte, dann folgte er dem entschiedenen Kurs des Hundes in Richtung der Farm. Monty hatte offensichtlich etwas in der Nase und drängte voran. George ließ ihn von der Leine. Was konnte es schon schaden? Er hatte Maggie nicht einmal im Vorübergehen gesehen in den letzten Wochen. Eier kaufte er jetzt auf seinen Samstagnachmittagsausflügen nach Didcot, wenn er das Geschäft zugemacht hatte. Er würde sie hier draußen jetzt nicht treffen. Und selbst wenn …

Bedauern und Zärtlichkeit durchfuhren ihn schmerzhaft. Die liebe Maggie. Nach dem ausgedehnten Abschied von Sylvia befand er sich in einem beinahe fieberhaften Zustand. Auf der Heimfahrt hatten sie das Boot an dem abgeschiedenen Platz unter den Weiden oberhalb von Wallingford festgemacht. Sie hatte ihm erlaubt – zum ersten Mal und so kurz, dass er den Eindruck hatte, sie habe die Zeit gestoppt –, mit der Hand über ihre Brüste zu streichen. Und oh, was für eine Pracht ... Doch nach kaum mehr als ein paar Sekunden hatte sie sein Handgelenk ergriffen.

»Wir gehen lieber nicht zu weit, nicht wahr, George? Nicht hier.« Während er noch dachte, dass sie in Wirklichkeit noch nirgendwohin gegangen waren, schaute sie ihm ernst und voller gesellschaftlicher Verantwortung in die Augen. Vermutlich wollte sie mit diesem Blick sagen, dass gerade ein Kind vorbeikam? Er erinnerte sich an das kleine Mädchen, das im Bug des Bootes gelehnt hatte und versuchte, nicht aufzuseufzen.

Nicht hier. Diese Worte schienen voller Verheißung. Sehnsüchtig stand er im Dunkeln und konzentrierte sich auf die Erinnerung an dieses Ohr mit dem Perlenohrring, die Konturen dieser Brüste. Ein Schmerz verfestigte sich in seinem Herzen, diese Sehnsucht danach, seine Arme um einen warmen, großzügigen Körper zu schließen und im Gegenzug gehalten zu werden.

»Ich sag dir was«, hatte er gesagt, als sie sich voneinander verabschiedeten. »Warum kommst du nicht dieses Wochenende zu mir, am Sonntag, wenn das Geschäft zu ist? Ich hole dich ab und zeige dir alles.«

Am Fuß der Zufahrt der Wyldes blieb er stehen und rief leise nach Monty. Ein schwacher Lichtschein drang von der Farm herüber. Er lächelte, als er da so im Dunkeln stand und an Maggies gerötetes, freundliches Gesicht denken musste, ihre rauen Hände, wie sie entspannt und nackt in der Sommerhitze auf dem Bett gelegen hatte. Was er für sie empfand, war sicher eine Art von Liebe, auch wenn es richtig gewesen war, dass sie sich voneinander zurückgezogen hatten. Als er sich umdrehte, um den Heimweg anzutreten, und nach dem Hund pfiff, dankte er ihr innerlich und hoffte, dass es ihr gut ging.

Zehn

1.

Ein paar Tage später, als er zu Beginn des Arbeitstages aus der Haustür trat, erblickte er Kevin, der auf halbem Wege auf der Zufahrt stehen geblieben war und sein Sandwichpaket an sich drückte, als habe er eine Erleuchtung biblischen Ausmaßes erfahren.

»Alles in Ordnung, Kevin?«, fragte George im Vorbeigehen.

»Oh j-ja. Danke, Mr. Baxter. Morgen, Mr. Baxter.«

George begann allmählich an seiner versuchsweisen Überzeugung zu zweifeln, dass Kevin im Verborgenen tiefgründig sein könnte. Falls solche Tiefen vorhanden sein sollten, sickerten sie ziemlich schnell den Abfluss hinunter. Der Junge hastete hinter ihm her in die Scheune und fing benommen an, nach seinem Overall zu suchen.

»Morgen, Alan, Clarence!«, begrüßte George die anderen.

Alan, der bereits mit einem Beitel an der Werkbank arbeitete, schaute sich um und sagte: »Guten Morgen.« Er war ziemlich reizbar dieser Tage, wahrscheinlich, dachte George, weil er nie ganz sicher sein konnte, was seine Frau als Nächstes ausheckte. Clarence, der nachdenklich eine Teekiste aus Mahagoni mit schlanken Klauenfüßen aus der Regency-Ära betrachtete, gab einen kehligen Laut von sich, den George als freundschaftlichen Gruß deutete.

»Hat ganz schön was abgekriegt, wie?«, sagte George während er die angeschlagenen Beine der kleinen Teekiste ansah. Der Deckel bestand aus fünf Teilen, von denen vier sanft nach oben anstiegen, um sich oben auf einer rechteckigen Fläche zu treffen. Sie waren durch helle Buchsbaumfäden voneinander getrennt, von denen die meisten allerdings aussahen, als hätte eine Ratte daran genagt.

Clarence schüttelte den Kopf wie ein Mitarbeiter einer Tierschutzorganisation beim Anblick eines misshandelten Welpen. Es war nicht zu übersehen, dass die Teekiste sehr achtlos behandelt worden war, aber George beschloss, eine Jammertirade darüber von vorneherein zu unterbinden. Er trat zu Clarence, nickte mit dem Kinn zu den Mantelhaken am anderen Ende der Scheune, wo Kevin sich gerade umzog, und fragte leise: »Was ist mit dem Jungen los?«

»Ha«, sagte Clarence. »Aus dem kriegt man nichts Vernünftiges raus. Hat *sie* gesehen, das ist, was mit ihm los ist.« Ein Rucken des Kopfes. »Die Schlampe.«

»Schlampe? Oh, du meinst Sharon?« Verstörenderweise hatte Sharons ominöse Gestalt angefangen, nicht nur zwei Mal, sondern drei Mal in der Woche in seiner Küche zu erscheinen. Vera brauchte offensichtlich im großen Stil Unterstützung. Heute Morgen war Sharon schon zum zweiten Mal in dieser Woche gekommen.

»Sharon heißt sie also?«, fragte Clarence voller Abscheu. Mit bitterem Gesichtsausdruck beugte er sich über sein Werkzeug, als Kevin zu ihnen herüberkam. »Naja, Hauptsache warm, nehm ich an.«

Bei seiner Rückkehr war die Küche von Vera und Sharon besetzt, die ihre üblichen braunen Sachen trug. Das Radio war eingeschaltet und lärmte.

»Nehm ich diesen Lappen für oben, Mrs. Day?«, fragte Sharon gerade laut, als George hineinschlenderte. Auch wenn sie Vera mit beinahe übertriebenem Respekt begegnete, hatte George immer den Eindruck, darunter einen Hauch Verachtung ihnen allen gegenüber herauszuhören. Andererseits, so sagte er sich, verstand er Frauen fast immer falsch. Und mit einer Mutter wie Brenda aus dem Pub – wie konnte Sharon da wirklich anders sein? Vera jedenfalls schien keine Unterströmung zu bemerken.

»Nimm den Lappen, den ich oben hingelegt habe, meine Liebe«, sagte Vera. »Den WC-Reiniger findest du schon, nimm nur das Vim mit hoch. Du kannst jetzt das Badezimmer putzen, schnell, während es gerade niemand braucht – oder brauchen Sie es, Mr. Baxter?«

»Äh, nein, ganz und gar nicht.«

Sharon zog ohne Eile ein paar gelbe Gummihandschuhe über, nahm das Vim und schlurfte in ihren schwarzen Schnürschuhen zur Treppe, nachdem sie ihn mit einem – George konnte es nicht anders bezeichnen – vernichtenden Blick von oben bis unten gemustert hatte. Sharon hatte etwas Sowjetisches an sich, entschied George.

»Vera«, zischte er, als sie sicher fort war. Er warf einen Blick zum Radio. Vera verstand und schaltete es aus. »Wie alt war noch diese … Person?«

»Siebzehn.« Vera kramte in ihrem Korb nach etwas und zog schließlich die Zeitung heraus.

»Bist du sicher?«

»Ziemlich sicher. Schauen Sie mal hier, Mr. Baxter – das werden Sie noch nicht gelesen haben.« Sie schlug den *Reading Mercury* auf und breitete die Zeitung auf dem Küchentisch aus. »Schrecklich – sehen Sie nur.«

BEWAFFNETE RÄUBER HALTEN ÄLTERE DAMEN
EINE QUÄLENDE NACHT LANG GEFANGEN

»Oh gütiger Himmel.« Sein Blick eilte zum Text. »Lady Byngh!«

Der Einbruch war kurz nach Mitternacht geschehen. Drei Männer waren in Greenburton House eingedrungen, einer mit einer geladenen Pistole. Sie hatten Lady Byngh und ihre Haushälterin gefesselt und mehrere Stunden lang das Haus nach Antiquitäten und Silber durchwühlt, die sie dann in einen Lieferwagen geschleppt hatten. Erst als morgens der Milchmann kam, bekamen die beiden Damen die Möglichkeit, um Hilfe zu rufen. Sie waren mit einem Schock und leichten Verletzungen ins Royal Berkshire Hospital gebracht worden.

George sah hoch in Veras traurige Augen.

»Armes altes Ding«, sagte sie. »Das hat sie nicht verdient. Aber sie lebt da so weit weg von allen, am Ende dieses unheimlichen Weges – und nur diese komische alte Frau zur Gesellschaft ....«

»Ich frage mich, was die mitgenommen haben«, sagte George. »Ich weiß ja nicht, was sie alles da oben hatte, aber in der Zeit konnten die ihr ja das halbe Haus ausräumen.«

»Ja, das ist richtig – Chalk Hill Antiques. Kann ich Ihnen helfen?«

George hörte Veras Telefonstimme aus dem Büro, als er am nächsten Morgen die Halle durchquerte. Er ging zur Tür, für den Fall, dass Hilfe gebraucht würde.

»Oh, Lady Byngh!« Nervöse Ehrerbietung schlich sich in ihre Stimme. George spürte, wie sich seine Innereien ganz leicht zusammenzogen, während er im Türrahmen lehnte. Bis zu diesem Moment war er ziemlich entspannt gewesen. Keine Sharon lauerte in der Küche. Und es waren nur noch zwei Tage, bis Sylvia kommen würde, eine Aussicht, die unendliche Sonntagnachmittagszeit verhieß, Ungestörtheit und wer wusste, was noch, ein Unbekanntes, zu dem seine Gedanken immer wieder unwillkürlich zurückkehrten.

»Wie geht es Ihnen?«, fragte Vera. Sie schaffte es gerade noch, nicht »meine Liebe« zu sagen, wie sie es bei den meisten Menschen getan hätte. »Was für eine schreckliche Geschichte, die Sie da erlebt haben. Wir haben in der Zeitung davon gelesen …«

Sie wurde unterbrochen. Von Georges Platz aus hörte es sich an wie ein bellender Cairn Terrier, auch wenn es wahrscheinlich Lady Byngh war. Vera nahm kurz den Hörer vom Ohr, hielt ihn weg und blickte ihn konsterniert an.

»Oh, nein«, warf sie während einer kurzen Unterbrechung in dem Getöse am anderen Ende der Leitung ein. »Es tut mir leid, aber er ist nicht hier.« Sie sah George an und zwinkerte ihm zu. »Er ist zu einem Kunden gefahren …«

Noch mehr hündische Laute drangen aus dem Telefon.

»Heute Nachmittag? Ja, ich denke …« Vera hielt inne, als würde sie einen Terminkalender konsultieren. »Ja, Lady Byngh, zwei Uhr müsste …«

»Wuuuff … Jap …«

»Punkt zwei. Ja, Lady Byngh.«

2.

Der Weg, der zu Greenburton House führte, bog am Rand des Dorfes Aston Parva von der Hauptstraße ab. George fuhr durch einen Tunnel aus räuberisch aussehenden Koniferen. Am anderen Ende tauchte er auf einer runden, mit Grasbüscheln übersäten Kiesfläche daraus hervor, die sich vor einem stattlichen Herrenhaus erstreckte. In der Mitte des runden Kiesplatzes stand ein Brunnen, der von einem steinernen Delphin gekrönt wurde, dessen Schnauze nach oben zeigte, damit Wasser daraus aufsteigen konnte. Doch es gab kein Wasser, und die Schnauze des Delphins war angeschlagen und trocken.

George parkte neben Lady Bynghs rot-schwarzem Daimler, der Verachtung und Verwirrung zugleich auszustrahlen schien, mit seinem herunterhängenden Nummernschild.

Es war einmal ein feines Haus gewesen: georgianisch, großzügig angelegt, mit drei Giebeln und dem Haupteingang in der Mitte. Unter der uralten Glyzinie, die das Haus beinahe verschlungen zu haben schien, waren hier und da mürbe Steine zu sehen. Das Dach war mit Flechten bewachsen, einzelne Dachpfannen fehlten; an Türen und Fensterrahmen blätterte die Farbe ab; auf den Blumenbeeten wucherten Unkräuter, Gras und Kletterrosen. George bückte sich, um die rosafarbenen Rosetten zu betrachten – Orléans-Rosen, war er sich fast sicher –, die sich mit Glyzinienausläufern vermischt hatten.

Er fühlte, wie die Sonne auf ihn niederbrannte, während er zum Haus hinaufblickte. Er spürte, wie die Pflanzen Feuchtigkeit in die reglose Luft abgaben. Nur das Summen der Bienen, die träge um die Blütenköpfe schwirrten, war zu hören. Sein ganzer Körper war feucht, beinahe konnte er sich selbst sieden fühlen. Aber dies war kein Ort, an dem man das Jackett auszog. Er breitete es einen Augenblick lang aus, lud die nicht existierende Brise ein, ihn abzukühlen, und näherte sich dem Schatten des Hauses auf einem gepflasterten Weg, an dessen Rändern vertrocknete Blätter lagen. Sein Mut verließ ihn. Sogar vor der schwarzen Haustür sickerte ihm bereits der abgestandene Geruch kalten Zigarettenrauchs entgegen.

Der Klingelzug bestand aus einem Metallgriff in der Wand, an dem er zog, worauf im Inneren des Hauses ein gedämpftes Läuten zu hören war. Es wurde unmittelbar vom wütenden Kläffen der Cairn Terrier gefolgt, untermalt von einem gelegentlichen »Wuff« des Labradors. George wurde klar, dass er keine Ahnung davon hatte, wer ihm eigentlich aufmachen würde. War nicht von einer Haushälterin die Rede gewesen?

Es dauerte lange genug, damit die Hunde jegliche Hoffnung auf nahende Ereignisse aufgaben und sich ihre Energie für den letzten Vorstoß aufsparten. In der daraus resultierenden Stille hörte George unregelmäßig klatschende Schritte unaufhaltsam näher kommen. Der riesige Eisenriegel schnappte nach oben.

Als die Tür aufging, hörte er das Klicken der Hundekrallen auf Stein, und das bellende Trio stürzte sich zusammen mit einem nach Zigarettenrauch, Hunden und allgemeiner Schäbigkeit riechenden Luftschwall auf ihn. Vor ihm stand eine Frau, die beinahe so groß war wie er selbst, eine gebeugte, knochige Gestalt, die ihn an einen Reiher denken ließ. Eine Perlenbrosche hing schief links oberhalb ihrer flachen Brust. In der linken Hand hielt sie eine Zigarettenspitze, in der eine halb abgebrannte Zigarette steckte.

»Zurück!«, befahl sie mit einer kratzenden, schrillen Stimme, aus der George meinte, einen amerikanischen Akzent herauszuhören. »Zurück, ihr verdammten Viecher!«

Ein Kneifer mit silbernem Gestell hing auf ihrer spitzen Nase, daran eine Kette, die beim Sprechen an den Seiten ihres knochigen Gesichts baumelte.

Die Hunde gehorchten und schienen sich zu fügen, auch wenn die dicklichen Cairns noch ein paar Mal kläfften und vor und zurückschossen. Der ältere gelbe Labrador stand mit halb gesenktem Kopf vor George und fixierte ihn mit demselben Blick, den er bei Lady Byng hs Wagen zu sehen geglaubt hatte, als riefe er lautlos um Hilfe.

»Bertie, Jack, jetzt hört aber mal auf – sofort!« Augenblicklich trat Stille ein. »So ist es gut.«

Sie schaute George über die Brillengläser hinweg an, und er fand sich einem abschätzenden Blick aus beunruhigend hellen grauen Augen ausgesetzt. Ihr Haar musste einst richtig voll und wellig gewesen sein. Man sah ihm die frühere Fülle noch an. Es war stahlgrau und zu irgendeiner Art Knoten im Nacken zusammengenommen. Perlenohrringe baumelten von den Ohren. Mit ihren schönen Wangenknochen musste sie früher einmal ziemlich interessant ausgesehen haben.

Bevor sie etwas sagen konnte, attackierte von irgendwo aus dem Obergeschoss her eine Stimme sie, die unverwechselbar Lady Byngh gehörte.

»Percy? Ist das Baxter?«

Ohne den Kopf zu drehen, brüllte die Frau zurück: »Ja!«

Von oben folgten gedämpfte Anweisungen, die aber rundweg ignoriert wurden.

»Sie sind Baxter, nehme ich an?« Eine Hand wie eine knochige Flosse streckte sich ihm entgegen, und seine eigene verschwand vorübergehend in dem kalten Griff.

»George Baxter. Wie geht es Ihnen?«

»Wie es *mir* geht? Hah!« Darauf folgte ein langer Zug an der Zigarette und eine Kopfdrehung, um den Rauch auszublasen. »Kommen Sie, ich setze Kaffeewasser auf.« Sie drehte sich um, wandte sich dann aber noch einmal zu ihm. »Ach übrigens, ich bin Percy. Mein voller Name lautet Marguerite Persimmon. Ich bringe sie gleich hoch zu Eleanora.« Sie sprach den Namen mit fünf säuberlich getrennten Silben aus: El-e-a-no-ra.

Nach oben?, dachte er. Gute Güte, er würde Lady Byngh doch wohl nicht in ihrem Schlafzimmer treffen müssen?

Er trat auf die zerbrochenen Fliesen des Windfangs, zu beiden Seiten befanden sich Bänke wie in einer Kirche, darüber Kleiderhaken, an denen Regenmäntel und ausgebeulte Jacken hingen. Die Bänke waren mit alten Zeitungen übersät, Hundeleinen, zerschlissenen Handschuhen und ein paar abgewetzten Tennisbällen in der Farbe von welkem Moos.

Der Geruch nach Rauch wurde stärker, als er das Haus betrat. Einer der Terrier, der sich im Hintergrund gehalten hatte, sprang kläffend auf ihn zu.

»Hallo, alter Junge.« George bückte sich, um sein raues Fell zu streicheln, eine Entwicklung, die der Hund mit Ekstase quittierte: Er rollte sich auf den Rücken.

»Ich würde das blöde Vieh nicht noch ermutigen«, bemerkte Persimmon. »Nun geht schon, ab, auf eure Plätze! Macht Platz!« Mit ihrem seltsamen Gang, die Beine weit auseinander, einen Fuß flach auf die Erde klatschend, dann den anderen, bewegte sie sich weiter ins Innere des Hauses. Hier wurden die Geräusche durch alte türkische Teppiche gedämpft, so schmuddelig und abgetreten, dass ihre Muster in einer einförmigen Schlammfarbe verschwunden waren.

»Die haben natürlich nicht daran gedacht, die hier zu stehlen«, sagte Persimmon und zeigte nach unten auf die Teppiche. George konnte es ihnen kaum verdenken.

»Wie geht es Lady Byngh?«, fragte er. »Ich kann mir vorstellen, dass es überaus schrecklich gewesen sein muss.«

»Vollkommen irre«, rief Persimmon über die Schulter hinweg. »Sie ist immer noch im Bett, nach allem, was diese liederlichen Knilche ihr angetan haben. Die waren gründlich, das kann ich Ihnen sagen. Sehen Sie …« Sie zeigte in den Raum zu ihrer Linken. Durch den durchsichtigen Stoff ihres Ärmels sah George im Gegenlicht ihren knochigen Arm sich ausstrecken.

»Du liebe Güte.« Er stand auf der Schwelle zu einem Esszimmer. »Ich verstehe, was Sie meinen.«

»Der Tisch war zu schwer, um ihn einzuladen, schätze ich.« Persimmon stellte sich breitbeinig hin und führte die linke Hand mit der Zigarette an den Mund. Voller Abscheu starrte sie auf das Durcheinander.

In der Mitte des Raumes stand auf einem schmuddeligen, aber hochwertigen scharlachroten Teppich ein langer Tisch. Nach allem, was George sehen konnte, handelte es sich um Mahagoni, Chippendale, drei Pfeiler mit jeweils vier gespreizten Beinen und Klauenfüßen daran, die oben alle in ein stützendes Piedestal mündeten, von dem wegen der ausgeleierten Chenilletischdecke nicht viel zu sehen war. Auf dem Tisch türmte sich ein wildes Sammelsurium aus Gegenständen – Kartons, Fotoalben, Bücher und in diversen Sedimentschichten abgelagertes *Zeug*.

»Oh, meine Liebe, den haben die ja in einem schönen

Zustand zurückgelassen«, sagte er, weil er sich vorstellte, dass die Einbrecher in der Eile den Inhalt des Raumes einfach auf den Tisch geworfen hatten. »Was für eine schreckliche Art und Weise, mit den Sachen …«

»Nein, *nein*«, fiel ihm Persimmon gereizt ins Wort und wiegelte dabei mit einer Handbewegung ab, die wie der Flügelschlag einer Krähe aussah. »Den haben die gar nicht erst angerührt. Sie haben einfach nur alles mitgenommen, was drumherum stand – alle Stühle und El-e-a-no-ras geliebten Sekre-tär.«

George ertappte sich dabei, es den Einbrechern in gewisser Weise nachfühlen zu können.

Ihr Weg nach oben, er immer hinter Persimmon mit ihrem seltsamen Gang, wurde von regelmäßigen Rufen aus dem Obergeschoss interpunktiert.

»Percy – nun mach schon! Was treibst du denn da unten?«

Marguerite Persimmon ließ keinerlei Reaktion auf diese Rufe erkennen. George wappnete sich für den Zustand des Schlafzimmers und das, was er darin vorfinden mochte. Der Rauchgeruch war nicht schwächer geworden. Oben angekommen betraten sie eine Galerie, die mit einem fadenscheinigen, aber elegant in Grün, Schwarz und Gold gemusterten Teppich ausgelegt war. Alle Wände trugen eine nikotingelbe Patina. Persimmon blieb an einer Tür zu ihrer Rechten stehen.

»Hier ist er, Liebes«, verkündete sie und zog sich schnell zurück. »Ich koche Kaffee.«

Zu Georges Überraschung endete der Teppich an der Tür, und er betrat nackte braungestrichene Fußbodendielen. Nur vor dem Bett lag ein kleiner Läufer. Es war ein schlichter Raum, ein einzelnes Bett mit schmiedeeisernem Gestell stand rechts an der Wand, Sonnenlicht fiel schräg durchs Fenster und malte einen Lichtstreifen auf die staubigen Dielen. Auf der anderen Seite standen ein Frisiertisch, ein Spiegel und eine Kommode. Außerdem gab es noch einen Windsor-Stuhl.

»Guten Morgen, Baxter.«

Ihr Ton war befehlshaberisch wie immer. George spürte, wie er innerlich aufbegehrte. Er riss seinen Blick von der Kommode los, einem Teil aus Esche, mit geschwungener Front, und bot dem Bett die Stirn. Seine Überraschung angesichts der Schlichtheit des Zimmers vertiefte sich noch beim Anblick von Lady Eleanora Byngh, die sehr aufrecht, an ihre Kissen gelehnt im Bett saß. Ihr Haar, überraschend dunkel für ihr Alter, was, wie ihm plötzlich klar wurde, eher geringer war, als er immer angenommen hatte, war gebürstet und mit Haarklemmen streng aus dem Gesicht frisiert. Abgesehen von der Tatsache, dass sie ein blassblaues Nachthemd mit Rüschen trug – sie war keine Frau, die er mit Rüschen in Verbindung gebracht hätte –, hatte ihre Erscheinung etwas beinahe Nonnenhaftes. Am beeindruckendsten jedoch war das weitgefächerte schillernde Farbenspiel um ihr Auge herum, das sich über die ganze rechte Seite ihres Gesichts zog.

»Oh, oh du liebe Güte«, sagte er bestürzt.

»Hätten mal den anderen sehen sollen«, antwortete Lady Byngh griesgrämig. Sie beugte sich zum Nachttisch hinüber, um ihre Zigarette in einem Aschenbecher auszudrücken. Sie verzog schmerzhaft das Gesicht, sagte aber nichts. »Holen Sie sich den Stuhl, Baxter«, befahl sie. »Und setzen Sie sich.«

Er setzte sich auf den Stuhl und fragte sich, ob Lady Byngh das Wort »bitte« überhaupt vertraut war. Sie blätterte irgendwelche Papiere durch, und ohne aufzusehen, befahl sie: »Machen Sie das Fenster einen Spalt weit auf, Baxter, ja? Es wird zu warm hier drin.«

Sein Geist rebellierte. *Woran ist denn Ihr letzter Sklave gestorben?* Während er über die quietschenden Dielen ging, tobte er innerlich, angesichts ihrer Art und Weise, jeden Menschen um sich herum in einen Dienstboten zu verwandeln. Das war ja wie in der Army! Was für eine unerträgliche, unhöfliche alte Schachtel! Jegliches Mitgefühl, das er aufgebracht hatte, als er von dem Raubüberfall gehört hatte, floss rasch ab. Er schob das Fenster hoch, das zu seiner Überraschung absolut leichtgängig war und einen Blick auf den ungepflegten Garten bot, in dem allerdings zumindest das Gras erst vor Kurzem gemäht worden war. Warum bewohnte sie ausgerechnet dieses schlichte Zimmer? Es musste doch viel prächtigere Räume auf der Vorderseite des Hauses geben. Wahrscheinlich war das gar nicht ihr Zimmer, sondern ein Gästezimmer, das sie nur bezogen hatte, um ihn zu empfangen. Er musste sie fragen, wie es ihr ging, fiel ihm ein, und er drehte sich um, doch sie kam ihm zuvor.

»Gut. Setzen. Ich will, dass Sie mir helfen.« Ihre torffarbenen Augen verfolgten seine Rückkehr zum Stuhl. »Percy wird gleich mit dem Kaffee hochkommen, aber sie braucht immer Ewigkeiten. Sie ist weit über siebzig.«

»Tatsächlich?«, sagte George, während er sich setzte. »Meine Güte. Ist sie Amerikanerin?«

»Kanadierin – früher einmal jedenfalls.«

Endlich brachte er die Geistesgegenwart auf, Lady Byngh zu fragen, wie es ihr ging. Erholte sie sich von dem Schrecken? Trotz allem gelang es ihm, seine besten, ritterlichsten Manieren an den Tag zu legen.

»Ja, ja«, sagte sie abwehrend und hielt ihre Papiere fest.

»Ein paar gebrochene Rippen. Das Gesicht. Wird schon wieder. Nun, Baxter …« Sie richtete sich etwas mehr auf. George wandte den Blick ab, beunruhigt durch den Gedanken, dass jede Bewegung die überaus lose aussehende Schleife, die ihr Nachthemd am Hals zusammenhielt, aufgehen lassen könnte. Als sie sich bewegte, stahl sich ein Hauch von Parfüm durch den vorherrschenden Rauchgeruch. »Ich bin, wie Sie wissen, ausgeraubt worden. Abschaum der untersten Klasse, alle beide! Allerdings wussten sie, wonach sie suchten, das muss man ihnen lassen. Ich habe eine Liste von allem, wovon ich denke, dass die sich damit davongemacht haben. Es kann natürlich noch etwas dazukommen. Sie werden mir helfen, meine Sachen zurückzubekommen.«

George schaffte es, die Bemerkung herunterzuschlucken, dass er weder der Polizei angehörte noch zu ihren persönlichen Dienstboten zählte.

»Geben Sie die Liste an Ihre Kollegen weiter – befreundete Händler oder wen auch immer.« Sie wedelte gebieterisch mit der Hand. »Zweifellos wird einiges davon bald auftauchen. Sie kamen mir nicht wie die Allerhellsten vor. Aber das Schlimmste ist, dass sie auch den Hepplewhite gestohlen haben, den Sie für mich aufpoliert haben.«

»Ja – Miss Persimmon sagte es mir«, antwortete er. »Es tut mir so leid, das zu hören.« Insgeheim fragte er sich, ob das nicht ein Segen war.

»Natürlich bin ich ziemlich verstört«, verkündete sie und klang dabei nicht im Mindesten so. George fragte sich, ob es angesichts ihrer bestenfalls schroffen, zumindest jedoch unhöflichen und angriffslustigen Art und Weise, ihren Mitmenschen zu begegnen, überhaupt möglich wäre zu erkennen, wenn Lady Byngh verstört war.

»Wie auch immer«, fuhr sie fort, »glücklicherweise muss Roderick nicht auf ein Hochzeitsgeschenk verzichten. Ich habe einen Plan B. Ah, da kommt ja Percy.«

Persimmons Mühen auf der Treppe waren bereits, lange bevor sie in Sicht kam, zu hören.

George stand halb vom Stuhl auf. »Lassen Sie mich doch …«

»Nein!«, bellte Lady Byngh, so dass er sich unverzüglich wieder hinsetzte. »Mischen Sie sich nicht ein. Sie kann sehr ärgerlich werden.«

Ein erratisches Stampfen, begleitet vom Rasseln und Klingeln, ging Persimmons Eintritt voraus: ein Schubs mit der Schulter gegen die Tür und das Balancieren eines unpraktischerweise recht ausladenden Tabletts. George beobachtete gespannt, wie sie das Zimmer durchquerte und zur Kommode ging, die die einzige freie Oberfläche bot, und das Tablett mit lautem Klappern feinen Porzellans abstellte. Ein Teelöffel sprang auf den Boden.

»Ich habe ein paar Boo-doir Biskuits mitgebracht«, verkündete Persimmon und hob den Teller hoch, während George sich beeilte, den heruntergefallenen Teelöffel aufzuheben. Auf dem Frisiertisch standen so viele Sachen – Bilder, Bürsten, Flaschen –, dass er zu der Überzeugung gelangte, dass dies wohl doch Lady Bynghs Schlafzimmer war.

Während der Kaffee eingeschenkt wurde, las Lady Byngh aus ihrer Verlustliste vor: der Hepplewhite, acht Esszimmerstühle, die als Chippendale beschrieben wurden, ein Handarbeitstischchen mit einem Schachspiel darauf, ein Windsor-Stuhl, chinesische Vasen und diverse Porzellangegenstände, Teekisten, verschiedene andere Kostbarkeiten und, setzte sie hinzu, Goldschmuck.

»Aus Indien«, erklärte Lady Byngh. »Nicht von der Art,

wie man ihn tatsächlich tragen könnte. Schrecklich schweres, einheimisches Zeug. Aber echtes Gold. Es gehörte Mutter.«

»Ha!«, rief Persimmon dazwischen, während sie weiter mit kleinen weißen Kaffeetassen umherschlurfte. *»Mutter!«*, setzte sie mit offensichtlicher Gehässigkeit hinzu, bevor sie zur Tür ging.

»Vielen Dank«, rief George hinter ihr her, auch wenn er Kaffee nicht besonders mochte. Sie gab ein weiteres leises »Ha« von sich, nickte ihm aber zu.

»Hol Plan B, Percy!«, brüllte Lady Byngh ihr nach.

»Das mache ich doch gerade!«, schrie Persimmon zurück.

Während sie warteten, bis das Treppensteigen wieder einsetzte, klopfte Lady Byngh auf die in ihrer geschwungenen Handschrift verfasste Liste in ihrem Schoß. Überrascht bemerkte er, dass ihre Hände rau waren und ihre Nägel abgekaut und eingerissen.

»Überaus ärgerlich«, sagte sie. »Ich bin überaus besorgt, was die Hochzeit des Jungen angeht. Mein Neffe, wissen Sie.«

»Sie könnten doch etwas kaufen, nehme ich an«, wagte sich George vor. »Ich meine, wenn Sie nichts mehr von Erinnerungswert haben.«

Sie fixierte ihn mit verblüffter Verachtung. »Mein Lieber, man *kauft* Antiquitäten nicht – man erbt sie.«

George schluckte. »Wenn dem so wäre, würde man ja kaum davon leben können, oder?«

Lady Byngh bedachte ihn mit einem weiteren verächtlichen Blick, der darauf abzuzielen schien, ihn zu vernichten. Er zwang die aufrührerische Wut nieder, die in ihm aufstieg. Es liegt an ihrer Erziehung, sagte er sich. Sie kann nicht anders. Die arme alte Frau hängt halt an ihren Sachen.

Er biss von einem der mit Zucker bestreuten Kekse ab. Er schmeckte staubig.

Persimmon kehrte zurück, eine frisch angezündete Zigarette in der Zigarettenspitze in einer Hand und eine silberne Teekanne in der anderen.

»Plan B«, sagte Lady Byngh munter. Sie setzte etwas hinzu, das George nicht verstand und das sich wie: »Ba-lo, Percy« anhörte. Einer von diesen indischen Befehlen, vermutete er. Während er beobachtete, wie Persimmon die Kanne ans Bett lieferte, wurde George klar, dass, auch wenn sie ihre eigene Form von Aufmüpfigkeit pflegte, er bei ihr keinerlei Groll darüber entdecken konnte, wie sie herumkommandiert wurde. Vielleicht war sie schon sehr lange Dienstbotin, dachte er, während er ihrem neuerlichen Abgang nachschaute.

»Also, Baxter.« Lady Byngh stieß die Teekanne in seine Richtung. »Ich will, dass Sie sich die ansehen, ob sie für Hughies Jungen taugt. Es muss was Gutes sein. Ich will diese Seite der Familie nicht enttäuschen. Percy hat sie schon einmal ordentlich poliert. Die haben diese schrecklichen Rüpel nicht gefunden – sie stand ganz hinten in einem Schrank.«

George war versucht, ihr zu sagen, dass der wunderbare Hepplewhite-Sekretär, von dem die ganze Zeit die Rede war, unter dem Strich nicht der reine Schatz war, den sie in ihm vermutete. Doch er schwieg. Diese besondere Information ließ weder ihn noch Lady Byngh in sonderlich vorteilhaftem Licht erscheinen.

Er nahm die Teekanne und untersuchte sie. Sie war von mittlerer Größe, wohlproportioniert und in etwa so anmutig wie ein Ozeandampfer.

»Sehr hübsch«, sagte er und betete innerlich: *Bitte lieber*

Gott, lass es kein Blech sein! Immer wieder kamen Menschen voller Erwartung zu ihm, die ihm Erbstücke verkaufen wollten, von denen sie annahmen, dass sie aus massivem Silber waren, nur damit er sie darüber aufklären musste, dass die Silberschicht weniger als einen Millimeter dick war. Doch hier war er, sogar bevor er sie umdrehte, relativ sicher, dass es sich um ein echtes Stück handelte. Gleich die erste Punze am leicht eingewölbten Boden bestätigte seinen Eindruck. Erleichtert atmete er auf.

»Werden Sie's mir sagen?«, drängte Lady Byngh. Die plötzliche Weichheit in ihrer Stimme, in der beinahe so etwas wie Demut mitschwang, überraschte ihn. »Mit Silberstempeln habe ich mich noch nie ausgekannt. Nun«, sie erschreckte ihn mit einem rauen Kichern, »im Grunde auch mit sonst nicht viel. Ich wüsste gern mehr darüber.«

George schaute sie an. Ihre Miene war gespannt, und eine jugendliche Vorfreude lag in ihrem Blick, die ihn rührte. Silber war etwas, womit er sich auskannte, und das genoss er. »Aber sicher«, antwortete er. Er zeigte ihr den Löwen. »Sehen Sie das hier? Der schreitende Löwe, Sterlingsilber.«

»Also ist es echtes Silber?«

»Zu fünfundneunzig Prozent mindestens, ja. Und sehen Sie das hier?« Sie beugte sich zu ihm hinüber, um einen besseren Blick zu haben, und stöhnte vor Schmerz.

»Entschuldigen Sie, lassen Sie es mich Ihnen hinhalten. Dieses Zeichen ist der Herrscherkopf. Als diese Teekanne hergestellt wurde, wurde der Zoll in Silber bezahlt. Der amerikanische Krieg, sie brauchten das Geld. Der Unabhängigkeitskrieg.«

»Ah.« Sie klang unsicher. »Also ... oh liebe Güte, mein Gedächtnis. Meine Schulbildung ist ein bisschen lückenhaft. Ich habe zwar alles gelesen, was mir in die Finger kam, aber … Wer soll das sein?«

»Nun, sehen Sie diese anderen Punzen?« Er genoss seine kleine Überlegenheit und zeigte auf ein O auf einer Seite und einen gekrönten Leoparden ihm gegenüber. »Der Leopard bedeutet, das Stück kommt aus London. Das ist das Zeichen der Londoner Silberschmiede. Und jedes Jahr wurde mit einem anderen Buchstaben gekennzeichnet. Wenn ich mich recht erinnere, dann muss das O irgendwo um 1810 gewesen sein. Das macht den Monarchen zu George III.«

»Ich verstehe.« Sie war jetzt ruhig und interessiert, irgendwie etwas normaler. »Und der Letzte, diese Initialen? Sind das die des Herstellers?«

Er wurde vorsichtig, diplomatisch. Diese Initialen hatte er zufällig schon gesehen.

»Ja, das waren ein Mann und eine Frau. Caroline und George Blakeley.«

»Sie meinen doch wohl nicht, dass diese Kanne von einer Frau geschmiedet wurde?« Ihr skeptischer Tonfall ging ihm unter die Haut. Er zwang ein Lächeln auf seine Lippen und fasste den glänzenden Gegenstand in seiner Hand fester. »Das ist in der Tat gut möglich. Es gab weibliche Silberschmiede, sogar sehr talentierte. Aber es kann auch sein, dass sie nur das Geschäft zusammen geleitet haben, andere Handwerker für sich arbeiten ließen. Schwer zu sagen.«

Sie starrte ihn an. Mein Gott, dachte er, die Frau machte es einem wirklich nicht einfach, sie zu mögen.

»Aber es ist *gut*?«

Gut genug, dachte er. Und ob der glückliche Roderick überhaupt irgendeine Ahnung hatte, war auch fraglich. Auch wenn es nicht selten oder hervorragend war, sondern nur einer von Tausenden Gegenständen, die in jener Zeit von Silberschmieden in London und anderswo gefertigt worden waren, war es doch ein achtbares Stück.

»Sie ist sehr schön«, sagte er. »Ich würde sagen, sie gibt ein exzellentes Geschenk ab – und dürfte noch dazu viel einfacher zu verschicken sein.«

»Gott sei Dank dafür.« Lady Byngh sank so plötzlich in die Kissen, als wäre der Faden, der sie aufrecht gehalten hatte, durchtrennt worden. »Muss mein Bestes geben für Hughies Jungen.« Sie schloss die Augen so lange, dass George schon dachte, sie sei eingeschlafen. Erleichtert wollte er gerade aufstehen und sich aus dem Zimmer schleichen, als sie die Augen aufschlug. Mit einem Mal sah sie wieder hellwach aus.

»Ich nehme an«, sagte sie gedehnt, »Sie denken, dass Percy und ich ein Paar sind.« Ihr Gesicht fältelte sich, möglicherweise, weil sie sich über Georges Unfähigkeit amüsierte, darauf auch nur ein vernünftiges Wort zu antworten. Der Gedanke war ihm überhaupt noch nicht gekommen. Er hatte nur den Eindruck gehabt, dass Lady Byngh Persimmon zu einem Objekt reduziert hatte, wie sie es mit jedem tat, das sie nach Belieben herumkommandieren konnte, und sonst nichts.

»Nicht alle Frauen, die aus Not zusammen leben, sind lesbisch, wissen Sie.«

»Äh, nein. Nein«, stimmte George inbrünstig zu, auch wenn dies ebenfalls eine Verallgemeinerung war, die zu formulieren er bis zu diesem Augenblick nicht für notwendig gehalten hatte. Du lieber Himmel, die Gedanken in seinem Hirn drängelten und stolperten ergebnislos übereinander – warum geriet ausgerechnet er immer in solche Situationen? »Durchaus nicht.«

»Percy ist in der Tat erst seit ein paar Jahren wieder bei

mir. Ich war mal verheiratet, wissen Sie. Sehen Sie, da.« Sie nickte entschieden in den Raum. »Da, auf dem Frisiertisch.«

Der Frisiertisch mit dem Spiegel darauf war von einem Stück türkisfarbener Seide bedeckt, mit einem eingewobenen Muster aus Papageien in Rot und Gold. Zwischen dem ganzen femininen Krimskrams sah er zwei gerahmte Fotografien.

»Das vorne ist mein Bruder – der arme, liebe Hughie«, erklärte Lady Byngh.

»Ah.« George tastete nach einer positiven Bemerkung dazu. Aus irgendeinem Grund kam dann heraus: »Es ist schon ein Segen, eine Familie zu haben, nicht wahr?«

»Ha!«, gab Lady Byngh zurück. »Ich bin froh, dass Sie so denken.« Er kam sich idiotisch vor, fragte sich, warum er das wohl gesagt hatte. Familie war ja wohl kaum etwas, womit er sich aus eigener Erfahrung auskannte.

Kurz wandte er den Blick ab von dem verblichenen Bild eines ernsten jungen Mannes mit rundem Gesicht, in weißer Cricket-Kleidung, mit ungebändigtem welligem Haar, und sah zu ihr hin. Es gab eine leichte Ähnlichkeit zwischen ihnen. Er konnte sich des Gedankens nicht erwehren, dass der junge Mann ein klein wenig dämlich aussah. Aus ihrem Ton schloss er, dass der arme liebe Hughie nicht mehr unter den Lebenden weilte. Ob er in einem Krieg getötet worden war? Vielleicht galt dasselbe ja auch für Lady Bynghs einstigen Ehemann.

In dem anderen Rahmen war ein klassisches Hochzeitsbild zu sehen: weichgezeichnet, in Sepia, mit einem abstrakten Studiohintergrund. Der Bräutigam mit einem Schnurrbart, dessen Enden dünn und spitz zuliefen, und Pomade im Haar starrte mit sichtlichem Unmut in die Kamera. Er trug eine Art Uniform, und auch wenn George nicht sicher sagen konnte, was für eine, sah sie irgendwie kolonial aus. Neben ihm, den Schleier zurückgeschlagen, saß eine überraschend reif aussehende Frau, das dunkle Haar unter einer perlenbesetzten Tiara zurückgenommen, eindringliche Augenbrauen und dieselben Augen, deren Blick er jetzt auf sich ruhen fühlte, während er das Bild betrachtete. Die Züge der jungen Eleanora Byngh vermittelten eher den Eindruck von gefletschten Zähnen als überbordender Freude.

»Torschlusspanik«, kommentierte Lady Byngh. »Dachte, ich versuch es lieber mal. Spiel das Spiel, wie es von einem erwartet wird. Mutter wollte ihn für mich, weil er ein alleinstehender Baronet war. Grässlicher Fehler. Natürlich musste der arme alte Ernest dann auch noch hingehen und sich von den Japsen irgendwo in einem Dschungel abknallen lassen, der dumme Junge. Aber da war ich schon längst abgehauen. Sechs Wochen nach der Hochzeit, um genau zu sein.«

»Sechs Wochen?« George war zu erschüttert, um seine Antwort zu mäßigen. »Meine Güte, das kann ja nicht wirklich funktioniert haben.«

Lady Byngh schnaubte: »Sie machen sich keine Vorstellung, mein Lieber.«

3.

Erschöpfung erfasste ihn, als er in den rosenduftenden Nachmittag hinaustrat; eine bleierne Sehnsucht danach, einfach nichts zu tun und zu schlafen. Sogar als er Jackett und Krawatte auf den Rücksitz geworfen hatte, war die Hitze einschläfernd. Selbst im kühlen Tunnel der Koniferen schien die heiße Luft durch die heruntergerollten Fenster ins Wageninnere zu quellen. Er tauchte in das Gleißen hinter den Koniferen ein, das ungebrochene Blau des Himmels, das grüne Wallen der Gerste auf den Hügeln.

Bis er nach Hause kam, würde es fast vier sein. Eine Stunde, ehe sie das Geschäft schlossen. Freitagnachmittags kamen selten so spät noch Kunden. Er konnte sich eine Tasse Tee gönnen, um den sauren Kaffee auszugleichen, eine ruhige Stunde im Büro oder vielleicht sogar ein Nickerchen? Er holte Luft und ließ den Atem erleichtert wieder hinausströmen. Es fühlte sich an, als hätte er Tage in Greenburton House verbracht. Dabei waren es kaum eineinhalb Stunden gewesen.

Als er in die Einfahrt zu Chalk Hill House einbog, war sofort klar, dass etwas nicht stimmte.

Vera stand mit verschränkten Armen in der Haustür, Alan vor ihr auf dem Kies wedelte aufgeregt mit den Händen. Auf Höhe von Veras Knien konnte George Montys Kopf herauslugen sehen, dessen Ohren zitterten, wenn er seinen Blick auf denjenigen richtete, der gerade sprach. Der Hund strahlte eine Verunsicherung aus, die George ebenfalls sofort erfasste.

Als die beiden ihn kommen sahen, hörten sie auf zu streiten und erwarteten ihn, Alan rot im Gesicht und empört, Vera schmallippig, aufmüpfig. Als George aus dem Wagen stieg, erblickte er Clarence und Kevin, die sich von ihrem Ausguck rasch wieder in die Werkstatt zurückzogen.

Monty lief George entgegen, als freute er sich, dass endlich ein Schlichter eingetroffen war.

»Hallo, alter Junge.« Einen flüchtigen Moment lang konnte George das Unvermeidliche hinausschieben, indem er dem Hund die Ohren kraulte, dann richtete er sich auf mit der unguten Vorahnung, der drohenden Situation noch weniger gewachsen zu sein als derjenigen, der er gerade erst entkommen war. Monty trollte sich, um in den schattigsten Ecken des Hofes ein wenig herumzuschnüffeln.

»Stimmt etwas nicht?«, fragte George und versuchte, forsche Autorität in seine Stimme zu legen.

Alan machte eine vage Handbewegung zu Vera. »Sag du es ihm«, forderte er sie auf. »Na los.«

»Es ist nur …« George hatte Vera noch nie so sprechen hören, bitter und empört. »*Er* sagt, ich hätte alles falsch gemacht. Wir hatten einen von diesen Türklopfern da …«

»Hausierer!«, brach es aus Alan heraus. »Nicht mal das kriegst du richtig hin!« George war überrascht und entsetzt darüber, wie Alan mit Vera redete, versuchte aber, sich nichts anmerken zu lassen.

»Ja?«, sagte er ermutigend. Er kannte einige Hausierer, die in der Gegend tätig waren, Männer, die keine Ladengeschäfte hatten, sondern von Tür zu Tür arbeiteten, kauften und verkauften. Gegen die meisten von ihnen hatte George nichts. Diejenigen, die er kannte, waren aufgeweckte Menschen, die ganz gut zurechtkamen. Es gab sogar ein, zwei unter ihnen, die er gebeten hatte, für ihn ein Auge aufzuhalten. »Eine Venus auf einem Pferd? Ungewöhnlich. Trotzdem, wenn ich eine sehe, gebe ich Ihnen Bescheid.« Und er war durch sie auch schon an ein paar gute Geschäfte gekommen, die mit alkoholreichen Mahlzeiten in den Pubs der Gegend gefeiert worden waren.

»Wer war es denn?«, fragte er. »Doch nicht der alte Arthur Salomon oder Reg Dickson?«

»Nein«, schnaubte Vera. »Bei denen hätte ich ja gewusst, wer sie waren. Das war ein Kerlchen mit roten Haaren, hat gesagt, er hieße Charlie Bird.«

»Oh ja, ich weiß.« George erinnerte sich an einen jüngeren Mann, der Gemüsehändler gewesen war, bevor er zu der Überzeugung kam, dass sich mit Antiquitäten mehr Geld verdienen ließ.

»Ich hab's dir *gesagt,* Vee!«, rief Alan. George zuckte angesichts der Wucht von Alans Zorn zusammen. Er schien kurz vor der Explosion zu stehen.

»Ja, aber ich hatte ihn noch nie gesehen«, sagte Vera. »Ich meine, ich kann doch nicht einfach irgendjemanden hereinlassen. Woher soll ich denn wissen, wem man trauen kann und wem nicht? Außerdem hab ich ja nur gesagt, dass Sie nicht hier sind und dass er noch mal wiederkommen soll. Mehr nicht.«

George hatte keine Ahnung, worin das Problem bestand. Wenn Charlie Bird etwas von ihm wollte, würde er wiederkommen. Geschäfte waren wie Frauen, sie weckten in Männern Beharrlichkeit.

»Gut, kein Problem«, sagte er vorsichtig, um den rätselhaften Aufruhr, den das Ganze ausgelöst zu haben schien, nicht noch zu befeuern. »Ist ja nichts passiert.«

»Von wegen!« Jetzt verschränkte Alan die Arme vor der Brust und starrte zu Boden.

»Vera, könntest du bitte reingehen und Monty mitnehmen?«, schlug George vor. »Setz Wasser auf, ich komme gleich nach. Alan, kann ich mal kurz mit dir sprechen?«

Als sie allein waren, standen die beiden Männer schweigend voreinander. George spürte, wie Apathie ihn durchwaberte. Am Einfachsten wäre es, wenn er jetzt einfach hineinging und sich mit einer schönen Tasse Tee an den Tisch setzte. Aber was er gesehen hatte, hatte ihn verstört. Er riss sich zusammen und ergriff das Wort.

»Macht dir sonst noch was Sorgen, Alan?«

Alans Kopf ruckte hoch, seine Arme entfalteten sich, und sein ganzer schlaksiger Körper schien zu wachsen.

»Sie sollte hier nicht rumkommandieren«, platzte es aus ihm heraus, als drängte es ihn schon lange, das auszusprechen. »Das steht ihr einfach nicht zu. Es ist nicht … es ist einfach nicht richtig.«

»Aber …«, versuchte es George, doch die Flut hatte gerade erst angefangen, sich Bahn zu brechen.

»Zwanzig Jahre sind wir verheiratet. Zwanzig Jahre! Und jetzt stolziert sie hier herum und erteilt Befehle, sagt den Leuten, sie sollen weggehen, und der Kerl, Charlie, kommt dann in die Werkstatt, und wissen Sie, was er sagt? Er sagt: ›Was ist denn das für ein alter Drachen da im Haus?‹ Und noch ein paar Sachen, die ich lieber nicht wiederhole, Mr. Baxter. Wie würde Ihnen das gefallen, he? Zu sehen, wie Ihre Frau …« Er gestikulierte wieder, die Handflächen nach oben gedreht, als wartete er darauf, dass ihm die richtigen Worte hineinfielen. »… plötzlich größenwahnsinnig wird, als wäre sie was Besseres als wir alle!« Er drehte sich um und stürmte davon.

»Aber es ist doch nichts passiert, Alan.« George machte Anstalten, ihm nachzulaufen, doch Alan wedelte mit dem Arm, als wollte er ihn warnen, ihm zu nahe zu kommen, und ging kopfschüttelnd davon.

In der Küche fand er Vera am Waschbecken vor, die Arme wieder verschränkt, wie sie in den Garten hinausstarrte. Monty saß zu ihren Füßen und schaute zu ihr auf, seine naturgegeben kummervolle Miene passend zur aktuellen Lage. Im Hintergrund wisperte der Wasserkessel.

»Alles gut, Vera«, sagte George von der Tür her. »Du hast wirklich nichts verkehrt gemacht. Ich kann dir nicht vorwerfen, vorsichtig gewesen zu sein. Der alte Charlie kommt schon zurück, wenn er etwas will.«

Er hörte ein Schniefen. Vera drehte sich um, mit roten Augen, ein zusammengeknülltes Taschentuch in der Hand.

»So sehr habe ich mich doch gar nicht verändert, oder?«, flehte sie.

Er zögerte. Sie hatte sich verändert. Er konnte es sehen. Sie deutete sein Zögern richtig.

»Aber was ist denn so verkehrt daran? Ich mache doch nichts Schlimmes! Ich koche ihm jeden Abend sein Essen. Ich mach doch alles … Ich hatte schon immer viel Energie … für eine Menge Sachen.« Mit trübem Blick schaute sie sich in der Küche um. »Mehr als er, nehme ich an.«

George rang nach Worten. Er verstand Alans Verwirrung, Kränkung, Angst, auch wenn es dafür keinen rationalen Grund gab. Einige Sekunden lang versuchte er sich vorzustellen, wie er sich gefühlt hätte, wenn Win plötzlich etwas Neues angefangen oder auch nur eine Kleinigkeit verändert hätte. Es war schwer vorstellbar. Wäre er auch so erschüttert und wütend gewesen wie Alan?

»Am liebsten hätte er, ich wäre genau wie seine Mutter«, sagte Vera bitter. »Die nur im Haus herumschleicht und alle von oben bis unten bedient, ihren Mann und drei Söhne. Nichts als ein Dienstmädchen ist sie für die. Nicht ein Gedanke in ihrem Kopf, der da nicht hingehört. Und es ist nicht mal so, dass sie dabei irgendwie nett wäre. Die ist eine missmutige alte …« Sie schüttelte den Kopf und starrte stumm vor sich hin. »Wie in diesem Lied – ich hab's gestern wieder im Radio gehört. *Times they are a … changing.* Tun sie doch, oder? Die Zeiten ändern sich. Und ich finde das auch gut so. Ich will nicht so werden wie die alte Ethel Day. Ist es denn so verkehrt, ein bisschen mehr vom Leben zu wollen, als immer nur andere zu bedienen und … *Kuchen* zu backen?«

George zog einen Stuhl unter dem Tisch hervor und setzte sich. Er sah zu ihr hoch.

»Du bist eine sehr fähige Frau, Vera. Ich verstehe nicht, was verkehrt daran sein soll, dass du deinen Kopf benutzt, wenn du schon mal einen hast. Aber Alan … ich nehme an, er hat das Gefühl, dass du dich von ihm entfernst, irgendwohin unterwegs bist, wohin er dir nicht folgen kann.«

Tränen rannen wieder über Veras Gesicht. Sie wischte sie mit dem Taschentuch weg. »Ich weiß. Ich weiß, Mr. Baxter.«

»Sieh mal«, sagte George. »Geh und hol ihn. Macht Feierabend, alle beide. Es ist sowieso fast Zeit.«

Vera rührte sich nicht. »Er will, dass ich wieder alles genauso mache wie früher. Ich habe Angst davor, was passiert, wenn ich das nicht tue.«

Sollte er ihr sagen, dass es ihre Pflicht war, ihrem Mann zu gehorchen, fragte er sich? Tu alles, was er sagt – war das der erforderliche Ratschlag? Aber der schien nicht aus seinem Mund kommen zu wollen.

Der Kessel arbeitete hart daran, zum Kochen zu kommen. George stand auf und schaltete den Herd aus.

»Ich weiß auch nicht, was passieren wird.« Achselzuckend drehte er sich zu ihr um und sagte mit sanfter Stimme: »Aber nimm ihn jetzt mit nach Hause, ja?«

4.

In den frühen Morgenstunden gewitterte es, und als George mit dem Gefühl, kein Auge zugetan zu haben, aufwachte, sah draußen alles aus wie frisch gewaschen. Es war nicht nur das Donnern, das ihn wachgehalten hatte; es waren seine Gedanken. Er hatte sich im Bett von hier nach da gewälzt und am Ende das ganze Bett zerwühlt, die Decke um den Hals.

Sylvia würde morgen kommen, heute inzwischen. Nachdem er sie ein paar Tage nicht gesehen hatte, erschien sie ihm im Dunkel der nächtlichen Stunden entfernt und irreal. Kalter Zweifel erfüllte ihn, als wäre sie etwas Fremdes, das er seinem Leben aufgepfropft hatte und das ihn in die falsche Richtung wachsen lassen könnte. Gleichzeitig versetzte ihn der Gedanke an ihren aufmerksamen Blick, ihre üppigen Formen und sein eigenes Sehnen nach körperlicher Vereinigung in einen Zustand nervöser Erwartung, der es noch hoffnungsloser machte, wieder einschlafen zu wollen.

Durch all diese Befürchtungen und Fantasien hindurch drängte sich immer wieder seine Sorge um Vera in den Vordergrund. Sie hatte gleich Samstagmorgen im Geschäft angerufen.

»Ich wollte nur Bescheid sagen, dass ich den halben Tag freinehmen möchte, wenn das in Ordnung ist«, hatte sie gesagt und dabei schrecklich niedergeschlagen geklungen.

»Ja, natürlich, Vera, das geht in Ordnung«, hatte er gesagt, während sein Verstand alle möglichen düsteren Möglichkeiten durchspielte. Versteckte sich Vera zu Hause, weil Alan ihr ein blaues Auge gehauen hatte? Sollte er sie fragen, ob alles in Ordnung mit ihr war? Bevor er sich ein paar Worte der Besorgnis hatte zurechtlegen können, hatte sie das Gespräch beendet: »Danke, Mr. Baxter. Ich seh Sie dann Montag.« Was zumindest beruhigend war.

Alan kam mit gesenktem Kopf, vermied es, George in die Augen zu sehen, und machte sich an seine Arbeit. Nachdem er abgeschlossen hatte, kümmerte sich George den ganzen Nachmittag um den Garten. Er hackte die Kartoffeln, jätete zwischen den Zwiebeln und den dicken Bohnen und band ein paar Triebe der rosafarbenen Albertine-Rose hoch. Er machte sich Sorgen. Dann saß er hinten und machte sich noch mehr Sorgen. Er war es nicht gewöhnt, dass seine Angestellten unglücklich waren, und er wollte das auch nicht. Streng genommen war es natürlich eine Privatangelegenheit, ihre Ehe ging nur die beiden etwas an, und doch konnte er sich des Gefühls nicht erwehren, dass es sein Fehler war. Dass er Vera ermutigt hatte, sich mehr zu engagieren, hatte das Gleichgewicht der Dinge verändert, hatte ihre Ehe von einem Tag auf den anderen auf fremdes Terrain geführt.

Er saß in einem Liegestuhl und starrte auf den weiß-rosa Rosenteppich, einen silbernen Krug Bier in einer Hand, während er mit der anderen Montys Ohren streichelte. Wieder überlegte er, wie er reagiert hätte, wenn Win mehr Unabhängigkeit gewollt hätte. Hätte er sich gefühlt, als sei ihm Unrecht angetan worden? Er musste sich eingestehen, dass das möglich war, zumindest wenn er sich vernachlässigt gefühlt hätte. Andererseits hatte Vera ja auch vorher schon gearbeitet, das war also nichts Neues. Es war nicht die Arbeit als solches, die Alan zu stören schien, sondern Veras wachsendes Selbstbewusstsein, ihre Autorität. Als ob ein Mann automatisch kleiner wurde, wenn seine Frau wuchs. Darüber hinaus war er vor den anderen Männern zum Narren gemacht worden. Trotz seiner Neigung, sich eher mitfühlend auf die Seite des Mannes zu schlagen, ertappte George sich dabei, wie er deswegen weniger von Alan hielt. Ganz zu schweigen von der Sache mit den Kuchen. Das erschien ihm kleingeistig, selbstsüchtig.

»Halt deine Frau bloß bei dir, Monty«, sagte er. »Sonst kommt sie noch auf komische Ideen.«

Monty legte den Kopf schief und sah ihn an, als würde er den Rat ernsthaft in Erwägung ziehen.

Als die Glocken zum Morgengottesdienst läuteten, führte er Monty aus und traf Eunice MacLean, die in einem langen, hellen Regenmantel aus dem Haus trat und zur Heiligen Kommunion wollte.

»Ganz schönes Gewitter gestern Nacht«, sagte sie mit einem Blick auf die Pfützen im Rinnstein und beugte sich zu Monty hinunter, um ihn zu tätscheln.

»Hat mich jedenfalls wachgehalten«, stimmte er zu. »Hat aber auch die Luft ein bisschen geklärt.«

»Kommen Sie zurecht, Mr. Baxter?« Ihr Tonfall war formell, aber es klang aufrichtige Besorgnis durch. Einen Augenblick lang verspürte George den Drang, ihr sein Herz auszuschütten und ihr all seine Sorgen wegen Vera anzuvertrauen, um ihre Meinung dazu zu hören. Doch er hielt sich zurück. Vera würde es zutiefst kränken, und Miss MacLean würde zu spät zur Kirche kommen. Und was sollte sie als eingeschworene Unverheiratete auch dazu zu sagen haben.

»Danke, mir geht es sehr gut.« Er ließ sich von Monty weiterzerren.

»Vielleicht könnten wir bald mal eine Tasse Tee zusammen trinken?«, fragte sie vorsichtig.

»Ja – wunderbar. Tee oder so was.« Er wich weiter zurück. »Aber nicht heute.« Mein Gott, das fehlte ihm gerade noch, dass sie auftauchte, wenn Sylvia da war. »Ich bekomme Besuch. Aber demnächst einmal?«

»Natürlich«, sagte sie. »Freut mich. Dann auf Wiedersehen.«

Um zwei Uhr holte er Sylvia ab. Sobald er sie dort an der gewohnten Ecke warten sah, lösten sich seine nächtlichen Zweifel auf. Schau sie nur mal an, dachte er, während er ihren Anblick in einem bonbonrosa Kostüm genoss, ihr Haar war hoch aufgetürmt. Sein Blut geriet in Wallung. Ein Lächeln breitete sich auf seinem Gesicht aus, und als er bei ihr vorfuhr, lächelte sie ebenfalls und winkte.

Er sprang aus dem Wagen, gab ihr einen Kuss auf die Wange und hielt ihr die Beifahrertür auf. »Gerade habe ich überlegt, ob heute nicht ein guter Tag wäre, um kurz mit reinzukommen und deine Mutter kennenzulernen und deine Schwester?«, sagte er. Er wollte das eigentlich nicht jetzt, hatte aber das Gefühl, dass es korrekt wäre, wenn solch ein Treffen in nächster Zeit stattfände.

»Oh, vielleicht nicht ausgerechnet heute«, sagte Sylvia, während sie auf dem Beifahrersitz Platz nahm. Als er sich auf seinen Platz neben sie setzte, genoss er den Anblick ihrer Schenkel auf dem Sitz, ihrer Knie, die unter dem Saum des Kleides hervorlugten. Ihre Nägel wiesen heute ein fröhliches Hellrot auf. »Mutter hält gerade ein Schläfchen, und Jean ist erschöpft. Sie hat heute gekocht, wir wechseln uns ab.«

»Wie nett«, sagte er, während er losfuhr. »Was gab es denn?«

»Ach, ein bisschen Fleisch.«

Er hatte eine etwas ausführlichere Antwort erwartet, wenn das Kochen für Sylvias Schwester so erschöpfend gewesen war.

Der Nachmittag war sehr warm, doch eine leichte Brise ließ Licht durch grünes Blattwerk flimmern. Während der Fahrt plauderten sie locker miteinander, und sie erzählte ihm von einem Mann, der in die Werkstatt gekommen war wegen eines Problems mit seinen Reifen und so in Rage geraten war, dass er beinahe ihren Boss geschlagen hätte.

»Mr. Green war so rot im Gesicht, dass ich schon dachte, gleich fliegt ihm der Kopf weg!«, kicherte sie, und George lachte aufrichtig amüsiert. »Die Leute sind wirklich empfindlich, wenn es um ihre Autos geht.«

Er versuchte etwas zu finden, das er ihr erzählen konnte. Nichts über Vera und Alan, entschied er. Das fühlte sich wie ein wunder Punkt an und viel zu nah. Aber sie kamen gerade am Abzweig zu Lady Byngh's Haus vorbei, also erzählte er ihr, dass er neulich dort einen Besuch hatte machen müssen.

»Da oben?« Sylvia blickte zweifelnd auf die zugewucherte Einfahrt. »Oh, das sieht ziemlich unheimlich aus. Wobei, *Lady* Byngh, alle Achtung.« Er hatte gewusst, dass sie das beeindrucken würde. »Ist es wirklich so vornehm? Ich wette, sie hat eine Menge wunderschöner Sachen.«

»Nicht mehr. Sie ist diejenige, die ausgeraubt wurde.«

»Wirklich? Ach ja! Sind die Räuber schon gefasst?« Sylvia war ganz gespannt.

»Nein, aber ich gehe davon aus, dass sie gefasst werden. Sie haben ziemlich viel Beute gemacht.«

Sylvia machte es sich in ihrem Sitz gemütlicher. »Du bist so ein interessanter Mann, George«, sagte sie freudig. »Jedes Mal gibt es etwas Neues. Ich habe mich die ganze Woche auf heute gefreut … dein Haus endlich zu sehen und das alles.«

»Ja«, er ließ ein zufriedenes Lächeln aufblitzen, gerührt von ihrer Schmeichelei. »Ich auch … sehr.«

»Ich kann den Hund wegsperren«, sagte er, als sie ins Haus traten und sie immer wieder ausrief, wie groß es sei, wie hübsch – »Oh, was für schöne Rosen!« –, während Monty sich die Seele aus dem Leib bellte.

»Danke, lass nur, George, mein Lieber«, und sie klang dabei so mutig, dass er sich gleich noch ein wenig mehr für sie erwärmte. Es wäre schwierig geworden, sich ganz für jemanden zu begeistern, der seinen Hund überhaupt nicht leiden konnte. »Das ist dein Haus, und er lebt hier. Ich bin sicher, wir werden uns aneinander gewöhnen. Und guck mal …« Sie zog aus ihrer Tasche eine Schachtel Süßigkeiten.

»Guck mal, was ich hier für dich habe, kleiner Hund«, flötete sie und wedelte damit vor Montys Nase herum. Seine Begeisterung war nicht zu übersehen.

»Darf ich ihm etwas davon geben?«

»Na ja, eins vielleicht«, sagte George noch, als Sylvia schon die Packung aufriss und eine Handvoll Lakritzbonbons auf den Boden warf. Monty konnte sein Glück kaum fassen und verschlang sie alle. Dann, immer noch schluckend, schaute er zu ihr hoch, während schwarze Speichelfäden von seinen Lefzen troffen.

»Das war's, ab jetzt wird er für immer dein bester Freund sein«, sagte George. »Aber eins pro Mal reicht wahrscheinlich.«

»Oh, du bist wirklich ein guter Junge, nicht wahr?«, sagte Sylvia und streichelte Montys Kopf mit ihren Fingerspitzen. Es sah allerdings aus, als müsste sie sehr hart gegen widerstrebende Impulse ankämpfen, denn sie bewegte den Rest ihres Körpers so weit wie möglich von seinen schlabbrigen Sympathiebekundungen weg. »Da, da hast du noch eins.«

George fühlte, wie leichter Ärger in ihm aufstieg. Ein Konfekt hier und da war das eine … »Das reicht, Monty, geh auf deinen Platz«, befahl er. »Ich bringe ihn zurück in die Küche, er wird sich bald beruhigen.«

Als er zurückkam, stand Sylvia in der Tür zum Ausstellungsraum.

»Oh, George ...« Sie drehte den Kopf zu ihm um, schien tief beeindruckt. Sie hatte einen schlanken Hals, und er unterdrückte das Bedürfnis, ihn mit den Händen zu umfassen und den blassen Nacken zu küssen und die weiche Haarsträhne, die darauf ruhte. »Es ist so hübsch.«

Sie ging hinein und schaute sich konzentriert um, während er sie von der Tür aus beobachtete. Ihre Hand strich liebkosend über die komplexe Maserung eines Walnuss-Sekretärs; sie nahm ein silbernes Serviertablett in die Hand, von Vera auf Hochglanz poliert, möglicherweise auch von Sharon. Sie brach in entzückte Ausrufe aus angesichts eines Trios emaillierter Parfümfläschchen, jedes exquisit gemustert.

»So bezaubernd«, murmelte sie, und er konnte einen gewissen Hunger aus ihrer Stimme heraushören. Dass sie solche schönen, fein gearbeiteten Dinge zu schätzen wusste, rührte ihn in dem Moment. Vielleicht, dachte er, und erst da wurde ihm klar, dass das etwas war, das ihm bisher an ihr gefehlt hatte, vielleicht hatte sie am Ende doch eine künstlerische Ader?

Sie drehte sich inmitten der ganzen Pracht um und lachte laut auf: »Sieh dir nur mal das an!«

Sie stand vor einem Tisch, den George erst in dieser Woche aus einem Haus bei Kingston Bagpuize gekauft hatte. Allerdings war die Freude darüber durch die elegante Dame getrübt worden, die gezwungen gewesen war, ihn zu verkaufen, und geweint hatte, als er ihr den Scheck gab. »Was sein muss, muss sein«, hatte sie durch ein Spitzentaschentuch hindurch gesagt. »Aber ich kann den Gedanken, dass er jetzt das Haus verlässt, kaum ertragen.«

Es war ein Regency-Tisch in schlankem Pembroke-Design, mit herunterklappbaren Tischplatten, aus Mahagoni gefertigt, die jedoch ungewöhnlicherweise an den Rändern mit braunschwarzem Calamanderholz eingefasst waren, einem Holz, das dem Ebenholz ähnelte. Es war ein wunderschön proportioniertes Stück, und er wollte gerade Sylvias guten Geschmack bewundern, als sie hinzusetzte: »Er sieht genau aus wie dein Hund.«

Die Bemerkung reizte ihn, auch wenn er zugeben musste, dass sie nicht ganz Unrecht hatte, wenn er die vier Säbelbeine betrachtete, die in der Mitte mit einem tiefen Pedestal verbunden waren, was dem Tisch tatsächlich ein etwas kauerndes Aussehen gab, dazu die beiden heruntergeklappten Tischplattenteile auf jeder Seite, die wie Ohren aussahen.

»Ha, ja, ich sehe es!« Er zog es vor zu lachen, auch wenn er das Gefühl hatte, einen Dämpfer erhalten zu haben.

»Für wie viel wirst du den verkaufen?« Munter suchte sie nach dem Preisschildchen, das immer entweder an den Griffen der Schubladen oder den Tischbeinen hing. An dem Regency-Tisch fand sie es und blickte verblüfft zu ihm herüber. »Dreihundertfünfzig Pfund! Für so einen kleinen, alten Tisch! Wie viel hast du dafür bezahlt?«

»Äh, irgendwas knapp unter dreihundert, glaube ich«, sagte er und versuchte, weniger unbehaglich zu klingen, als er sich fühlte. Auch wenn er Geschäftsmann war und daran gewöhnt, über Preise zu sprechen, war ihm ihr leidenschaftliches Interesse an den finanziellen Aspekten peinlich. Sie würde sich hervorragend mit Lewis Barker verstehen, dachte er, bevor er sich diesen schändlichen Gedanken wieder aus dem Kopf schlug.

»Wollen wir nach hinten gehen und Kaffee kochen?«, schlug er vor.

»Also, dann machst du fünfzig Pfund damit?« Sie ließ sich nicht ablenken, hielt das Preisschild immer noch fest. »Nur damit?« Sie lachte. »Kein Wunder, dass du so einen schönen Wagen fährst, George!«

»Naja. Es gibt keine Garantie, solange der Scheck nicht unterschrieben ist.«

Fasziniert wanderte sie durch den Raum, achtete überhaupt nicht mehr auf ihn. Er beobachtete sie mit wachsendem Unbehagen, wollte sie hier raushaben, damit sie nicht mehr nur an Geld dachte, was ihm vulgär und unangenehm erschien. Sylvia hatte inzwischen das Fenster erreicht. Ohne sich zu ihm umzudrehen, sagte sie: »Du sagtest, du hättest noch einen Ausstellungsraum? Ist es das da drüben?«

Sie erforschte die Scheune mit derselben vertieften Gründlichkeit. Danach zeigte er ihr die anderen Räume im Erdgeschoss des Hauses. In seinem Büro hatte er das Foto von Win in eine der Schubladen gelegt, um sowohl Sylvias Fragen als auch dem gelinden Tadel aus dem Weg zu gehen, der von dem Porträt selbst ausging. Das Obergeschoss zeigte er ihr nicht; das Schlafzimmer mit seinem breiten, erwartungsvollen Bett.

In der Küche angekommen, schob er Monty in den Garten hinaus und kochte Kaffee, immer noch ein wenig erschüttert durch Sylvias freimütigen Materialismus, der eine Kluft zwischen ihnen aufriss, zumindest für ihn. Doch als er einschenkte, rückte sie näher an ihn heran und suchte seinen Blick.

»George? Wir haben uns noch nicht mal ein Küsschen gegeben, oder?«

Mit rasendem Herzen hörte er auf, mit den Tassen und Teelöffeln herumzuhantieren, und drehte sich zu ihr. Als er sie umarmte und ihre fleischige Wucht sich an ihn drückte, sog er den Duft ihres Parfüms ein, und seine Stimmung wurde weicher. Auf Zehenspitzen reckte sie sich ihm entgegen, um ihn mit einer Verve zu küssen, die seine Adern mit Verlangen flutete. Einen Moment später zog sie sich zurück und schaute mit großen Augen zu ihm auf.

»Es ist wunderhübsch hier. Und du bist so nett. Ich fühle mich so glücklich, dass ich dich kennengelernt habe, George.«

Ihre lieblichen Worte machten ihn zärtlich. Armes Mädchen, dachte er, das hörte sich nicht an, als sei sie finanziell einigermaßen ausgestattet. Auch wenn Schatzi David relativ wohlhabend gewesen sein musste, wusste er, wie leicht es war, sich von den schönen Gegenständen blenden zu lassen, die er verkaufte. Schließlich war es ihm damals nicht viel anders ergangen. Nicht jeder war an diese Welt gewöhnt. Die Vorstellung, dass er derjenige war, der sie blendete, entzückte ihn. Er lächelte auf sie hinab.

»Oh, ich bin der Glückliche«, sagte er. »Dass ich ein so hübsches Mädchen gefunden habe.« Er schmeichelte ihr mit dem »Mädchen«. Auf verschiedenen Wegen, indem er nach dem Altersunterschied zu ihrer Schwester gefragt hatte und welcher Jahrgang Jean war, hatte er Sylvias Alter auf zweiundvierzig geschätzt. Es gab doch Frauen in dem Alter, die noch Kinder bekamen, oder?

Während er sie so im Arm hielt, erfüllte ihn mit einem Mal abgrundtiefe Müdigkeit. Er war es gewöhnt, verheiratet zu sein und das alles nicht tun zu müssen. Er wusste nicht, wie man jemandem den Hof machte, wann man drängte, wann sich zurückzog, und in welcher Geschwindigkeit das alles vor sich zu gehen hatte. Besonders in ihrem Alter. War es denn zu früh, um zu hoffen, dass sie großzügig und nachgiebig genug sein würde, um mit nach oben zu kommen? Wenn er nur einfach alle Hindernisse aus dem Weg räumen und sie jetzt gleich nach oben führen könnte!

Sylvia kuschelte sich wieder in seine Arme. Er fühlte, wie ihre Brüste sich gegen ihn drückten. Während er sie küsste, begann er sich seiner kraftvollen Erregung zu ergeben, ließ zu, wie das Verlangen sich in ihm weiter aufbaute. Sie machte einen Schritt zurück.

»Wir trinken jetzt lieber unseren Kaffee, oder?«, sagte sie mit sittsamer Lieblichkeit. Sie richtete den Träger ihres BHs unter der Bluse. »Sonst wird er noch kalt.« Sie blickte ihn mit offensichtlicher Bewunderung an. »Ooh, du bist so reizend.«

Sie saßen draußen im Garten im Schatten eines der Apfelbäume am heißen, schläfrig machenden Nachmittag. Monty döste im Gras zwischen ihren Stühlen.

»Ich liebe es, wie all deine Rosen zueinander passen«, kicherte sie. »Gelb vorne, rosa hinten, so hübsch! Ich liebe Rosen.«

»Ja«, stimmte er zu. »Sie sind ziemlich …« Er ließ den Satz ausklingen. Wo sollte er anfangen, um seiner Leidenschaft, die er für diese Schönheit empfand, Ausdruck zu verleihen? Kurz überlegte er, ob er ihr von der Rose am Fenster erzählen sollte, seinem Trost als Sechsjährigem. Doch es fühlte sich nicht richtig an. Und Sylvia plauderte weiter und war schon beim nächsten Thema.

Wieder konnte er nicht anders, als ihr Interesse dafür zu bemerken, wie viel Dinge kosteten. Sie erzählte ihm von einem Urlaub in Frankreich, den die Nachbarn ihrer Mutter gemacht hatten, von dem Sofa, das sie vor Kurzem geliefert bekommen hatten, von den Preisen von Kleidungsstücken.

»Ich meine, man ist wesentlich besser dran, wenn man die Fahrt nach Reading bezahlt, falls man etwas Hübsches kaufen will. Dann kann man zu Heelas gehen – so ein netter Laden. Und hier ist es wesentlich teurer. Letzte Woche habe ich Mum einen neuen Schlüpfer gekauft, und als ich in die Stadt kam, hab ich ihn für eine halbe Krone weniger gesehen, also wirklich, eine halbe Krone!«

Georges Gedanken wanderten zu der einladenden Kühle des Zimmers oben, den weißen Laken … Als Sylvia einen Moment lang die Hände über den Kopf hob, um sich zu strecken, und ihr prachtvoller Busen sich hob, stellte er sie sich ausgestreckt auf seinem Bett vor, die Arme ausgebreitet … Es war so heiß. Sosehr er auch versuchte, sich abzulenken, in seinem halb erregten Zustand fühlten sich seine Kleider zu eng an. Er fühlte sich eingesperrt, hatte das Bedürfnis, sich zu bewegen, die erstickende Atmosphäre zu durchbrechen. Ja, er redete, hörte zu; vor allem hörte er zu. Er hatte sich selbst unter Kontrolle, aber die Lust, das Verlangen waren so nah, dass es nur einer kurzen Berührung bedurft hätte, um ihn explodieren zu lassen.

Vielleicht, dachte er berechnend, wenn wir fertig mit Kaffeetrinken sind, sollte ich sie einfach direkt fragen. Ohne Umschweife. Sie waren beide reife, erfahrene Menschen. Vielleicht würde sie seine erfahrene Abgeklärtheit sogar mögen. Das einzige Problem dabei war nur, dass er nicht sonderlich erfahren war. Während sie weiter auf ihn einplauderte, legte er sich im Kopf seine Worte zurecht: *Wie wäre es, wenn wir jetzt …?* Nein: *Ist es nicht Zeit, dass wir hochgehen?* Oder vielleicht eher ein etwas herrischer Ton: *Na, komm jetzt!* Oder vielleicht: *Oh, mein Schatz, komm mit mir nach oben, ich muss dich einfach haben, jetzt!*

Oh Gott …

Sylvia stellte ihren Becher auf dem kleinen Tisch ab und beugte sich zu ihm herüber. Das war der Augenblick, sie dachte dasselbe! Jeden Moment würden sie jetzt die Treppe hochgehen, er würde ihre Hand nehmen …

»Ich dachte gerade«, fing sie an. »Weißt du, was ich wirklich gern tun würde, wenn das für dich in Ordnung ist? Ich würde es wirklich schön finden, wenn wir noch einen Ausflug mit dem Wagen machen würden.«

Ein Ausflug mit dem Wagen. In dieser Hitze wollte sie im Auto sitzen, zwischen sonnendurchglühten Feldern und dunklen Blättertunneln fahren, während heiße Luft durch die Fenster quoll, auf der Suche nach einem »hübschen Teeladen«.

Und so fuhr und fuhr er. Er trank Tee und aß getoastetes Teegebäck in einem kleinen Café in Henley, sah die Ausflugsboote und Salter's Dampfer auf dem gleißenden Wasser des Flusses umherfahren, und es war, wie Sylvia sagte, *so hübsch*. Und ja, es war tatsächlich hübsch. Es war höflich und passend, und sie war glücklich und dankbar und beschenkte ihn mit einer lächelnden Umarmung und Küssen, als er sie am Ende zu Hause absetzte. Er freute sich, dass er ihr hatte eine Freude bereiten können, und wusste, dass sie ihn schon bald würde wiedersehen wollen und dass er geduldig sein sollte und sie so umwerben, wie es sich für einen Gentleman geziemte.

Aber das linderte alles nicht die schmerzliche Sehnsucht danach, einfach jemanden zu halten und gehalten zu werden und von ganzem Herzen zu geben und gegeben zu bekommen.

5.

Kevin hockte an der Mauer beim Gemüsegarten, aß ein Sandwich und las anscheinend in einem Buch. Dieses Verhalten war an sich schon ungewöhnlich für ihn. An einem Montag um neun Uhr morgens war es beinahe bizarr.

»Morgen, Kevin!«, rief George, als er in Montys Schlepptau von hinten ums Haus herum kam.

»Orghrempff«, stimmte Kevin wild nickend mit vollgestopften Backen zu. Als Monty übertrieben viel Interesse an seinem Schritt entwickelte, rappelte er sich eilig auf.

»Was treibst du denn hier?«, forschte George nach. »Du frühstückst doch normalerweise nicht hier draußen, oder?«

Kevin, immer noch damit beschäftigt, ein wenig Freiraum in seinem Mund zu finden, schüttelte heftig den Kopf und schluckte schließlich wie eine Python.

»Nein.« Er hielt ein dickes Buch mit verblichenem Leineneinband im Arm. »Nur … wissen schon … schönes Wetter. Und ich lese mein Buch. *Gucken* Sie mal, Mr. Baxter – aus der Bücherei in Wallingford.«

George las die abgeschabten Goldlettern: *Albert Jacquemart, Geschichte der Keramikkunst: Eine beschreibende und philosophische Studie zur Töpferei aller Zeiten und Nationen.*

»Lieber Himmel, das ist aber ein dickes Buch, Kevin. Kein Wunder, dass du dich hinsetzen musstest, um es zu lesen. Das ist aber nicht auf Französisch, oder?«

»Nein, aber voller Wörter!«, verkündete Kevin. Er zählte auf: »Glasur, Lackierung, arabesk!« Und er strahlte.

George konnte nicht anders, als sich zu begeistern. »Das ist ja famos, Kevin. Gut für dich. Also … ich will jetzt aufmachen. Zeit, an die Arbeit zu gehen.«

Er war nervös, weil er nicht wusste, wie die Dinge bei Vera standen, aber als sie kam, schien sie bester Laune zu sein, und so standen sie in der Küche und unterhielten sich über das Geschäft von Samstag. Zu den Verkäufen zählte eine große Eichentruhe aus der Scheune und ein barocker Spiegel mit vergoldetem Rahmen. Und nein, teilte er ihr mit, Charlie Bird, der Hausierer, war nicht noch einmal zurückgekommen.

Vera machte ein niedergeschlagenes Gesicht. »Das tut mir wirklich sehr leid, Mr. Baxter. Wahrscheinlich bin ich schuld, dass uns da ein Deal durch die Lappen gegangen ist.«

»Ach, mach dir keine Sorgen.« Er mochte es, wie sie »uns« sagte. »Wenn er irgendetwas wollte, wird er schon wiederkommen. Es ist nicht wichtig.«

Eine Pause ergab sich, als sie sich auf den Henkel ihres Korbes stützte und ihm direkt in die Augen sah. »Also, hatten Sie einen schönen Tag gestern?«

Er hatte nur beiläufig erwähnt, dass er nachmittags Besuch bekommen würde, aber Vera schien irgendwie sehr genau zu wissen, wer sein Besuch gewesen war.

George geriet ins Schwimmen. »Oh …« Er zog sich zurück. »Ja, sehr schön, danke.« Er war nicht ganz sicher, warum er mit Vera nicht über Sylvia sprechen wollte. Er wusste nur, dass er es nicht wollte.

»Mr. Baxter?« Vera schaute in ihren Korb, als er sich wieder zu ihr umdrehte. Wieder entstand eine Pause. So gern er es auch vermeiden wollte, er musste sie nach Alan fragen.

»Alles in Ordnung, Vera?« Es klang weniger interessiert, als er vorgehabt hatte. Er klimperte nervös mit dem Kleingeld in seiner Hosentasche herum. »Ich meine … Ich will nicht, dass meine … Dass irgendwer hier unglücklich ist. Gute Stimmung und all so was, weißt du!« Er lachte, eher zu laut.

Vera lächelte ihn schief an. »Ich denke, es ist mir gelungen, ihn zu beruhigen. Wir haben ein bisschen miteinander geredet, als wir konnten, als die Jungs nicht da waren. Sind zu ein paar Vereinbarungen gekommen.«

George lächelte. »Oh, gut!«

»Ich habe überlegt«, fuhr sie fort. »Sie wissen doch, dass Sie in Ihrem Kühlschrank ein kleines Fach haben, in dem man Gefrorenes aufbewahren kann, oder? Für Eis und so etwas? Das ist immer leer bei Ihnen, und wenn ich viel Kuchen backe, dann könnte ich vielleicht ein bisschen was davon in meins und ein bisschen was in Ihrs legen, für den Fall, dass ich es mal brauche. Ein bisschen auf Vorrat.«

George stimmte sofort zu, es schien ihm eine bemerkenswert einfache Lösung, um den Frieden zu wahren. Vera holte ein rechteckiges Päckchen aus dem Korb und schob es in das Eisfach.

»So, das ist eine große Hilfe«, sagte sie und füllte den Wasserkessel.

Nun, da alles etwas entspannter war, wollte er sie zum Lachen bringen und erzählte ihr die Geschichte, wie er Kevin gefunden hatte. »Ich glaube wirklich, in dem Jungen könnte mehr stecken, als man auf den ersten Blick vermutet.«

»Hm, ich weiß nicht.« Vera eilte geschäftig hin und her. »Sie wissen, warum er sich ständig hinten herumtreibt, oder? Er wartet auf *sie*.«

George runzelte die Stirn. »Aber heute ist doch gar nicht ihr Tag.«

»Oh doch. Morgen muss sie zum Zahnarzt, deshalb

kommt sie heute.« Während sie sprach, glitt eine düstere braune Gestalt am Küchenfenster vorüber und stieß die Hintertür auf.

»Guten Morgen, Sharon!«, grüßte George sie.

Seine jugendliche Reinemachfrau verharrte auf der Schwelle, als wollte sie ihm bedeuten, dass seine Begrüßung das Törichteste sei, was sie je gehört hatte.

»Morgen«, sagte sie schließlich, zottelte zum Waschbecken, an Vera vorbei, die ihm hinter Sharons Rücken zuzwinkerte.

»Kevin hat nach dir gesucht«, sagte Vera verschmitzt und stellte ihr Radio auf die Fensterbank.

Langsam drehte Sharon sich um, ein Paar gelbe Gummihandschuhe in der Hand. »Kevin?«

»Ja«, sagte Vera. »Ich glaube, er mag dich ziemlich. Gefällt er dir auch?«

Sharon starrte sie an. »Nein.«

Sie hätte genauso gut ausspucken können.

Juli

Elf

1.

Der Wagen stand in eine Hecke gequetscht. Die zierliche Sichel des neuen Mondes hing über den Wiesen, und Weißdornzweige kratzten an der Windschutzscheibe. Die wenigen vorbeifahrenden Autos schienen sehr nah und brachten den Wagen ein wenig zum Schaukeln.

Sylvia hatte das vorgeschlagen, in diesem vor Verheißung schnurrenden Tonfall. Sie waren auf dem Heimweg von einem Essen in einem sehr hübschen Pub am Flussufer gewesen. »Wollen wir nicht ranfahren, George ... bloß damit wir nicht schon gleich zu Hause sind?« Sie waren nur noch ein paar Meilen vom Haus ihrer Mutter entfernt.

Wieder einmal lagen sie einander in den Armen – so wie man sich halt in den Armen liegen kann mit einem Lenkrad in den Rippen, Handbremse und Schaltknüppel zwischen sich. Sylvias durchdringendes Parfüm erfüllte das Auto. Ihre Lippen schmeckten nach Lippenstift und, schwächer, Remoulade. George legte seine Arme um ihre mollige Fülle. Langsam und vorsichtig bewegte er die Hand ihren Rücken hinauf und dann, verstohlen wie ein Einbrecher, unter ihrem Arm hindurch auf ihre üppige linke Brust zu, die sich beharrlich gegen seinen Brustkorb bemerkbar machte. Gerade als seine Handfläche endlich die köstliche Rundung berührte, packte Sylvia sein Handgelenk, schob seine Hand nach unten und wich ein Stückchen zurück.

»Na, na«, sagte sie, bevor sie die Hand an seinen Kopf legte und mit einem Finger spielerisch seine Ohrmuschel entlangfuhr, womit sie ein Gefühl erzeugte, das ihn wahnsinnig machte, in vielerlei Hinsicht: kitzelig, erregend und pervers verführend. Er drehte den Kopf aus ihrer Reichweite.

»Oh, magst du das nicht? Das tut mir leid.« In der beinahe vollständigen Dunkelheit kam sie mit dem Gesicht sehr dicht an seines, ihre Augen waren weit aufgerissen. In ihrem suchenden Blick lag jene unvermittelte Unterwürfigkeit, die sie immer wieder zu überkommen schien, die seine Zweifel besänftigte und seinen Beschützerinstinkt weckte.

»Du bist so gut zu mir, George. Und es war so ein netter Abend.«

Sie hatten gegessen, übers Wasser in den Sonnenuntergang geblickt, der die kleinen Kräuselungen darin zum Glänzen brachte, während die Luft klar und heiter war. Es war wunderhübsch gewesen. Und er fühlte sich sehr gut, dass er mit dieser attraktiven Frau ausging, die *toute femme* war – ein Ausdruck, den er irgendwo aufgeschnappt hatte –, und dass er sie verwöhnen konnte. Auch wenn er dabei wesentlich mehr Geld ausgab als gewöhnlich und in großem Stil aß, was er ebenfalls nicht gewöhnt war, so dachte er doch immer wieder: verdammt, warum nicht auch mal ein bisschen leben? Und seine Intentionen waren ja ehrenhaft. Er wollte alles richtig machen. Nur – wenn er so in ihren Armen lag, beherrschte ihn ein einziger Gedanke, nämlich: Was kann es schon schaden, die Dinge ein bisschen zu beschleunigen?

Doch genau so kam es immer, war es immer gekommen,

wenn er sie in den letzten Wochen ausgeführt hatte. Die Abende endeten so wie dieser, halbherzige Umarmungen im Auto oder irgendeinem dunklen Winkel. Aber wann immer er sich gestattete, sich ein bisschen gehen zu lassen, und seine Hand zu einer der verführerischeren Regionen ihres Körpers wandern ließ, machte sie eine Vollbremsung.

»Die Sache ist die, George …« Ihre Stimme klang leicht und mädchenhaft, wenn er sie im Dunkeln hörte. »Du bist so ein netter Mann. Du bist der netteste und freundlichste Mann, den ich je kennengelernt habe. Es ist nur, dass eine Frau in meiner Lage auf sich achtgeben muss.« Sie rutschte herum, so dass sie nach vorn zur Windschutzscheibe blickte. »So bin ich nun einmal erzogen worden, Schatz. Ich bin keins von diesen modernen Mädchen, von denen man Bilder in der Carnaby Street und solchen Straßen in London sieht. Ich bin ziemlich altmodisch.«

»Gut, ja.« Er lehnte sich ebenfalls zurück. In der linken Ecke der Windschutzscheibe konnte er gerade so den Mond sehen. »Ja, natürlich.« Er zwang sich zu sagen: »Das gehört zu den Dingen, die ich an dir bewundere.«

»Wirklich?« Sie lehnte sich zu ihm. »Oh, ich bin so froh, dich das sagen zu hören! Ich glaube einfach, dass es nicht richtig ist, sosehr man es auch will – und ich will, George, denk bloß nicht, dass ich nicht wollte, also … eine außereheliche … Beziehung. Wahrscheinlich findest du das albern von mir.«

»Natürlich nicht.« Und das tat er tatsächlich nicht. Sie hatte recht. Seine Lippen stimmten ihr zu, und sein Verstand. Während sein Körper und seine Sinne, scharf vor Sehnsucht, innerlich laut aufheulten.

»Ich wusste, dass du da denkst wie ich, so anständig, wie

du bist«, sagte sie erfreut. »Ich hatte nur Angst …« Sie legte die Hand hinter seinen Kopf und küsste ihn auf die Wange. »Oh, George, du bist ein Schatz, wirklich ein Schatz!«

Er griff zum Zündschlüssel. »Naja, ich weiß nicht … Ich geb mein Bestes, auch wenn …« Die nächsten Worte setzte er in der kleinen, hinterhältigen Hoffnung dazu, sie vielleicht doch noch umstimmen zu können. »Auch wenn ich dich begehre, Sylvia, das weißt du. Es ist schon lange her, dass … na ja, wo Win so lange krank war und das alles.«

»Ich weiß, Schatz. Das ist entzückend.« Ihre rechte Hand legte sich warm auf seine linke. »Das ist so nett, dass du das sagst. Und ich fühle mich bei dir so *sicher*.«

Nachdem er sie abgesetzt hatte, hielt er ein kleines Stück weiter an und suchte im Handschuhfach nach seinem Notfall-Flachmann. Er schüttete sich eine großzügige Menge in den Mund und schluckte sie in drei Schlucken herunter, die vertrauten, scharfen Ausdünstungen stiegen ihm brennend in die Nase.

Sicher? Das sollte ein Kompliment sein, nahm er an. Aber war das alles, was er je sein würde – *sicher?* Er stieß einen langen, tiefen Seufzer aus.

»Oh Gott«, flüsterte er. Einen Augenblick lang war ihm nach Weinen zumute. Er nahm noch einen Schluck aus der Flasche, drehte dann den Deckel wieder zu und setzte den kleinen silbernen Becher darauf. Langsam fuhr er nach Hause.

2.

Vera hielt George, der an seinem Schreibtisch saß, den Telefonhörer hin, verdrehte die Augen und sagte lautlos: »Lady Byngh!« Sie reichte ihm den Hörer und zog sich hastig aus dem Büro zurück.

»Hallo?«

»Baxter?« Sie klang besser. Körperlich zumindest. »Haben Sie meine Sachen gefunden?«

»Nein, ich …«

»Dachte ich mir. Ich rufe nur an, um Ihnen zu sagen, dass die Polizei deutlich mehr Initiative gezeigt hat als Sie, mein Mann!«

»Ja nun, das ist ja auch ihr …«

»Die haben schon sehr viel erreicht. Ich will, dass Sie hingehen und …«

Der Rest von dem, was wahrscheinlich ein Befehl hatte werden sollen, wurde von lautem Krachen übertönt, es klang, als schepperte etwas Großes und Metallisches zu Boden, gefolgt von, weitaus besorgniserregender, einem dumpfen Aufschlag, gefolgt von einem Klagelaut.

»Oh gütiger Himmel, Percy!« Es klang mehr nach Ungeduld als nach Mitgefühl. »Was *machst* du denn da? Baxter, ich …« Ihre Stimme erklang wieder in voller Lautstärke. »Percy ist hingefallen, ich muss auflegen. Aber die haben meinen Sekretär gefunden, daher …« Sie musste mitten im Satz aufgelegt haben. Vielleicht hatte sie vergessen, dass er sie nicht hören konnte, ihm blieb nur das Knistern in der Leitung.

»Das ist jetzt ein bisschen ungünstig«, sagte er zu Vera in der Küche. »Dieser verdammte Sekretär von ihr ist wieder aufgetaucht.«

»Welcher, der gefälschte, der Hochstapler?«, fragte sie mit einer wissenden Selbstverständlichkeit, die ihn beeindruckte.

»Ja, genau der.« Stirnrunzelnd ging er ans Fenster. Draußen sah er Sharons drohende Gestalt, die Geschirrtücher auf die Leine hängte. »Ich wünschte, wir hätten es ihr gesagt. Wir wollten sie nicht enttäuschen, aber … gütiger Gott, was ist denn da los?«

Irgendetwas war durch das Fenster der Scheune nach draußen geflogen, einmal auf dem Gras aufgeschlagen und hatte dann Sharon hinten am rechten Oberschenkel getroffen. Sie hielt inne und drehte sich, wie immer, wenn Sharon etwas tat, langsam um. Es war, als beobachte man einen Panzer, der seine Sehschlitze ausrichtete. Sharons finsterer Blick lenkte ihre Aufmerksamkeit auf die Scheune.

»Jemand hat gerade einen Ball nach ihr geworfen«, wunderte sich George. »Einen alten Tennisball!«

»Oh.« Vera war bereits auf dem Weg aus der Küche. In ihrer Stimme schwang ein Lachen mit. »Das wird Kevin gewesen sein. Er kann sie einfach nicht in Ruhe lassen.« Ihre Schritte verklangen im Flur, doch bevor er die Geistesgegenwart fand, sich ebenfalls in Bewegung zu setzen, kamen sie wieder zurück.

»Übrigens«, sagte sie und streckte den Kopf durch die Tür, »ich habe da etwas … etwas im Badezimmer gefunden. Hing am Haken. Ich war mir nicht sicher, ob es vielleicht jemand versehentlich vergessen hat?« Ihre Frage klang arglos. Er hatte nicht die geringste Ahnung, wovon sie sprach.

»So ein Seidenteilchen – eine Art Morgenmantel.«

Jetzt, wo sie es sagte, erinnerte er sich an etwas, das an der Tür gehangen hatte, ein cremefarbenes Ding mit großen rosafarbenen Blumen oder so etwas Ähnlichem darauf.

Und natürlich ahnte er, wer das irgendwie dort hinterlassen hatte. Er merkte, wie er rot anlief. Was für ein Spiel spielte Sylvia hier? War das ein Versprechen, ein Hinweis auf einen Sinneswandel? Wollte sie, dass er sie ins Bett lockte? Ihm wurde bewusst, dass es für Vera aussehen musste, als hätte er das längst getan.

»Ich ... ich weiß nicht«, stammelte er und merkte, wie wenig überzeugend er klang. »Ich habe nichts gesehen.«

Vera sah ihn einen Moment lang ernst an. »Tut mir leid, Mr. Baxter«, sagte sie. »Ich hätte es vielleicht nicht ansprechen sollen. Ich dachte nur, ich frage lieber, das ist alles.«

»Schon in Ordnung«, sagte er leichthin und drehte sich um. Er klopfte seine Jackentaschen ab, um den Eindruck zu vermitteln, dass er an irgendwelche männlichen, geschäftlichen Angelegenheiten dachte. »Ich muss rüber und mit Clarence ...«

Vera verschwand wieder. Er stand in der Küche. Was wollte Sylvia erreichen?

3.

»Kevin ...« George betrat am nächsten Morgen die Werkstatt. »Ich hab ein paar Sachen drüben in Reading zu erledigen. Ich möchte, dass du mitkommst.«

Die Männer hielten in ihrer Arbeit inne und erstarrten in der Bewegung: Clarence hielt einen öligen Lappen in der Hand, Kevin ein Blatt Schleifpapier und Alan, der George zu seinem Unbehagen mit undurchdringlicher Miene fixierte, einen Beitel. Er fragte sich, was genau zwischen Vera und Alan passiert war. Hasste Alan ihn jetzt? Ein kurzer Anfall von männlicher Solidarität überkam ihn, alte Kameraden und so, ein »das kleine Frauchen auf Linie halten«-Reflex, der aber sofort mit der Erinnerung an Veras hart erarbeitete Kompetenz kollidierte. Warum sollte, wenn man es recht bedachte, Alan eigentlich bestimmen dürfen, was sie bei der Arbeit zu tun und zu lassen hatte? Was ging ihn das an? Sollte er – um Himmels willen bloß nicht, was für ein schauriger Gedanke – vielleicht mal ein Wörtchen mit Alan reden?

Kevins Miene hellte sich sofort auf. »Fahren wir zu einer Auktion, Mr. Baxter?«

»Nein, heute nicht. Vielleicht bald einmal.« Bei Kevin hatte er immer das Gefühl, ein Kind zu vertrösten. »Wir haben nur ein paar Sachen zu erledigen. Wir nehmen den Lieferwagen.«

»Aber es ist nicht Montag.« Kevins Stirn legte sich in Falten.

»Nein, es ist nicht Montag«, stimmte George zu. »Doch ich soll diesen Sekretär von Lady Byngh zurückholen.«

Clarence murmelte etwas Beleidigendes, in dem das Wort »Missgeburt« vorkam. Mit einem abfälligen Schnalzen wandte er sich ab. »Ich wusste, dass das Ding noch zurückkommt, um uns heimzusuchen.«

»Ich nehme meine Sandwiches mit«, rief Kevin begeistert. George ertappte sich dabei, dass er für den Jungen dankbar war.

Es war eine angenehme Fahrt durch den warmen, dunstigen Morgen. Der Duft der Weizen- und Gerstenfelder kam durch die Fenster und vermischte sich mit dem penetranteren Geruch von Branston Pickle, der von Kevins Sandwiches ausging. Sie fuhren durch die offene Landschaft bis in die bewaldeten Hänge der Chilterns.

»Herrlich, nicht wahr, Mr. Baxter?«, fragte Kevin mit etwas, das schon an poetische Leidenschaft grenzte, während sie einen weiteren Hügel hinabsausten.

George stimmte zu und betrachtete Kevin kurz von der Seite her. Er hatte ihn unter anderem mitgenommen, um ihn von seinen Avancen gegenüber der schwermütigen Sharon abzulenken. Aber er wurde nicht recht schlau aus Kevin, diesem stämmigen, eher bäurischen Jungen neben ihm, mit seinen braunen tiefgründigen Augen und plötzlichen Begeisterungsausbrüchen. Er kam ihm wie eine flackernde Glühbirne vor, manchmal blendend hell, während man sich zu anderen Gelegenheiten fragte, ob er überhaupt an den Strom angeschlossen war. George überlegte, ob er irgendetwas über Sharon zu ihm sagen, vielleicht einen weiteren jener väterlichen Momente suchen sollte. Doch dann kam ihm Sylvia in den Sinn. Er würde es nicht begrüßen, zu dem Thema ins Kreuzverhör genommen zu werden, also warum sollte er den Jungen so etwas aussetzen? Stattdessen sagte er: »Liest du immer noch dieses Buch über Keramik, das du ausgeliehen hattest?«

»Oh ja«, antwortete Kevin, während er die Überreste seiner Sandwich-Vorräte in eine fettige Papiertüte zurückschob. »Es ist gut, das Buch. Die Bücherei sagt, ich könnte es verlängern. Es will sonst niemand ausleihen. Seltsam.«

George lachte leise auf. »Nun, das ist schon ein ganz spezielles Thema, nicht wahr?«

»Ich liebe Porzellan«, sagte Kevin. »Wie es sich anfühlt. Die Farben.«

»Wo wir gerade dabei sind«, sagte George, »dort, wo wir zuerst hinfahren, könnte auch Porzellan zu verkaufen sein, zusätzlich zu den Regalen, die ich mir ansehen soll. Eine Mrs. Mackrell in Caversham.«

»Mrs. Mackrell?«, wiederholte Kevin grinsend. »Hat wohl bisschen was Fischiges an sich, was?« Und dann brach er in lautes Lachen aus, lachte und lachte, bis er sich die Tränen aus den Augen wischen musste.

Die Straße, in der sie parkten, war von reich verzierten, grauen viktorianischen Häusern gesäumt. Kevin schaffte es, seine Erheiterung rechtzeitig zu bezwingen, so dass er Mrs. Mackrell mit angemessen gefasster Miene entgegentreten konnte. Das war auch gut so, denn die alte Dame schien es ziemlich zu bekümmern, sich von ihren eleganten Bücherregalen trennen zu müssen. Sie luden die Regale in den Morris und zusätzlich nahmen sie noch vier Staffordshire-Figuren mit, die Kevin allerdings nur wenig beeindruckten.

»Nicht so gut wie aus Porzellan«, urteilte er. George begann bereits, sich etwas müde und abgespannt zu fühlen. Es wäre wesentlich friedlicher gewesen, wenn er allein gefahren wäre. Aber er wollte dem Jungen gern etwas beibringen. Irgendwo in diesem flackernden Gehirn waren Kapazitäten.

Sie hielten erneut an und aßen ihre Sandwiches an dem Fußweg unter der Caversham Bridge, beobachteten vorübergleitende Schwäne und Ausflugsboote, bevor sie sich auf den Weg nach Reading hinein machten. Der Händler, in dessen Geschäft »mein Sekretär« gelandet zu sein schien, gehörte einem fröhlichen Glatzkopf namens Ron King. Ron trug helle Anzüge, die stets mindestens eine Nummer zu groß zu sein schienen und immer etwas schief saßen. George mochte Ron ganz gerne, und sie gingen häufig noch zusammen auf ein Pint in den Turk's Head. Der Laden allerdings, auch wenn er bei weitem nicht so schrecklich war wie Lewis Barkers, erstreckte sich über drei Stockwerke eines hohen viktorianischen Reihenhauses und fühlte sich vollgestopft und staubig an.

»Ich hatte die Polizei hier, George«, begrüßte Ron sie empört. »Uniformierte direkt vor der Haustür. So was gefällt mir ganz und gar nicht – gibt einen schlechten Ruf. Er steht hinten.« Er führte sie durch ein Durchgangszimmer. »Ich habe ihn in gutem Glauben gekauft, bei der Auktion in Watlington …«

Der Vitrinensekretär stand an der hinteren Wand. Sogar aus der Entfernung hatte George das Gefühl, dass irgendetwas damit nicht stimmte. War es die Form des Kranzes oder die Textur des Holzes?

»Kevin, komm mal und guck mit.« Es brauchte nicht mehr als eine Minute. Ein Blick auf die Füße, das Pedestal und in die unteren Schubladen verriet es ihm sofort. Er beugte sich näher heran, um die Stelle zu inspizieren, an der Ober- und Unterteil aufeinandertrafen. Kevin sah ihn ernst und aufmerksam an. George würde ihm gleich alles erklären, ihm alle Details zeigen. Aber erst einmal richtete er sich auf, ein plötzliches Hochgefühl erfüllte ihn.

»Alles in Ordnung, Ron, der ist sauber. Ein sehr ähnliches Stück, aber nicht der, den wir suchen.«

»Und ich«, sagte er zu Kevin, als sie wieder im Wagen saßen, »werde das Lady Byngh erklären müssen.«

»Schon ein richtiger alter Drachen, die«, sagte Kevin. »Jagt mir immer eine Mordsangst ein.«

George lachte. »Ja, ich verstehe, was du meinst. Ich nehme an, sie hatte ein schwieriges Leben. Darunter ist sie wahrscheinlich gar nicht so übel.«

»Oh, aber ich glaube nicht, dass irgendwer Lust hat, unter das alte Mädchen zu kommen, um das rauszufinden«, sagte

Kevin und brach in wieherndes Gelächter aus. Glücklicherweise brach der Stromkreislauf dann zusammen, das Licht ging aus, und es ward Stille.

4.

Nachdem alle Feierabend gemacht hatten, trat George in den milden Abend hinaus, um die Scheune abzuschließen. Monty plumpste hinter ihm die Treppe hinunter und zottelte zum Blumenbeet.

George blieb in einem Flecken Sonnenlicht stehen und sog tief die Luft ein. Montys Schnauze stupste gegen seinen Knöchel.

»Ist ja gut, alter Junge.« Er beugte sich nach unten, um das braun-weiße Tönnchen zu streicheln. Einer der Vorteile des Alleinseins bestand darin, dass er ganz offen Blödsinn mit dem Hund reden konnte. »Sie gibt dir zu viele Süßigkeiten, stimmt's?« Sylvia hatte sich angewöhnt, beinahe jedes Mal eine Schachtel Lakritzkonfekt mitzubringen, ganz egal, wie sehr George versuchte, sie davon abzubringen. »Du brauchst mal ein bisschen Bewegung. Ich schließe nur schnell zu, und dann gehen wir eine kleine Runde, ja?«

Als er zurückkam, den großen Schlüssel des Scheunentores in der Hand, hörte er von der Straße her Motorenlärm, der sich anhörte wie das Summen eines Insekts. Normalerweise hätte er dem überhaupt keine Beachtung geschenkt, wenn das Geräusch nicht unangenehm näher gekommen und dann abrupt verstummt wäre, und zwar, wie es sich anhörte, direkt vor seiner Zufahrt. In der folgenden Stille hörte er Stimmen. Frauenstimmen.

Er schaute sich suchend nach Monty um. Bell nicht,

flehte er ihn lautlos an. Monty schien in einen Zustand tiefer Meditation versunken zu sein, die Nase in einem Beet Löwenmäulchen am anderen Ende des Hauses vergraben. Glücklicherweise konnte sein Gehirn nicht allzu viele Reize gleichzeitig verarbeiten.

George ging auf Zehenspitzen zur Hecke, die das Grundstück von der Straße abtrennte, und schlich daran entlang. Die Stimmen wurden deutlicher. Um besser hören zu können, streckte er den Kopf halb in die Hecke. Sein Herz klopfte heftig. Gütiger Himmel, das war Sylvia! Diese honigsüßen Töne waren kaum zu verwechseln. Aber wie zum Henker war sie hierhergekommen? Eine andere der Stimmen, tief und voll, erkannte er ebenfalls auf Anhieb: Eunice MacLean. Er konzentrierte sich darauf herauszufinden, wer noch dabei war. Als die dritte Stimme sich erhob, wusste er auch, wem sie gehörte. Ein mulmiges Gefühl fuhr ihm in die Magengrube: Es war Rosemary Abbott.

Er erstarrte, einmal mehr paralysiert von dem Gedanken, dass Frauen sich gegen ihn verschworen und ihm keine Wahl ließen ... Doch schon bald wurde ihm klar, wie absurd es war, sich hier auf seinem eigenen Grund und Boden hinter der Hecke vor der Frau zu verstecken, der er eigentlich den Hof machte – das tat er doch, oder etwa nicht? Und was, wenn sie jetzt hereinkamen und ihn hier fanden, mit dem Kopf zwischen den Blättern?

In einem Versuch der Schwerelosigkeit, wie jemand, der frisch gegossenen Beton überquert, schlich er auf Zehenspitzen zurück zur Haustür, bevor er laut nach Monty rief, als wäre er gerade erst aus der Tür getreten.

»Na komm schon, alter Junge. Sieht aus, als hätten wir Besuch!«

George klipste die Leine an und stolzierte mit überraschter, gleichwohl herzlich offener Miene die Zufahrt hinunter und spürte, wie drei Paar Augen sich auf ihn richteten.

Eunice MacLean, in einem langärmligen braunen Kleid, stand steif, aber elegant aussehend neben Rosemary Abbott, diese in einem eng gegürteten Sommerkleid mit einem schreiend pinkfarbenen Blumenmuster. Sylvia trug eine marineblaue Stoffhose und die smaragdgrüne Bluse, die Wunder wirkte, wenn es darum ging, ihre Figur zu betonen. Ihre Hände lagen fest um die Griffe eines Motorrollers, der in Himbeerpuddingrosa lackiert war.

»Hallo George, Schatz!«, begrüßte sie ihn in einem Ton, der keinerlei Deutungsspielraum über den Grad der Vertrautheit zwischen ihnen ließ.

»Ah, Sylvia, hallo.« Er deutete eine leichte Verbeugung an, eine Bewegung, die er dann mangels anderer Ideen auch den anderen Frauen gegenüber wiederholte. »Guten Tag, Miss MacLean, Miss Abbott.«

Eunice Maclean erwiderte den Gruß mit einem Nicken, ohne dass ihr hageres Gesicht irgendetwas verriet. Rosemary Abbott, verschwitzt und mit vor Hitze gerötetem Gesicht, schien vor Neugier beinahe in Flammen aufzugehen.

»Ich war gerade dabei, mich vorzustellen, George«, schwärmte Sylvia. »Es ist höchste Zeit, dass ich deine Nachbarn kennenlerne.«

»Nun, wohl kaum Nachbarn«, versuchte Rosemary Abbott zu widersprechen, aber Sylvia war nicht mehr aufzuhalten.

»Sieh mal …« Sie nickte zu der himbeerpuddingfarbenen Vespa. »Gefällt er dir?«

»Das ist, ähm … Er ist sehr hübsch«, sagte George, während er seine Hand in der Hosentasche ballte. »Wem gehört er?«

»Oh, das ist meiner, Schatz! Ich wollte dich damit überraschen. Ich habe ihn gestern gekauft. Ich dachte, wie nett es wäre, wenn ich einfach mal vorbeikommen könnte, um dich zu besuchen.« Während sie sprach, erschien vor Georges innerem Auge ein Bild von sich, wie er tiefer und tiefer in Treibsand versank.

»Wie dem auch sei ...« Sylvia begann, das Ding die Zufahrt hinaufzuschieben, »... war nett, Sie kennenzulernen, Eunice, Rosemary ...«

»Auf Wiedersehen«, sagte Eunice MacLean mit ihrer üblichen Höflichkeit. Rosemary Abbott machte den Mund auf, aber es kam nichts Wahrnehmbares heraus. George machte eine unbestimmte Handbewegung in ihre Richtung, ohne irgendjemandem direkt in die Augen zu schauen. Er folgte Sylvia zum Haus, mit dem sicheren Eindruck, dass sich der Sand bereits eng um seine Oberschenkel schloss.

Als sie den Roller abgestellt hatten und sicher im Haus waren, warf ihm Sylvia die Arme um den Hals. Wie immer, wenn sich die überschwängliche, parfümierte Wucht dieser Frau an ihn presste, verließen ihn seine Bedenken, sein gesunder Menschenverstand und seine allgemeine Orientierungsfähigkeit. Ihre Augen strahlten zu ihm empor.

»Es ist so schön, hier mit dir zu sein, George, mein Schatz! Je mehr Zeit ich mit dir verbringe, desto weniger kann ich es ertragen, irgendwo anders zu sein.« Sie stellte sich auf die Zehenspitzen und drückte ihre Lippen auf seine, bevor sie sich, jetzt mit feierlich-ernster Miene, wieder zurückzog. »Empfindest du das genauso?«

»Oh ...« Er lächelte leicht irre. Gott allein wusste, was er empfand. »Ja ... ja, mein Liebes!« Wenn überhaupt, dann war dies eine Frage, die eindeutig nach einer zustimmenden Antwort verlangte.

»Sieh mal …« Sie wühlte in ihrer Tasche. »Lakritzkonfekt für Monty.« Sie hielt die kleine Schachtel siegessicher in die Höhe, und Monty fing an zu winseln und voller Vorfreude mit dem Schwanz zu wedeln. »Ich möchte, dass er mein Freund wird.«

Und so geschah es, dass Sylvia Newsome in Georges Leben Einzug hielt. Nun, da sie ihren Motorroller hatte, verging kaum ein Tag, ohne dass sie vorbeikam, sobald die Werkstatt geschlossen hatte. Und nicht nur sie, jeden Tag bezogen mehr Dinge ihren Platz in seinem Haus. Er hatte nichts zu ihr über das seidene Kleidungsstück gesagt, das an seiner Badezimmertür hing, und so sagte er auch jetzt nichts.

»Die habe ich ja noch nie gesehen«, sagte Vera, als ein paar Gummistiefel in Größe fünf neben seinen an der Hintertür erschienen. Oder: »Ich sehe, Sie haben einen neuen Talkum«, als eine Flasche Sandelholz-Talkumpuder auf der Frisierkommode auftauchte.

Vera machte die Bemerkung unten in der Küche. Sie drehte sich vom Wasserkessel weg, der mit kehligen Lauten versuchte, durch einen Reif aus Kalkablagerungen Wasser zum Kochen zu bringen. Mit betonter Langsamkeit stellte sie die Becher auf den Tisch, für sich und die Männer, dann sagte sie mit einem durchtriebenen Blick zu George: »So, wann lerne ich denn diese Freundin von Ihnen mal kennen?«

Zwölf

1.

George saß im Pub in South Stoke, sein zweites Pint Bitter vor sich. Sylvia neben ihm hatte gerade ihren zweiten Birnensekt angefangen. Während George gehofft hatte, noch mehr Bier würde ihm helfen, endlich in segensreiche Benommenheit zu sinken, begann er, es im Pub beinahe erstickend eng zu finden. Auf dem Boot war ja noch alles in Ordnung gewesen, sein Schaukeln hatte für ein wenig Luftbewegung in dem träge dahinfließenden Nachmittag gesorgt. Aber der Pub war ihm zu voll, die Luft eine dickflüssige Suppe aus Rauch, Schweiß und Bier.

Es war ein schöner Sommermorgen gewesen, als sie unter dem Läuten der Kirchenglocken aufgebrochen waren, und bis Mittag hatten sie und die *Barchetta* schon ein ganzes Stück geschafft, ein weiteres von Sylvias gigantischen Picknicks an Bord. Es gab Hähnchenschenkel, Rindfleisch mit Meerrettich, Brötchen mit Butter, Tomaten und Chips, Äpfel, Bier und Schokoladenkuchen.

»Du verstehst es wirklich, mich abzufüttern«, sagte George. Wenn es etwas gab, das er nicht leiden konnte, dann waren es Menschen, die am Essen sparten.

»Oh, ich liebe ein schönes Picknick«, sagte Sylvia. »Und außerdem gefällt es mir, dich abzufüttern. Es macht Spaß, weil du es zu schätzen weißt.«

Gemütlich tuckerten sie zwischen Schilf und Weiden den Fluss entlang, der Bug pflügte durch kleine schaumgekrönte Wellen. Sie blickten auf das feuchte Grün der Weiden und auf Schwarzbunte, die mit leerem Blick vor sich hin kauten. Sie schätzten anhand der Rückseiten der Seegrundstücke deren Wert. Als sie Goring Lock erreichten, wendete George das Boot, statt in die Schleuse zu fahren. Bei South Stoke vertäute er es am Ufer, und sie aßen. Inzwischen war es brütend heiß geworden. Sylvia, einen weiten weißen Strohhut auf dem Kopf, machte es sich luxuriös bequem und streckte die Beine quer durch das ganze Boot aus, während sie sich mit dem Deckel einer Tupperdose Luft zufächelte.

»Verdammt heiß«, sagte George, der sogar in seinem kurzärmligen Hemd und – ein revolutionärer Schritt – ohne Weste kochte. »Macht einem beinahe Lust, einfach reinzuspringen.«

Sylvia kicherte. »Sollen wir nackt baden? Vielleicht lieber nicht, nach dem ganzen Essen.«

Allein der Gedanke war schon ein bisschen zu viel für George. Bald darauf entschieden sie sich, etwas trinken zu gehen. Irgendwo im Schatten, das war die Idee gewesen, aber im Pub war es noch wärmer als draußen.

In sein alkoholgeschwängertes Brüten hinein lehnte sich Sylvia zu ihm herüber und flüsterte ihm ins Ohr: »Lass uns rausgehen und uns unter einen Baum setzen, ja?«

Auf dem Weg zum Fluss zurück fanden sie ein kleines Wäldchen, das wohltuenden, dunklen Schatten bot. George fühlte sich nach dem schnell getrunkenen Bier definitiv nicht mehr sicher auf den Beinen und sah sich in den Schutz der Bäume geschoben und etwas ruppig auf einen kleinen Asthaufen geschubst, der aber zumindest trocken war und keine Dornen aufwies.

»So, mein Liebling«, verkündete Sylvia. »Du kannst dich hier einfach hinlegen und den Kopf auf meinen Pullover legen – so ist es gut –, siehst du, es ist genug Platz für uns beide!«

Sie setzte sich links neben ihn, wesentlich dichter, als es bei dieser Hitze vernünftig war, dachte George benommen. Er lag auf dem Rücken und blickte in den Himmel, in einem träumerischen, schwebenden Zustand, der ihm das Gefühl vermittelte, nicht ganz in der Wirklichkeit zu weilen. Sylvia hatte sich auf die Seite gedreht, so dass sie ihn ansehen konnte, und einen Augenblick später kroch eine warme und nicht sonderlich unwirkliche Hand über seine Brust. Ein Finger drängte sich zwischen die Knöpfe seines Hemdes und begann seine Haut zu streicheln und zu kitzeln.

Hinterher erinnerte er sich. Normalerweise hätte ihn eine solche Berührung in sofortige Erregung versetzt, aus der er sich nur mit einer heroischen Kraftanstrengung hätte herausreißen können. Heute jedoch war alles ein wenig langsamer. Die Hitze und die dämpfende Wirkung des Biers ließen Geist und Körper nur mit halber Geschwindigkeit arbeiten, wie jemand, der versucht, über eine dicke, weiche Schaumstoffmatratze zu laufen.

So erinnerte er sich an eine schleppende Unterhaltung, während ein kleiner warmer Finger weiterhin geschäftig zwischen seinen Hemdknöpfen arbeitete, über »die Situation«. »Die Situation« – anscheinend ebenso ungeheuerlich wie unsinnig – war, dass Sylvia immer noch bei ihrer Mutter wohnen musste, während sie und er doch so *restlos* verliebt ineinander waren und darum kämpften, jede freie Minute miteinander zu verbringen, was das alles noch viel dümmer und zu so einer *Verschwendung* machte, »findest du nicht, Georgie?«

Er erinnerte sich auch, wie Sylvia ihr linkes Bein hochnahm und über sein linkes Bein legte, so dass sie halb ineinander verschlungen lagen. Ein hoffnungsvolles Szenario begann vor seinem geistigen Auge aufzublühen, in dem sie in diesem kleinen dichten Hain lagen, einem der nützlicheren Bestandteile englischer Landschaften, während Sylvia, getragen von der perlenden Fröhlichkeit des Birnensekts, vielleicht doch zu überzeugen war …

Es trat nicht ein. Stattdessen fand ein weiteres Gespräch statt darüber, wie sehr sie sich danach sehnte, dass er sie heimführte. Genau bei diesem Teil des Gesprächs wurde er sich des fleischigen Drucks ihres mächtigen Busens gegen seine Rippen bewusst. Die Hand wanderte über seinen Körper und verweilte über dem durchgeschwitzten Saum seiner Hose – wäre es nicht einfach vernünftiger für sie, wenn sie heirateten, damit sie endlich *alles* miteinander teilen konnten und zwar bald?

In diesem Zustand unter dem heißen Druck seines Fleisches konnte er nur zustimmen, dass ihm *alles* teilen als eine sehr gute Idee erschien; dass er sich in der Tat kaum noch zurückhalten konnte, wenn sie nicht bald *alles* teilten. Woran er sich schwerer erinnern konnte, war, wie sie im weiteren Verlauf von der Einigkeit über eine ungefähre gute Idee zu einem plötzlich sehr präzisen Gespräch über Datum und Zeit gekommen waren, woraufhin Sylvia sich aufsetzte, plötzlich sehr viel frischer und nüchterner aussah, als er sich in dem Augenblick fühlte, und verkündete: »Ende August.«

»August?« Einen Augenblick lang begriff er nicht, was das Wort bedeuten sollte. »Oh, du meinst nächstes Jahr?«

Das war eine große Erleichterung, er hatte Juni nächstes Jahr vorschlagen wollen.

»Nein, nein – diesen August, George. Das können wir schaffen, richtig, meine ich. Aufgebot bestellen und alles. Das sind noch mindestens sechs Wochen.«

Irgendwie hatte er, als sie zum Boot zurückgingen und flussabwärts tuckerten, einem Datum zugestimmt – Sylvia verfügte über eine bemerkenswerte Fähigkeit, den gesamten Jahreskalender aus dem Kopf durchzugehen –, und sie würden am Samstag, den 29. August, heiraten.

2.

»Ich möchte mit dir zusammen gesehen werden, George«, bettelte sie, als sie nach Hause fuhren. Sie erklärte ihm, dass sie den nächsten Tag freigenommen hätte, weil sie ihn begleiten wollte. »Ich möchte sehen, was du machst und all die schönen Sachen.« Ihre Hand wanderte über seinen Oberschenkel. »Oh bitte, lass mich mitkommen! Außerdem bin ich noch nie in deinem Lieferwagen mitgefahren.«

»Natürlich kannst du mitkommen«, sagte er. Was hätte er sonst sagen sollen?

»Und auf dem Weg …« Sie lachte kurz auf. »Ich meine, es ging mir gerade so durch den Kopf, aber vielleicht könnten wir gleich einen Ring zusammen kaufen?«

Am nächsten Tag war es noch heißer und stickiger. Um neun berichtete Vera, dass Lady Byngh angerufen hätte, außer sich vor Zorn, weil der Sekretär, den er angesehen hatte, sich nicht als ihrer herausgestellt hatte.

»Sie war dermaßen unhöflich«, erklärte Vera mit gerötetem Gesicht. »Wenn sie einer von meinen gewesen wäre, hätte ich sie übers Knie gelegt.«

George war froh davonzukommen. Er konnte immer noch nicht fassen, was er gestern versprochen hatte. Was um Himmels willen hatte er sich dabei gedacht? Er schien keinen klaren Gedanken fassen zu können, das war das Problem. Sylvia hatte ihn dermaßen mit Verlangen und Lust erfüllt, dass er, gelinde gesagt, kaum noch wusste, wo oben und unten war. Manchmal dachte er, wenn er sie einfach bewusstlos schlagen und sie auf schreckliche Weise schänden könnte – nur, um es endlich hinter sich zu bringen –, dann könnte er vielleicht wieder in einen Zustand kommen, in dem seine Gedanken vernünftig arbeiteten.

Er nahm den Wagen, holte Sylvia ab, und sie fuhren mit offenen Fenstern, durch die heiße Luft hereinströmte. Sie, in einem neuen Kleid, rot mit weißen Punkten, sprudelte vor Begeisterung.

»Das ist alles so nett von dir, George – und so lieb, dass du mir einen Ring kaufst.«

Das hatte er so zwar nie gesagt, aber inzwischen schien es zu einer allgemein anerkannten Tatsache geworden zu sein.

»Ich weiß, ich bin schon zwei Mal verheiratet gewesen, aber trotzdem ist das so wichtig. Ein Ring macht alles so besonders, nicht wahr?«

Soweit er sagen konnte, verlief der Tag erfolgreich. Er nahm sie zu den etwas pittoreskeren Geschäften mit – nicht nach Twyford, sondern nach Goring und Henley, Cookham und Marlow. In Marlow fand er sich bei einem Juwelier wieder, wo er ihr einen Verlobungsring kaufte.

»Oh, George!« Sie klang, als würde sie vor Aufregung fast in Ohnmacht fallen, während sie den Ring, winzige

Diamanten um einen Saphir herum, auf ihren Ringfinger schob. Dann streckte sie ihm mit hingerissener Miene die Hand hin, damit er ihn bewundern konnte. »Oh, du Schatz – noch nie habe ich etwas so Wunderschönes besessen!«

Sie trat zu ihm und gab ihm einen Kuss auf die Wange. George lächelte, zufrieden, aber nicht überrascht. Der arme Lionel oder Schatzi David mussten doch sicher irgendwann mit etwas Ähnlichem aufgewartet haben?

»Soll ich ihn zur Sicherheit einpacken?« George konnte den Juwelier nur dafür bewundern, mit wie viel Stil er eine kleine, mit Seide ausgelegte Schachtel öffnete.

»Oh nein, den behalte ich gleich an«, sagte Sylvia. »Immerhin … bedeutet er ja, dass wir jetzt wirklich verlobt sind, nicht wahr, George?«

Muss wohl, dachte George, während er einen Scheck mit einer ihm gewaltig erscheinenden Summe unterschrieb.

Als sie auf die High Street hinaustraten, überfiel sie jemand mit einer ohrenbetäubend lauten Stimme.

»OOOH! DAS IST JA MR. BAXTER!«

Sylvia griff erschrocken nach seinem Arm. Sie drehten sich um und erblickten Maud Roberts, eine kleine Gestalt in einem graublauen Anzug mit dem kurz geschnittenen Haar und den großen, hellen Augen, die hurtig herbeieilte. Sie klatschte die Hände zusammen und hielt sie unters Kinn.

»Oh, Sie sind es tatsächlich! Oh, wie schön, Sie zu sehen, Mr. Baxter. Aber Sie sind mir ja ein ganz Schlimmer, Sie sind überhaupt nicht vorbeigekommen, um mich zu besuchen, wie Sie versprochen haben.«

Während George eine Entschuldigung murmelte, trat Maud sehr nah an ihn heran und packte seinen freien Arm, während ihr Blick jetzt Sylvia ins Visier nahm, die sie leicht verblüfft anlächelte.

»Wer ist das denn?«, wollte Maud wissen.

»Das ist Sylvia«, begann George. Er fühlte sich schon erschöpft. Maud trat sogar noch näher, und Sylvia, die nicht außen vor bleiben wollte, wich noch weiter gegen ihn zurück.

»HÄ? Sie müssen schon ein bisschen lauter sprechen, Jungchen, wissen Sie, ich bin ein bisschen …«

»SYLVIA«, bellte George.

Maud musterte Sylvia schamlos von oben bis unten.

»Und wer ist sie? Ich habe sie noch nie gesehen.«

»Sie ist …«, setzte George an. Es war nichts zu machen. In dem Bewusstsein, dass die anderen Passanten bereits von dem schmalen Bürgersteig treten mussten, um den drei Menschen auszuweichen, die ungewöhnlich dicht voreinander standen und sich gegenseitig ins Gesicht brüllten, beschloss er, es hinter sich zu bringen.

»MEINE VERLOBTE! WIR WERDEN HEIRATEN!« Was er da Maud und der Welt so lauthals verkündete, fühlte sich zutiefst unwahrscheinlich an.

»Ooh!« Maud legte die freie Hand aufs Herz, ihre blauen Augen leuchteten vor Aufregung. Aber ihre Miene verdüsterte sich.

»HEIRATEN? ABER WER IST SIE? ICH HABE SIE NOCH NIE GESEHEN!«

Und so ging es immer weiter. Als er Maud und allen Bewohnern Marlows in Hörweite schließlich versprach, sie sehr bald zu besuchen, um alles zu erklären (auch wenn er sich, noch während er es aussprach, selbst fragte, wie er das wohl erklären sollte), konnten sie sich endlich loseisen.

»Was war das denn?«, fragte Sylvia ziemlich verärgert.

»Oh, das war Maud.« George grinste liebevoll, was Sylvia noch mehr zu verärgern schien. »Sie ist wirklich ein feiner Kerl.«

»Ich habe nachgedacht, Schatz«, sagte Sylvia, die offensichtlich Maud keiner weiteren Würdigung für wert erachtete. »Jetzt musst du mal zu uns kommen und Mutter und Jean kennenlernen.«

3.

»Wiedersehen, Schatz, bis morgen!« Sylvia blies ihm einen Kuss zu und sorgte dafür, dass die beiden älteren Damen, die gerade vorübergingen, diesen berührenden Augenblick auch mitbekamen.

Endlich, endlich wurde George entlassen, endlich hatte er durch die Tür des Hauses Nr. 29 der soliden Eisenbahner-Reihenhäuser treten dürfen, in dem Sylvia »mit Mutter und Jean« wohnte.

»Tschüühüüüß!«, rief sie ihm nach, so laut, obwohl sie kaum vier Meter von ihm entfernt stand, dass die beiden Damen noch einmal leicht indigniert die Köpfe nach ihnen umdrehten.

George winkte, während seine andere Hand nach dem Autoschlüssel in der Hosentasche suchte. Irgendwie erschien ihm der am Straßenrand auf ihn wartende Morris wie ein Rettungswagen. So schnell er konnte, kletterte er hinein, zog die Jacke aus und warf sie auf den Sitz neben sich. Er musste jetzt erst einmal ganz still sitzen, um überhaupt anfangen zu können, die Situation zu verarbeiten, in die er sich in den letzten zwei Tagen gebracht hatte. Doch auch wenn Sylvia die Tür geschlossen hatte, war er sicher, dass zumindest ein Augenpaar ihn noch von hinter den Tüllgardinen des Hauses Nr. 29 beobachtete. Er ließ den Motor an und fuhr davon.

»Oh, George. Oh, mein Lieber … Oh, du meine Güte … Oh, gütiger Gott im Himmel …«, murmelte er vor sich hin. Seine Klagen halfen in keiner Weise. Ein steifer Schluck würde vielleicht einen Hauch besser helfen, dachte er. Hatte er die Flasche dabei?

Er fuhr mit heruntergekurbeltem Fenster, so dass die feuchtwarme Luft träge über sein Gesicht streichen konnte. Diesen Sommer wollte die Hitze einfach kein Ende nehmen. Seine Kleidung klebte an ihm, sein Rücken war feucht. Kurz hinter South Moreton konnte er es nicht länger ertragen. Er fuhr an den Straßenrand und hielt an, strich sich mit den Händen übers Gesicht und streckte sich dann zum Handschuhfach. Die Flasche in der Hand, kletterte er hinaus in den warmen Nachmittag.

Auf der Weide nebenan standen einige Ponys. Als er an das Holztor trat, die Arme aufstützte und eine schwache Brise sein Hemd kühlte, hoben die verschiedenfarbigen Pferdchen die Köpfe und musterten ihn mit lebhaftem Misstrauen. Es war nur noch ein winziger Rest in der Flasche, verdammt. Er kippte die letzten Tropfen warmen Trostes herunter, und sie sickerten in seiner Kehle nach unten, die Zärtlichkeit eines Verbündeten.

»Gott«, sagte er. »Was für eine Truppe.«

Im Inneren des Reihenhauses war es stickig gewesen. Trotz der Hitze waren die Fenster in dem hinteren Zimmer, in dem er die beiden Gargoyles angetroffen hatte, fest geschlossen gewesen. George hatte sich sogar noch verschwitzter gefühlt als draußen. Sein Hals begann unter dem

Hemdkragen zu jucken. Immer wieder wischte er sich verstohlen die Handflächen am Jackett trocken.

»Mum«, verkündete Sylvia zu den beiden sitzenden Frauen. »Ich habe George mitgebracht, damit er euch kennenlernen kann. George ist mein neuer Verlobter – sieh nur den schönen Ring, den er mir gekauft hat!«

George konnte sich an kaum ein Wort des Gesprächs, das daraufhin gefolgt war, erinnern. Er war keine Viertelstunde in dem Haus gewesen, und es war ihm keinerlei Tee angeboten oder sonstige Zeichen der Gastfreundschaft dargebracht worden – dem Himmel sei Dank. Man stelle sich nur vor, er hätte noch länger in diesem Gefängnis bleiben müssen. Es war stickig wie die Hölle und vollgestopft mit düsteren Möbeln: zwei mächtige Armsessel aus abgewetztem honigfarbenem Leder; ein einfacher Tisch mit Stühlen, auf dem Tisch eine ausgeblichene, bestickte Tischdecke; braunes Linoleum auf dem Boden. Auf dem gallefarbig gefliesten Kaminsims stand eine Ansammlung von billigem Nippes der deprimierendsten Art: billige kleine Krüge, Kinder mit übertrieben großen Augen, chinesische Schäferhunde … In der Mitte hockte eine Uhr in einem Gehäuse aus Holz, die mit solcher Schwerfälligkeit tickte, dass es sich anfühlte, als liefe die Zeit selbst der Vergessenheit entgegen.

Es war nicht die Qualität der Dekoration, was ihn so deprimierte. Er war kein Snob. Natürlich konnten nicht viele Menschen ihre Häuser so schön ausstatten, wie es seine wohlhabenden Kunden gerne taten. Aber diese Wohnung war auf hypnotisierende Weise freudlos, durchdrungen von den Ausdünstungen verschimmelten Gemüses, gemischt mit dem Geruch von Kohlenstaub. Grauenerregend und erstickend.

Und dazu noch der Anblick von Sylvias Angehörigen.

Die Mutter sah unwirklich alt aus. Seine Gedanken rasten. Wenn Sylvia Anfang vierzig war, dann musste die Schwester – eine mürrisch dreinblickende, phlegmatisch aussehende Kreatur – deutlich älter sein. Denn wie alt musste diese Mutter sein, mit ihrem klickenden falschen Gebiss und dem grauen ungekämmten Haar? Sie trug ein Hauskleid in krankem Orange und schmuddelige Schaffell-Hausschuhe.

Als er hereinkam, stand sie auf, legte ausgemergelte, mit blauen Adern überzogene Hände aneinander und schien nicht zu wissen, was sie sagen sollte. Ihre wässrigen Augen blickten ihn nicht unfreundlich an. Er konnte sehen, wie Sylvia sie anstarrte, voll heftiger, explosiver Gefühle, als wollte sie ihre Mutter mit schierer Willenskraft dazu bringen, etwas zu sagen.

»So … Sie werden also Sylvia heiraten?« Sie schien angesichts dieser Möglichkeit weder Überraschung noch Gefallen noch Abneigung zu empfinden. Im selben Ton hätte sie genauso gut den Milchmann bitten können, eine Flasche mehr dazulassen.

Jean, die Schwester, in einem Tweedrock und ärmellosen Strickoberteil, starrte nur wortlos vor sich hin.

»Dann setzen Sie sich doch, oder?«, sagte Sylvias Mutter. Ihm wurde bewusst, dass er ihren Namen nicht kannte.

»Genau, George, Schatz, setz dich doch für einen Moment«, schnurrte Sylvia. Sie blieb in der Tür stehen, lehnte am Rahmen. Es gab keinerlei Hinweise darauf, dass sie länger bleiben würden.

Er setzte sich auf die Kante eines der Sessel. Die Hitze schien, sofern das überhaupt möglich war, noch zuzunehmen. Seine Schläfen pochten. In ihm köchelte eine Abneigung, die kurz davorstand, in wilde Panik umzuschlagen. Er hatte versprochen – irgendwie! –, diese Frau zu heiraten. Das war es, wo er hineinheiraten würde. Er versuchte, irgendein Überbleibsel seines grundlegenden Anstandes zu retten. Es war Sylvia, die er heiraten würde, nicht die Mutter oder die Schwester. Erstens war sie etwas ganz anderes als diese Leute und zweitens war er unfreundlich. Wahrscheinlich waren sie ganz annehmbar, wenn man sie erst einmal näher kennenlernte.

Doch unter all diesen vernünftigen Gedanken und unausgereiften Gefühlen ... Für den Bruchteil einer Sekunde blitzte vor seinem geistigen Auge eine schwere Tür auf, die sich hinter einem blauen, sanft schwingenden Mantel schloss ... Ein Engegefühl, dem viel mehr zugrundelag als dieser stickige Raum, stieg in ihm auf, ein heiliger Zorn darüber, hereingelegt worden zu sein, ergriff ihn, und doch hinderte ihn eine vertraute Lähmung daran, sich Geltung zu verschaffen, zu protestieren oder die Flucht zu ergreifen ...

Als er jetzt an dem Weidetor stand, legte er den Kopf in den Nacken und kippte die Flasche erneut. Ein warmer Tropfen erblühte auf seiner Zunge. Als er den Kopf wieder senkte, spürte er Wind aufkommen, und es wurde ein wenig dunkler: Ein Gewitter braute sich zusammen, endlich. Dann sah er eine kleine hellbraune Kreatur über die Weide auf sich zukommen, die ganz und gar kein Pony war. Sie war deutlich kleiner, dafür waren die Ohren länger als bei den Ponys, und ums Maul herum war das Fell cremefarben. Erfüllt von einer Welle der Zärtlichkeit und Freude lehnte er sich weiter über das Tor.

»Hallo, du kleines Langohr.«

Der Esel machte noch ein paar Schritte auf ihn zu, die

Ohren aufmerksam gespitzt, und beobachtete ihn freundlich und sanft. Allein der Anblick brachte die Erinnerung zurück: schwerer Matsch an den Stiefeln, der an den Beinen zog, wie er den Kopf gegen den Regen gesenkt hielt, die tröstliche Wärme des Mulis neben sich.

»Na, komm doch mal her …« Er streckte die Hand aus und schnalzte mit der Zunge. Der Esel ging vorwärts und streckte ihm den Kopf entgegen, gerade nahe genug, dass er die seidigweiche Nase streicheln konnte.

Langsam, um das Tier nicht zu verschrecken, kletterte George über das Tor, froh darüber, dass niemand Zeuge seiner ungelenken Bemühungen wurde. Der Esel schien nichts dagegen zu haben, und so stellte er sich neben ihn und kraulte das hellbraune Fell des Tieres.

»Weißt du, ich hatte auch mal eine gute Freundin wie dich«, murmelte er in die zuckenden Ohren. »Natürlich war sie ein Muli, also größer als du und auch dunkler. Sie war entzückend. Clotilde hieß sie. Ich habe sie Lottie genannt. Arme alte Lottie.« Er dachte einen Moment nach, warf einen Blick zum Himmel, wo sich dicke weinfarbene Wolken über den Feldern auftürmten. Er spürte den Druck im Kopf und im Körper.

»Ich glaube nicht, dass ich jemals wieder mit irgendjemandem so geredet habe wie mit Lottie. Na ja, vielleicht mit dem Hund, aber das waren andere Zeiten damals, im Krieg. Wahrscheinlich waren wir alle nicht ganz wir selbst. Sie war ein wunderschönes Tier, meine Lottie. Ich hatte immer das Gefühl, sie versteht ganz genau, was ich ihr sage.« Er seufzte. »Mit ihr hat es ein sehr schreckliches Ende genommen, leider.«

Der Esel, ungerührt durch diese Geständnisse, senkte den Kopf, um am Tor im Gras zu schnuppern, bewegte sich aber nicht weg. George tätschelte ihn noch einmal und kehrte dann zum Wagen zurück.

Als er zu Hause ankam, schien der Himmel in einem dunkellila Grau von allen Seiten heranzudrängen. Der Wind frischte auf, wirbelte hin und her. Als er aus dem Wagen kletterte, knatterten Blitze über den Himmel, gefolgt von dumpfem Donnergrollen in der Ferne. Drinnen, nachdem er Monty mit einem Napf Futter ruhiggestellt hatte, hörte er, wie rauschend der Regen einsetzte.

4.

Er schenkte sich einen Krug Selbstgebrautes ein und ging, Monty im Schlepptau, nach hinten ins Wohnzimmer, um es sich in seinem Sessel bequem zu machen, getröstet durch die vertrauten Gerüche von Kohlenstaub, Bier und Hund. Er war erschöpft und gleichzeitig so aufgedreht, dass er kaum Ruhe finden konnte. Der Regen vor den Fenstern machte das Haus zum Gefängnis, er fühlte sich allein und voll aufgestauter Gefühle.

Wie kam es, dass Sylvia es noch jedes Mal schaffte, ihn einzulullen, wenn sie zusammen waren? Der Schrecken holte ihn wieder ein. Diese Schwester, und die Mutter erst! Und jetzt hatte er tatsächlich versprochen, sie zu heiraten, hatte einen Ring gekauft, und sie war bestimmt genau in diesem Moment damit beschäftigt, Vorbereitungen zu treffen. In einem Monat würde er verheiratet sein – sie würde hier eingezogen sein.

Er hob den silbernen Krug an die Lippen und trank einen großen Schluck, aufgewühlt, als wäre es der Schierlingsbecher. Dieser Körper … Den ganzen Sommer hatte sie ihn gewissermaßen auf kleiner Flamme köcheln lassen. Natürlich war sie im Recht, wies er sich zur Ordnung. Sexuelle Beziehungen erst in der Ehe, daran war nichts auszusetzen. Aber mit seinem ganzen Verlangen brauchte er sie nur im Arm zu halten, damit ihn die Begierde dermaßen quälte, dass er jegliches Denkvermögen einzubüßen schien.

Er schloss die Augen. Im Inneren seiner Körperhöhle spürte er das Blut herumtrommeln. Seine Nerven flatterten umher wie lose Drähte. Er war dieser Frau versprochen. Wie genau hatte er das zugelassen? Was hatte er in Maud Roberts' Augen gesehen, als sie sie getroffen hatten? War es Ungläubigkeit angesichts der Nachricht, dass dies die Frau war, die er heiraten würde? Oder hatte er sich das nur eingebildet? Bei Maud konnte man nie genau wissen.

»Was zum Teufel soll ich nur machen?«, stöhnte er. Monty hob den Kopf, erkannte die Frage als rhetorische und ließ ihn wieder sinken. Die einzige kurzfristige Lösung, die sich anbot, bestand darin, in die Küche zu gehen und noch ein Bier zu holen. Er ging in die Küche, Montys Krallen klickten auf dem Boden hinter ihm her. Der Regen warf sich gegen die Fenster. In Socken stand er in seiner Küche und tat sich selbst leid. Aber er wollte auch kein alter Säufer werden, der sich jeden Abend die Kante gab. Besser einen Tee aufsetzen. Er hatte gerade den Kessel gefüllt und aufgesetzt, als Monty so plötzlich laut zu bellen anfing, dass er vor Schreck zusammenfuhr.

»Verdammt, Hund – was ist denn in dich gefahren?«

Aber der Hund war bereits wild kläffend zur Tür gerast. Da würde doch sicherlich bei dem Wetter niemand davorstehen, oder? Ein schrecklicher Verdacht beschlich ihn. Nicht Sylvia, oder? Nicht schon wieder. Aber sie wäre ganz bestimmt bei dem Wetter nicht auf diese absurd rosafarbene Vespa gestiegen, um herzukommen und ihm wieder den ganzen Abend lang die Ohren vollzuqasseln.

Als er durch die Halle ging, klopfte es an der Tür. Er wappnete sich und machte auf. Das Rauschen des Regens wurde lauter. Auf der Schwelle, die Hände um einen schwarzen Regenschirm geklammert, weinend, stand Maggie.

Ein paar Momente lang gab es kein Geräusch außer Montys Begrüßungswinseln und Maggies Schluchzen und Schniefen. George stellte ihren Regenschirm zum Abtropfen auf den Fliesen in der Halle ab, ihre Gummistiefel neben der Tür und führte sie in die Küche. Er hängte ihre nasse Jacke über eine Stuhllehne. Sie trug einen langen, geblümten Rock und eine hellgrüne Bluse. George reichte ihr ein Handtuch, und Maggie wischte sich damit über Gesicht und Hände, aber nicht so, als wüsste sie, was sie da tat. Als sie es ihm zurückgab, verzog sich ihr Gesicht, und sie begann von neuem zu weinen.

»Es tut mir leid, George, dass ich so bei dir hereinplatze, es ist nur, dass John in den Pub gegangen ist … *wie immer.*« Diese letzten Worte brachen mit einer Giftigkeit aus ihr heraus, wie sie George Maggie niemals zugetraut hätte. »Und ich muss … Ich wusste, du würdest es verstehen.«

»Natürlich«, antwortete George und hoffte inständig, dass dem auch so sein würde. Er trat zu ihr und ermutigte sie freundlich: »Was ist denn los, meine Gute?«

»Es ist Linda.« Maggie brach in noch heftigeres Schluchzen aus. »Linda, meine Älteste, mein kleines Mädchen … Sie und ihr Mann ziehen nach Australien!«

»Oh!«, sagte George. Ein ganzer Strang von Gefühlen verknäulte sich in ihm. Erleichterung – er hatte gedacht, es ginge um irgendwelchen Ärger mit John; Enttäuschung –

er hatte gedacht, es ginge um irgendwelchen Ärger mit John. Und Bestürzung, die ihn sogar in diesem Augenblick auf die Frage brachte, ob er überhaupt dafür geeignet sein könnte, Vater zu sein. War Lindas Auswanderung denn tatsächlich eine so furchtbare Nachricht? Das »kleine Mädchen«, das derzeit irgendwo in einer Vorstadt von Oxford lebte, musste doch bereits an die dreißig sein, soweit George sich erinnerte.

In dem Versuch, etwas hilfreicher zu klingen, setzte er hinzu: »Oh je.«

»Ich wusste, du würdest das verstehen«, sagte Maggie unter Tränen. »Ich kann es nicht fassen, auf die andere Seite der Welt! Wie können sie auch nur darüber nachdenken? Das ist grausam und furchtbar. Er sagt, er wird dort Autos bauen. Ich meine, warum kann er die nicht einfach weiter hier bauen, statt mein Mädchen bis ganz nach da drüben zu verschleppen?«

Mit rotgeränderten Augen und verquollenem Gesicht sah sie zu George auf. »Ich darf gar nicht daran denken«, schloss sie.

»Naja«, sagte George. Er hob die Hände, dann, unsicher, was er damit tun sollte, griff er in die Tasche und holte sein Taschentuch hervor. »Man kann doch nie wissen … Vielleicht ist es ja ganz schön da.« Er reichte ihr das Taschentuch. »Ist ganz sauber.«

»Aber es ist so weit weg!«, heulte Maggie, während sie das Tuch erst an ein Auge presste und dann an das andere. »Und John … Ich weiß, ihm gefällt das auch nicht. Er ist genauso erschrocken wie ich. Aber er sagt nichts dazu, nicht ein Wort …«

Das Wasser im Kessel kochte. George trat an den Herd und schaltete ihn aus. Als er sich wieder zu Maggie umdrehte, wollte er ihr Tee anbieten, aber er sah etwas in ihren Augen, einen offenen, hungrigen Blick, den er nur erwidern konnte. Sie stand auf, kam zu ihm, und sie streckten die Arme nacheinander aus. Es fühlte sich vertraut und tröstlich an, sie im Arm zu halten, ihren feuchten rotbraunen Scheitel zu küssen.

»Maggie, Maggie«, murmelte er halb zärtlich, halb verzweifelt.

Ihre Arme schlossen sich noch enger um ihn, auf diese direkte, freundliche, fordernde Art und Weise, die ihr eigen war. Er drückte sie an sich, fühlte sich selbst gehalten und fordernd. Natürlich umarmte auch Sylvia ihn, aber jedes Mal, wenn er es sich gestattete, sich zu entspannen und in rückhaltloses Verlangen fallen zu lassen, stieß sie ihn wieder von sich.

»Oh Gott, George«, sagte Maggie an seiner Brust.

Sein ganzes aufgestautes Verlangen konzentrierte sich auf sie, streckte sich ihr entgegen. Er tastete nach ihrer Hand.

»Na komm, Liebes«, sagte er.

Sie gingen nebeneinander die Treppe hinauf, Hand in Hand, wie kleine Kinder.

Im Schlafzimmer, da er wusste, dass dies eine Frau war, die nicht mit ihm spielen würde, ließ er sich gehen, küsste sie tief, erlaubte der Lust, in einer hohen Welle durch ihn hindurchzubranden.

Sie wiederzusehen, ihre großzügige Rosigkeit, während sie sich aufs Bett legte, hätte ihn beinahe zum Weinen gebracht. Er folgte ihr, all seine Sinne hungrig auf diesen einen Akt konzentriert, des Sehnens, des Verlangens … Endlich war jemand da für ihn. Sie war hier. Sie kam unter

Tränen und er mit einem Aufschrei der Erleichterung und der Befreiung.

Während sie, auf der Decke liegend, abkühlten, hielt er sie und ließ sie sich ausweinen. Er genoss es, ihr Haar gegen seine Haut streichen zu fühlen, und ihre warme Festigkeit. Er wusste, dass er nicht zu ihr gehörte und sie nicht zu ihm, jetzt nicht mehr als früher, aber er empfand so viel Zuneigung für sie.

»Weißt du noch«, sagte er, als der Tränenstrom versiegte, »dass du gesagt hast, dass dir dein Leben zu eng wäre? Dass du es gern ein bisschen weiter hättest?«

»Hab ich das gesagt?«, fragte sie freudlos. »Ja, schätze schon. Ich …« Sie stützte sich auf einen Ellbogen hoch und blickte auf ihn herab. Im verschleierten Abendlicht sah ihr Gesicht älter aus, trauriger. Es waren mehr Falten um ihre Augen, als er in Erinnerung hatte. »Ich glaube, ich meinte nicht, so viel weiter. Ich dachte an einen hübschen kleinen Ausflug nach Frankreich oder so …«

»Na ja«, versuchte er es, »das Leben ist voller Überraschungen.« Selbst Plattitüden waren knapp. Krampfhaft suchte er nach etwas Tiefsinnigem, das er noch hinzufügen könnte, doch ihm fiel nichts ein.

»Ha. Nun, das ist eine, auf die ich auch hätte verzichten können.« Sie legte sich wieder hin. »Das ist ein Schock, George, ein richtiger Schock. Aber ich werd mich wohl irgendwie damit abfinden müssen.«

Er streckte die Hand aus und streichelte ihren Bauch, machte sich wieder damit vertraut, wie er sich anfühlte, weich und doch auch stark. Er ließ seine Hand auf ihr ruhen, und sie lagen in einem Gewässer aus Stille einfach nur da. George hörte Montys Krallen über den Flur klicken.

In der Stille musste sie wieder daran gedacht haben, wie ihre Welt mit einem Mal so viel weiter geworden war, gegen ihren Willen.

»Erzähl mal ...« Sie kuschelte sich dicht an ihn, auf der Seite liegend, wie ein Kind, das um eine Geschichte bettelt. »Wie war das da, wo du warst? Argentinien, oder? Was um Himmels willen hast du denn da gemacht?«

Edvin Helles Gesicht würde er nie vergessen, als sie diese protzigen Händler an der Fifth Avenue besuchten. Paul Lester war dort, ein dünner, asketisch aussehender Mann in einem langen, dunklen Mantel. Er war Engländer. Sie wurden vorgestellt – Lester, ein Geschäftsmann aus Buenos Aires; George, Agent für die Gebrüder Black, die Londoner Händler. Helle, der die ganze Zeit versuchte, einen Fuß in die Tür zu bekommen, es aber nie schaffen sollte.

»So jemanden wie Lester hatte ich noch nie getroffen«, erzählte er Maggie. »Er sah aus wie ein Methodisten-Prediger, aber mir wurde klar – nun, es musste mir nicht klar werden, er sagte es mir praktisch sofort –, dass er einer der reichsten Männer der Welt war. *Sir* Paul Lester. Sogar einen Titel hatte er sich gekauft, wie ich später herausfand.«

»Woher hat er das ganze Geld gehabt?« Sie hörte sich verwundert an.

»Fleisch. Diese riesigen Rinderherden überall in den Weiten Argentiniens. Und Kühltechnik – Fleisch verpacken und exportieren. Ihm gehörte eine der größten Anlagen an den Docks von Buenos Aires – während des Krieges, versteht sich. Rindfleisch für die Truppen. Was er wollte, waren aber Möbel für sein Landhaus, *Estancias* nennen sie diese Anwesen. Er wollte europäische Möbel, besonders englische und französische. Ewig lange hat er die ganzen Kataloge durchgesehen, die ich mitgebracht hatte. Und dann sagte er: »Ich will, dass Sie mit mir kommen. Ich verspreche Ihnen, da wird ein gutes Geschäft für Sie drin sein.«

»Aber wozu brauchte er dich? Hätte er nicht einfach bestellen können?«

»Das habe ich mich auch gefragt. Er konnte bestellen, was immer er wollte. Aber er bestand darauf, dass ich mitkam. Ich habe das nie richtig verstanden, es war alles sehr seltsam. Jedenfalls kam ich am Ende zu dem Schluss, dass er einsam war und jemanden um sich haben wollte, vor dem er angeben konnte.«

George schwieg eine Weile, schluckte. Alles über Argentinien, sein erster Blick auf Buenos Aires, zwischen der Prärie und diesem großen braunen Fluss, breit wie ein Meer, der Gestank, der davon ausging, nach Blut aus den Schlachthäusern, nach Verfall und Armut und Verzweiflung und Geld – das alles, so faszinierend es gewesen war, wurde überlagert und beschmutzt durch die Lesters.

»Er hat mich in einem Wasserflugzeug mitgenommen.«

Maggie holte erstaunt Luft. »In seinem eigenen Flugzeug?«

»Das gehörte ihm ausnahmsweise nicht, aber die hatten gerade angefangen, nach da unten zu fliegen, und er hatte das Geld, um eines zu chartern, wann immer er wollte. Er war unbeschreiblich reich … Einmal hat er zu mir gesagt: ›Die Leute denken, die Briten würden es sich gut gehen lassen in Indien. Aber das ist nichts gegen das, was wir hier in Südamerika haben. Hier leben wir wie die Könige, wir *sind* hier Könige.‹ Jedenfalls sind wir von New York aus geflogen, die Ostküste entlang. Natürlich war das ein Erlebnis. Als glitte man über eine Landkarte. Das einzige Mal in meinem Leben, dass ich geflogen bin, hin und wieder zurück. Er hat mich zu seiner Fabrik mitgenommen, und dann sind wir zu seinem Haus auf dem Land gefahren. Es war ein Palast. Gigantisch, ich hatte so etwas noch nie gesehen. Mit Türmchen und Giebeln überall, und es sah aus, als wäre es mindestens eine Viertelmeile lang – ganz zu schweigen von dem Land drum herum, alles rote Erde, Polopferde. Ich war in Schockstarre, denn er wollte, dass ich ihm sage, wie er es möblieren soll. Er hatte nicht die geringste Ahnung, und ich ja auch nicht, für ein Haus von diesen Ausmaßen!«

Ein unangenehmes Gefühl überkam ihn, während er sich erinnerte. Er hatte ihn ziemlich bald, nachdem er das Haus betreten hatte, gesehen, auf einem Beistelltisch. Er war darauf zugegangen, ungläubig und mit dem Gefühl, dass sich ihm die Nackenhaare aufstellten. Da, das Pferd, der Krieger, muskulös, bewaffnet: Mars zu Pferde. Es fühlte sich an, wie einen alten Freund zu treffen. Beinahe atemlos hatte er sich darüber gebeugt. An der Seite des Sockels ein winziger schwarzer Vogel.

»Gefällt Ihnen, was?«, hatte Lester gesagt, als George sprachlos davorstand, zurückversetzt in Lord Bucklefords großes, trauriges Herrenhaus in Sussex, wo er die beiden Götter gesehen hatte – auserlesen zusammen. »Ist wertvoll, aber anscheinend nicht annähernd so wertvoll, wie es sein würde, wenn es sein Gegenstück dabei hätte. Wenn ich nur sie dazu bekommen könnte … Ich halte die Augen offen; irgendwo muss es eine dazu passende Venus geben, zusammen wären sie ein Vermögen wert.«

Wenn man sich auf eins verlassen konnte, dann darauf, dass Lester nur über das Geld redete, kein Wort über die Schönheit der Statue. George fing gar nicht erst an, Maggie davon zu erzählen.

»Ich habe vier Tage dort verbracht. Das mit den Möbeln war gar nicht so schlimm, wie sich herausstellte. Alles musste möglichst im großen Stil sein, natürlich. Lester bestellte eine Menge aus den Katalogen. Es kümmerte ihn kaum, was genau es war. Das waren für ihn alles nur Sachen, die er kaufen konnte. Er hatte keinerlei Sinn für Harmonie oder Proportionen ... Als ich dann tatsächlich dort war, schien er sofort das Interesse zu verlieren und ließ seine Frau das meiste aussuchen. Sie war eigentlich ganz nett, hatte ein gutes Auge. Ich kabelte nach London und versuchte, das Problem zu erklären, groß und viel war das Motto. Joe und Walter Black wussten, wonach sie gucken mussten. Am Ende habe ich es ihnen überlassen, und sie haben ihr dann Vorschläge zurücktelegraphiert, also an Inés Lester.

Darüber hinaus ...« Es war schwer, diese Lesters zu erklären, die seltsame Stimmung zwischen ihnen, die im Widerspruch zu ihrem leidenschaftlichen Auftreten stand. Oder die Wirkung, die sie während dieser Tage auf ihn gehabt hatten – er hatte das Gefühl, ausgehöhlt zu werden und gleichzeitig vergiftet und erniedrigt. »Es war ... abstoßend. Ich bin nie davor oder danach wieder jemandem wie Lester begegnet. Eins seiner Lieblingsthemen waren Steuern – also, wie man sie nicht zahlte. Die britische Regierung war hinter ihm her. Er besaß noch irgendeinen riesigen Kasten in Hampshire und kannte jeden Trick, um nicht zu zahlen. Alles drehte sich immer nur um Geld. Alles, was er sagte, wann immer ich ihn sah, war in irgendeiner Form Angeberei. Er hatte Ställe mit unzähligen Polopferden und eine ganze Mannschaft Pferdepfleger. Er hat mich gezwungen, mit ihm auszureiten. Es gab keine andere Möglichkeit: Er hat etwas gesagt, und alle mussten springen. Dabei hatte ich noch nie zuvor auf einem Pferd gesessen, und es war verdammt gruselig. Lester hat mir die ganze Zeit Befehle zugebellt: ›Um Himmels willen, Mann, was können Sie denn überhaupt?‹ Ständig machte ich etwas falsch. Es war, wie wieder in der Schule zu sitzen, nur noch schlimmer, denn der Mann war ... Er war ein Tyrann. Und eine Gelddruckmaschine, als gäbe es nichts anderes im Leben. Sogar die Möbel, das Haus ... alles nur, um anzugeben. Bei jeder Mahlzeit redete er über nichts anderes: das Geschäft, seine Beteiligungen an der Eisenbahn, wie er daran arbeitete, das Monopol zu bekommen ... Er war der langweiligste Mensch, den ich je kennengelernt habe. Jedenfalls hat mir dieses verdammte Pferd natürlich schon aus einer Meile Entfernung angemerkt, dass ich nicht die geringste Ahnung hatte, und ziemlich bald angefangen, unruhig zu werden, und mich am Ende abgeworfen.«

Er hörte einen leisen Laut der Belustigung von Maggie. Im Rückblick erschien es tatsächlich lustig. Den durchdringenden Schmerz der Scham und der Erniedrigung, den er damals empfunden hatte, konnte er ihr nicht beschreiben. Lester hatte wohl befunden, dass er sich beherrscht und unterworfen fühlen sollte. George hatte gesehen, wie sich Lesters Lippen verächtlich kräuselten, als er sich abmühte, wieder aufs Pferd zu kommen, während seine rechte Pobacke und Hüfte stechend schmerzten.

»Das Problem war, er hatte all das – Geld, Haus und sowieso alles. Die Frau, Inés, war wunderschön. Halb spanisch. Sie sagte, ihr Vater sei ein englischer Eisenbahningenieur gewesen, der da drüben gearbeitet habe. Hat ihre Mutter in Rosario kennengelernt. Inés war netter als er. Sie hat all seinen Launen nachgegeben. Aber sie hat sich gelangweilt, denke ich.«

»Keine Kinder?«

»Damals nicht, nein. Aber kein Zweifel, die standen auch

auf seiner Liste künftiger Erwerbungen. Er war nicht mehr jung, aber ich glaube nicht, dass sie schon besonders lange verheiratet waren … Ich weiß wirklich nicht, wie sie es mit ihm ausgehalten hat. Das war ein goldener Käfig, wie er im Buche steht.«

Jetzt wollte er aufhören zu reden; aufhören, bevor seine Gedanken zu jenem Nachmittag eilten, zu diesem sanften Klopfen an der schweren Holztür … Als Lester ihn zurück nach New York schickte, war es, als wäre sein Inneres einmal komplett durchgescheuert worden. Niemals würde er nur für Geld leben. Wenn das ein kleineres Leben bedeutete, so sollte es ihm recht sein. Paul Lester lebte nicht wirklich, sondern stand vielmehr da, den Kopf in den Nacken gelegt, den Mund weit aufgerissen wie ein Fisch, um alles und jedes aufzufangen, was irgendwie hineinfallen könnte. Dieser eiskalte Jäger hatte George bis ins Mark erschüttert.

Während er jetzt so dalag, erinnerte er sich an seinen Schwur, den er in einem Wasserflugzeug auf dem Rückweg von Buenos Aires geleistet hatte; den Schwur, dass er niemals im Leben auch nur etwas Ähnliches wie Paul Lester werden würde. Das Leben, das er leben würde, würde voller schöner Dinge sein, die von menschlichen Händen gefertigt waren und nicht von Maschinen … Niemals würde er sich etwas nehmen, das ihm nicht zustand … Und doch – diese Erkenntnis durchfuhr ihn wie ein Schlag – war er hier, mit Maggie …

Ihre Stimme drang an sein Ohr: »Du bist nicht gerade überzeugend, wenn du mich überreden willst, mehr von der Welt sehen zu wollen.«

Er lachte und drückte ihre Oberschenkel sanft. »Ich bin sicher, die Welt ist sonst einladender. Das war schon ziemlich ungewöhnlich.«

»Geht's dir gut, George?«, fragte Maggie nach einer Pause. »Kommst du zurecht?«

»Ich heirate.« Selbst als er es aussprach, konnte er es nicht richtig glauben. Er musste lachen, das Lachen stieg in ihm auf und überraschte ihn. Er fühlte, wie sein ganzer Körper davon geschüttelt wurde, als Maggie neben ihm hochschoss.

»Heiraten? Wen denn? Und wenn, was machst du dann hier mit mir im Bett?«

Das war eine so dermaßen passende Frage, dass er keine Antwort darauf hatte.

»Also, wer ist es? Ist sie aus dem Dorf?«

»Sie heißt Sylvia Newsome«, sagte er. »Wohnt in Wallingford.« Er fing wieder an zu lachen. Es schien das Einzige zu sein, was ihm übrig blieb.

Maggies grün schillernde Augen starrten ihn fassungslos an. »Nun … dann … herzlichen Glückwunsch«, sagte sie unsicher. »Das ist schön. Was zum Teufel ist so witzig daran?«

Beschämt riss er sich zusammen und lag ernüchtert und stumm da. Maggie rutschte näher an ihn heran, ihr Haar kitzelte seine Wange. Er konnte sehen, dass ihr Gesicht schlaffer geworden war.

»Was ist denn los? Du siehst nicht aus, als wärst du besonders glücklich darüber.«

Die eiskalte Hilflosigkeit, die ihn mit einem Mal überkam, drohte ihn zu ersticken. Er war versprochen, und das war die Wahrheit. Was man versprochen hatte, musste man auch halten.

»Ach, voreheliches Nervenflattern.« Er zwang seine Lippen in ein Lächeln. »Aus der Übung, nehme ich an.«

Maggie und er verabschiedeten sich liebevoll, doch er wusste und sie wusste ebenfalls, dass alles anders war. Der Überschwang, mit dem sie sich letztes Jahr geliebt hatten, war verblasst. Sie waren beide älter, belastet durch das Wissen, dass dies nicht mehr geschehen durfte. Nicht noch einmal. Er dachte an Maggies Welt, die gegen ihren Willen größer wurde. An seine eigene, an seine Verlobung mit Sylvia, die, wie er mit einem schmerzhaften Schrecken realisierte, nicht den sich weitenden Horizont bedeutete, den er sich gewünscht hatte, sondern die seine Welt sogar noch enger machen würde.

»Auf Wiedersehen, Liebes«, sagte er, als sie an der Tür wieder in ihre Gummistiefel schlüpfte. Es hatte aufgehört zu regnen. Der Himmel bot eine optimistische Klarheit, und für einen Moment fühlte sich sein Körper leichter an, als wollte er tanzen.

Maggie lächelte ihn mit liebevoller Traurigkeit an. »Mach's gut, George. Und danke.« Sie stellte sich auf die Zehenspitzen und küsste ihn auf die Wange, bevor sie nach draußen trat. Dann drehte sie sich noch einmal um und sagte: »Ich hoffe, es wird … Na, du weißt schon.«

Er blickte ihr nach, wie sie in ihren schwarzen Gummistiefeln davonstapfte, den Regenschirm zusammengerollt in der linken Hand. Sie schaute nicht noch einmal zurück.

Dreizehn

1.

Im Lauf der nächsten Woche wurde Georges Leben durchsetzt mit Splittern von Unwirklichkeit. Da waren kleine Dinge, wie eines Morgens, als er ins Badezimmer ging in der nicht von der Hand zu weisenden Hoffnung, sich erleichtern zu können, nur um Sharons braun bestrumpfte Beine vor sich aufragen zu sehen, die sich vorbeugte, um das Bad zu putzen.

»Oh!«, rief er erschrocken aus und trat den Rückzug an, während Sharon sich schwerfällig zu ihm umdrehte, um ihn missbilligend anzublicken. »*Sorry!*«, rief er, beinahe ohne darüber nachzudenken, warum er sich in seinem eigenen Haus, noch dazu im Badezimmer, zu einer Entschuldigung genötigt fühlte.

Später am selben Vormittag erschien ein Obstkuchen in seinem Kühlschrank, etwas, das in letzter Zeit eher selten vorgekommen war, nur um ein paar Stunden später wieder zu verschwinden, gerade als er sich entschlossen hatte, ein Stück davon zu essen. Fing er schon an, von Kuchen zu fantasieren?

Das seltsamste und größte all dieser seltsamen Ereignisse war, dass er anscheinend kurz davorstand, mit Sylvia Newsome verheiratet zu werden und dass niemand sonst davon wusste – außer Maggie. Na ja und Maud, in gewisser

Weise. Jenen Tag verbrachte er ausschließlich – nun, abgesehen von den Einsprengseln häuslicher Seltsamkeiten – mit dem Geschäft. Er hörte den Wünschen der Kunden zu und Clarence, der einen langen und rätselhaften Monolog über französische Polituren hielt, und verbrachte auch einige Zeit damit, Vera ein paar Aspekte der Buchhaltung näherzubringen, die sie alle bereits begriff, bevor er zu Ende gesprochen hatte. Die ganze Zeit dröhnte auf einer anderen Ebene seines Bewusstseins in einer Endlosschleife der Hochzeitsmarsch: Ta, ta, tataaa, TA, TA, TATAAA ... Auch wenn er aus ihm selbst kam, schien er in einer besonders spöttischen Tonlage gespielt zu werden.

Immer wieder sagte er zu sich selbst: Ich heirate Sylvia Newsome.

Inzwischen, nachdem er sexuell von Maggie errettet worden war, schien ihm das unwahrscheinlicher denn je. Es war wie eine Geschichte aus einer Parallelwelt, die nicht zu seinem wirklichen Leben passte. Oder zumindest nicht bis zum Abend jenes Tages.

Nach dem Gewitter war das Wetter zu warmem Sonnenschein zurückgekehrt, aber mit etwas Frische darin, im etwas weicheren Licht lag ein erster zarter Hinweis darauf, dass der Höhepunkt des Sommers überschritten war. Die regendurchweichten Rosen drehten die Blütenköpfe nach oben zur Sonne, und ihr Duft erfüllte den Garten.

Die Sonne bedeutete allerdings auch, dass Sylvia zurück war, kurz nach sechs Uhr, auf der rosafarbenen Vespa. Vera, ganz versunken in ihre Zahlen, war nicht, wie normalerweise um diese Zeit, bereits nach Hause gegangen.

»Ich habe heute Mittag schnell einen Kuchen aufgetaut und aufgebacken«, gestand sie George. »Ich hoffe, Sie haben nichts dagegen. Hab ihn zu Haus vorbeigebracht, das verschafft mir einen kleinen Vorsprung.« Sie machte ihm dieses Geständnis, während sie durch die Haustür nach draußen ging, den Korb in der Hand, und so kam es, dass sie Zeugin der Ankunft des rosafarbenen Motorrollers wurde. George hatte so etwas schon die ganze Zeit befürchtet. Das Spiel war definitiv aus.

»Hallohoo, Georgie!«, rief Sylvia und strahlte ihn unter ihrem weißen Helm hervor an, während sie in forschem Bogen zu dem Plätzchen am Gartentor einschwenkte, wo sie die Vespa immer abstellte. Sie trug ein Kleid mit rosa und orangefarbenen Blumen und kurzen Puffärmeln. Das Kleid war durch den Sitz des Rollers hochgeschoben und entblößte dickliche weiße Knie.

Vera blieb stehen; sie starrte. Sie fuhr herum, um George anzusehen. George erwiderte ihren Blick nicht. Er betrachtete Sylvia mit einer Miene, die, wie er hoffte, ruhiges Wohlwollen ausstrahlte.

Sylvias Schritte knirschten auf dem Kies. Während sie näher kam, zog sie den Rocksaum glatt und brachte das Kleid in eine anständigere Länge.

»Vera«, preschte George mit einem Jetzt-oder-nie-Gefühl vor, als müsste er sich in irgendwelche Stromschnellen werfen, »darf ich dir Sylvia vorstellen, meine Verlobte?«

»Hallohoo«, flötete Sylvia und ergriff Veras Hand. George unterdrückte ein Lächeln. Er konnte sehen, dass Sylvia sich auf ihre Weise von ihrer besten Seite zeigte: warm, herzlich und unwiderstehlich. Ihre braunen Augen strahlten vor Glückseligkeit und Begeisterung, ihre leuchtend rot geschminkten Lippen verzogen sich zu einem ekstatischen Lächeln.

Vera gelang es, ein unsicheres »Äh, hallo« zu stammeln, bevor Sylvia nicht mehr zu bremsen war.

»Ich bin ja so aufgeregt!«, plapperte sie drauflos. »Es ist ja *so* nett, Sie kennenzulernen. Ich habe schon so viel von Ihnen gehört, Sie sind die Frau, die im Laden saubermacht, nicht wahr?«

»Ähm, nicht ganz«, versuchte George zu korrigieren.

»Wir werden ja noch alle Zeit der Welt haben, um uns besser kennenzulernen, wenn ich erst eingezogen bin«, sagte Sylvia strahlend. »George, mein Schatz …« Sie drehte sich für eine Sekunde zu ihm um, bevor sie sich wieder Vera zuwandte. »Sehen Sie nur meinen wunderschönen Verlobungsring! Ich will ja nicht angeben, aber Georgie hat so einen guten Geschmack, er ist so hübsch, nicht wahr?« Sie streckte Vera die Hand hin. Vera starrte ausdruckslos darauf.

»Ich habe solches Glück gehabt, dass ich George kennengelernt habe …« Sylvia legte einen Arm um Georges Taille, die andere Hand kam auf seinem Oberarm zu ruhen. »Er ist *so* wunderbar. Aber das wissen Sie natürlich längst.«

George begann sich zu fragen, ob mit Vera alles in Ordnung war. Noch nie hatte er sie so still gesehen, wie vom Donner gerührt. Sie starrte Sylvia mit konzentrierter Nachdenklichkeit an. Was war los mit ihr? Unbehagen regte sich in ihm.

Schließlich sagte Vera doch noch etwas. »Ah. Nun«, sie setzte ein Lächeln auf. »Das ist eine Überraschung. Wie sagten Sie noch, war Ihr Name?«

»Oh, *sorry*«, sagte Sylvia und rauschte wieder nach vorne, um ihr die Hand hinzustrecken. »Sylvia. Sylvia Newsome.«

»Vera Day.« Sie schüttelte Sylvia die Hand und schien sich ein wenig zu entspannen, auch wenn sie immer noch benommen aussah. George schämte sich. Er hätte sich ihr anvertrauen sollen.

»Nun«, sagte Vera und blickte von einem zum anderen. »Dann mache ich mich wohl mal lieber auf den Heimweg. Herzlichen Glückwunsch, Ihnen beiden. Ich hoffe, Sie werden sehr glücklich miteinander.«

2.

Vera war sehr still am nächsten Morgen. Unheilverheißend still. Kein Beatles-Song, das Radio wurde nicht einmal eingeschaltet. Sogar ihre Frisur sah steifer und aufgeplusterter aus als gewöhnlich, als hätte sie ihr Haar mit Haarspray einbalsamiert. Bei der morgendlichen Teepause sah George sich genötigt zu fragen, ob irgendetwas nicht stimmte.

»Alles gut«, sagte Vera, während sie mit hochgezogenen Augenbrauen die Küche verließ. »Natürlich. Was sollte schon sein?«

George seufzte. War sie eingeschnappt? Warum konnte man das bei Frauen immer so schwer sagen? Doch er wusste genug, um zu ahnen, dass, wenn einem eine Frau nicht in die Augen blicken wollte, wahrscheinlich Ärger im Anmarsch war. Immer häufiger beschlich ihn das Gefühl, dass sein Haus zunehmend zu unbekanntem Gelände wurde.

Am darauffolgenden Tag hatte er Außentermine. »Ich habe Mrs. Mackrell versprochen, noch einmal bei ihr vorbeizusehen«, erklärte er Vera. »Armes altes Mädchen, sie muss noch etwas verkaufen.«

»Ähmmm?«, antwortete Vera, die mit dem Rücken zu ihm am Schreibtisch im Büro saß. George fragte sich, warum er sich auf einmal wie ein Angestellter fühlte und versucht war, irgendetwas Beschwichtigendes von sich zu geben.

Es lag ihm auf der Zunge, Vera noch einmal zu fragen, ob irgendetwas nicht stimmte. Beschwerte Alan sich vielleicht? Aber dann fiel ihm wieder Veras Gesichtsausdruck ein, als sie Sylvia gesehen hatte, und er beschloss, dass er die Antwort auf diese Frage nicht notwendigerweise erfahren wollte.

»Wenn ich schon mal da bin«, fuhr er mit gespielter Selbstvergessenheit fort, »fahre ich gleich nach Oxford hoch …« Er hatte keinen besonderen Grund, nach Oxford zu fahren. Ihm wurde bewusst, dass er nach Ausreden suchte, um nicht zu Hause sein zu müssen.

»Ah«, Vera schwang endlich zu ihm herum. Irgendetwas an ihr sah angespannt aus, ihr Haar vielleicht wieder. »Da ist eine Mrs. Parker in Peppard …«

Das war zwar kaum bei Oxford, aber er widersprach lieber nicht.

»Sie möchte, dass Sie mal vorbeikommen und einen Blick auf ein paar von ihren Sachen werfen. Oh, und …« Sie beugte sich vor, um in ihren Notizen nachzusehen, die vor ihr lagen. Ihr Haar an den Seiten glänzte wie Metall. »Ein Dr. Hargreaves hat angerufen, nun ja, seine Sekretärin.« Sie runzelte die Stirn. »Das war ein bisschen ungenau. Irgendetwas über eine Haushaltsauflösung, aber sie wusste nicht, wann er dort sein könnte. Nur, dass er wollte, dass Sie kommen und …« Sie blickte verärgert auf. »Ach, ich weiß es einfach nicht mehr. Die Frau hörte sich irgendwie verwirrt an. Falls solche Leute eine Arztpraxis führen, dann kann ich nur sagen, Gnade Ihnen Gott.«

»Hm, ja«, stimmte George zu. »Gebongt.« Er nahm die Wegbeschreibungen, beorderte Monty zurück in die Küche und ging nach draußen. Eigentlich wollte er den Vanguard nehmen, überlegte es sich jedoch anders und kletterte in den Morris. Wenn er etwas mitnehmen sollte, konnte er das genauso gut gleich erledigen.

Er fuhr die Zufahrt hinunter und dann den Hügel hinauf, und während sich die Downs vor ihm erstreckten, durchschoss ihn ein plötzliches Gefühl der Freiheit. Was für eine herrliche Flucht! Ein ganzer Tag draußen, auf dem Heimweg vielleicht irgendwo ein Pub, je nachdem, wo er landete. Und zumindest für ein paar Stunden konnte er den Verwirrungen des schönen Geschlechts entkommen.

So hatte er sich das jedenfalls gedacht.

Mrs. Mackrell war genauso tränenreich wie beim letzten Mal, als sie sich von einer eleganten Walnuss-Vitrine hatte trennen müssen – »Mutter würde es das Herz brechen« –, so sehr, dass ihm schon der Gedanke kam, ihr einfach den Scheck auszustellen und sie das verdammte Ding behalten zu lassen. Doch ihm stand bereits Veras Gesicht vor Augen, wenn dieser Vorgang in der Buchhaltung ans Licht kam.

Die beiden Händler, die er in Oxford besuchte, waren dankenswerterweise Männer. Am späten Nachmittag, weichgestimmt dank einiger unerwarteter, aber überaus willkommener Biere und ein paar Männergesprächen, machte er sich auf einer der hübschesten Routen auf den Heimweg. Im hohen Führerhaus des Morris sitzend, mäanderte er durch die Chilterns und summte Bruchstücke von nur halb erinnerten Liedern vor sich hin. Als er irgendwo zwischen Nettlebed und Stoke Row durch die Felder fuhr, war ihm, als sähe er eine Gruppe Esel, und sein Herz machte einen Sprung. Dann kam er zu dem Schluss, dass er Halluzinationen hatte. Es mussten Ponys gewesen sein, niemand hatte so viele Esel. Schließlich erreichte er die üppig grünen Alleen von Rotherfield Peppard.

Er parkte an einer Hecke, einer wuchernden Mischung aus Rot- und Hainbuche, an der oben Clematis entlangrankte, die das Haus umgrenzte, in dem er seinen nächsten Termin hatte. Als er steifbeinig aus dem Fahrerhaus nach unten glitt, hörte er von der anderen Seite der Hecke das rhythmische Aufprallen eines Tennisballs. Jemand jubelte, es hörte sich an wie ein kleines Mädchen.

»Meine Güte, Julia!«, klingelte eine Frauenstimme darüber. »Was für ein Schlag! Du wirst richtig gut! Oh ja, und du natürlich auch, Lucinda.«

Das Haus, Tudor, war mit gelben Kletterrosen bedeckt. Goldene Ströme, dachte George und lächelte. Es sah prachtvoll aus.

Er öffnete das kleine Fußgängertörchen und klopfte an die Haustür. Als er schon dachte, dass wahrscheinlich niemand mehr aufmachen würde, und ums Haus herumgehen wollte, wurde die Tür mit Schwung aufgerissen. Eine sportlich und gesund aussehende Frau stand vor ihm, kompakt und kräftig, mit forschenden blauen Augen und einem dünnen Schweißfilm auf dem Gesicht, das vom Herumspringen auf dem Tennisplatz leicht gerötet war. Sie trug ein minimalistisches Tenniskostüm, ein Fähnchen von einem Rock, dessen Saum deutlich über dem Knie endete.

»Mr. Baxter?« Es lag Lachen in ihrer Stimme. »Ich bin Mrs. Parker. Wie überaus pünktlich Sie sind. Kommen Sie doch herein.«

»Ich dachte schon, es sei niemand zu Hause«, sagte er und setzte, nur um noch irgendetwas zu sagen, hinzu: »Ich habe Ihre Rosen bewundert.«

»Ah, ja …« Sie hatte sich bereits umgedreht und ging voraus.

George war fassungslos angesichts der schieren Menge an Haut, die sie zur Schau stellte. Er hatte bereits verarbeitet, dass das Oberteil kurze Ärmel und einen sehr tiefen Ausschnitt hatte. Unter dem weißen Röckchen schauten muskulöse kleine Oberschenkel hervor. Sie war nicht groß, aber dennoch schien er bereits das meiste von ihr sehen zu können, dachte er und senkte den Blick so gründlich, dass er beinahe gegen einen Pfeiler gelaufen wäre.

»Hoppla, vorsichtig!«, rief sie und warf ihm lachend einen Blick über die Schulter zu.

Trotz der Hitze war George froh, dass er das Jackett anbehalten hatte, auch wenn der Gedanke jeglicher Logik entbehrte.

»Ich bin so schnell reingerannt, wie ich konnte«, sagte sie und blieb am Fuß einer Treppe stehen, die mit einem gemütlichen, hochflorigen roten Teppich ausgelegt war. »Ziemlich verschwitzt, fürchte ich, um nicht zu sagen, zerzaust. Wir haben Tennis gespielt – meine Tochter und eine Freundin.«

»Ah, ja.« George dachte, dass er wohl besser den Blick hob, um nicht unhöflich oder, schlimmer noch, wunderlich zu erscheinen.

»Also, es geht um Folgendes, Mr. Baxter …«

Ihr Gesicht, eben noch mit fröhlichen Grübchen, verzog sich kummervoll. Die großen blauen Augen füllten sich mit Tränen.

Oh du lieber Gott, dachte George, nicht schon wieder.

»Ich habe kürzlich geerbt, ein paar …« Sie schluckte. George sah es an ihrer Kehle. »Ein paar Sachen, von Mummy, sie ist …«

George deutete eine Verbeugung an. »Mein Beileid.«

Es folgte eine rührende Geschichte, die eine längere, verschleppte Krankheit beinhaltete, in der auf irgendeine Weise Whisky eine Rolle spielte, am Ende zumindest; die mühselige Suche nach passenden Pflegekräften, die schreckliche Schmerzlichkeit, ein Haus ausräumen zu müssen.

»Ich habe es einfach nicht ertragen, mich von all dem zu trennen. Jedenfalls nicht gleich. Kisten noch und noch! Mummy war nicht mehr sie selbst, wissen Sie, am Ende. Und sie war vorher schon ziemlich ungewöhnlich, so scharfsinnig. Aber Scharfsinn ist nicht immer … Wenn sie nur die Finger vom … Aber ich sollte nicht …«

Sie zog ein Taschentuch aus dem Rockbund und schnäuzte sich mit überraschender Herzhaftigkeit die Nase, bevor sie es wieder zurücksteckte.

»Was ich brauche, ist jemand, der mir das alles abnimmt. Alles. Verstehen Sie? Mir geht das so dermaßen zu Herzen. Robert, das ist mein Mann, sagt, es tut mir nicht gut. Kommen Sie doch einfach mit raus, und ich zeige es Ihnen.«

Draußen waren wieder die Geräusche des Tennisspiels zu hören. In einem viktorianischen Nebengebäude aus Backstein zeigte ihm Mrs. Parker einen nicht gerade besorgniserregenden Stapel an Gegenständen. Es gab einige Kisten mit Porzellan und ein paar Möbelstücke.

»Das sind Mummys Sachen.« Sie nahm ein Tellerchen mit Blumenmuster in die Hand und betrachtete es gerührt, bevor sie es wieder abstellte. »Ich habe keine Ahnung, ob es irgendetwas wert ist – aber ihr haben die Sachen unendlich viel bedeutet.« Dies löste einen weiteren Schniefanfall aus.

George blickte sich erleichtert um. Ein Gefühl gelassener Kompetenz mit einer Spur männlichen Beschützerinstinktes erfüllte ihn. Das würde leichter werden, als er gedacht hatte. Und er konnte dieser armen Lady einen Teil ihrer Bürde abnehmen.

»Sehen Sie mal«, bot er an. »So viel ist es ja doch nicht. Wenn Sie einverstanden sind, nehme ich alles mit – ich habe den Lieferwagen dabei. Sobald wir die Sachen durchgesehen haben, kann ich Sie anrufen und Ihnen ein Angebot für alles machen, das verkäuflich ist – und natürlich eine vollständige Inventarliste.«

»Oh … das wäre einfach wunderbar!« Sie klatschte die Hände unterm Kinn zusammen, die Mundwinkel hoben sich. Sie war wirklich ein Hingucker, wenn sie lächelte. »*Danke,* Mr. Baxter!«

»Dann wollen wir mal«, sagte er und griff zu den Aufschlägen seines Jacketts, um es auszuziehen.

Eine kleine, aber verblüffend starke Hand ergriff seinen Unterarm. Er fing den süßen Hauch eines teuren Parfüms auf und eine Spur weiblichen Schweißes. Mrs. Parkers ebenmäßiges Gesicht war mit einem Mal sehr dicht an seinem.

»Da ist noch etwas, Mr. Baxter. Das Gemälde. Es hängt oben.«

George machte den Mund auf, um jegliche Kenntnis von Gemälden abzustreiten. Doch Mrs. Parker, die er auf etwa fünfunddreißig schätzte und die, da musste er nicht schätzen, in der Blüte ihres Lebens stand und stark wie ein Brauereipferd war, schob ihn bereits zurück zum Haus.

»Es tut mir leid, aber es hängt in meinem Schlafzimmer«, verkündete sie mit einem koketten Neigen des Kopfes, als sie an die Treppe kamen. George hatte sich das bereits gedacht. Über die Jahre hatte er gelernt, dass es Frauen gab, die einem die Einrichtung ihres Schlafzimmers zeigen wollten. Es war seltsam, aber so war es nun einmal. Normalerweise bemerkte er die Anzeichen rechtzeitig und fand eine Möglichkeit der höflichen Zurückweisung. Doch in diesem Fall hatte er es nicht kommen sehen; außerdem war er nicht daran gewöhnt, am Ellbogen gefasst und zu einer Treppe gesteuert zu werden.

Die Höflichkeit verlangte es, dass sie ihm auf der Treppe voranging. Ein Blick, bevor er aus Selbstschutz den Kopf senkte, zeigte ihm, wie die kleinen Falten des Röckchens sich mit jedem Schritt hoben. Während er sich zwang, dieses Bild aus seinem Kopf zu vertreiben, bereitete er sich darauf vor, etwas Diplomatisches über das Bild zu sagen, von dem er bereits wusste, dass er es nicht mitnehmen wollen würde.

»Hier sind wir, Mr. Baxter, und Sie müssen ja noch einen Vornamen haben, oder?« Sie sprang auf die knarzende oberste Stufe. »Nennen Sie mich Rosamund.«

»Äh, George«, gestand er – unklugerweise, da war er sich ziemlich sicher.

»George«, schnurrte sie, während ihr herzförmiges Gesicht ihn anstrahlte, alle Spuren der Trauer um Mummy längst getilgt.

»Also, dann kommen Sie mal herein in mein Zimmerchen. Passen Sie auf Ihren Kopf auf.«

Sie drückte die Klinke der Holztür, und sie zogen beide den Kopf ein, um einzutreten. George sah freiliegende Deckenbalken, vergitterte Fenster und ein breites Bett mit einer seidig glänzenden pfirsichfarbenen Tagesdecke darüber. Der Parfümgeruch wurde stärker.

»Da ist es.« Rosamund Parker, die neben ihm stand, zeigte auf die Wand über dem Bett. Zu Georges unendlicher Erleichterung war das Bild nicht, wie er halb erwartet hatte, das grässliche Ölgemälde einer entkleideten Frau, die hingegossen auf einem Sofa lag.

»Hübsch, nicht wahr?«, hörte er sie dicht an seinem Ohr hauchen. Etwas drückte gegen seinen Arm. Irgendein Teil ihres Körpers, und es war keine ihrer Hände, die sittsam vor ihrem Körper gefaltet waren. Wärme stieg an der Rückseite seines Nackens empor und, umso verstörender, in seinen Leisten. »Mummy hat immer gesagt, es stamme von einem Constable-Schüler – traurigerweise nicht von ihm selbst.«

Daran konnte etwas Wahres sein. Es war eine hübsche, zarte Pastorale: Weiden an einem Fluss, das Wasser als mäandernder Fluchtpunkt, ein Frühlingstag mit grasendem Vieh.

»Also wollen Sie es verkaufen?«, fragte er und rückte ein wenig von dem fleischigen Druck an seinem linken Bizeps ab.

»Oh nein! Es ist viel zu perfekt, um es zu verkaufen. Ich dachte nur, Sie könnten mir vielleicht einen kleinen ...« Die Brust war zurück, beharrlich. »Nur einen Tipp, wie viel es wert sein könnte, wenn ich es verkaufen wollte, George.«

Sie schob sich um ihn herum, so dass sie vor ihm stand, und blickte zu ihm auf, eine Hand jetzt auf seinem Arm. Die Einladung in ihrem Blick war so offenkundig, dass das Verlangen ihn wie ein Blitzschlag durchfuhr. Er sah die weiche Haut an ihrem Hals, das kleine Fleischkissen unter dem Kinn. Als sie bemerkte, wie er zurückzuckte, lachte sie leise auf: »Schon in Ordnung, wir sind allein. Die Mädchen kommen nie hier herauf.«

Sie nahm den Blick nicht von seinem Gesicht. Grübchen traten in ihre Wangen, als sie sagte: »Wie wäre es, wenn ich mein Top ausziehen würde? Ich habe nur den allerwinzigsten ...«

»Nein!« George zwang sich zum Handeln, trat von ihr zurück, bevor sie ihn noch weiter berühren, ihn dazu verführen konnte, sein Gesicht zwischen diese Brüste zu legen, in den Nebel des Traumlandes einzutauchen, aus dem er erst wieder erwachen würde, wenn er sie genommen hätte.

»Das muss jetzt und hier aufhören«, sagte er fest, als spräche er zu einem Kind. »Sie sind eine verheiratete Frau, und ...«

»Verheiratet mit einem Holzklotz«, sagte sie schmollend, während sie sich von ihm zurückzog. »Das ist alles andere als lustig, so viel kann ich Ihnen verraten.«

»Naja ...« George ertappte sich dabei, dass sie ihm leidtat. Er versuchte, den väterlichen Ton beizubehalten. Da er mindestens zwanzig Jahre älter als sie sein musste, bekam er das einigermaßen überzeugend hin. »Es tut mir leid, das zu hören, meine Liebe, aber er ist Ihr Ehemann, und dies ist keine Art und Weise ...«

»Aber George ... einfach nur ein bisschen Spaß?« Ein unwiderstehliches Grinsen breitete sich auf ihrem Gesicht aus. »Sie sehen aus wie ein Mann, mit dem man im Bett sehr viel Spaß haben kann.«

Das fand er schmeichelhaft. Trotzdem konnte er sich des Gedankens nicht erwehren, wie viele Handelsvertreter, die nach »viel Spaß« aussahen, wohl schon in den Genuss des Bildes gekommen sein mochten, das wahrscheinlich aus Constables Schule stammte und das sie unbedingt sehen mussten.

Er lächelte zurück, schlichtweg unfähig, Rosamund Parker nicht zu mögen. »Nein«, wiederholte er. »Wirklich nicht, meine Liebe. Aber es war nett von Ihnen, es anzubieten.« Er machte eine Handbewegung Richtung Tür. »Gehen wir nach unten, ja?«

Unten in der Halle sagte er: »Ich schicke die Tage einen meiner Männer vorbei, um alle Kisten und Sachen Ihrer Mutter einzuladen. Das wäre wohl am besten.«

»In Ordnung.« Sie stand mit verschränkten Armen da, irgendwie schmollend, dachte er, auch wenn er nicht genau sagen konnte, was in ihrer Stimme mitschwang. Vielleicht überlegte sie schon, wie sein »Mann« wohl sein mochte. Während sie sich verabschiedeten und sie ihn hinausließ, fragte er sich, ob Clarence wohl auch eine Gelegenheit bekommen würde, *das Gemälde* zu sehen, wenn er kam, um die Sachen abzuholen.

Auf dem Rückweg durch die goldenen Felder aus reifem Weizen und die von Beeren schweren Holunderhecken war er in Hochstimmung. Er fing an zu singen. Kein schlechter Nachmittag, ganz und gar nicht. Ein paar schöne Stücke aus Oxford. Ein Angebot einer ziemlich offenherzigen Dame, edelmütig ausgeschlagen, fand er. Er hatte prinzipienfeste Würde an den Tag gelegt, zusammen mit einem gewissen Mitgefühl. Sollte er noch irgendwo auf ein Pint anhalten? Er beschloss, dass er zu Mittag genug Bier getrunken hatte. Nach Hause, George. Das Wochenende wartete. Frieden und Ruhe!

Immer noch laut singend, sauste er die mit Kalkstein gesäumte Straße ins Dorf hinunter. Das »GREENBURY«-Schild schien ihn mit einem traulichen Lächeln willkommen zu heißen. Schwungvoll bog er in seine Zufahrt ein.

Wo ihn ein wahrhaft grauenerregender Anblick erwartete. Frauen. Eine Traube geblümter Sommerkleider hatte sich vor dem Haus zusammengerottet. Und sie alle warteten nur allzu offensichtlich auf ihn.

3.

Während er den Morris parkte, versuchte er, so zu tun, als hätte er sie nicht gesehen. Mit gesenktem Kopf sammelte er seine Siebensachen vom Beifahrersitz und überlegte, ob er einfach weiter so tun sollte und hinten herum in den Garten fliehen. Es waren die Glucken und Vera. Er hatte genug gesehen, um das zu wissen. Ein paar Sekunden lang schloss er die Augen. Alles, was er wollte, wonach er sich sehnte, war doch nur sein Stuhl, ein Pint Selbstgebrautes, mit Monty an seiner Seite, in einem ruhigen, leeren Haus.

Die Tasche unter dem Arm, drückte er die Tür des Fahrerhauses auf, ließ sich nach unten rutschen und warf die Tür hinter sich zu. Vielleicht waren die Frauen ja auch nur zufällig zu einem Schwätzchen zusammengetroffen und wollten überhaupt nichts von ihm?

Dieser kleine Funke der Hoffnung verglomm, sobald er begann, auf sie zuzugehen. Sie verstummten und blickten ihm entgegen: Vera, Rosemary Abbott, Pat Nesbitt (ohne Spaniels) und Eunice MacLean.

»Guten Abend, die Damen!«, rief er ihnen zu, in einem Versuch, das Kommando über die Situation an sich zu reißen.

Ein langes, unbehagliches Schweigen folgte, während sie einander anblickten; sie schienen nicht recht vorbereitet auf das zu sein, was sie offensichtlich vorhatten.

Vera ergriff schließlich die Initiative und trat vor, aufgebracht und angespannt. Sie trug ein blassblaues Kleid und hielt die Arme steif neben dem Körper. In einer Hand hing eine Zeitung.

»Mr. Baxter, ich …« Ihre Stimme war rau. Sie schien kurz davor, in Tränen auszubrechen. »Es tut mir so leid. Aber Sie kommen besser mit uns rein. Wir …« Sie blickte die anderen an. »Wir müssen mit Ihnen reden.«

George blickte von einer zur anderen. Eunice MacLean sah elegant aus in einem grün-weißen Kleid, ihr knochiges Gesicht war ernst und verriet nichts. Pat, in einem blumigen pfirsichfarbenen Fähnchen, wirkte ohne ihre Hunde seltsam unvollständig. Sie versuchte, ihm ein aufmunterndes Lächeln zu schenken, aber ihre Augen unter den mit blauem Lidschatten versehenen Lidern sprachen von einer Tragödie. Rosemary, in hellrosa Rock und weißer Bluse, die Frisur wie festbetoniert, trug nicht ihre übliche Selbstgerechtigkeit zur Schau. Sie sah ihn – sie alle sahen ihn – schmerzerfüllt und mitleidig an. Wie sie ihn angesehen hatten, als Win krank gewesen war.

»Dann bringen wir's lieber hinter uns«, sagte er.

Er ging voran. Ein fröhliches Bellen erklang aus der Küche. George hatte das dringende Bedürfnis, Monty zur Verstärkung an seiner Seite zu haben, als wahrscheinlich einzigen Verbündeten in diesem bisher überaus rätselhaften Gespräch, aber als sie alle durch die Halle ins Wohnzimmer marschierten, sagte Rosemary Abbott sofort: »Halten Sie uns bloß diesen grässlichen Hund vom Hals, ja?«

»Er hatte schon Futter«, sagte Vera zu George. »Er kann schon noch ein bisschen warten, oder? Aber soll ich Ihnen nicht eine Tasse Tee machen, Mr. Baxter? Ich nehme an, Sie hatten einen anstrengenden Tag.«

George beschlich bereits das Gefühl, er würde gleich etwas wesentlich Stärkeres brauchen als eine Tasse Tee.

»Schon gut, Vera«, sagte er. »Sagt mir erst einmal alles,

was ihr meint, mir sagen zu müssen.« Irgendetwas verriet ihm, dass es mit Alan zu tun haben musste. Eine weibliche Zusammenrottung, deren Grund er noch nicht verstand. »Nehmen Sie doch Platz, meine Damen. Monty wird sich gleich beruhigen.«

»Lieber nicht«, sagte Eunice MacLean. Ihre tiefe Stimme und ihr Auftreten verliehen wie üblich der ganzen Situation etwas Würdiges und Bedeutsames. »Wir haben nicht vor, Sie lange zu stören. Allerdings hatten wir das Bedürfnis, Vera ein bisschen Unterstützung zu leisten bei dem, was sie Ihnen mitteilen muss.« Eunice verzog die Lippen zu einem taktvollen Lächeln.

»Es ist eine Schande«, entfuhr es Rosemary Abbott mit unvermitteltem Zorn, doch Pat Nesbitt brachte sie zum Schweigen, indem sie ihr die Hand auf den Arm legte.

»Lass Vera sprechen, Rosemary«, sagte sie. Pats Bestimmtheit überraschte George. »Komm ihr nicht zuvor.«

George hätte sich gern hingesetzt, aber da alle anderen stehen blieben, konnte er sich das wohl kaum erlauben. Vermutungen sprangen in seiner Vorstellung hoch wie Frösche aus feuchtem Gras. Alan? Oder hatte es etwas mit Lady Byngh zu tun? Oder mit irgendeiner eingebildeten Kränkung, die er einer von ihnen angetan hatte?

Er schaute Vera an. Ihr Blick begegnete seinem, sie wartete darauf, dass er sie aufforderte.

»Nun, dann schieß mal los«, sagte er. »Was ist passiert?«

Während die anderen um sie herumstanden, hielt Vera ihm die Zeitung hin, die sie in der Hand hielt. Es handelte sich um den Merkur, die örtliche Lokalzeitung, wie er sah. Sie reichte sie ihm und zeigte auf eine der kleinen Ankündigungen. »Hier, gucken Sie.«

»Mrs. Edna Cook,
St. John's Road, Wallingford,
möchte hiermit die Verlobung ihrer Tochter,
Sylvia Ann Newsome,
mit
George Oswald Baxter
aus Chalk Hill House, Greenbury,
anzeigen …«

Er las nicht weiter. Nicht, dass es ihn nicht überraschte. Sylvia hatte keine Zeit verloren. Und es so schwarz auf weiß zu sehen, war ein Schock. Sie hatte ihm nichts davon gesagt, dass sie es in der Zeitung verkünden würde. Mit einem unangenehmen Krampf in seinen Eingeweiden meldete sich die Erkenntnis, dass dies die Wirklichkeit war. Aber er wusste, dass er Sylvia heiraten musste, jetzt, wo er es versprochen hatte. Es schien ihm die einzige Möglichkeit zu sein. Er verstand immer noch nicht, wo das Problem lag. Dass er es ihnen nicht gesagt hatte?

»Ja, nun …« Er blickte Vera an. »Sylvia ist offensichtlich hocherfreut darüber. Aber wir haben dir gesagt, dass …«

»*Wusste* ich's doch!«, rief Vera und bestätigte seinen Verdacht, indem sie die Zeitung von sich warf. Sie schien sich nicht mehr bremsen zu können. »Das ist es ja gerade, Mr. Baxter. Gleich als ich sie neulich gesehen habe, wusste ich, dass da etwas nicht stimmt. Ich bin nur nicht darauf gekommen, was es ist, aber ich *wusste,* dass ich sie von irgendwoher kannte …«

»Die Sache ist die, George«, platzte Rosemary Abbott mit puterrotem Gesicht heraus, »Sie können die Frau nicht heiraten. Sie hat Sie reingelegt. Sie ist eine Schwindlerin und Vera zufolge auch eine Erbschleicherin ... und eine Ehezerstörerin!«

»Jetzt aber mal langsam«, fuhr George auf, verärgert durch Rosemarys Vorwürfe und ihr herrisches Gebaren. »Was um Himmels willen denkt ihr euch eigentlich, hierherzukommen und ...?«

Vera hielt eine Hand hoch, um ihn zu stoppen, und legte so viel Autorität in diese Geste, dass er ihr nur gehorchen und sie bewundern konnte.

»Ich bin nach Hause gegangen«, fuhr Vera mit sanfter, aber fester Stimme fort, beinahe als wären die anderen nicht dabei. »Und immer wieder habe ich zu Alan gesagt, ich kenne sie von irgendwoher. Diese Person, von der Mr. Baxter sagt, er würde sie heiraten. Und Alan hat immer wieder gesagt, dass ich das falsch verstanden haben müsste und dass ich mich nicht in anderer Leute Angelegenheiten einmischen soll. Aber als ich das in der Zeitung gelesen habe, da wusste ich sofort, wer sie war. Ich bin mit ihr auf die gleiche Schule gegangen, in Didcot. Sie heißt überhaupt nicht Sylvia – na ja, zumindest damals nicht. Sie hieß Cook. Lillian Cook, so hieß sie.«

»Sie ist eine Ehezerstörerin!«, fuhr Rosemary erneut dazwischen.

»Das kommt noch dazu.« Während sie sprach, blickte Vera die ganze Zeit kummervoll zu Boden. Es rührte ihn zu sehen, wie sehr dieses Gespräch sie mitnahm. »Ich kannte Lillian nicht wirklich. Einer der Gründe, warum ich mich überhaupt an sie erinnere, ist, dass sie schon immer ein Hingucker war. Aber sie war zwei oder drei Klassen über mir.«

»*Über* dir?«, fragte George.

»Ja«, antwortete Vera mit verletzter Miene. »*Über* mir. Ich nehme an, sie hat Ihnen gesagt, sie wäre gerade einundzwanzig? Das würde gut zu ihr passen. Jedenfalls habe ich sie nach der Schule aus den Augen verloren, aber ich erinnere mich, dass ich später von David Newsome gehört habe. Er war einer der Anwälte in der Stadt, und sie war seine Sekretärin. Er war ein verheirateter Mann mit Kindern. Sie hat ihn von seiner Frau weggelockt. Hat Chaos gestiftet. Ich meine, ich habe nicht einmal in derselben Stadt gewohnt und trotzdem davon gehört. Er war ganz vernarrt in sie. Aber die Frau hatte einen Nervenzusammenbruch und all so was. Lil war hinter seinem Geld her, kein Zweifel. Sie hat ihn wie an einem Ring an der Nase herumgeführt, als sie erst mal verheiratet waren. Seine Kinder haben sich von ihm abgewandt. Am Ende ist der arme Mann an einem Herzanfall gestorben.«

Zumindest dieses letzte Detail passte mit dem zusammen, was Sylvia ihm erzählt hatte. Er ließ sich auf den am nächsten stehenden Stuhl sinken.

»Hört sich wirklich nicht nett an«, warf Pat Nesbitt mit einem nervösen Lachen ein. »Auch wenn ich mir sicher bin, dass sie sehr bezaubernd sein kann.«

»Heimtückisch wohl eher«, erklärte Rosemary Abbott. »Eine Schlange.«

»Es tut uns wirklich schrecklich leid, Ihnen solche Nachrichten überbringen zu müssen«, sagte Eunice MacLean. »Aber wir fanden es mutig von Vera, dass sie es Ihnen sagen wollte. Und es ist sicher besser, ganz im Bilde zu sein.«

»Ja«, stimmte George zu. Er ließ den Kopf hängen. »Ganz sicher.«

Sein Herz hämmerte. Er legte eine Hand auf die Brust. Einen Moment lang dachte er an David Newsome und dessen Herzanfall und holte tief Luft. Er wusste noch nicht, wie er sich fühlte, noch nicht, abgesehen davon, dass er sich unendlich dumm vorkam.

»Natürlich«, sagte Vera besänftigend. George hob den Kopf. »Es ist nicht an uns, Ihnen zu sagen, ob Sie sie heiraten sollten oder nicht. Ich weiß, es ist einsam hier für Sie und alles. Aber jetzt wissen Sie zumindest, womit Sie es zu tun haben. Und vielleicht hat sie sich ja geändert ....«

»Ach, nun sei doch nicht so absurd! Er kann sie unmöglich heiraten!«, fuhr Rosemary Abbott dazwischen.

Vera bedachte sie mit einem dermaßen autoritären Blick, dass alle zusammenzuckten. Sie schien etwas erwidern zu wollen, überlegte es sich dann aber anders. Rosemary Abbotts Gesicht nahm einen noch tieferen Rotton an. Sie machte den Mund auf, schloss ihn wieder und wandte den Blick ab.

»Ich denke, wir gehen jetzt besser«, schlug Eunice MacLean vor. »Vera, wir drei gehen jetzt, vielleicht bleibst du noch kurz?«

George hob den Kopf. Alles begann einen Sinn zu ergeben. Gefühle prasselten auf ihn ein: Erleichterung, schmerzliche Einsicht, Trauer um das, was er nun nicht mehr haben würde; Zorn angesichts der Art und Weise, wie Sylvia ihn eingewickelt hatte, Scham darüber, wie er es zugelassen hatte ... Und doch, im Angesicht dieser Wahrheit, denn er erkannte, dass es die Wahrheit sein musste, fühlte er sich plötzlich stark.

»Meine Damen, ich muss das alles erst einmal verdauen.« Er lächelte schief und stand auf. »Was für ein Narr ich gewesen bin – und es gibt sicher keinen närrischeren Narren als einen alten Narren, oder? Aber ich bin dankbar, ich bin Ihnen zutiefst dankbar.«

Pat Nesbitt trat vor, mädchenhaft wie immer, und zu seiner Verblüffung sah er, dass ihr Tränen in den Augen standen.

»Es ist halt …« Sie streckte die Hände nach ihm aus, zog sie aber gleich wieder zurück. »Sie sind uns ja nicht gleichgültig, George. Wir *mögen* Sie.«

Die anderen murmelten zustimmend und nickten, sogar Rosemary Abbott. George war so gerührt, dass ihm die Worte fehlten.

»Nun, das ist, ähm … Das ist wirklich … Danke … Ich, äh …« Er blickte sie alle an. »Sieht wohl ganz danach aus, dass ich alles abblasen muss, oder?«

Nachdem Vera die Glucken hinausgebracht hatte, kam sie noch einmal zurück. Sie sah aufgewühlt aus. Auf jeder ihrer Wangen leuchtete ein runder rosiger Fleck.

»Es tut mir so leid, Mr. Baxter. Aber ich glaube, Sie sind ohne sie besser dran. Sie haben etwas wesentlich Besseres verdient, ein so liebenswerter Mann wie Sie.« Sie legte den Kopf schief. »Was werden Sie jetzt tun?«

»Tun?« Er stellte sich vor, wie er Sylvia konfrontierte. Nein. »Ich werde ihr schreiben. Zunächst jedenfalls.«

Vera sah ihm in die Augen. Sie nickte. Eine Weile standen sie schweigend da.

»Soll ich Ihnen noch etwas zum Tee machen, bevor ich gehe?«

»Oh nein, ich komme schon zurecht, danke, Vera. Ich hab noch ein paar Würste.«

Sie lächelte ihn mitleidig an.

»Ist schon in Ordnung, geh nach Hause zu Alan.«

Er folgte ihr an die Tür.

»Grämen Sie sich nicht allzu sehr, ja?«, sagte sie. »Sie wird es nicht tun, da wette ich. Sie war immer schon ein bisschen tumb, Lillian, um ehrlich zu sein.«

»Danke, Vera«, sagte er freundlich zum Abschied.

Er kehrte nach hinten zurück und ließ Monty kurz nach draußen, bevor er sich selbst einen Krug Selbstgebrautes einschenkte und mit ins Wohnzimmer nahm. Lange saß er dort, während es draußen dunkel wurde, und streichelte die Ohren des Hundes, der neben ihm saß.

August

Vierzehn

1.

Das Licht des späten Nachmittags fiel schräg über die Downs, sanft, golden und weich. George stand am höchsten Punkt des Feldweges, mit dem Rücken zu der Festung, und blickte nach Süden über die Felder. Er spürte die Wärme wie eine Hand auf seiner rechten Wange. Monty schnüffelte vor ihm herum, seine Schwanzspitze ragte wedelnd wie eine kleine weiße Flagge aus dem Gras empor.

Leichter Rauchgeruch lag in der Luft, irgendwo wurden die ersten Stoppelfelder abgebrannt, die Luft war blau eingefärbt. Auch wenn es ein wunderschöner Abend zu werden versprach, hatte er den Eindruck, als läge etwas Düsteres, Drohendes im Sonnenlicht. Der Monat neigte sich dem Ende zu, alles wandte sich allmählich ab von diesem langen goldenen Sommer, mit jedem vergehenden Tag kroch die Jahreszeit einen Schritt weiter auf den kalten Tod des Jahres hin.

Er war noch in Hemdsärmeln und trug eine Baumwollhose, die Hände in die Taschen geschoben, während er auf die noch nicht abgeflämmten Stoppelfelder unmittelbar vor sich blickte, jeder Halm klar abgegrenzt vom anderen durch seinen eigenen, winzigen Schatten im tiefstehenden Licht. Er sah das Mitternachtsblau einer Krähe, deren

Schwanzfedern von einer Seite zur anderen schwangen, während sie zwischen den Stängeln pickte.

Seit Februar war er nicht mehr hier gewesen, seit seiner heillosen Flucht von der Beerdigung.

Gestern, nachdem er das Geschäft zugesperrt hatte, hatte er einen Spaziergang zum Friedhof am Ende des Dorfes gemacht, um Win zu besuchen. Natürlich war es nicht das allererste Mal gewesen, aber er hielt nichts davon, regelmäßig an Gräbern herumzulungern. Er hatte nur eine ungefähre Vorstellung davon, wo seine Mutter begraben lag. Aber die vergangenen Wochen hatten ihn wieder auf sich selbst zurückgeworfen. Erinnerungen, Traurigkeit und das Bewusstsein, dass er alt wurde, drückten seine Stimmung. Er wusste, dass dies eine Reaktion auf seinen törichten, verrückten Wunsch nach Jugend und nach mehr – mehr von allem – war. Er schuldete es Win und seiner Vergangenheit, ihr zumindest von Zeit zu Zeit ein paar Blumen zu bringen. In seiner dummen Begeisterung hatte er sie vernachlässigt. Also hatte er ein paar Triebe Albertine abgeschnitten, ihre Lieblingsrosen, und ein bisschen Rosmarin und Lorbeer dazugebunden, und genoss die Mischung aus süßen und herben Gerüchen.

In liebender Erinnerung
Winifred Baxter
28.9.1917 – 17.2.1964

»Meine Frau.« Er hatte es geflüstert, voller Staunen und Zuneigung. All die Zeit war sie meine Frau. Und sehr wahrscheinlich wird sie auch meine einzige Frau sein, dachte er.

»Weißt du was, altes Mädchen«, hatte er ihr flüsternd gestanden. »Ich habe mich richtig zum Narren gemacht.« Das

Grab hatte weder Tadel noch Rat geboten. Dennoch hatte er sich irgendwie getröstet gefühlt. Win hätte darüber gelacht, trotz allem. So lief das Leben, dachte er: Gewinn, Verlust – auf, ab – Anfang, Ende.

Als er jetzt so dastand und auf das bronzen gefärbte Land um sich herum blickte, erinnerte er sich an den Schnee und die leere Stille jenes Februarnachmittags, der mit seiner Vision eines weiter gewordenen Lebens geendet hatte, dem Traum von Neuem, Hoffnung, Familie.

Ein bitteres Gefühl des Verlustes erfüllte ihn. Nach Veras Schätzung musste »Sylvia Newsome« Ende vierzig sein. Da musste man schon sehr viel Glück haben, um noch ein Kind zu bekommen. Nicht, dass sie jemals irgendetwas in der Richtung erwähnt hätte, das fiel ihm jetzt auf, noch hatte er sie jemals direkt nach ihrem Alter gefragt. Sie hatte Andeutungen fallen gelassen: Er hatte Schlüsse daraus gezogen. Umso närrischer von ihm.

Monty kam zurückgetrottet, setzte sich vor ihn, schaute mit leerem Blick zu ihm auf und verlagerte wie eine Robbe das Gewicht von einer Vorderpfote auf die andere. Als er schließlich begriff, dass sich hier so bald niemand fortbewegen würde, ließ er sich mit einem Grunzen ins Gras fallen und lag hechelnd, mit hängender Zunge vor ihm.

Nach Veras Enthüllungen hatte George nicht gezögert. All seine Zweifel an Sylvia – ihr offen zur Schau getragener Materialismus, die Fadheit ihrer Gespräche, das grausige Rosa ihrer Vespa und die Art und Weise, wie sie seinen Hund überfüttert und ihn selbst wie eine Dampfwalze überrollt und Richtung Heirat gezerrt hatte –, all das trat plötzlich scharf in den Vordergrund und verstieß ihn aus dem Reich der Selbsttäuschung.

Noch vor dem Morgengrauen Samstagfrüh, nach einer

schlaflosen Nacht, in der er ebenso geweint wie gewütet hatte, hatte er einen Brief geschrieben; auf der Schreibmaschine im Büro, um ihm einen formelleren und offizielleren Anstrich zu verleihen. Als der Morgen anbrach, hatte er sich ins Auto gesetzt, der zunehmende Mond hing noch über den Feldern, um ihn heimlich selbst einzuwerfen. Auf dem Weg nach Hause, als die Sonne herauskam, sah er Kiebitze durch die Felder wandern, und die süßen, vielversprechenden Gerüche des Morgens strömten zum Fenster herein. Ein neues, prickelndes Wohlbefinden überkam ihn, und er ertappte sich dabei, wie er zu singen begann. »*Bloody Mary* pom, pom, pom …« Wieder einmal überraschte und erstaunte er sich selbst.

Liebe Sylvia

(er widerstand der Versuchung, »oder wie auch immer du wirklich heißt« hinzuzusetzen)

Es tut mir leid, Dir mitteilen zu müssen, dass ich beschlossen habe …

Nachdem er das getippt hatte, saß er volle zehn Minuten vor der Schreibmaschine und überlegte, ob und was er denn nun beschlossen hatte. Fass dich kurz, dachte er. Kurz und auf den Punkt. Gestärkt fuhr er fort.

… unsere Verlobung aufzulösen. Es fühlt sich nicht richtig an. Es ist alles zu schnell gegangen, und ich bin noch nicht bereit, wieder zu heiraten. Ich sehe auch nicht, dass sich das in naher Zukunft ändert. Ich halte es für das Beste, wenn wir uns nicht mehr sehen.

Ich bitte aufrichtig um Entschuldigung und wünsche Dir alles Gute für Deine Zukunft.

George Baxter

Er überlegte, ob er die stolze Summe zurückfordern sollte, die sie ihm für den Verlobungsring abgeluchst hatte, entschied sich aber dagegen. Es erschien ihm kleinlich.

Den ganzen Tag war er angespannt, rechnete jeden Moment damit, dass Sylvia auftauchte. Am Abend suchte er im Barley Mow Zuflucht, nur um ganz sicherzugehen. Was allerdings auch nicht dazu beitrug, seine Nerven zu beruhigen. Auf dem Weg hinein stieß er beinahe mit John Wylde zusammen, der gerade herauskam. Sie wechselten ein paar »Wie geht's?« »N'Abend, John«, die den Anforderungen des sozialen Kontaktes zu genügen schienen. Doch drinnen sah er sich gleich mit dem nächsten furchterregenden Anblick konfrontiert: Nicht nur die finster blickende Brenda stand hinter dem Tresen, sondern neben ihr, mit demselben, offenbar genetisch verankerten finsteren Blick, stand Sharon. Noch erschreckender war, dass sie ein leuchtend lilafarbenes Kleid trug, das sich hauteng an ihren beträchtlichen Vorbau schmiegte, tief ausgeschnitten und ärmellos, und das sowohl ihre kerzenweißen Arme als auch ihren Ausschnitt in besorgniserregendem Ausmaß sehen ließ.

»Oh, äh, hallo Sharon.« Er nickte in Richtung der Mutter und fuhr leichthin fort: »Wusste gar nicht, dass du auch hier arbeitest.«

Bevor Sharon auch nur ein Wort herausbringen konnte, wurde George vom Ende des Tresens her attackiert.

»Schön'Abend, Mr. Baxter! Auch hier auf'n schönes Bierchen, was?«

Auf einem Barhocker am Ende des Tresens, von wo aus er Sharon mit hündischer Hingebung begaffen konnte, saß Kevin. Sharon warf ihm einen verächtlichen, finsteren Blick zu, während sie Georges Pint zapfte. Kevin strahlte noch heftiger.

Nachdem er Kevins Gruß erwidert und sein Pint bezahlt hatte, zog sich George zurück, dankbar dafür, dass seine Kumpel Bill und Roy da waren, um ihn mit Geschichten über versagende Batterien und die Einlagerung von Zwiebeln zu unterhalten. Die brandaktuelle Nachricht war, dass jemand Graham Turners Auto gestohlen hatte. Er war einfach ein Pechvogel, lautete der Schluss.

George ließ sich in die heimelige Vertrautheit der Kneipengespräche, in den Geruch nach Bier und Zigaretten, die plötzlichen Ausbrüche von Gelächter sinken.

Er ging mehrere Abende hin, nur um ganz sicherzugehen. Und dann kam ein Brief von Sylvia. George nahm mit Genugtuung wahr, dass sie in eine Briefmarke hatte investieren müssen. Er enthielt in schwungvoller Handschrift zwei eng beschriebene Seiten voller Beschimpfungen: »... Herz gebrochen ... Solche Demütigung ... niemals so behandelt worden ... nicht der Mensch, den ich ... Gentleman ... In Wirklichkeit ... hinterhältiger Mistkerl ... am Boden zerstört ... Mutter ... Schock ... ihre Gesundheit aufs Spiel gesetzt ...« Und das war nur die erste Seite. Er hörte auf zu lesen. Ihm fiel auf, dass der Ring nicht erwähnt wurde. Er fühlte sich traurig und beschmutzt. Er zerriss den Brief in winzige Stückchen und verstreute ihn auf dem Komposthaufen.

Als er jetzt so über die Felder blickte, trat er an den grasbewachsenen Rand des Pfades, von wo das Gelände nach unten abfiel, und setzte sich. Monty stemmte sich hoch, und rutschte näher an ihn heran, um sich neben ihn zu setzen, und machte ein philosophisches Gesicht. Vielleicht blickte er auch einfach nur ins Leere, es war schwer zu sagen. George saß da und hatte den Eindruck, dass sein Gesicht wahrscheinlich nicht viel anders aussah. Er hörte, wie sich ein Fahrzeug die Straße über die Downs hinaufquälte und dann das Summen einer Biene auf dem blassen Blütenkopf einer Ackerskabiose zu seiner Linken.

Die sterbende Schönheit um ihn herum vertiefte die Melancholie, die schon den ganzen Monat auf ihm lastete, sosehr er sich auch beschäftigte und versuchte, vor Vera und den anderen frohgemut zu erscheinen. Sie sorgten sich um ihn, fragten immer freundlich nach, wie es ihm ginge. Er war traurig und beschämt. Und je mehr er sich bemühte, nicht traurig und beschämt zu wirken, desto übertriebener und lächerlicher erschien ihm sein Versuch, frohgemut zu erscheinen.

Wieder einmal dachte er an Flucht; einfach alleine abhauen. Als er das letzte Mal auf diesem Hügel gesessen hatte, war sein Ausblick von horizontfüllender Pracht gewesen. Er war im Begriff gewesen, in eine erblühende Welt aufzubrechen, in der alles, was er nie gehabt hatte, zumindest im Bereich des Möglichen zu sein schien. Dieses Mal sah er sich selbst als einen einsamen älteren Herrn mit zerdrücktem Trilby, dem alle Hoffnung ausgegangen war, der aus einer nach Kohlwasser riechenden Herberge trat, die Schultern unter einem düsteren Himmel gebeugt, während er auf ein bleifarbenes, aufgewühltes Meer hinausblickte. Diese nicht allzu zuversichtliche Vision rührte ihn beinahe zu Tränen. Zu Hause habe ich wenigstens immer genug zu tun, dachte er: das Geschäft, der Garten. Und was die Frauen angeht … Ihn überkam eine sogar noch tiefere Mutlosigkeit als bei seiner Kohlwasser-Küsten-Fantasie.

»Nun, Monty …« Er wedelte das Hundeohr auf seiner Seite mit der Hand auf und nieder. »Ich glaube, ich bin einfach nicht dafür geschaffen, mit Frauen herumzuspielen, was? Das war dann doch ein bisschen zu hoch gegriffen. Nein, das ist alles nichts für mich, alter Junge. Ab jetzt bleiben wir allein, wir zwei. Du und ich und ein paar gute, solide Chippendale-Stühle. Auf die kann man sich wenigstens verlassen. Was meinst du dazu?«

Monty beäugte ihn kurz, dann wandte er den Blick ab und hechelte weiter.

September

Fünfzehn

1.

Der warme Spätsommer schwand dahin. Es würden nicht mehr viele Tage für kleine Ausflüge mit der *Barchetta* auf dem Fluss bleiben, um mit Bier und Sandwiches im Schilf zu liegen. Der Garten war voll mit hängenden Rosenköpfen. Seine Ernte aus Kartoffeln und Zwiebeln lagerte in Säcken in der Garage, Bohnen und Zucchini, Johannis- und Himbeeren waren gepflückt, und an den Bäumen hingen Äpfel. Die Blätter des wilden Weins, der über das Haus und die Scheune wucherte, färbten sich bereits rot.

Es war Zeit, beschloss George, sich nach diesem Monat wehmütiger Trauer zusammenzureißen. Genug des Selbstmitleids. Es gab noch einiges an Arbeit aufzuholen. Rosamund Parkers Kisten zum Beispiel, die nun seit einigen Wochen im Lagerraum hinten in der Scheune standen. George hatte Clarence mit dem Transporter zu Mrs. Parkers Haus geschickt, um »Mummys« Vermächtnis abzuholen. Neugierig hatte er seine Rückkehr erwartet.

Clarence war aus dem Führerhaus geklettert und hatte dabei genauso unergründlich geguckt wie sonst auch.

»Na, Clarence, alles gut gelaufen? Nette Dame, Mrs. Parker, nicht wahr?«

Clarence war, ohne ihm ins Gesicht zu sehen, um den Wagen herumgegangen und hatte ein Geräusch von sich gegeben, das irgendwo zwischen »Hmmmmh« und »Pfwoar« lag, gefolgt von einem längeren Räuspern. Das war alles, was George aus Clarence über dessen Besuch in Rotherfield Peppard herausbekam, auch wenn er bemerkte, dass Clarence seltsam gut gelaunt wirkte und etwas Schwung in seinem Schritt zu liegen schien.

Als Vera an Georges erstem Morgen des sich Zusammenreißens zur Arbeit kam – ein Mittwoch, wie es der Zufall wollte, damit ein Tag ohne Sharon –, betrachtete er sie vorsichtig und suchte nach Anzeichen für Anspannung oder Unglück. Hatte er vor lauter Beschäftigung mit sich selbst Spannungen zwischen ihr und Alan übersehen? Sie trug ein hellgrünes Kleid mit weißen Punkten, dazu weiße Schuhe mit Absatz, das Haar war ordentlich und frisch »gemacht«. Sie sah ziemlich glücklich aus, fand er.

Anscheinend hatte sie das Radio vergessen, und so herrschte freundliche Stille in der Küche, als sie ihren ersten Tee kochten, während Monty auf seinem Bett schlummerte. Dann setzten sie beide auf einmal zu sprechen an. Sie verstummten und lachten.

»*Ladies first*«, sagte George.

»Nein, Sie sind der Boss«, grinste Vera.

Wie nett sie war, dachte George wieder, wie aufmunternd sie aussah mit diesen ein wenig auseinanderstehenden Zähnen und der Nase, die sich kräuselte, wenn sie lächelte.

»Nun, ich wollte eigentlich nur sagen …« Er verstummte, spielte mit dem silbernen Teelöffel herum. Plötzlich war ihm flatterig zumute, beinahe als wollte er sie fragen, ob sie mit ihm ausginge. »Ich habe nachgedacht, Vera … übers Geschäft. So ein bisschen eine Art Neuanfang nach allem, was passiert ist und so …« Er blickte auf seine Schuhe hinab und räusperte sich.

Vera, an der anderen Seite des Tisches, hörte über die Becher hinweg zu.

»Ich wollte dir vorschlagen, deine Position hier auf etwas offiziellere Füße zu stellen. Ich würde dich gern zur Geschäftsleiterin machen. So richtig. Natürlich mit Gehaltserhöhung und allem ...«

Veras Reaktion überrumpelte ihn ziemlich.

»Oh, Mr. Baxter!« Sie lief rot an. Mit einer Hand fächelte sie sich Luft zu, und ihre Augen füllten sich mit Tränen. Sie grub in ihrem Korb nach einem Taschentuch.

»Es tut mir leid«, sagte er verstört. »Ich wollte nicht ...«

»Nein«, sagte sie erstickt hinter dem weißen Baumwollquadrat hervor. »Es ist ...« Sie schnäuzte sich geräuschvoll die Nase. »Ich bin ... Ich würde mich unheimlich freuen, wenn ich nur ... Ich meine ...« Mit einem Mal lächelte sie. »Glauben Sie wirklich, ich könnte das?«

»Natürlich«, sagte er. »Du machst es doch sowieso schon.«

Veras Miene wurde ernst. Der Kessel kochte, und sie holte ihn, um die Teekanne für sie und die Männer in der Werkstatt zu füllen. Dann stellte sie den Kessel auf den Herd zurück und stellte sich wieder ihm gegenüber ans andere Ende des Tisches, die Hand an der Milchflasche.

»Was ich eigentlich sagen wollte, als ich hereinkam, war, dass ich diesen kleinen Kurs in Buchhaltung gesehen habe, an dem ich teilnehmen könnte, drüben in Didcot. Es ist nicht viel, aber es könnte nützlich sein.«

»Ja, das ist eine hervorragende Idee«, stimmte George zu. »Auch wenn du das nicht wirklich brauchst, Vera. Du bekommst das auch so schon wunderbar hin.«

»Ich würde es gern machen.« Sie goss Milch in die Becher, scheinbar enttäuscht. Eine Weile lang sagten sie nichts, bis sie aufsah: »Ich denke, wir lassen es erst einmal, Mr. Baxter, so wie Alan im Moment gestimmt ist. Wenn ich irgendwie, nun ja, befördert werde, ich meine … Ich glaube nicht, dass ihm das gefallen würde. Es ist …« Sie zuckte die Achseln. »So ist er einfach.«

»Ich verstehe.« George war, als sähe er Tränen in Veras Augen, aber sie drehte sich um und griff nach dem Tablett. »Gut, wie du meinst, Vera. Das Angebot steht. Du sagst mir Bescheid, falls du es dir anders überlegst, ja?«

Auf dem Weg nach draußen mit dem Tee, drehte sie sich noch einmal um. »Oh, übrigens, diese Sekretärin von Dr. Hargreaves hat noch einmal angerufen. Und Lady Byngh.«

»Ja?«, fragte George müde. Er fürchtete einen erneuten Besuch in Nikotinhausen.

»Sie war ziemlich gesprächig«, berichtete Vera. »Offensichtlich hat die Polizei ihre Esszimmerstühle gefunden.«

»Wirklich?« Der vollgepackte Tisch in Greenburton House stand ihm vor Augen, das muffige, staubige Durcheinander des Ganzen. Gepflegte Abendmahlzeiten schienen im Byngh-Haushalt nicht stattzufinden. Oder sonst irgendetwas Gepflegtes. »Hm, gut.«

»Sie sagte, dass die arme Frau, die mit ihr lebt, sich das Handgelenk gebrochen hat.«

»Kann nicht sagen, dass mich das überrascht.«

»Und der Neffe …?«

»*Der Junge*«, sagte George höhnisch. Vera kicherte.

»Das Geschenk hat ihm gefallen, sagte sie.«

»Oh, gut.« Er fühlte sich geschmeichelt. Es war dem alten Mädchen wirklich wichtig gewesen, das wusste er. Nicht, dass sie besonders alt wäre, korrigierte er sich. Sie war in seinem Alter, um bei der Wahrheit zu bleiben. Er war erleichtert. Vielleicht würde sie jetzt aufhören, immer wieder von diesem verdammten …

»Und sie hat gefragt, ob schon irgendeine Spur von ihrem Hepplewhite aufgetaucht wäre.«

George stöhnte.

2.

Mehrere Tage vergingen. Vera sagte nichts mehr über ihre mögliche neue Tätigkeitsbezeichnung, und George, unsicher über den Zustand des fragilen Gleichgewichts der Gewaltenteilung im Hause Day, traute sich nicht, es anzusprechen.

Er stürzte sich in praktische Arbeit, vermied den Sog ruhigen Nachdenkens, der ihn in Sehnsucht und Selbstmitleid ziehen konnte. Die abgestorbenen Rosenblüten zu schneiden, war beruhigend. Und er räumte sein Büro aus, vernichtete alte Buchhaltungsunterlagen und Quittungen, die seit Jahren in den Regalen Staub sammelten. Dabei fiel ihm einmal mehr der Zeitungsausschnitt über die Messe in Buenos Aires in die Hände. Er starrte ihn an, während ihn die Scham erneut überwältigte. Dann löste er ihn von dem anderen Blatt, zerriss ihn und warf ihn in den Papierkorb. Das Bild der Allodola-Venus auf ihrem steigenden Pferd stellte er auf seinen Tisch.

»Um der alten Zeiten willen.« Er beugte sich vor und betrachtete sie, erinnerte sich daran, wie es ihn bis ins Mark getroffen hatte, als er sie zum ersten Mal erblickte, die außergewöhnliche Kunstfertigkeit, ihre Schönheit, beinahe heilig.

»Wo bist du nur?«, flüsterte er. »Wo bist du hingegangen?«

»Was ist denn das?«, fragte Vera später. Er erzählte ihr die Geschichte, während sie auf das körnige Foto schaute.

»Sie sieht herrlich aus«, sagte sie, als sie das Foto wieder auf den Tisch stellte. »Und, haben Sie jemandem davon erzählt? Den Leuten in Argentinien?«

»Nun, nein ... abgesehen von Joe und Walter Black, aber die sind inzwischen beide gestorben. Wem hätte ich es erzählen sollen?«

»Schon komisch«, sagte sie. »Sie sind also der Einzige, der davon weiß.«

»Ja, das nehme ich an«, bestätigte er.

Mrs. Parkers Kisten waren eine weitere Aufgabe, die ihm bevorstand, doch als er sie sich anschaute, aufgestapelt im Hinterzimmer der Werkstatt, verließ ihn der Mut. Er konnte sich nicht dazu durchringen. Irgendwann, wenn es mal passte, würde er Kevin damit beauftragen, sie durchzusehen.

Insgesamt hatte er das Gefühl, als wäre sein Leben angehalten worden, stünde still, während um ihn herum alles Leben weiter voranwirbelte, ohne ihn.

Monty haarte ausgiebig; Clarence verkündete mit ungewöhnlicher Fröhlichkeit, dass er »das alte Mädchen ein Wochenende lang ausführen« wollte. Es war ihr vierzigster Hochzeitstag, Rubinhochzeit.

»Es überrascht mich, dass er überhaupt weiß, was das ist«, meinte Vera.

Und eines Morgens, als George ums Haus herum kam, erblickte er zwei Gestalten, die, ins Gespräch versunken, auf der niedrigen Mauer hockten, umhüllt von den rosafarbenen Köpfen der Damaszenerrosen. Kevin saß mit dem Rücken zu George und gestikulierte leidenschaftlich beim Reden.

»… und deshalb, verstehst du, hängt alles vom Brennen ab, wie man das macht. Mit der hier, von der ich's die ganze Zeit hab, das ist Silikonpaste – da ist Lehm drin und weißer Quarzsand – und wenn man's richtig, richtig heiß kriegt, wird's durchsichtig …«

Sharon saß halb Kevin zugewandt, die Augen wie Kohlestückchen in ihrem blassen Gesicht, der Mund leicht geöffnet, und starrte Kevin fasziniert an. Sie war es, die George erblickte. Kevin, der sah, wie ihre Augen einen Punkt in seinem Rücken fokussierten, drehte sich um.

»Hallo! Äh, alles gut … Lasst euch nicht stören!«, sagte George und beeilte sich, zur Hintertür zu kommen.

Erstaunlich, dachte er. Kevin schien Jacquemarts Buch auswendig zu lernen. Er grinste in sich hinein.

»Mr. Baxter?« Vera kam aus der Küche. Sie klang besorgt, bis sie sein Gesicht sah, woraufhin auch sie lächeln musste. »Was ist Ihnen denn über den Weg gelaufen?«

»Oh, draußen sitzt Kevin und predigt über Töpferei, und Sharon hängt an seinen Lippen und saugt alles auf, als wäre es das Spannendste, was sie je gehört hat.«

»Ist es ja vielleicht auch«, lachte Vera. »Unglaublich, was ein Mädchen so auf sich nimmt, stimmt's?« Sie wurde wieder ernst. »Kann ich kurz mit Ihnen sprechen?«

Das klang ernst. Sie gingen ins Büro. George setzte sich.

»Ich habe nachgedacht, Mr. Baxter, über das, was Sie gesagt haben, dass ich die Geschäftsleiterin werden soll und das.«

»Ja, ich verstehe«, sagte George und versuchte, neutral zu klingen. Sie würde ablehnen, dachte er, wegen Alan. Er merkte, dass er enttäuscht war.

Vera legte die Hände ineinander und sprach überlegt und ruhig. »Ich habe Alan noch nichts gesagt, nicht direkt jedenfalls. Wenn ich einfach so zustimmen würde, weiß ich, dass er das Gefühl hätte, ich wäre ihm in irgendeiner Weise vor die Nase gesetzt worden. Sein Stolz, verstehen Sie. Er ist ein Mann, und, na ja … Sie wissen schon. Wie dem auch sei, mir ist ein Weg eingefallen, wie wir das umgehen können, wenn Sie einverstanden sind.«

George wartete ab.

»Also, ich denke, wenn Sie Alan auch eine Art Titel geben würden, dann könnte das wunderbar funktionieren.«

George war sprachlos. Was stellte sie sich vor? *Sir* Alan?

»Wenn Sie allen eine Bezeichnung für ihren Job geben würden – sagen wir, Alan würde Chef-Restaurateur, und Clarence könnte leitender Polsterer und Polierer sein.«

»Ah, ich verstehe.« Auf den ersten Blick erschien es George absurd, besonders, wo sie die einzigen Angestellten waren. Chef von wem denn? Aber dann wurde ihm klar, dass Vera wahrscheinlich sehr viel mehr Ahnung davon hatte, ob es funktionieren könnte oder nicht. Mit einem schwachen Lächeln sagte er: »Was ist mit Kevin?«

»Oh …« Veras Miene entspannte sich. »Da fällt uns schon etwas ein. Er hat unter Alan gelernt, also könnten wir ihn Lehr-Möbelrestaurateur nennen oder so etwas in der Art. Irgendetwas, das ihn unter Alan positioniert, das würde Alan gefallen, das weiß ich!«

George lachte angesichts ihres Enthusiasmus. »Also meinst du, damit kämen wir durch?«

Vera strahlte zurück. »Ich denke schon.«

Innerhalb weniger Tage war alles geregelt. Sogar Clarence schien sich zu Georges großer Verwunderung geehrt zu fühlen, den Titel verliehen zu bekommen. Er ging etwas stolzer durch die Welt.

»Chefpolsterer und -Polierer«, wiederholte er mit seiner knorrigen Stimme die Worte, die beschrieben, was er seit Jahrzehnten bei der Arbeit tat. »Das wird Edith gefallen, schätze ich.«

Alan begrüßte die Nachricht mit verlegenem Stolz, als wäre es eine Anerkennung, die er seit Langem verdient hatte. »Ja«, sagte er und straffte die Schultern. »Das bin ich. Das hört sich gut an, vielen Dank.«

Kevin schien es weniger wichtig zu sein als den anderen, er wusste ja bereits, dass er der Lehrling war.

Veras Beförderung zur Geschäftsleiterin ging beinahe kommentarlos durch.

3.

Ein paar Tage später bremste George den Transporter kurz nach dem Abzweig einer kleinen Seitenstraße und setzte rückwärts hinein.

»Wo zum Teufel ist denn diese verdammte Farm?«, murmelte er vor sich hin, während er das Fahrzeug wieder auf die Straße lenkte. Er war schon eine Weile auf diesen kleinen Sträßchen in den Chilterns hin- und hergefahren, auf der Suche nach der Adresse, an der er seinen letzten Termin für heute hatte. Inzwischen war er schon so weit, dass er lieber einen Pub und ein schönes Pint suchen wollte als dieses vermaledeite Haus.

Bevor er sich am Morgen auf den Weg gemacht hatte, um andere Händler in der Gegend zu besuchen, war Vera mit einer weiteren Nachricht zu ihm gekommen.

»Dr. Hargreaves wird anscheinend die ganze Woche auf der Farm sein, heute würde es gut passen, ihn zu besuchen.

Offensichtlich handelt es sich um das Anwesen seiner Mutter, sie muss gestorben sein. Toke's Farm heißt es.«

Als er gesehen hatte, wo es lag, hinter der Zollbrücke von Pangbourne den Whitchurch Hill hinauf und dann noch weiter, hatte er beschlossen, den Besuch zuletzt zu machen. Jetzt verfluchte er, überhaupt hergekommen zu sein.

Seine Gemütsverfassung war nach einem optimistischen Beginn im Laufe des Tages nach und nach schlechter geworden. Es hatte schon ein paar feucht neblige Tage gegeben, die zeigten, dass der Sommer nun tatsächlich in seinen letzten Zügen lag. Heute jedoch schien die Sonne noch einmal mit wohlmeinend herbstlicher Intensität. Wenn die Blätter sich Zelle für Zelle darauf vorbereiteten zu vertrocknen und zu sterben, so war das heute nicht wahrnehmbar. Alles war von lebendiger Wärme erfüllt, die Bäume und Hecken noch kräftig grün, der Himmel so blau, wie Blau nur sein konnte, die hüpfenden Saatkrähen glänzend tintenschwarz, alles scharf abgegrenzt und klar.

Er hatte eine Landstraßentour gemacht, erst nach Abbington, dann hoch nach Oxford und schließlich wieder zurück nach Dorchester, wo er einen kleinen Händler namens Ernie Greaves kannte, der immer gern bereit war, mittags auf ein oder zwei Pints ins White Hart mitzukommen. Ernie war ein fröhlicher, rotgesichtiger Mann mit liebenswert wabbeligen Hängebacken, die George immer an Monty erinnerten. Ernie mit seinem Optimismus sorgte verlässlich dafür, dass man sich besser fühlte. Heute jedoch hatte er die ganze Zeit über seine Frau gemeckert, seine ältere Tochter und deren Mann und Söhne, so dass George niedergeschlagen Dorchester verließ, weil ihm wieder einmal seine eigene Einsamkeit vor Augen geführt worden war. Keine

Brüder und Schwestern, keine Frau, keine Kinder. Und trotz der zahlreichen Frauen in seinem Leben keine, die er seine nennen konnte.

Wäre er jemand anders gewesen, ein Bekannter, er hätte Mitleid mit sich gehabt.

Nach dem Lunch fuhr er nach Henley und dann weiter nach Reading. Inzwischen hatte er eine zufriedenstellende Sammlung von Waren hinten auf der Ladefläche. Auf dem Boden vor dem Beifahrersitz lagen, eingewickelt in schützende Decken, ein paar Goldbronze- und Bronze-Kerzenleuchter aus der Empire-Zeit und ein blau ummantelter Toby-Krug mit – und das war selten – Deckel. Hinten hatte er eine kleine Auswahl Stühle, ein paar Bücherregale, die er garantiert verkaufen könnte, ein paar Jagdhörner aus Messing und einen Kohlenkasten mit Schürhaken. In Oxford hatte er eine mit reichen Schnitzereien verzierte Armada-Truhe gekauft, die sie nur zu zweit auf die Ladefläche hatten hieven können. Und zu guter Letzt hatte er noch ein Set Mahagoni-Chippendale-Stühle und einen schönen Mahagoni-Esstisch aufgeladen. Er war leicht zu transportieren, da man ihn in zwei Teile zerlegen konnte, die jedes über einen Standfuß verfügten, mit einer ausklappbaren Tischplatte, die man zwischen beiden feststellen konnte.

In geschäftlicher Hinsicht war es ein exzellenter Tag gewesen. Doch als er durch Warborough und Nettlebed rollte, schien ihn die Schönheit des Tages zu verspotten. Die alte Sehnsucht ergriff ihn wieder: ein körperlich schmerzendes Verlangen danach, in den Arm genommen und getröstet zu werden, während ihm gleichzeitig klar und deutlich vor Augen stand, dass er das nicht verdient hatte. Am liebsten hätte er den Kopf in den Nacken gelegt und geheult, wie Monty es manchmal tat.

»Wo ist nur mein Mädchen?«, murmelte er. »Das Mädchen für mich? Wo, oh, wo könnte sie sein?«

Als er an die Mautstation heranfuhr, um zu bezahlen, wurde ihm klar, dass man ihm ansah, dass er mit sich selbst sprach. Das Mädchen in der Kabine musterte ihn misstrauisch. Wenn er wenigstens Monty mitgenommen hätte, dachte er. Dann würde sein tieftrauriges Gemurmel zumindest nicht ganz so geistesgestört aussehen.

»Um Himmels willen« schimpfte er sich aus, als er den Hügel hinauffuhr, »jetzt reiß dich aber mal zusammen, du armseliger Trottel.«

Nach ein paar weiteren Runden über die Landstraßen am Nordufer der Themse fand er schließlich zur Linken einen Feldweg, den er wohl übersehen hatte, als er aus der anderen Richtung gekommen war. Aus dieser Richtung war ein Hinweisschild zu sehen, schwarze Buchstaben auf weißem Grund, halb von Efeu und Brombeeren überwuchert: TOKE'S FARM.

Der Transporter holperte über den Feldweg, der von dichtem Gestrüpp aus Nesseln, Brombeeren und verwilderten Weißdornhecken gesäumt war, die an den Seiten seines Wagens entlangkratzten. George sorgte sich um die Federung und grummelte vor sich hin, dass dieser Dr. Hargreaves oder seine Frau oder wer auch immer besser irgendetwas anzubieten hatte, das den Aufwand wert war.

Endlich kamen Farmgebäude in Sicht. Als er sich dem Tor näherte, sah er ein weiteres Schild, ein langes lackiertes Holzteil, das wie ein Banner links von der Straße stand, auf dem in schwarzer Schrift geschrieben stand:

Kommt zu mir,
alle die ihr mühselig und beladen seid,
ich will euch erquicken.

Na wunderbar, dachte er. Das ist doch völlig beknackt, so meilenweit von jeder Straße entfernt.

Er fuhr durch das offene Tor und hielt neben einem Stallgebäude aus Fachwerk und Ziegelstein hinter einem flaschengrünen VW Käfer. Gehörte der Dr. Hargreaves? Es erschien ihm unwahrscheinlich. Einen Augenblick, nachdem er den Motor ausgeschaltet hatte, herrschte absolute Stille. Als er die Tür aufstieß und ausstieg, setzte lautes Gebell ein, und drei schwarz-weiße Springer Spaniels kamen von der anderen Seite des Hofes her auf ihn zugeschossen.

»Hallo ihr«, begrüßte er sie, ohne sich irgendwelche Sorgen zu machen. Sie wedelten alle freundlich mit den Schwänzen und sprangen an seinen Beinen hoch. »Na, na, kein Grund, einen solchen Aufstand zu machen, oder?«

Anscheinend zufriedengestellt, sausten sie wieder zurück dorthin, wo sie hergekommen waren. George reckte und streckte sich in der ruhigen Wärme und machte sich auf den Weg über den Hof. Mückenschwärme schimmerten in der Luft, und es roch nach Bauernhof, Mist und feuchtem Stroh. In der Entfernung konnte er die Hunde bellen hören.

Der unbefestigte Hof war tief zerfahren, voller Schlaglöcher, und überall lag staubiges, uralt aussehendes Stroh verstreut. Das Farmhaus mit seinem Giebeldach stand rechts von ihm, und um den Hof herum standen Wirtschaftsgebäude, Ställe und Lagerräume, sämtlich in braunrotem Backstein. Ein schwer aussehender Eisentrog mit grünem Wasser darin stand neben einer der Scheunen. Alles sah heruntergekommen aus, Nesseln und Unkraut wucherten am Fuß der Mauern. Eine Buddleia wuchs schief aus dem Schornstein des Farmhauses, und in den Dachrinnen spross Gras. Er machte sich nicht die Mühe, die Hemdsärmel herunterzurollen und formell auszusehen. Schließlich war das hier ein Bauernhof.

Die Hunde waren verstummt, aber kurz darauf war ihm, als hörte er andere Geräusche und in der Entfernung eine Stimme. Er ging ein paar Schritte weiter und wartete.

Sie kam um die Ecke eines der Gebäude, an dessen Seite ein Paddock sein musste. Seine Augen weiteten sich, als er sie näher kommen sah. Was für ein lieblicher Anblick! Es stimmte einfach alles, jedes Detail, als sie über den Hof auf ihn zuging: lange Beine, hellbraunes Haar, ein weiches, mehlfarbenes Maul, und dann diese langen, aufmerksam gespitzten Ohren und die tiefgründigen Augen, die ihm freundlich fragend entgegenblickten. Das war sie. Er war sich ganz sicher, in dem Augenblick, dass sie ihn erkannte.

»Lottie?« Seine Stimme klang rau.

»Eigentlich heißt sie Minnie, aber Sie haben recht, Lottie würde sogar noch besser zu ihr passen.«

George brauchte einen Moment, bis er begriff, dass da eine Frau den Strick am Halfter des Mulis hielt, die wohl eine Art weiblicher Stallknecht sein musste. Sie war groß und überaus üppig, mit einem runden, offenen, rotwangigen Gesicht und großen grauen Augen, in denen ein spitzbübischer Blick stand. Ihr Haar – lang und zu einem irgendwie chaotischen Arrangement zusammengedreht – war braun, wobei ihm die grauen Einsprengsel darin nicht entgingen. Sie trug eine unförmige, viel zu große kuhfladengrüne Hose – aus Armybeständen?, überlegte er – und ein kurzärmliges, khakifarbenes Hemd. Alles war mit Mist und

Schlamm verdreckt. Der Körper, um den sich das alles wickelte, sah umwerfend stark aus und gut gebaut.

»Sind Sie der Kerl, der kommen wollte, um mich aus diesem verdammten Haus zu retten?«, fragte sie, während sie mit dem Muli am Strick auf ihn zukam. Die Spaniels sprangen aufgeregt um sie herum. Sie streckte ihm die Hand hin, zog sie dann gleich wieder zurück, um kurz ihre Handfläche zu inspizieren, bevor sie sie ihm wieder hinhielt. »Alles gut, keine Gefahr. Dr. Hargreaves.«

Benommen fühlte George den kräftigen Händedruck. Während des erfrischend kraftvollen Händeschüttelns sagte er, dass er, ja, George Baxter war, der wegen der Haushaltsauflösung gekommen war.

»Ich verstehe nicht ganz …« Er geriet ins Stammeln. »Sie meinen, *Sie* sind Dr. Hargreaves? Meine Geschäftsleiterin hat mir zu verstehen gegeben …«

»Dass ich ein Kerl bin? Keine Sorge, das passiert ständig. Die Sekretärin hat aus der Praxis in Basingstoke angerufen. Sie kann noch so oft ›sie‹ sagen, die Leute verstehen immer nur ›er‹, sobald von einem Doktor die Rede ist. Jedenfalls …« Sie drehte sich zum Haus um. »Das hat alles meiner Mutter gehört. Sie ist vor Kurzem gestorben. Sie war schon ein guter Mensch, aber ziemlich schrullig, besonders nachdem sie verwitwet war. Manche Frauen werden so. In letzter Zeit hat sie Esel gerettet, da hinten ist eine ganze Weide voll von den kleinen Kerlen.«

George folgte mit dem Blick einem ausgestreckten, beeindruckend geformten Arm, genau wie die Spaniels, die wohl darauf hofften, dass sie etwas für sie warf.

»Als sie angefangen hat, kleine ausgediente Arbeitstiere aufzunehmen, hat sich das nach und nach herumgesprochen. Die Leute haben sie zu ihr geschickt. Aber jetzt …

was in Gottes Namen soll ich in meinem Alter mit elf Eseln anfangen? Alle bei bester Gesundheit, natürlich. Ganz zu schweigen von dem ganzen Gerümpel hier.« Sie tätschelte den Hals des Tieres neben sich. »Minnie ist das einzige Maultier.« George merkte, wie sie ihn amüsiert musterte. »Sie scheinen ja ziemlich begeistert von ihr zu sein. Wer ist denn Lottie?«

»Ich war während des Krieges einem Maultierzug zugeordnet, nur sehr kurz. Monte Cassino.« Er erklärte, was mit Lottie geschehen war. Zu seiner Überraschung purzelten die Worte nur so aus ihm heraus. Doch selbst nur so kurz und knapp darüber zu berichten, schnürte ihm die Kehle zu, als müssten gleich jeder Kummer und alle Sehnsucht aus ihm herausströmen, und als sei diese prächtige Frau, die er gerade erst getroffen hatte, das Gefäß, das sie aufnehmen konnte.

»Grausam«, sagte sie. »Grausame Zeiten.«

»Ja«, stimmte er zu. »Und diese unschuldigen Kreaturen mittendrin.« Er streichelte Minnies Nase, ihre warme Weichheit eine Erinnerung, lebendig und tröstend.

»Oh, ich bin mir nicht sicher, ob sie so unschuldig ist.« Dr. Hargreaves klopfte den Hals des Mulis. »Sie hat es faustdick hinter den langen Ohren. Also«, fuhr sie in geschäftlicherem Ton fort, »ich kann Sie schnell im Haus herumführen, aber wir können auf keinen Fall heute alles schaffen. Es ist eine Menge Zeug. Ich weiß nicht, wie es Ihnen geht, aber ich lechze nach einer Tasse Tee. Wie wär's, wenn wir uns erst einen Tee gönnen, bevor wir anfangen? Wir können auch gern hier draußen bleiben. Das Haus ist deprimierend. Ich geh nur schnell und bringe Minnie in den Paddock zurück. Ich dachte, ich putze sie mal, aber das kann warten. Dann setze ich Wasser auf.«

George tätschelte Minnie zum Abschied, dann steckte er die Hände in die Taschen und sah ihnen nach. Das Muli ließ die Ohren entspannt zu den Seiten wippen, während es neben dieser kraftvollen Frau herging. Nach einer Weile merkte George, dass er mit offenem Mund dastand.

*

Eine Eingebung kam ihm, als Dr. Hargreaves vom Paddock zurückkam und energischen Schrittes ins Haus ging, die Hunde auf den Fersen. Er eilte zum Morris, ließ die hintere Klappe herunter und zog zwei der alten Teppichstücke heraus, die er immer dabeihatte, um Möbelstücke abzupolstern. Er legte die leuchtend roten Stücke nebeneinander auf den saubersten Fleck, den er auf dem Hof finden konnte, und trampelte sie mit jetzt spitzbübischer Begeisterung flach. So schnell er konnte, sprang er auf die Ladefläche, dankte dem Himmel, dass er die Armada-Truhe zuerst aufgeladen hatte, so dass sie ihm jetzt nicht im Weg herumstand, und lud die beiden Tischteile aus.

»My strength is as the strength of ten …« Gedichte aus der Schulzeit gingen ihm durch den Kopf. *Ich bin stark wie zehn … weil mein Herz rein ist?* Nein, er war nicht Sir Galahad. Er fühlte sich stark wegen ihr.

Wegen ihr!

Als seine Gastgeberin mit einem Tablett aus dem Haus kam, saß George lässig und mit nonchalanter Miene (wenn auch insgeheim schwitzend) auf einem der beiden Chippendale-Esszimmerstühle, die er eben noch in aller Eile von der Ladefläche gezerrt und an den Mahagoni-Esstisch gestellt hatte, dessen beide Teile jetzt zusammengeklammert waren. Auf dem Tisch standen in sorgsamem Abstand zueinander aufgestellt die beiden Goldbronze- und Bronze-Kerzenleuchter, deren Fuß jeweils aus einer bronzenen Sphinx bestand.

Dr. Hargreaves war bereits sehr zügig auf dem Weg aus dem Haus, umringt von den Spaniels, als sie die Szene wahrnahm. Sie blieb stehen, die Füße in den schweren Lederschuhen nebeneinander. Er beobachtete, wie sie versuchte zu begreifen, was sie sah.

»Was in aller Welt …?«

Dann legte sie den Kopf in den Nacken und brach in ungehemmtes Gelächter aus, ein, wie George fand, überaus attraktives, schallendes Lachen. Sie blickte noch einmal hin und fing wieder an zu lachen.

»Was für eine *wunderbare* Überraschung«, sagte sie, während sie das Tablett zum Tisch brachte. Sie stellte es ab: eine dicke Teekanne aus Ton unter einem gelben gehäkelten Teewärmer, weiße Tassen und eine Platte sirupdunklen Kuchens. »Keine Sorge, unter der Kanne ist ein Untersetzer, der Tisch wird nicht leiden«, sagte sie. »Was für eine verrückte Teeparty!«

George strahlte sie an. Er freute sich diebisch, dass er ihr solch eine Freude gemacht hatte.

Sie trat einen Schritt zurück und lachte noch einmal leise auf, die Wangen rund und gerötet, ihr Gesicht lebendiger, als es George je bei einem Menschen gesehen hatte. Oh, diese Frau … was für eine Frau! Er war von einer Aufregung gepackt, die er noch nie so empfunden hatte.

»Essen Sie immer mit so viel Stil, wenn sie unterwegs sind?«, fragte sie, wieder mit einem leisen Lachen, als sie auf dem anderen Stuhl Platz nahm.

George versuchte, nicht zu starren. Sie sah chaotisch aus: schmutzig, zerzaust und absolut hinreißend.

»Nein.« Er lachte. »Nicht oft jedenfalls. Aber ich dachte, wir könnten es ja auch ein bisschen bequem haben.«

»Ich kann Ihnen gar nicht sagen, wie gut mir das tut«, sagte sie und hob den Deckel der Teekanne, um umzurühren. »Das Haus ist …« Sie setzte den Deckel wieder auf und seufzte. »Es ist ein Saustall … aber gleichzeitig auch unglaublich karg. Meine Mutter hat sehr puritanisch gelebt. Sie hat alles nach außen gegeben, niemals an ihr eigenes Wohlbefinden gedacht. Was selbstlos klingt, es aber nicht ganz trifft – nicht, wenn man zu ihrer Familie gehörte jedenfalls. Tut mir leid, ich sollte gar nicht damit anfangen. Aber manchmal konnte sie einen schon zur Verzweiflung treiben.« Sie schenkte den Tee ein und reichte ihm eine Tasse mit Untertasse, weiß mit silbernem Rand.

George hielt sie hoch. »Ist das …?« Er warf einen Blick auf die Unterseite. »Lenox?«

»Ist es das?«, fragte Dr. Hargreaves. »Keine Ahnung. Ich weiß, dass es amerikanisch ist. Ursprünglich ein Hochzeitsgeschenk, denke ich.«

»Ah«, sagte George und dachte: Zwanzigerjahre.

»Zucker, Mr. …?«

Er griff über den Tisch, um die Zuckerdose in Empfang zu nehmen. »Danke. Baxter, aber nennen Sie mich doch George.«

»Ja, natürlich. Und ich heiße Elizabeth. Kuchen? Der ist gekauft, leider … Ingwer, glaube ich. Ich backe so gut wie nie. Komme irgendwie nicht dazu.«

»Das kann ich mir denken«, antwortete er, auch wenn er sich in Wahrheit ihr Leben kaum vorstellen konnte. Er lehnte sich zurück, ließ einen Arm entspannt herunterhängen. Einer der Hunde stieß ihm die Nase in die Hand.

»Hallo, du.« Er streichelte ihn. »Gehören die auch Ihrer Mutter?«

Elizabeth verdrehte die Augen. »Ja.«

»Gut, dass ich meinen Hund nicht mitgebracht habe.«

»Was ist es denn für einer?«

»Basset. Ein großer Rüde.«

»Ah, wie lustig.«

»Ja, er ist ein guter alter Junge.«

Elizabeth Hargreaves bedachte ihn einen Moment lang mit einem direkten Blick, als wollte sie ihn abschätzen. Sogar in der Art, wie sie einen mit diesen lebendigen grauen Augen ansah, war sie unverblümt. George überlegte, ob er sie nicht eigentlich furchterregend finden müsste, doch das fand er nicht. Sie sank in ihren Stuhl zurück.

»Die sind bequem, für Stühle mit gerader Lehne.«

»Ja. Sehr schön gebaut«, stimmte er zu.

Die Hunde lungerten die ganze Zeit in der Nähe herum, aufmerksam in Gegenwart des Kuchens. Er hatte den Tisch so aufgestellt, dass sie gegenüber des Hauses saßen. George versuchte sich darauf zu konzentrieren. Schon ein flüchtiger Blick auf Elizabeth war so irritierend, dass er aus Sicherheitsgründen lieber woanders hinschauen sollte, erkannte er. Sie trank einige Schlucke Tee und aß ein paar Bissen Kuchen, schien sich sogar noch mehr zu entspannen und stieß schließlich einen zufriedenen Seufzer aus.

»Sehr schön«, sagte sie. »Das ist definitiv das kultivierteste Picknick, das ich je hatte.«

4.

Wesentlich später fuhr er durch die laue Nacht nach Hause. Ein Halbmond hing am Himmel. Die Kalkwege, die von der Straße abgingen, hoben sich weiß leuchtend von der dunkleren Vegetation ab. Eine ruhige Erwartung lag in der Luft, als würde demnächst etwas passieren, wie kurz vor Weihnachten.

Vera würde Monty gefüttert haben, das wusste er. Er selbst hatte kein Abendessen gehabt, nicht seit dem klebrigen Stück Kuchen. Aber im Augenblick war er dermaßen im Rausch, dass er das Gefühl hatte, nie wieder etwas essen zu müssen.

Vier Stunden hatte er in Gesellschaft von Elizabeth Hargreaves verbracht, nur ganz am Schluss, kurz, mit dem ursprünglichen Zweck seines Besuches befasst, nämlich sich im Haus umzusehen. Zwei Dinge wusste er ganz sicher. Eins war, dass er schon ein ziemlich weit fortgeschrittenes Stadium des absoluten und überwältigenden Hingerissenseins erreicht hatte.

Das andere war, dass Elizabeth – unverheiratet, »anscheinend war ich nie der Typ zum Heiraten«, schwierig (ihrer Mutter, sie ruhe in Frieden, zufolge) und sehr auf ihre Unabhängigkeit bedacht, nachdem sie die Teetassen abgeräumt und eine Flasche Rotwein und zwei Gläser mit herausgebracht hatte – es anscheinend überhaupt nicht eilig gehabt hatte, dass er wieder ging.

»Oh, ich sage Ihnen einfach, was im Haus ist …« Sie stellte die Gläser ab, lief hinein, kam mit zwei Kerzen und einer Schachtel Streichhölzer wieder heraus. »Kann man die benutzen?« Sie nickte fragend zu den Kerzenleuchtern.

»Natürlich«, sagte er. »Dafür sind sie ja da.«

Die Dochte entzündeten sich leicht, die Flammen brannten hoch in den windstillen Abend. George betrachtete ihr Gesicht, während sie redeten. Elizabeth war nicht jung. Er würde sich nicht noch einmal etwas vormachen. In ihrem Haar war Grau zu sehen, und da waren tiefe Lachfalten um die Augen. Aber es steckte so viel Energie in ihr. So viel überschäumendes Leben.

»Ich habe nur diese zwei Wochen frei«, erklärte sie, während sie den Wein einschenkte. »Um hier alles so weit auszusortieren, wie ich kann. Dann muss ich zurück zur Arbeit. Aber ich kann ja zumindest versuchen, auch ein bisschen so etwas wie Urlaub daraus zu machen. *Cheers!*«

Von Anfang an waren sie gut miteinander ins Gespräch gekommen. Es war außergewöhnlich, dachte er. Elizabeth hatte gesagt: »Also, nun erzählen Sie mir mal etwas über sich!« Das Erste, was herausgekommen war, war: »Naja, meine Mutter ist gestorben, als ich vier war.« Eine Sekunde lang hatte wieder die Rose durch das vergitterte Schulfenster zu ihm zurückgeblickt, ihre freundliche rosafarbene Aufmerksamkeit, sein kindlicher Trost. Während die Sonne unterging, und das Licht erst orange und dann allmählich immer grauer wurde, hatte er von seiner Kindheit erzählt, von der Schule und vom Krieg und von Win. Elizabeth hörte zu. Sie gab ihm nicht das Gefühl, dass er zu viel redete, auch wenn er, wie er jetzt dachte, das sicherlich getan hatte. Warum hatte er ihr das alles erzählt? Wieso war er gleich so vorgeprescht?

Ihre Art, ihm zuzuhören, als wäre wichtig, was er erzählte, hatte ihn seine Ehrfurcht vor ihr vergessen lassen. In der Dämmerung erzählte sie ihm, dass ihr Vater Vikar gewesen war, eine aufrechte Seele, wie sie es nannte. Ihr älterer Bruder war in Anzio gefallen, der andere war Tierarzt und lebte auf den Orkneys.

»Also gibt es niemanden sonst, der sich um das alles kümmern könnte.« Sie wedelte mit der Hand in Richtung des Hauses. »Meine Mutter war nicht einfach.« Ihr Ton wurde steifer, als sie von ihrer Mutter sprach. »Sie hatte dieses, wie ich es nenne, Vikarsfrauensyndrom – einen Drang, Gutes zu tun, auch wenn sie alle anderen damit in den Wahnsinn trieb. Ja, manchmal denke ich …« Sie überlegte einen Moment. »Ich glaube nicht, dass sie sich selbst sonderlich gemocht hat, unterm Strich. Es war eine Art zu beweisen, dass sie in irgendeiner Form nützlich war.« Elizabeth trank einen Schluck Wein. »Ich kann nur sagen, Gott schütze uns vor Menschen, die sich zu sehr anstrengen, gut zu sein!«

»Ist es nicht das, was Sie machen – Gutes tun?«

Elizabeth drehte das Weinglas am Stiel hin und her, ohne es hochzuheben. Sie antwortete, ohne ihn anzusehen.

»Während des Krieges war ich in London. Mein Examen habe ich erst gemacht, als der Krieg schon halb durch war. Als ich dann die Facharztausbildung anfing und Leute gesucht wurden, die in den sogenannten Trabantenstädten arbeiteten, habe ich mich entschlossen, dort hinzugehen. Es ist nicht ruhmreich, aber meine Güte, auch die Arbeit muss jemand machen. Es gibt bei Weitem nicht genügend weibliche Ärzte. Ein paar von den Jungs sind richtig gut, keine Frage. Aber andere sind dafür umso besserwisserischer und unglaublich stumpf. Eine Patientin aus unserer Praxis ist neulich an Krebs gestorben. Einer meiner Kollegen hatte ihr gesagt, sie bildete sich ihre Symptome nur ein. Also wirklich, als ob man sich so extreme Schmerzen einbilden könnte.«

Der Zorn war unverkennbar, trotz ihres sachlichen Tons.

Er hätte ihr ewig zuhören können. Ihre Stimme war weich und gleichzeitig fest. Die Zeit verging wie im Fluge. Die Dunkelheit senkte sich herab und brachte die Gerüche der Nacht mit sich, den Halbmond, Fledermäuse, die zwischen dem Haus und den Stallgebäuden hin und her flitzten. Plötzlich stieß einer der Esel einen langgezogenen Schrei aus, und sie lachten.

Als sie schließlich nach drinnen gingen, um einen etwas beschwipsten Blick auf das Haus und dessen Inhalt zu werfen, sagte Elizabeth: »Sind Sie immer so perfekt ausgerüstet, um jederzeit ein Esszimmer aufbauen zu können, wo immer Sie wollen?«

George lachte voll sorgloser Euphorie. Es war ihm egal, ob er die ganze Nacht nicht nach Hause kam. Sogar einfach nur neben dieser hochgewachsenen, kauzig angezogenen, köstlich geformten Frau im silbernen Licht zu gehen, fühlte sich wie das Aufregendste an, was er je getan hatte.

»Ich war unterwegs, um zu kaufen. Das mache ich so alle ein, zwei Wochen.«

»Wie faszinierend«, sagte sie. »Und wie herrlich, sein Leben umgeben von schönen Dingen zu verbringen.«

»Ihre Mutter hatte auch schöne Dinge.«

Elizabeth dachte darüber nach. »Nun, ein paar sicherlich, ja … aber sie war sprunghaft. Erst hat sie Antiquitäten gesammelt, aber sobald sie mit den Eseln anfing, war das wieder vergessen, später schien sie kaum noch einen Gedanken daran zu verschwenden.« Sie sah ihm ins Gesicht. »Ich würde unheimlich gern mal vorbeikommen und mir Ihr Geschäft ansehen.«

»Oh«, sagte er. »Unbedingt.« Er hoffte, er klang zurückhaltender, als er sich fühlte.

Nachdem sie einmal durch das alte Farmhaus gegangen

waren, ein Durcheinander aus Papiermüll und allgemeiner Vernachlässigung, in dem er ein oder zwei Möbelstücke von echtem Wert erspäht hatte, wusste er, dass er diese Frau wiedersehen musste, *unbedingt*. So bald wie möglich. Er würde morgen noch einmal wiederkommen, versprach er. Dann konnte er bei Tageslicht eine richtige Schätzung vornehmen.

»Na ja, es besteht keine Eile«, sagte sie. »Wie gesagt, ich bin noch zwei Wochen hier …«

In dieser Nacht hatte er nicht die geringste Lust, schlafen zu gehen.

5.

»Ich dachte, Sie hätten das gestern alles durchgesehen?«, sagte Vera, als er ankündigte, dass er noch ein paar Stunden mehr auf Toke's Farm verbringen musste.

»Ich habe angefangen.« Geistesabwesend zog er die Schubladen an seinem Schreibtisch auf und zu, als suchte er etwas, in Wirklichkeit versuchte er nur, Veras scharfem Blick auszuweichen. »Da herrscht das reine Chaos.«

»Wonach suchen Sie denn?«, fragte Vera leicht gereizt.

»Ich … äh …« Er kramte in der oberen Schublade herum, bevor er sie wieder zuschob.

»Kevin redet immer wieder von diesen Kisten«, sagte sie. »Hatten Sie ihm gesagt, dass er sie durchsehen soll?«

»Ich … Ja.« Er war bereits auf dem Weg zur Tür hinaus. »Aber nicht heute. Wir kommen schon noch dazu. Ich muss los.«

Dieses Mal nahm er das Auto. Die Springer Spaniels begrüßten ihn wie einen alten Freund. Als er zum Haus ging und sich auf Toke's Farm umsah, kam sie ihm im gnadenlosen Licht des Tages sogar noch heruntergekommener und verfallener vor. Auf den Dächern fehlten mehr als nur ein paar Ziegel.

An der Tür blieb er einen Moment lang stehen, spürte das Blut in seinen Adern rauschen. Wie ein Hirsch, dachte er. Ein Hengst. Männliches Blut. Oh, um Himmels willen, Mann, jetzt mach halt einfach.

Er klopfte an der Tür. *Nun wird sie gleich kommen. Jetzt: ihre Schritte hinter der Tür, ihr Gesicht, ihre Arme, dann sie im Ganzen …*

Die Tür schwang nach innen auf. Ihr Lächeln ging ihm durch und durch. Sie war mehr, als er in Erinnerung hatte, und auch größer.

Sie trug ein Kleid; zartgelb mit blauen Blümchen bestreut. Der Gürtel um die Taille betonte ihre umwerfenden Proportionen. Ihre breiten, kräftig aussehenden Füße steckten in braunen Ledersandalen. Sie strahlte Gesundheit und Tüchtigkeit aus.

»Sie sind aber pünktlich.«

»Ja …« Er erinnerte sich daran, einzuatmen. »Ich …«

Sie drehte sich bereits um.

»Tasse Kaffee?«

Sie saßen so lange beim Kaffee und redeten – sie war ebenso fasziniert von seinem Sachverstand wie er von ihrem –, dass es eine ganze Weile dauerte, bis sie anfingen.

»Also los«, sagte sie schließlich. »Wir fangen lieber mit irgendetwas an. Die Kommode im Esszimmer, sagten Sie?«

Es war ein gewaltiges Teil, Eiche, üppig mit Schnitzereien verziert. Es war außerdem vollgestopft und vollgestapelt mit Büchern, Papieren, gerahmten Fotos, auf denen, soweit er sehen konnte, ausschließlich Landschaften abgebildet waren, keine Lebewesen, abgesehen von einem mit einem schwarzen Labrador.

»Ich bräuchte allein schon fast vierzehn Tage, um nur das Ding auszuräumen«, sagte Elizabeth. »Ich meine, sehen Sie sich das nur an!«

»Gut möglich, dass da eine ganze Familie wandernder Hausierer drin wohnt.«

Elizabeth warf ihm einen Blick zu. Sie lachte. Er liebte dieses ungehemmte Glucksen.

»Machen Sie keine Witze, hier ist alles möglich!«

»Hören Sie, ich nehme die, sobald Sie sie geleert haben. Ich kann sie in Kommission nehmen. Lassen Sie mich mal nach den anderen Sachen sehen. Oben war noch ein Schreibtisch.«

Jetzt, wo er die Möbel bei Tageslicht sah, erkannte er, dass darunter nicht viel von echtem Wert war. Ein Schreibtisch mit Beinausschnitt aus Mahagoni, dessen Oberfläche noch eine Menge Hilfe von Clarence benötigen würde, und ein schlichter Eichen-Toilettenstuhl, in dem sogar noch die Keramikschüssel steckte. Er wollte mehr finden, um Elizabeth zu helfen, aber die anderen Möbelstücke waren überwiegend aus der späten viktorianischen Ära und nützten ihm nichts.

Wie auch immer, während er in einem der hinteren Räume im Obergeschoss herumstocherte, dessen verschmutzte Fensterscheiben den in Wirklichkeit heiteren Tag draußen grau bewölkt aussehen ließen, erblickte er etwas, das mit einer blauen Chenilledecke verhüllt war. Obendrauf stand eine kleine, grobe Kiste mit Wäscheklammern. Nachdem er die Wäscheklammern und das Tuch weggenommen hatte, beugte er sich vor. Das war schon besser.

Es dauerte einen Moment, bis er merkte, dass Elizabeth ihn aus dem Türrahmen heraus beobachtete.

»Was gefunden?«

Er richtete sich auf. »Hübsches kleines Ding, sehen Sie mal. Eine *Torchère*. Chippendale, würde ich sagen.«

Elizabeth runzelte die Stirn. »Eine was? Ah, ich erinnere mich daran, ich dachte immer, es sei ein Beistelltisch.«

George staubte sie mit einem Zipfel der Chenilledecke ab. Die runde Fläche war mit einer kleinen Galerie aus Messing umgeben.

»Ein Ständer für ein Licht, normalerweise für eine Kerze, eine Art Stehlampe. Kabriolbeine, sehr elegant. George II, würde ich sagen. Ich habe ihn mir nur genauer angeschaut, weil es in den Zwanzigern Mode war, die aus alten Bettpfosten zu bauen. Normalerweise Betten aus dem achtzehnten Jahrhundert, man hat einfach einen Deckel draufgesetzt und einen Dreifußständer drunter und fertig. Aber diese hier ist echt – allerdings wäre sie als Paar noch sehr viel mehr wert.« Einen Augenblick lang galoppierte ihm wieder Venus durch den Sinn.

»Oh!«, rief Elizabeth aufgeregt. »Oben muss irgendwo noch einer davon stehen. Wie aufregend!«

Sie strahlten sich an.

»Ich zeige ihn Ihnen«, sagte sie. »Aber was ich eigentlich fragen wollte …« Sie sprach langsam und mit gespieltem Ernst. »Ob Sie sich nicht vielleicht, angesichts des schieren Gewichts der Aufgabe, gezwungen sehen, eine Pause zu machen und ein bisschen Brot und Käse mit mir zu essen?«

»Ich denke«, antwortete er ebenso ernst, »dass das gut sein könnte.«

Sie sahen sich außerdem gezwungen, den restlichen Wein vom Vorabend auszutrinken, und, da dies nur noch ein kleiner Rest war, eine weitere Flasche aufzumachen, denn das bisschen erschien ihnen beiden nichts Halbes und nichts Ganzes. Der Lunch dauerte ziemlich lange. Um drei Uhr saßen sie immer noch da und plauderten über ihre Patienten, sein Boot, die Army.

»Ich muss jetzt wirklich los«, sagte George nach einigen Momenten behaglichen Schweigens. Weniger behaglich war der Gedanke an das, was Vera sagen würde, wenn er nach Hause kam.

»Bevor Sie fahren, lassen Sie mich Ihnen noch die Esel zeigen«, sagte Elizabeth. »Dann können Sie auch Lottie Hallo sagen.«

»Minnie, dachte ich, hätten Sie gesagt.« Er folgte ihr über den Hof.

Elizabeth schaute ihn schelmisch über die Schulter hinweg an. »Ich glaube nicht, dass es ihr was ausmacht, oder?«

Sie standen am Tor. Erst als er über die Weide blickte, erkannte er, dass dies das Stück Land war, das er neulich gesehen hatte, von der Straße auf der anderen Seite aus. Esel, er hatte sich das nicht nur eingebildet, jetzt, wo er alles aus diesem Blickwinkel sehen konnte. Ja, ihm kam es vor, als sähe er sein ganzes Leben aus einem anderen Blickwinkel.

Wolken schoben sich vor die Sonne, ihr Schein kam und ging. Elizabeth stützte die Ellbogen auf das verblichene Holz und drückte die Hände an die Wangen. Ihr Blick schweifte über die Weide, die langohrigen Tiere in verschiedenen Brauntönen, die darüber verteilt waren.

In zwei Wochen würde sie fort sein, dachte er. Seine Brust zog sich zusammen bei dem Gedanken.

»Hier in der Nähe wohnt eine Frau«, sagte sie, »weniger als eine Meile entfernt, die mit Mutter befreundet war. Sie wird ein Auge auf die Kleinen haben. Und sie nimmt auch die Hunde. Zumindest vorübergehend. Aber am Ende werden sie alle gehen müssen.« Sie strich sich mit einer Hand übers Gesicht. »Was mache ich nur mit ihnen?«

»Da hat sie Ihnen ganz schön was aufgehalst«, sagte er. »Zusätzlich zu allem anderen.«

»Ja«, sagte sie und starrte geradeaus.

Er wollte sich gerade entschuldigen, weil er das Gefühl hatte, ihrer verstorbenen Mutter gegenüber unhöflich gewesen zu sein, da drehte sie sich zu ihm um. Sie sah verletzlich aus.

»Danke. Das ist … Ich habe überhaupt niemanden, mit dem ich über das Ganze wirklich sprechen könnte. Mutter hat mich nie in ihre Pläne eingeweiht. Das war nicht ihre Art. Konnte keinerlei Schwäche eingestehen … zum Beispiel sterblich zu sein wie alle anderen. Wir haben uns sowieso nie besonders nahegestanden.« Sie schaute wieder zu den Eseln hinüber, doch er sah kurz die Kränkung in ihrem Blick. »Mit Tieren ist sie besser ausgekommen.«

6.

Als er am nächsten Morgen zurückkam, tauchte die zweite *Torchère* in einem Badezimmer im Obergeschoss auf, einem feuchtkalten Raum, der nach schimmeligem Linoleum roch. Diese war in eine Bahn einstmals weißen Musselins gehüllt, auf dem eine sterbende Graslilie stand. Als er sie Elizabeth zeigte, brach sie in Lachen aus.

»Wusste ich's doch, dass ich die irgendwo gesehen hatte«, sagte sie. »Oh, meine Mutter war wirklich unmöglich … und es ist so feucht hier. Das kann ihr nicht gutgetan haben.«

Wieder einmal dachte George, dass er aus ihrem Lachen noch andere Gefühle heraushören konnte, die nur darauf warteten, sich zu entfalten. Er entdeckte das Schimmern von Tränen in ihren Augen und schaute weg, beschäftigte sich damit, ein Schildchen zu schreiben, um sie nicht zu beschämen. Bei all der forschen Zähigkeit forderten diese Tage des Aussortierens ihren Tribut von ihr.

Er arbeitete sich weiter durch das Haus, betrachtete Gegenstände, machte sich Notizen, hängte hier und da ein Schildchen an – machte, um die Wahrheit zu sagen, einen riesigen Aufwand um eine Aufgabe, die er ansonsten in einem Viertel der Zeit erledigt hätte. Elizabeth war meistens woanders und arbeitete an anderen Sachen.

Hin und wieder hörte er, wie sie sich im Haus bewegte oder draußen nach den Hunden rief. Ihre Stimme zu hören, brachte ihn jedes Mal dazu, alles stehen und liegen zu lassen und ans Fenster zu stürzen, um sie über den Hof gehen zu sehen, häufig zu den Ställen am anderen Ende, immer noch in Sandalen. Ihre Stimme hörte sich jetzt vertraut an … mehr als vertraut. Es war, als hätte er sie schon sein ganzes Leben lang gehört oder darauf gewartet, sie zu hören. Sie schickte einen Impuls durch ihn hindurch, der sich am ehesten mit den Worten Richtigkeit, Zärtlichkeit, Zugehörigkeit beschreiben ließ. Dann machte er sich wieder eilig ans Werk, für den Fall, dass sie sich umdrehte und ihn beim Gaffen erwischte.

Später hörte er sie nach oben kommen, als er gerade mit dem Gedanken spielte, einen Toilettenspiegel zu kaufen, der in einem der Schlafzimmer stand. Er war nicht besonders alt, aber der geschnitzte Holzrahmen war unbeschädigt und sah gut aus: Der würde sich verkaufen. Er hörte, wie sie an der Tür stehen blieb, und drehte sich um. Sie lehnte am Türrahmen. Eine wellige Haarsträhne hing ihr in die Stirn.

Einen Moment lang blickten sie sich schweigend an. Es war eine Pause, die ganz kurz mit Bedeutung aufgeladen zu sein schien. Dann kam vom Paddock der raue Schrei eines Esels. Beide lächelten.

»Schaffen wir es, was meinen Sie?«

»Ja, wir schaffen es«, sagte er. »Ich habe jetzt den größten Teil des Hauses durchforstet, wenn das alles ist?«

»Das sind wirklich alle Möbel«, sagte sie. »Allerdings gibt es in der Scheune da drüben noch einen ganzen Haufen von Gott weiß was für Sachen, überwiegend Kisten, glaube ich. Sie können sich die ja mal ansehen, wenn Sie mögen.«

Alles, dachte er, um den Abschied hinauszuzögern.

»Tasse Tee?«

»Wunderbar!«, rief er jovial. »Ich fürchte allerdings, ich kann heute nicht mit Tisch und Stühlen dienen.«

»Keine Sorge. Wir können ein paar nach draußen holen. Allerdings werden die wohl kaum mit Ihren Standards mithalten können.«

Während er ihr nach unten folgte, nahm er alles intensiv wahr, das Schwingen ihrer Hüften unter der weichen Baumwolle ihres Kleides, ihre lockigen Haarsträhnen, die zu beiden Seiten ihres Halses lagen, die Leichtigkeit, die er empfand, als würde er schweben, fliegen.

Am Fuß der Treppe drehte sie sich um und sagte: »Bleiben Sie zum Abendessen?«

Und mit einer lautlosen Entschuldigung an Monty stimmte er zu.

»Ich mache die Kartoffeln«, sagte er.

Elizabeth blickte ihn an. »Ich bin beeindruckt.«

»Ich musste lernen, allein zurechtzukommen.« Er ließ Wasser in das alte, quadratische Waschbecken laufen und zog auf der Suche nach einem scharfen Messer eine Schublade auf. Er fand eine zusammengewürfelte Ansammlung abgenutzter Werkzeuge und suchte sich das am wenigsten stumpf aussehende aus. »Na ja, mit Veras Unterstützung.«

»Sie scheint ja was Besonderes zu sein, diese Vera. Ist sie verheiratet?«

»Oh ja, ihr Mann arbeitet auch für mich.«

»Schon eine große Firma, die Sie da haben.« Sie öffnete ein Paket Würste und fing an, sie aufzuschneiden.

George erklärte die Schwierigkeiten mit Vera und Alan. Das mit den Kuchen.

»Ah.« Elizabeth legte die Würste auf den Grillrost. »Es gibt so viele Frauen, denen das passiert. Ich sehe das immer wieder. Das macht sie krank, zumindest einige von ihnen.«

»Sie bekommt das gut hin. Das Einzige ist …« Während er mit einem hoffnungslos stumpfen Messer schälte, erzählte er ihr von seinem anfangs erfolglosen Versuch, Vera zur Geschäftsleiterin zu machen, bis ihr dann diese Idee mit den neuen Titeln gekommen war. Elizabeth lachte auf, als sie das hörte.

»Oh, das ist mal eine Frau, die ihren Kopf nicht nur auf den Schultern spazieren trägt.« Sie schob die Würste unter den Grill. »Hört sich wunderbar an.«

»Warum kommen Sie nicht mal vorbei? Da könnten Sie sie kennenlernen. Und das Geschäft und mein Haus sehen! Sie sagten doch, Sie wollten gern.«

Elizabeth drehte sich um und sah ihn an. Sie war ernst, als wäre gerade etwas Wichtiges gesagt worden.

»Sie richten diese Kartoffeln ziemlich übel zu.«

»Das Messer ist schuld.« Protestierend hielt er es hoch.

Sie sah ihm in die Augen. Er legte das Messer weg. Zu

seiner eigenen Überraschung ging er dann um den Tisch herum und stellte sich vor sie.

Nach einer Weile, in der er still ihren Blick erwiderte, sagte er: »Guter Gott, mein Herz zerspringt gleich.«

Mit einem Mal wirkte sie schüchtern, errötete, diese Frau, diese wundervolle, tüchtige Frau, die da vor ihm stand.

»Meins auch«, sagte sie.

Ihr Einverständnis sehend, hob er vorsichtig die Hand, sie zitterte ein wenig, und strich ihr sanft über die Wange. Bis zum Rand voll mit all den Worten, die er ihr so gern gesagt hätte, aber im Moment brachte er keins davon heraus.

Sechzehn

1.

»Hast du nicht Lust, mit mir rauszufahren – nächsten Montag?«, fragte er, als sie sich an jenem Abend trennten.

Er blieb nicht lange. Dieser erste Kuss, während des Kochens, mitten in der Küche ihrer Mutter, hatte ihn so weit gebracht, dass er unbedingt aufhören musste. Er hatte das Gefühl, als würde er von einer mächtigen Strömung mitgerissen. Dieses Mal aber von der Macht seiner eigenen Gefühle, nicht durch den Willen von jemand anderem. So etwas hatte er noch nie erlebt.

Als er sie zum ersten Mal in den Armen hielt, ihre feste Herrlichkeit, wollte er alles, und zwar sofort – sie haben, ihr versprechen, sie in Ewigkeit zu lieben. Anders als mit Sylvia war ganz tief in seinem Inneren etwas, das ihm sagte, dass er ihr vertrauen konnte; sogar in diesem neuen, schwindelerregenden Zustand, in dem er sich befand, war der Grund unter seinen Füßen fest und verlässlich. Trotz allem.

Beide verspürten das Bedürfnis, sich zurückzuziehen, als wären sie beide in Alarm versetzt. Elizabeth wurde barsch, fast abweisend, für ein paar Momente. Doch dann kochten sie zusammen, sangen Hits von Louis Armstrong, Elizabeth tanzte mit einem Teller angebrannter Würstchen durch die Küche und sang »*Ain't Misbehavin*«. Sie aßen Würstchen mit

Kartoffelbrei und Senf am Küchentisch, entspannt wie alte Freunde, freundlich plaudernd.

Bald darauf ging er, mit der Einladung für Montag – eine etwas verhaltene Einladung, dachte er hinterher, wie man sie eigentlich niemandem machte, den man vorher auf eine Art und Weise geküsst hat, die das ganze Leben in seinen Grundfesten erschüttert hatte.

Und heute war erst Dienstag.

Am nächsten Morgen schaffte er es, bis um elf zu warten.

Ein feiner Nieselregen fiel, und im Geschäft war es ruhig. Alles, was er wollte, war Elizabeth. Er lugte aus dem Büro, um zu sehen, ob Vera in der Nähe war, hörte nichts und schloss die Tür. Verstohlen wählte er ihre Nummer, schaute sich immer wieder um, um sicherzugehen, dass er nicht beobachtet würde. Er überraschte sich selbst mit so viel Tatkraft und Wagemut.

Beim dritten Klingeln raste sein Herz.

»Dr. Hargreaves.« Knapp und professionell. Es war beängstigend.

»Dr. Hargreaves?«, sagte er mit übertriebener Formalität. »Mr. Baxter hier. Chalk Hill Antiques.«

Eine Sekunde lang geschah nichts, dann hörte er ein entzückendes Glucksen.

»Ach, tatsächlich?« Jetzt klang sie warm und neckisch. Er strahlte. Wäre da nicht die gekringelte Telefonschnur gewesen, er wäre durchs Büro gehüpft. »Und warum rufen Sie mich an, Sir?«

»Weil, offen gestanden«, George ging in die Vollen, wer nicht wagt, der nicht gewinnt, »die Aussicht, den ganzen Rest von heute, ganz zu schweigen von einem weiteren ganzen Tag, ohne dich zu sehen, dermaßen deprimierend ist, dass … Hör mal, Elizabeth, komm doch einfach heute schon rüber, ja? Hast du Zeit?«

»Natürlich habe ich Zeit«, antwortete sie. »Abgesehen davon, dieses verdammte Chaos meiner Mutter wegzuschaffen und mir Sorgen um die Zukunft von elf Eseln zu machen, hab ich ja nichts vor.«

George grinste, genoss ihre Stimme so sehr, dass er vergaß, etwas zu sagen.

»Hallo? Bist du noch da? Wann soll ich kommen?«

*

Das ist Liebe, dachte er in einem nüchternen, eher besorgten Moment, während er dastand und mit leerem Blick auf den Dogenpalast auf dem Canaletto im Büro starrte.

»Sind Sie noch bei uns, Mr. Baxter?«

Vera stand mit gerunzelter Stirn in der Tür. Sie kam ihm ein bisschen empfindlich vor heute Morgen, doch es konnte auch sein, dass er sich das nur einbildete.

»Oh … ja! Ja, ja.« Er drehte sich um und versuchte den Eindruck zu vermitteln, dass er nicht gerade die Wand angestarrt hatte. »Warum?«

»Dieser Dr. Hargreaves beschäftigt Sie aber ganz schön«, sagte sie und griff nach den Büchern auf dem Tisch. »Wann sind Sie denn gestern nach Hause gekommen?«

»Och«, er blieb vage. »Nicht so spät. Kurz nachdem du gegangen bist.«

»Nun, das Telefon hat den ganzen Nachmittag geklingelt.« Sie nahm ein paar Notizzettel vom Schreibtisch und las davon ab. »Eine Mrs. Ashbury. Hab nicht ganz verstanden, was sie wollte. Irgendetwas über einen goldenen Engel, aber für mich hörte sich das bekloppt an, entweder das, oder sie hat beim Telefonieren ein Sandwich gegessen. Dann hat Mrs. Chatwin angerufen – Sie wissen schon, die mit den Schnupftabakdosen, und ein Mann aus Upper Basildon, Sir irgendwas. Sehr geheimnistuerisch, wollte nicht sagen, weshalb, aber er ruft noch mal an ... Wobei, wenn ich jetzt so überlege, dann hat er etwas über ein silbernes ... Serviertablett gesagt? Ja, das muss es gewesen sein. Es wäre ...« Sie warf einen Blick auf den Zettel und verdrehte die Augen. »... godroniert?« Sie verdrehte erneut die Augen und legte den Notizblock mit einem schlecht gelaunten Achselzucken auf den Tisch zurück. »Was immer das heißen soll. Hörte sich sowieso halb betrunken an.«

»Hm«, sagte George. »Ja. Richtig.«

Vera setzte sich mit den Büchern an den Tisch, dann warf sie einen Blick über die Schulter, als fragte sie sich, was George denn noch hier zu suchen hatte.

»Ist das alles, Vera? Ich muss noch mit Clarence sprechen, er wird die Möbel von Dr. Hargreaves holen müssen.«

»Ja, das war's«, sagte sie. Als er hinausging, setzte sie hinzu: »Ihr Hund würde sich aber über einen Spaziergang freuen, mit *Ihnen* zur Abwechslung.«

Nein, er bildete sich das mit der schlechten Laune definitiv nicht ein.

Den ganzen Nachmittag dachte er nur, *sie kommt,* sein ganzer Körper pulsierte vor Aufregung. Die einzige Ablenkung war Kevin, der darauf bestand, dass dies genau der richtige Tag sei, um Mrs. Parkers Kisten aus der Scheune zu holen und anzufangen, darin herumzustöbern. George hielt es für das Sicherste, den Jungen einfach machen zu lassen, wenn Alan ihn entbehren konnte, und sich selbst ein wenig Tagträumerei zu erlauben.

Liebe, wiederholte er sich immer wieder. Liebe, Liebe. Oh ja, in der Tat.

Doch andere Gedanken durchfuhren ihn eiskalt. Zwei Wochen. Sie würde nur zwei Wochen hier sein. *Anscheinend war ich nie der Typ zum Heiraten.* Was sollte das denn heißen? War sie der Typ, um mit ihm zu spielen? Sah sie ihn nur als netten Zeitvertreib für eine Woche oder ein bisschen länger? Er war nicht an Frauen wie sie gewöhnt. Sie schien ihn zu mögen, aber sie war so radikal kompetent und unabhängig. Sah sie wirklich irgendetwas in ihm? Doch er konnte sowieso schon nichts mehr machen, er konnte nur noch hoffen.

Nach und nach bewölkte sich der Tag, aber George war viel zu beschäftigt mit sich selbst, um es zu bemerken. Als Elizabeth kommen sollte, um vier Uhr, eilte er nach oben ins Badezimmer. Nicht gut, im falschen Moment mit einer vollen Blase erwischt zu werden. Gerade als er den Treppenabsatz erreichte, hörte er das Tuckern von Elizabeths grünem Käfer und Veras Stimme unten in der Halle.

»Typisch, nicht wahr? Den ganzen Nachmittag Grabesruhe, und kaum will man zumachen …«

George, gefangen in der Entscheidung, welchen Kräften der Natur er nachgeben sollte, lungerte auf dem Treppenabsatz herum. Es klopfte an der Haustür, das leise Rauschen des Regens drang herein, als sie geöffnet wurde, dann Frauenstimmen. So musste es sich anfühlen, wenn man seiner Mutter die erste Freundin vorstellte. Er kniff die Augen zu und wartete wie auf eine Explosion.

»Ja, kommen Sie doch herein«, sagte Vera ohne jede Spur von Nörgelei. »Ist plötzlich nass geworden, nicht wahr?« Die Tür schloss sich. Es gab eine kurze Pause. »Kann ich Ihnen irgendwie helfen, oder wollten Sie sich nur mal umschauen?«

»Ich bin Dr. Hargreaves«, sagte Elizabeth.

Eine Pause entstand, die George nur als verwirrt interpretieren konnte.

»Sie sind Dr. Hargreaves?«, fragte Vera. »Oh. Ich meine, ich dachte …«

»Dass ich ein Mann bin?«, beendete Elizabeth den Satz für sie. »Ja, das kann ich mir denken. Keine Sorge, Sie sind nicht die Erste, und ich bin mir sicher, Sie werden auch nicht die Letzte sein.«

Ein Ausbruch weiblichen Gelächters folgte. George atmete. Er legte die Hände aneinander. Es schien gefahrlos, sich jetzt kurz ins Badezimmer zu schleichen.

Als er wieder herauskam, standen die beiden immer noch an derselben Stelle.

»Sie müssen ja unfassbar klug sein«, Vera klang feierlich. »Ein Arzt. Ich habe noch nie einen weiblichen Arzt getroffen. Und um Ihnen die Wahrheit zu sagen …« Sie senkte die Stimme. »Unser Dr. Gregory ist ja wirklich ein netter Mann, aber es hat schon Zeiten gegeben, als ich auch hätte darauf verzichten können, bestimmte Dinge mit ihm zu besprechen. Ganz besonders als Alan, mein Mann, Probleme mit seinem …«

George entschied, dass dies das Stichwort für seinen Auftritt war.

»Ah, Dr. Hargreaves«, sagte er vom Treppenabsatz aus. Er wollte gerade zu einer Ansprache über die Abholung der Sachen von der Farm ansetzen, als jemand gegen die Tür donnerte.

»Mr. Baxter!«, hörten sie Kevins gedämpfte Stimme.

Als George im Erdgeschoss ankam, schwang die Tür auf, um seinen Lehr-Möbelrestaurateur zu enthüllen, der auf der Schwelle stand, das Gesicht feucht vom Regen, und vor lauter Dringlichkeit kurz vor dem Zerplatzen zu sein schien.

»Gucken Sie mal, Mr. Baxter!«, rief er ohne Vorrede. Er hielt ihm einen kleinen Teller hin, der unverkennbar als Blumenuntersetzer benutzt worden und mit gräulicher Erde verschmutzt war. So schmuddelig, wie Kevins Hemdsärmel aussahen, hatte er bereits versucht, ihn mit dem Bündchen sauber zu wischen.

»Was ist es denn, Kevin?« George spürte, wie Elizabeth und Vera ihn beobachteten.

»Dieser Teller … aus den Kisten. Der ist echt alt, Mr. Baxter, ich weiß, dass es stimmt. Chinesisch. Und *alt.*«

George nahm den Teller in die Hand. Er hatte etwa zwölf Zentimeter Durchmesser, der Rand war geschwungen wie Blumenblätter. Die Glasur war überall gesprungen, und unter dem Dreck schien sich die fade, nicht gerade vielversprechende Farbe von Hühnersuppe zu verbergen.

»Naja …« George drehte den Teller um. Auf der Unterseite befand sich ein chinesisches Schriftzeichen, das er nicht entziffern konnte. Er dachte schweigend darüber nach und kam zu dem Schluss, dass er hiervon zu wenig verstand. »Was bringt dich auf die Idee?«

»Wie es sich anfühlt … das Knistern. Ich *weiß* es einfach. Gucken Sie sich ihn nur an, er *schimmert* richtig.« Mit verzweifelter Leidenschaft setzte er hinzu: »Sie müssen mir glauben, Mr. Baxter!«

Da ihm keine andere Lösung einfiel, versprach George, dass er den Teller einem Spezialisten in Marlow zeigen würde, den er kannte. Schließlich zogen Kevin und Vera sich zurück, und Elizabeth und er waren allein.

»Der scheint ja ein helles Kerlchen zu sein«, meinte sie amüsiert.

»Er hat so seine lichten Momente«, sagte George, während er die Haustür schloss.

»Glaubst du, er hat recht?«

»Das kann ich mir irgendwie nicht vorstellen, aber es kann ja nicht schaden, mal nachzufragen. Jedenfalls hast du Vera Freude gemacht.« Er half ihr aus ihrem dunkelblauen Regenmantel. Darunter trug sie einen glatten grauen Rock und eine perlgraue Bluse. Ihr Haar war elegant zurückgesteckt. »Du siehst entzückend aus.«

»Oh?« Sie wirkte aufrichtig überrascht. »Vielen Dank.«

»Dann komm mal mit nach hinten, da ist noch jemand, den ich dir vorstellen will.«

»Meine Güte, das hört sich ja geheimnisvoll an.«

Er führte sie in die Küche, vollkommen hingerissen. Sie war hier … in seinem Zuhause!

»Also das«, sagte er, während er die Küchentür aufmachte, »ist Monty.«

Monty, vollkommen überrascht, hatte tief schlafend in seinem Körbchen gelegen. Er hob den Kopf, mit abstehenden Ohren und vom Schlaf zerknautschtem Gesicht, als wollte er sagen: Was ist? Als ihm bewusst wurde, dass tatsächlich ein echter Besuch da war und nicht nur Vera, beschloss er aufzustehen, stemmte sich auf die Füße hoch und trottete auf sie zu.

»Oh, du meine Güte«, lachte Elizabeth vergnügt. Natürlich wusste sie, dass er einen Basset hatte, aber jetzt stand dieses Tier in all seiner bizarren, müffeligen Realität vor ihr. »Was für ein wunderbarer Hund! Guck nur, wie groß diese Pfoten sind!« Sie ging auf die Knie und knuddelte seine Ohren, streichelte und umarmte ihn und versetzte ihn mit ihren Zärtlichkeiten in ein schläfriges Delirium. Das, entschied George, war definitiv seine Frau.

2.

Sie tranken Tee, und als er annahm, dass alle nach Hause gegangen waren, führte er sie herum, zeigte ihr den Schauraum im Haus und die Scheune. Anfangs sagte sie: »Sehr schön« und »hübsch«, während sie sich anschaute, wie er die Möbel arrangiert hatte, den Glanz der gemaserten Hölzer, die leuchtenden Farben von Porzellan und Emaille, die üppigen Polster. An der Vorderfront des Hauses blühten noch die gelben Rosen, aber die Hinterseite war in üppiges Rosa und Apricot, Weiß und Gold gehüllt, tropfend und glänzend. Bis sie dorthin kamen, war Elizabeth still geworden, wie entrückt, aber als sie zur Hintertür in den Garten hinaustraten, verschlug es ihr den Atem.

»Oh.« Still blickte sie sich um und nahm alles in sich auf.

In diesem Moment wusste er, dass irgendetwas sich verschoben hatte. Er hatte einen Weg zu ihr gefunden, ganz. Sie standen an der Tür, ihre Bluse war mit Regentropfen gesprenkelt, nachdem sie von der Werkstatt zum Haus gerannt waren. Sie drehte sich zu ihm um, ernst und zurückhaltend.

»Wie wunderschön, sich mit all dem auszukennen, George. Jeden Tag, von solchen Sachen umgeben, zu arbeiten. Und das …« Sie blickte auf den Garten hinaus. »Das ist so atemberaubend schön, so erlesen.« Sie drehte sich wieder zu ihm. »Du bist gut. Du bist ein wunderbarer Mann, George.«

Er nahm ihre Hand.

*

Sein Schlafzimmer fühlte sich schon länger nicht mehr an wie Wins und seins, sondern nur noch wie seins allein. Die Laken waren eine saubere weiße Fläche, auf die er jetzt Liebe schreiben konnte: die tiefreichende, wachsende, bis über die Ohren verknallte Liebe, die er mit Elizabeth empfand. Die Straßen, die sich ihm in diesem neuen Land eröffneten, führten alle irgendwohin, wo Abenteuer und Entzücken ihn erwarteten.

Er schloss die Tür hinter ihnen und stand vor ihr, und sie erwiderte seinen Blick, zärtlich, großzügig. Dann senkte sie die Lider, plötzlich verzagt, aber auf ihren Wangen bildeten sich Grübchen. Er sah sie, wie sie als kleines Mädchen ausgesehen haben mochte, rotwangig und dickköpfig, mit diesem herausfordernden Blick.

»Erwarte nicht allzu viel, ja?«, sagte sie. »Ich bin inzwischen in einem Alter, wo mein Körper eher wie ein Sack Bohnen aussieht.«

»Elizabeth.« Er legte ihr die Hände auf die Schultern. »Du bist wunderschön, für mich bist du einfach nur wunderschön.«

»Ah, gut.« Sie errötete. »Danke. Aber das wird sich noch zeigen.«

»Bist du, äh …« Er dachte an Maggie. »Du weißt schon, geschützt? Nimmst du irgendsolche Pillen oder sonst was?«

Elizabeth schaute ihn verwundert an und fing dann so herzhaft an zu lachen, dass sie sich aufs Bett setzen musste.

»Und woher solltest du etwas über diese Pillen wissen, George? Nein, ich nehme keine Pillen, auch wenn es für mich nicht schwierig wäre, an sie heranzukommen. Ich bin Ärztin, schon vergessen? Mein Lieber, für wie alt genau hältst du mich denn?«

»Ich weiß nicht.« Er wusste es wirklich nicht. Er hatte

überhaupt nicht darüber nachgedacht. Für ihn war sie einfach Elizabeth, und mehr schien keine Rolle zu spielen.

Sie stand auf und legte ihm die Hände auf die Brust. Verlangen schoss durch ihn hindurch.

»Sag mir deinen Geburtstag.«

Er sagte es ihr.

»Ha«, sie grinste. »Dann bin ich zwei Tage älter als du.«

»Wirklich?«

»Also ... über den Berg«, sagte sie würdevoll. »Kein Grund, sich über Pillen Gedanken zu machen.«

Wieder trafen sich ihre Blicke. George zog sie sanft in seine Arme. Da war sie, ihre Gestalt, diese Frau, kuschelte sich an ihn. Das, diese liebende Berührung, war alles, was er brauchte. Es war Verlangen und Zärtlichkeit und Trost; es war Frieden.

»Kein Grund, sich überhaupt über irgendetwas Gedanken zu machen, meine Liebe«, sagte er.

Er verschränkte eine Hand mit ihrer, und sie gingen zum Bett.

Sie lagen in dem dunkler werdenden Zimmer, draußen fiel immer noch der Regen, und der Duft der Rosen stahl sich durchs Fenster herein.

Nachdem sie sich geliebt hatten, so aufmerksam und großzügig, und er das Wunder entdeckt hatte, das sie war; nachdem sie feierlich daraus zurückgekommen waren, der Vereinigung ihres Herzschlags, dem Schweiß und den ineinander verflochtenen Gliedern, lag Elizabeth mit dem Gesicht dicht an seinem und sagte ihm zärtlich und überrascht, dass sie ihn liebte.

Und später, als sie beieinanderlagen, sein Bauch sich wie eine schützende Hülle gegen ihren Rücken drückte, sagte er: »Weißt du was, mein Liebling, so etwas hatte ich noch nie. Nicht so.«

»Ich auch nicht«, antwortete sie mit einer Heftigkeit, in der schon beinahe ein bitterer Ton mitschwang. »Natürlich war ich mit Männern zusammen, ich würde niemals so tun, als hätte es da nicht einige gegeben. Aber noch nie hat es sich so angefühlt, so …« Sie suchte nach dem richtigen Wort. »Richtig. Zärtlich. Fast von Anfang an.«

»Das ist wie ein großes Ei, oder?«, sagte er begeistert. »Manchmal kriegt man das Eiweiß, oder man kriegt das Eigelb. Aber das ganze Ei kriegt man nur sehr selten.«

Er spürte, wie ein Glucksen durch sie hindurchging. Sie wand sich aus seiner Umarmung, drehte sich auf den Rücken und sah mit lachenden Augen zu ihm auf.

»Mein Gott, das ging schnell, oder?« Sie hob den Kopf und küsste ihn. »Das ganze Ei.« Sie lachte wieder. »Ja. Aber …« Sie stützte sich auf einen Ellbogen. »Dir ist schon klar, dass das nicht bedeutet, dass ich dich heirate oder irgend so etwas in der Art?«

Ein Schmerz. Was sollte es denn dann bedeuten? Ganz kurz fühlte er sich, als hätte er einen Tritt bekommen, beinahe wurde ihm schlecht. Bedeutete das denn etwa nicht Heirat und Ehe? Für die meisten Leute schon. Aber Elizabeth war nicht wie die meisten Leute.

»Wer hat denn was von Heiraten gesagt?«

»Gut.« Sie legte sich wieder hin, mit der Miene von jemandem, der etwas klargestellt hat.

»Übrigens«, setzte er ernst hinzu.

»Hm?«

»Nur, falls du es wissen willst, du siehst nicht im Mindesten aus wie ein Bohnensack.«

3.

Die ganze Zeit waren sie sich der Vergänglichkeit ihres gestohlenen Zwischenspiels bewusst, dieser Tage, bevor Elizabeth wieder in ihre Praxis nach Basingstoke zurückmusste.

Sie ertrugen es kaum, ohne einander zu sein. Jeden Tag erledigten sie, was sie erledigen mussten – er führte sein Geschäft, sie räumte auf Toke's Farm auf. Das Geschäft wollte er tagsüber nicht alleinlassen, aber er versprach, am Wochenende hinüberzukommen und ihr beim Ausräumen der Scheune zu helfen. Sie trafen sich jeden zweiten Abend. Elizabeth blieb über Nacht und fuhr frühmorgens weg. Ob jemand etwas bemerkte? Was würden die Leute sagen? Spielte das eine Rolle? Nein, beschlossen sie, nicht sonderlich.

Es war nicht lange ein Geheimnis geblieben.

»Ich fand sie nett«, sagte Vera am Tag nach Elizabeths erstem Besuch. »So was, eine Frau als Arzt! Sie sieht viel zu feminin aus.«

George hatte mit einem, wie er hoffte, undurchschaubaren Lächeln reagiert.

»Sie mögen sie, oder, Mr. Baxter?«, fragte Vera.

»Ich, äh …« Er wusste nicht recht, wo er hinschauen sollte.

Vera ging lachend weg.

Innerhalb der nächsten vierundzwanzig Stunden gaben sich die Glucken bei ihm die Klinke in die Hand, unübersehbar in der Hoffnung, einen Blick auf die Unbekannte zu erhaschen. Rosemary Abbott erschien, zum ersten Mal seit Monaten, mit einem Kuchen – dieses Mal eine vollkommen unverfängliche Victoriatorte – und traf zufällig auf Elizabeth, der sie mit überheblicher Feindseligkeit begegnete.

»Oh, sie meint es bestimmt nur gut«, sagte Elizabeth hinterher. »Aber ich habe schon viele Rosemary Abbotts in den Krankenhäusern getroffen. Sie halten nichts davon, dass Frauen Ärzte werden, weil sie ihre ganze jungfräuliche Lust und Verehrung auf die männlichen Kollegen richten wollen. Da kann man schon froh sein, wenn sie einen grüßen.«

George fand das ein bisschen harsch. Der Kuchen, an dem sich Elizabeth wacker bedient hatte, schmeckte ziemlich gut und war in der Mitte großzügig mit Erdbeermarmelade gefüllt.

Pat Nesbitt, die »nur auf einen Sprung« vorbeikam und ein Körbchen Brombeeren dabeihatte – »Wir ersticken darin!« –, wurde milder als »netter Kerl« beurteilt.

An einem anderen Nachmittag verschwand Elizabeth verwirrend lange. Sie war so lange weg, dass George, obwohl das Geschäft noch auf war und er zu tun hatte, allmählich ängstlich und verdrießlich bei dem Gedanken an noch mehr Unabhängigkeit für Elizabeth wurde. Der grüne Käfer stand immer noch auf dem Hof, also was trieb sie nur?

Sie kam um halb sechs wieder herein.

»Wo hast du gesteckt?« Inzwischen war er nur noch erleichtert, sie überhaupt zu sehen.

Elizabeth stellte ihre Taschen auf seinem Schreibtisch ab und schaute ihn traurig an. »Ich war bei deiner Nachbarin, Miss MacLean, und habe mit ihr Tee getrunken. Was für eine außergewöhnliche Frau.«

George brachte seinen Respekt für Eunice mit einem Nicken zum Ausdruck, auch wenn er nicht begreifen konnte, was sie und Elizabeth zwei ganze Stunden zu reden gehabt haben könnten.

»Wusstest du, dass ihr Verlobter von den Nazis umgebracht worden ist?«

Natürlich hatte er keine Ahnung davon gehabt. Elizabeth erzählte ihm die ganze Geschichte, als sie mit Monty einen Spaziergang am Fuß der Downs entlang machten. Eunice, die in Frankreich aufgewachsen war, war nach der Besetzung Frankreichs mit ihren Eltern zusammen interniert worden. Ihr Freund, der Halbfranzose war, war in England geblieben, nachdem er in Oxford studiert hatte, für den britischen Geheimdienst rekrutiert und in Frankreich gefangen genommen worden war.

»Er ist in Buchenwald gestorben«, sagte Elizabeth. »So hatten sie nicht einmal die Chance zu heiraten. Und sie ist ein ganz wundervoller Mensch. Einen großen Teil ihrer Zeit arbeitet sie für Amnesty International – kennst du das? Das ist eine neue Organisation, die sich dafür einsetzt, politische Häftlinge überall auf der Welt zu befreien.«

George wusste nichts davon. Er hatte überhaupt nichts davon gewusst und schämte sich dafür. Aber er war nicht einmal sicher, ob Win davon gewusst hatte. Offenkundig hatte Eunice ihm nicht genug Feingefühl zugetraut, um ihm so etwas zu erzählen, wohingegen Elizabeth …

»Also«, sagte Elizabeth, »das ist mal jemand, mit dem ich mich hier in der Gegend anfreunden könnte.«

»Das ist doch lächerlich«, sagte Elizabeth am nächsten Nachmittag, als er auf Toke's Farm war. Sie standen am Zaun und blickten auf das umbenannte Muli, Lottie. »Ich komme mir vor wie ein liebeskranker Teenager – wie die beiden, die du da hast.« Sie war Zeugin von Sharons hingebungsvoller Anbetung und Kevins faktenüberladenen Vorträgen geworden und hatte sich köstlich darüber amüsiert.

»Ich versuche, dieses bescheuerte Haus auszuräumen, und alles, woran ich denken kann, ist, wann ich wieder mit dir zusammen sein darf – im Bett.«

George lachte, liebte ihre direkte Offenheit. »Das Problem kenne ich.« Er streichelte Lotties Nase und hatte den Eindruck, als bekäme er dieser Tage das Lächeln überhaupt nicht mehr vom Gesicht.

Elizabeth trat zu ihm und legte die Arme um ihn. George zog sie eng an sich. Er war trunken von ihr, sein ganzer Körper hing an ihr, sein Blutkreislauf und Herzschlag und alle Zellen waren eins mit ihren, sogar, wenn sie überhaupt nicht da war.

4.

Die Natur neigte sich roten Beeren und Gold zu. Der Garten war übersät mit Blütenblättern, vor ein paar Tagen hatte der Regen sie von den Rosen geschlagen.

Sie fuhren im Morris über Land.

»Wollen wir das Auto nehmen?«, hatte George gefragt.

»Oh, nein!«, hatte Elizabeth geantwortet. »Ich würde viel lieber mal mit dem Transporter fahren. Und ich kann dir helfen, Sachen aufzuladen.«

Zu Georges Belustigung hatte sie Clarence geholfen, als er zwei Mal zur Farm hinübergefahren war, um die Möbel abzuholen. George hätte auch selbst hinfahren können. Clarence zu schicken, hatte etwas von einem Lausbubenstreich.

»Na, der ist schon ein richtiges Fossil, was?«, hatte Elizabeth hinterher gesagt. »Man hat fast den Eindruck, es kostet Geld, wenn er den Mund aufmacht. Aber irgendwie hat er auch was Schmuckes an sich.«

»Ehrlich?«, fragte George. Offensichtlich musste er sich Clarence noch einmal genau ansehen.

»Sehr Bohème«, war Clarences einzige Bemerkung gewesen, als er von Toke's Farm nach Greenbury zurückkam.

George hatte einen guten Teil des Wochenendes damit verbracht, Elizabeth zu helfen, die gesammelten Habseligkeiten ihrer Mutter aus der Scheune zu räumen. Inzwischen war das Haus so leer, dass es hallte, wenn man darin umherging. Clarence hatte die besten Stücke mitgenommen, eine Entrümpelungsfirma den Rest, und nun waren nur noch ein Bett, der Küchentisch und ein paar Stühle da. Es war wesentlich einladender, in Greenbury zu schlafen … aber da war immer noch die Scheune. George war das Risiko eingegangen, Monty mitzunehmen, weil er ihn nicht den ganzen Tag allein lassen wollte. Nach einer tumultuösen Begrüßung, bei der die Spaniels, für Montys Geschmack viel zu temperamentvoll, um ihn herumsprangen, schlossen die Hunde Waffenruhe. Das gemächliche Herumschnüffeln des Bassets wurde den Spaniels schon bald viel zu langweilig.

George und Elizabeth hatten eine anscheinend lebenslange Sammlung Altpapier, von Theaterprogrammen bis hin zu persönlichen Unterlagen, aus der Scheune geschafft. Es gab Kisten mit Elizabeths alten Schulbüchern, Postkarten, lose Blätter mit den Predigten von ihrem Vater.

»Meine Güte«, stöhnte Elizabeth bestürzt. »Sie hat wirklich überhaupt nie auch nur *irgendetwas* weggeworfen.« George war, als sähe er manchmal, wie sie sich kurz die Augen wischte, vielleicht bei dem Gedanken, dass ihre Mutter am Ende doch Anteil genommen und Erinnerungsstücke aufbewahrt hatte, aber er drang nicht weiter in sie.

Sie arbeiteten sich durch Stapel verstaubter Sachen, fanden ein Stück Brache hinter der Scheune, wo sie ein Feuer machten und alles Papier den hungrigen Flammen übergaben. Heute würden sie fertig werden. Es war nicht mehr viel.

Aber jetzt, mit diesem Mädchen an seiner Seite, machte sich George erst einmal auf seine Einkaufsrunde. Das Wochenende, das er mit ihr verbracht hatte, war so herrlich gewesen, dass er kaum glauben konnte, dass es kein Traum gewesen war. Sie fuhren über kleine Landstraßen, die Felder um sie herum waren zum Teil schon umgebrochen, zum Teil noch mit Stoppelreihen gestreift. Es hatte aufgehört zu regnen, und die Luft war frisch und klar. Sie plauderten, sangen oder saßen einfach nur zufrieden schweigend nebeneinander, während die Landschaft draußen vorbeizog.

George hatte die heutige Route unter mehr als nur geschäftlichen Gesichtspunkten zusammengestellt. Er wollte dieser Frau, die da wieder in dem gelb-blau geblümten Kleid neben ihm saß, ein paar der Händler zeigen und sie ihnen. Zuerst waren sie nach Marlow gefahren, wo sein Porzellanexperte über Kevins Teller brummte und hüstelte.

»Ich bin nicht sicher, George. Diese chinesischen Sachen sind nicht so wirklich mein Fachgebiet. Er mag da schon ganz richtigliegen, aber …« Noch mehr Kopfschütteln. »Ich denke, du solltest den nach London bringen.«

»Dann werde ich ihn wohl zu Sotheby's schicken müssen«, sagte George zu Elizabeth, »sonst sehen wir da nie ein Ende. Und wenn er wirklich wertvoll ist, dann muss Mrs. Parker das Geld dafür bekommen, es stünde ihr rechtmäßig zu.«

Er spielte mit der Idee, Maud Roberts zu besuchen, da sie

nun einmal in der Stadt waren. Aber nein. Nicht heute. Sosehr er sie mochte, sosehr ahnte er, dass es schwierig werden würde.

»Hallo Maud … ich würde dir gern meine …« Wie sollte er Elizabeth überhaupt nennen? Nicht Verlobte, so viel war sicher. Geliebte? Freundin? Nichts hörte sich richtig an. »Also das ist meine Freundin …«

»Was?«

»Meine … äh … FREUNDIN!«

»*Wer?* Das ist aber nicht die, mit der ich dich neulich gesehen habe … die, von der du gesagt hast, du würdest sie heiraten.«

»Nein, äh, also das war so ein bisschen eine …«

»WAS?«

Um Maud würde er sich ein anderes Mal kümmern.

Bisher waren sie Richtung Osten unterwegs gewesen: Beaconsfield und Windsor, Sandwiches am Fluss nahe Maidenhead, ein gemütliches Bier im Pub vor Camberley und jetzt …

»Unsere letzte Station ist Twyford«, sagte George. »Ich dachte, ich bring dich auch mal wohin, wo du sehen kannst, wie man es nicht macht.«

Während er fuhr, streckte George die Hand aus und legte sie auf Elizabeths Oberschenkel. Einen Augenblick legte sie ihre Hand auf seine. Allein sie zu berühren, das Gefühl des warmen, kräftigen Beins unter dem Baumwollkleid, schickte eine Welle der Freude durch ihn hindurch. Doch in all die Freude mischte sich eine Betrübnis, die er nicht abschütteln konnte. Sie wollte ihn nicht, letztlich. Wenn sie nicht der Typ zum Heiraten war, worauf sollte er da hoffen? Auf welche Zukunft? Er wollte sich diese kostbaren

Momente nicht durch solche Gedanken verderben lassen, und doch lasteten sie auf ihm.

»Augen auf die Straße«, ermahnte sie ihn.

»Also … Lewis Barker, zu dem wir fahren …«, fing er an. »Oh Mann, oh Mann. Sein Geschäft erinnert mich immer an ein viktorianisches Arbeitshaus.«

Als sie in den trostlosen, mit Spinnweben verhangenen »Schauraum« am Rand von Twyford traten, verzog Elizabeth das Gesicht und sagte: »Ich verstehe, was du meintest.«

Lewis erschien, in einem braun-schwarzen Sakko, offen, darunter ein Hemd mit breiten blau-weißen Streifen, das über seinem ausladenden Bauch spannte. Die übliche halb abgebrannte Zigarette hing unter seinem Schnurrbart, der für sich schon aussah wie eine unregelmäßige Spur aus Tabak über seiner Oberlippe.

»Halloho, George!«, brüllte Lewis schon aus einiger Entfernung. Als er näher kam, nahm er die Zigarette aus dem Mund, um auszuatmen, und kniff die Augen gegen den Rauch zusammen. »Schnüffelst wieder um einen meiner besten Funde herum, was?«

Mit einem Blick auf Elizabeth setzte er hinzu: »Und wer ist denn deine Begleiterin?« Er machte eine theatralische Verbeugung, bei der er den Arm mit der Zigarette weit zur Seite streckte. »Guten Abend, junge Dame.«

George spürte förmlich, wie sich Elizabeth die Nackenhaare aufstellten.

»Ah, Lewis«, sagte er. »Das ist meine, äh …« Wieder ließ ihn die Terminologie im Stich. »Das ist Dr. Elizabeth Hargreaves.«

Lewis hielt die Zigarette höher und hob ein wenig spöttisch das Kinn.

»Doktor, was? Dann sind Sie also eine von diesen akademischen Blaustrümpfen?«

»Nein.« Elizabeth blickte ihn mit unverhohlener Geringschätzung an. »Ich bin Ärztin.« Sie streckte ihm die Hand hin. »Allgemeinmedizin.«

Lewis schob die Zigarette wieder zwischen die Lippen zurück, und da ihm nicht viel anderes übrig blieb, schüttelte er Elizabeths Hand. Dann schnaubte er.

»Nein, jetzt nehmen Sie mich aber auf den Arm, oder? Niemals sind Sie ein Arzt, eine halbe Portion wie Sie!«

»Naja«, sagte Elizabeth und wandte sich ab, um sich umzuschauen. »Wir müssen nicht *jeden* Tag einem Patienten ein Bein absägen, wissen Sie. Ich habe im Bart gelernt, dem St. Bartholomew's in London. Das ist eines der besten Lehrkrankenhäuser. Also, falls Sie irgendwelche Probleme haben … Hämorrhoiden vielleicht …?« Sie drehte sich gerade noch rechtzeitig wieder um, um Lewis' verblüfftes Gesicht zu sehen. »Winterkirschen, mein Lieber«, sagte sie in süßem Ton. »Wenden Sie sich vertrauensvoll an mich.«

»Ich denke, wir gucken uns nur mal um«, sagte George eilig und ließ einen säuerlich dreinblickenden Lewis stehen. »Das war meisterlich«, flüsterte er Elizabeth zu. »Absolut meisterlich.«

Lewis hatte seine übliche Sammlung dunkler und deprimierender Möbelstücke: Kommoden, eine kopfüber auf die andere gestapelt, Frisiertische, Kleiderschränke, Eichentruhen, alles so willkürlich zusammengeschoben, dass man sich ständig irgendwo hindurchquetschen musste, um überhaupt etwas anzusehen. Das Dach aus verrottetem Asbest hatte nur ein paar spärliche, allesamt schmuddelige Fenster, durch die das Licht wie durch Musselin hereinkam.

George bahnte sich seinen Weg hindurch und wählte ein paar Sachen aus. Ihm fiel auf, dass einige der Stücke bereits Schildchen hatten, auf denen in roter Schrift VERKAUFT stand.

»Ich sehe, da ist schon ordentlich was weggegangen«, rief er Lewis zu.

»Ah, ja.« Lewis, der offensichtlich rasch zu seiner anstrengenden Jovialität zurückfand, kam zu ihnen. »Hatte diese Woche einen Händler aus Amerika da. Sehr wohlhabender Kunde, irgendeine Öl-Dynastie, glaube ich. Geld wie Heu. Hat eine ganze Ladung Zeug gekauft. Ich warte nur noch auf die Spedition, die es abholt.«

Sie bahnten sich ihren Weg nach hinten. Staubschwere Spinnweben hingen in den Ecken. Ein Möbelstück fast ganz hinten fiel George sofort ins Auge. Es stand an die Wand geschoben, und am obersten Schlüsselloch hing ein weiteres der Verkauft-Schildchen. Ein Vitrinensekretär, Mahagoni, eher seltsam aussehende Füße. Als er ihn sich noch genauer anschaute, merkte er, dass er ihn kannte. Sehr gut kannte.

»Lewis«, rief er, hielt seinen Ton aber beiläufig. »Hübsches Stück, wo haben Sie den gekauft?«

»Der Vitrinensekretär?« Lewis stand ziemlich weit weg. »Oh, den habe ich auf einer Auktion mitgenommen. Ist mir gleich ins Auge gefallen, Hepplewhite, natürlich. Prachtstück, nicht wahr?«

»Sehr hübsch«, stimmte George zu. »Was dagegen, wenn ich ihn mir mal ansehe?«

»Nur zu.«

Elizabeth beobachtete ihn anerkennend.

George öffnete die oberen Türen von Lady Bynghs Sekretär, als bewundere er die Verarbeitung. Aus dem Augenwinkel konnte er Lewis Barker den schmalen Gang entlang heranschlendern sehen.

»Hübsch restauriert«, sagte er. Dank Clarence. George beugte sich vor und ließ sich Zeit. Er zog die unteren Schubladen eine nach der anderen auf, sah hier nach und schaute dorthin, schob schließlich die letzte zu, richtete sich auf und betrachtete den Sekretär mit bedauernder Miene.

»Sehr schönes Möbel, Lewis … aber was für ein Jammer. Sie wissen schon, dass der nicht aus einem Stück ist?«

»Was sollte das denn?«, fragte Elizabeth, die angesichts von Georges schallendem Lachen zwischen Irritation und Ansteckung hin und hergerissen war. Sie gab nach und lachte darüber, wie er sich die Augen wischte bei der Erinnerung an Lewis Barkers Gesicht.

»Hör auf, du baust jeden Moment einen Unfall. Nun sag schon.«

Er fuhr an den Straßenrand. Schon bald würde »der Hepplewhite« auf einem Schiff zu irgendeinem Herrenhaus in den USA unterwegs sein. Es bestand keine Gefahr mehr, dass er bei ihnen auftauchte.

»Das«, sagte er und sah Elizabeth an, immer noch lachend, und beugte sich zu ihr hinüber, um sie zu küssen, »das kann man nur einen wahrlich großartigen Abschluss eines Tages nennen.«

Dachte er zumindest.

5.

»Das war vielleicht nicht die aufrichtigste Lösung«, meinte Elizabeth, als sie nach Hause fuhren. Er hatte ihr die Geschichte von Lady Byngh und dem geplanten Hochzeitsgeschenk erzählt, das soeben wieder aufgetaucht war. »Aber am Ende wahrscheinlich die gütigste.«

George lächelte zufrieden. »Das denke ich auch. Schlafende Hunde und so. Und Lewis wird sein Geld bekommen, somit hat auch er kein Problem damit.« Lewis gefiel nur überhaupt nicht, dass es ihm nicht aufgefallen war.

Er setzte seine Beobachtung nicht hinzu, dass der Vitrinensekretär normalerweise weiter vorne an der Tür besser zugänglich gewesen wäre. Lewis hingegen hatte ihn ganz hinten im Lager versteckt. Er mochte nicht gewusst haben, dass er nicht echt war, hatte aber mit Sicherheit eine Ahnung, dass es sich dabei um gestohlene Ware handelte. Blieb nur zu hoffen, dass die Spedition bald kam.

Er sah zu Elizabeth, die neben ihm saß, und lächelte bei ihrem Anblick. Ihr Körper, voll an allen richtigen Stellen, ein freundlicher Blick in den Augen, Haarsträhnen, die in dem durchs Fenster hereinkommenden Luftstrom wirbelten, alles das erfüllte ihn mit Wohlsein. Es war Freitag und Ladenschlusszeit. Alle würden nach Hause gehen. Sie konnten die Neuerwerbungen des Tages abladen, ohne dass irgendjemand aus der Werkstatt sich einmischte oder sie einen Haufen Fragen von Vera beantworten mussten. Dann konnten sie zu Toke's Farm fahren, wo er die letzte Ladung Gerümpel aus der Scheune schleppen würde, während Elizabeth etwas zu essen kochte, sie würden eine Flasche Wein aufmachen und schließlich nach oben ins Schlafzimmer gehen, Hand in Hand … Sie würden sich lieben und reden und lachen … Der Abend erstreckte sich vor ihm wie ein Teppich aus Glückseligkeit.

Den ersten Teil brachten sie gut hinter sich. Vera war gerade am Gehen, als sie ankamen, und wechselte ein paar Worte mit ihnen. Sie räumten die Sachen von der Ladefläche des Pick-ups und nahmen stattdessen Monty an Bord – hinten auf der Ladefläche, weil es so warm war –, George ging schnell ins Haus, um die schöne Flasche Chianti zu holen, die er schon bereitgestellt hatte, und sie machten sich wieder auf den Weg.

Die Abendluft, die in das Führerhaus blies, roch nach Spätsommerblättern und ein wenig Rauch. Er hatte nicht gewusst, dass man so glücklich sein konnte. Er teilte diese Beobachtung mit Elizabeth, die zurücklächelte, ebenfalls strahlend. In seiner Vorstellung sah er die Jahre vor sich, dieses Leben mit Elizabeth an seiner Seite. Was ihn in einem unbedachten Moment der Träumerei dazu brachte, ihr die Hand aufs Knie zu legen und zu sagen: »Diese ganze Hin- und Herfahrerei haben wir nicht mehr, wenn du erst eingezogen bist, nicht wahr?«

»Eingezogen?« Elizabeth sprang förmlich vom Sitz. Er spürte ihren zornigen Blick auf sich ruhen, auch wenn er es für klug hielt, durch die Windschutzscheibe geradeaus zu blicken. »Was bringt dich auf den Gedanken, dass ich bei dir einziehen will? Gütiger Gott, ich kenne dich doch erst seit zehn Tagen!«

»Aber …«, setzte er an.

»Hör mal, ich habe dir doch gesagt, oder zumindest glaube ich, dass ich dir gesagt habe …«

Hatte sie, aber es erschien ihm nicht richtig. Er verstand es nicht so, dass er es akzeptieren konnte. War es nicht das, was Männer und Frauen taten – zusammen leben, heiraten?

»Ich bin nicht der Typ dafür zu heiraten und mich als kleines Frauchen irgendwo einzunisten. Ich bin *Ärztin,* George. Es hat mich viele Jahre meines Lebens gekostet und mordsmäßig viel Arbeit, um dorthin zu kommen, wo ich jetzt bin, und glaube mir – Frauen als Ärzte sind da draußen bitter nötig.« Mit einem Mal erschien sie ihm sehr einschüchternd, wie sie mit unter der Brust verschränkten Armen dasaß und so messerscharf argumentierte. »Die Frauen brauchen dringend jemanden, der sich für ihre Belange einsetzt und ihre Probleme nachempfinden kann …«

»Aber ich meinte doch gar nicht …« Ihm war sterbenselend zumute, verletzt durch diesen Angriff.

»Ich liebe dich, George, wirklich …«

Das versank in ihm wie ein Stein im Moor. Liebte sie ihn? Oh, Gott sei Dank, Gott sei Dank. Aber sie war so *sauer*. Ihr Zorn erschreckte ihn, als müsse sie sich ganz fest an etwas klammern, während sie angegriffen wurde. Er hatte sie nicht angreifen wollen. Nicht im Geringsten. Alles, was er wollte, war, mit ihr zusammen zu sein, auf jede erdenkliche Art. Ihm war nach Weinen zumute. Sie fuhren auf der hinteren Straße zum Feldweg, der zur Farm führte. Am liebsten hätte er angehalten, damit sie aussteigen konnten und er sie in den Arm nehmen konnte, und alles würde wieder in Ordnung sein. Sie könnten hineingehen, diese Flasche aufmachen und reden und reden …

»Ich liebe dich ernsthaft und aufrichtig«, fuhr sie fort. »Aber glaube nicht, dass ich mich jetzt einfach so ergebe und … ich weiß nicht … meine Zeit damit verbringe, Marmelade zu kochen. Ums Verrecken nicht.«

»Das wollte ich wirklich nicht vorschlagen«, sagte er so

sanft wie möglich, auch wenn er sich schmerzlich verletzt fühlte. Er wollte nicht streiten. Er hasste Streit. Aber trotzdem schienen sie genau das zu tun. »Marmelade? Natürlich nicht! Bitte, Elizabeth …« Er bog in den Feldweg ein. Sie hatte sich weggedreht, und in angespanntem Schweigen holperten sie die Fahrspur entlang, bis er endlich auf dem Hof anhalten konnte. Die Spaniels kamen aus dem Stall gestoben, Monty sprang kläffend auf der Ladefläche auf.

Mitten in dem ganzen Chaos berührte Elizabeth seinen Arm und sagte, nicht unbedingt frostig, aber doch sehr neutral und ohne Wärme: »Ich setze den Teekessel auf, warum fängst du nicht schon mal in der Scheune an?«

6.

Er blieb im Scheunentor stehen und blickte über den staubigen, spinnwebenverhangenen Raum, der jetzt fast leer war. Die Hunde waren irgendwohin verschwunden, und alles war ruhig. Am anderen Ende standen noch ein paar Kartons, daneben ein paar verrostete Gartengeräte. Schon bald würde hier alles erledigt und weggeschafft sein.

George spürte, wie Verzweiflung in ihm aufstieg und ihn einhüllte. Er war am Boden zerstört, verletzt und wütend und ein wenig selbstgerecht. Was für ein Narr er war!

Wie hatte er sich einbilden können, eine Beziehung mit einer Frau wie Elizabeth führen zu können? Andere Männer hatten ihm oft gesagt, dass gebildete Frauen nichts als Ärger bedeuteten, und hier stand er mit dieser so unabhängigen und dickköpfigen. Und sie wollte ganz sicher nicht das, wonach er sich sehnte – ein behagliches, liebevolles Eheleben. Sie wollte nicht einmal mit ihm leben, so wie es aussah. Also was in Dreiteufelsnamen wollte die Frau mit ihm?

Er holte aus und trat nach dem nächststehenden Karton. Ein mürber, unbefriedigender Tritt. Als er eine der Pappklappen zurückschlug, sah er, dass der Karton mit Sämereikatalogen gefüllt zu sein schien, die obersten waren von Feuchtigkeit entstellt und aufgequollen. Lieber Gott, gab es irgendetwas, was die Frau nicht gehortet hatte? Unter den unzähligen Kisten und Kartons hatte er Briefsammlungen gefunden, die Elizabeth mitgenommen hatte, um sie trocken zu lagern und irgendwann durchzusehen, wenn sie Zeit dafür fand. Sie gehörten zu den wenigen Dingen, die nicht den Flammen übergeben worden waren.

Missmutig hob er einen Armvoll von Suttons-Katalogen heraus und warf sie in die Schubkarre, fuhr sie nach draußen zu dem Haufen, den sie anzünden würden. Er wiederholte das ein paar Mal, froh über die körperliche Aktivität als Ausgleich für all den Schmerz und die Enttäuschung, die sich in ihm aufstauten. Doch sein unglücklicher Geist kam nicht zur Ruhe.

Win. Oh, Win, Win! Während dieser halben Stunde litt er an schmerzlicher Nostalgie und sehnte sich nach ihr zurück. Er hatte sie nicht zu schätzen gewusst. Er war ein schrecklicher Ehemann gewesen, ein untreuer noch dazu – ein Narr. Niemals, dachte er, während er mit wütendem Schwung noch mehr Kataloge in die Schubkarre wuchtete, hatte er ihr genug Anerkennung dafür gezollt, dass sie so eine freundliche, konventionelle und, ja, fügsame Frau gewesen war. Win hatte sich nie darüber beklagt, Marmelade kochen zu müssen. Um bei der Wahrheit zu bleiben, mochte das vor allem daran gelegen haben, dass sie niemals wirklich Marmelade hatte kochen müssen und lieber ein Glas Robertson's aus dem Lebensmittelgeschäft mitgebracht hatte. Aber das spielte keine Rolle. Win wollte die Ehe, wie jede normale Frau. Sie hatte auch Kinder gewollt, auch wenn es nie dazu gekommen war – aber sie hatte nie mehr gewollt als das ruhige Eheleben, Mann mit Frau, wie es die meisten Leute erwarteten.

Warum war er so unzufrieden gewesen, fragte er sich jetzt? Da war er in einer freundlichen, genügsamen Gegend gewesen mit einer vorhersehbaren Anordnung von Feldern, Hecken, Scheunen, Dörfern … Jetzt hatte er das Gefühl, über den Rand hinaus ins Unbekannte gestreunt zu sein, wie auf alten Karten, in die rätselhaften, nebligen Gefilde, wo es Drachen gab. Wo man nie ganz sicher wusste, wo man sich befand oder was in den trüben Wassern lauerte …

Er schob die Karre zum Scheunentor hinaus. Keine Elizabeth, die ihm entgegenkam, um sich zu entschuldigen, bemerkte er säuerlich, unzufrieden mit sich selbst. Vielleicht tat ihr Typ Frau, der Drachentyp, so etwas grundsätzlich nicht, die gingen sowieso davon aus, immer im Recht zu sein.

Während er den Inhalt der Schubkarre auf dem Stapel für das Feuer ausleerte, kam ihm ein unangenehmer Gedanke … Ob Elizabeth darauf wartete, dass *er* sich entschuldigte? Aber wofür sollte er sich entschuldigen? Er wollte schließlich nur etwas vollkommen Normales und hatte einfach direkt danach gefragt …

Hin und her gingen seine Gedanken, stoßend und grummelnd. Doch als er merkte, dass die ganzen Kartons, die er leerte, Sachen enthielten, die mit Antiquitäten zu tun hatten – Zeitschriften, Kataloge – fing das an, einen Teil seiner Aufmerksamkeit zu beanspruchen. Er hatte die Schicht mit Mrs. Hargreaves Antiquitätenphase erreicht. Es gab ein paar Zeitschriften über Keramik, die er vielleicht für Kevin beiseitelegen sollte.

Gleichzeitig dachte er: Ja, genau, anständig wäre es, einfach die Arbeit ordentlich zu Ende zu bringen. Dann kann ich auch genauso gut noch mit ihr zu Abend essen, jetzt, wo sie schon gekocht hat. Aber dann werde ich ihr sagen, dass es aus ist. Wir sind eindeutig nicht auf derselben Wellenlänge. Während er die Schubkarre schob, fing er an, sich im Kopf Abschiedsreden zurechtzulegen, rang um das richtige Maß zwischen Geltendmachen seiner Position und Fairness. Er probte verschiedene Anfänge: »Die Sache ist die, Elizabeth ... Inzwischen ist nicht mehr zu übersehen, dass du und ich nicht auf Augenhöhe ...«

Murmelnd kehrte er in die Scheune zurück, stellte die Schubkarre ab und öffnete einen der letzten Kartons. Noch mehr Antik-Zeug. Wenigstens ein bisschen interessant. Sie musste in ihrer Freizeit auf Auktionen gefahren sein, als Hobby, dachte er. Es gab Kataloge der großen Londoner Auktionshäuser, Christie's, Sotheby's genauso wie Philips, Hamble und Morland und anderer, eher regionaler Firmen. Anscheinend war sie mehr zum Vergnügen hingefahren, als um tatsächlich etwas zu kaufen, dachte er. Schließlich war hier im Haus streng genommen nicht sonderlich viel zu finden gewesen.

In der Hocke sitzend, blätterte er einige der Kataloge durch, neugierig zu sehen, was während des Krieges an Antiquitäten zur Auktion gebracht worden war. So versunken war er, dass er Elizabeths Ruf »George?« nur beiläufig wahrnahm. Er schlug einen Katalog von Christie's auf, ganz vergilbt an den Seitenrändern, aus dem September 1943.

»George! Das Essen ist fertig.«

Ein Wort auf der zweiten Seite erregte seine Aufmerksamkeit, sprang ihm ins Auge: *Allodola.* »Venus auf Pferd, Bronze, 17. Jh., Allodola, 35,5 cm – wahrscheinlich Teil eines Paares …«

Sein Herz raste wie verrückt, jeder Gedanke an etwas anderes lag weit hinter ihm. Er starrte auf die Seite, als könnte er sie dazu bringen, noch mehr Informationen preiszugeben, die verführerische Gestalt auf dem bronzenen Pferd dazu bringen, aus der Seite herauszugaloppieren und sich ihm zu zeigen, zu beweisen, dass sie diejenige … Es musste doch …

»George …?« Sie stand im Scheunentor, als er wie von der Tarantel gestochen aufsprang und die anderen Kataloge fallen ließ.

»Sieh nur!« Er stürzte zu ihr und tippte heftig mit dem Finger auf den Katalog: »Sie ist es, sie muss es sein! Ich habe sie gefunden, Lizzie – ich habe sie gefunden –, am Ende habe ich sie doch noch gefunden!«

»Was? Wen denn?« Sie lachte, als sie sein Gesicht sah.

Er packte sie an den Schultern und schwang sie jubelnd herum, tanzte mit solcher Begeisterung, dass Elizabeth nicht anders konnte, als seine Freude zu teilen und mitzumachen.

Oktober

Siebzehn

1.

Bevor er am Morgen die Augen aufgeschlagen hatte, hatten seine Sinne, einer nach dem anderen, allmählich die Wärme wahrgenommen, die von einem Körper neben ihm im Bett ausging, den leisen Atem. Er bewegte seine Hand, tastete nach ihr und traf auf ihren langen, kräftigen Rücken. Er drehte sich um und drückte seine Wange gegen sie … seine Frau.

Freude, pure Freude. Es war Wochenende, sie hatte keinen Bereitschaftsdienst, und sie war hier, konnte einfach bei ihm sein. Zwei Tage lagen vor ihnen, Herbsttage mit wirbelnden Blättern und Lagerfeuerrauch, Spaziergängen in den Downs und gemütlichen Nachmittagen, vielleicht würden sie sogar den Kamin anmachen. Sie war hier … diese prächtige, verrückt machende, liebenswerte Frau lag neben ihm.

Elizabeths zweiwöchiger Aufenthalt auf Toke's Farm war schon einige Zeit her. Sie konnte Haus und Land noch nicht zum Verkauf anbieten wegen Lottie und den Eseln, aber das Haus war vollkommen leer, und sie musste in ihre Praxis nach Basingstoke zurück. Einmal hatte George sie in ihrer Wohnung in Basingstoke besucht und betroffen reagiert angesichts der kargen Funktionalität. Elizabeth hatte sich dafür entschuldigt.

»Ich weiß, du machst gern alles schön.« Sie schaute sich um, blickte auf die weißen Wände, als sähe sie die Wohnung zum ersten Mal. »Wahrscheinlich habe ich einfach immer zu tun. Und das hier war nie etwas, das ich auf lange Sicht als mein Zuhause gesehen habe. Es ist mehr ein Unterschlupf.« Sie lächelte ihn an. »Das ist eins von den vielen Dingen, die ich an dir liebe – dass du solche Schönheit in mein Leben bringst.«

Wenn sie freihatte, kam sie immer zu ihm nach Greenbury.

Gestern Abend hatte sie es früh von der Arbeit geschafft und war mit Begeisterung über den Shepherd's Pie hergefallen, den George gemacht hatte. Sie hatte den ganzen Tag kaum etwas gegessen. Auch wenn sie fast jeden Abend miteinander telefonierten, gab es doch immer viel auszutauschen, seine Kunden, ihre Patienten.

»So«, hatte sie gesagt, als sie nach dem Essen zusammensaßen und an einem Glas Wein nippten. »Dein Mr. Howard hat sich also sehr gefreut, von dir zu hören?«

»Group Captain Howard, falls es dir nichts ausmacht«, mahnte George.

Elizabeth salutierte spöttisch: »Zu Befehl.«

Nachdem er den Katalog mit der Venus darin gefunden hatte, hatte George direkt Christie's kontaktiert und sich nach der Auktion von 1943 erkundigt. Christie's hatte unverzüglich eine Adresse in Trowbridge, Wiltshire, genannt.

»Natürlich«, hatte er währenddessen zu Elizabeth gesagt, »kann sie inzwischen schon mehrfach weiterverkauft worden sein. Aber zumindest haben wir eine Spur.«

Elizabeth schien zu verstehen, wie sehr ihn die Schönheit der Allodola-Venus gefangengenommen hatte und dass sie für ihn immer in Verbindung mit jenem traurigen

Haus stehen würde, dem Tod der Söhne, gefolgt vom Tod der Frau, solche Schönheit im Angesicht einer Familientragödie. An jenem Abend auf der Farm hatte er ihr in groben Zügen von seiner Reise nach Amerika erzählt, von Paul Lester in Argentinien, wie er Mars zu Pferde dort wiedergesehen hatte, in Lesters Besitz.

»Bist du absolut sicher, dass es dieselbe ist?«, hatte Elizabeth gefragt. »Die haben nicht Repliken produziert und wie mit der Gießkanne verteilt?«

George lachte. »Nein, nein. Die Allodola war eine der hochkarätigsten Florentiner Werkstätten. Jedes Stück von da ist einzigartig, mit dem Umriss der kleinen Feldlerche als Stempel. Und es ist auch eine für die Zeit sehr ungewöhnliche Darstellung, die Götter zu Pferde, besonders im Fall der Venus. Das genau war es ja, verstehst du. Lester wusste, dass die Statue ein Vermögen wert wäre, wenn er das Gegenstück dazu in die Finger bekäme.«

»Also …« Stirnrunzelnd stützte Elizabeth das Kinn in die Hand. Im sanften Schein der Lampe sah sie ganz besonders hübsch aus, das Haar weich aus dem Gesicht genommen. »Du bist der einzige Mensch auf der Welt, derzeit, der eine Vorstellung davon hat, wo jede von beiden sein könnte. Was nun?«

George lehnte sich zurück. »Ja, das bin ich womöglich. Allerdings ändert es überhaupt nichts. Ich nehme mal an, die derzeitigen Eigentümer wüssten es gern, aber ich kann nicht einmal sicher sein, dass Mars noch dort ist, nach all der Zeit.«

»Was ist mit diesem schrecklichen Lester? Wirst du ihn fragen?«

»Lester? Oh, der ist tot«, antwortete George. »Vor zwei oder drei Jahren gestorben. Es stand in der Zeitung: Sir Paul

Lester, einer von denen, die es geschafft hatten, sich einen Ritterschlag zu kaufen, zu der Zeit, als Lloyd George Premierminister war und versuchte, das Staatssäckel nach dem Ersten Weltkrieg wieder etwas zu füllen. Lester hat ein immenses Vermögen hinterlassen und drei Töchter. Nein, er wird Venus nicht mehr in die Finger bekommen.« Genießerisch trank er einen Schluck Wein. »Aber unabhängig davon wäre es interessant zu erfahren, ob sie ihren Mars noch haben.«

Er hatte nicht nur nach Trowbridge geschrieben, sondern sich auch das Hirn nach irgendeiner Erinnerung an die Adresse der Estancia der Lesters zermartert und auch dort einen Brief mit einer Anfrage hingeschickt.

Einige Tage später hatte er schon eine umfassende Antwort von Gp. Capt. Reginald Howard aus Trowbridge, Wilts. Ja, in der Tat, Marjorie, seine Frau und er, seien im Besitz der Allodola-Venus, und zu seiner großen Freude sei sie schon lange in der Familie. Seine Frau, die ein wunderbares Auge für solche Dinge besitze, habe sie während des Krieges, während er fort gewesen war, auf einer Auktion erstanden. Er könne versichert sein, dass sie in guten Händen sei. Wenn Mr. Baxter weitere Informationen über den Verbleib des Allodola-Mars zu Pferde erlangte, so seien sie überaus interessiert daran, davon zu erfahren, und ihm zutiefst zu Dank verpflichtet, wenn er sich die Mühe mache, diesbetreffend in Kontakt mit ihnen zu treten.

Während Georges schläfrige Gedanken an jenem Samstagmorgen diese Ereignisse durchwanderten, begann Elizabeth neben ihm sich zu regen.

»Definitiv Penicillin, ja«, murmelte sie.

Schmerzlich durchzuckte George die Erinnerung an Elizabeths anderes Leben, an ihre Arbeit, die sie bis in ihre Träume verfolgte, doch dann erteilte er sich einen Rüffel. Denk an heute und hör auf, dir einen Kopf über alles zu machen, du alberner, alter Narr, sagte er sich.

Jener Septemberabend, als er den Auktionskatalog mit der Venus gefunden hatte, war für ihn wie ein Wunder gewesen, voller Offenheit und Zärtlichkeit und Versöhnung.

»Ich liebe dich«, hatte Elizabeth mit rührender Ernsthaftigkeit gesagt. »Aufrichtig und absolut.« Sie hatte über den Tisch nach seiner Hand gegriffen. »Können wir nicht einfach damit aufhören, ganz genau zu planen, wie all das laufen soll, und einfach einen Tag nach dem anderen anfangen? Wir haben einen ganzen Haufen davon.«

George hatte hart geschluckt, sowohl die Portion Kartoffelbrei, die er im Mund hatte, als auch ihre weisen Worte. Er nickte, während sich Hochgefühl in ihm ausbreitete. All der Schmerz und der Zorn des frühen Abends waren verflogen. Gott, wie er diese Frau liebte – sogar wenn das bedeutete, sie nur an den Wochenenden und gelegentlich einen Abend unter der Woche zu sehen. Was machte das schon, wenn er in diesem neuen Grenzland leben konnte, wo man jeden Tag einen neuen Straßenabschnitt ins Unbekannte baute? Warum, fragte er sich selbst und kam sich dabei schon ein wenig heldenhaft vor, sollte er in die erstickende Behaglichkeit und Sicherheit der alten Zeiten zurückwollen, in diese Tage, denen er so oft hatte entkommen wollen? Er wollte Abenteuer. Er wollte ein neues Leben in einem neuen, erst noch zu erforschenden Land – und er wollte es mit ihr.

In der Wärme des Bettes kuschelte er sich dichter an sie und schloss die Augen. Gleich würde er aufstehen und den Kessel aufsetzen und Tee kochen, und sie würden im Bett sitzen und sich unterhalten. Und jetzt, wo er daran dachte, er hatte gestern Abend vergessen, es ihr zu erzählen, er hatte auch noch eine Überraschung für Kevin. Aber für den Augenblick, warm und perfekt gemütlich, war er im Himmel.

2.

Kevin hatte ausgesehen, als würde er tatsächlich platzen vor Begeisterung, als George ihm nach seinem Gespräch in Marlow erzählt hatte, dass er vorhatte, Mrs. Parkers hühnersuppenfarbenen Teller zur Begutachtung zu Sotheby's zu schicken.

»London«, hatte Kevin geseufzt. George hatte es eher schade gefunden, dass er dem Jungen den Gefallen nicht hatte tun können, diese Ankündigung in Sharons Gegenwart zu machen.

Am dritten Tag, nachdem er den Teller abgeschickt hatte, fing er an zu hoffen, dass Sotheby's sich bitte beeilte und sich äußerte, denn es verging kein Tag, an dem Kevin nicht mit großer Dringlichkeit nachfragte, ob er schon »von London gehört« habe.

Irgendwann war der Anruf tatsächlich gekommen, gestern, Freitag, an einem feuchten Oktobernachmittag. Vera hatte George ans Telefon gerufen, aus dem er die weiche, gebildete Stimme eines der Keramikexperten von Sotheby's gehört hatte. Es war schon ziemlich spät gewesen. Lächelnd hatte George die Nachricht für den nächsten Tag aufgehoben. Sharon würde da sein, und Elizabeth auch.

Der Morgen war klar und windig, Blätter wirbelten über den Hof, und stürmische Böen bliesen ihnen in die Gesichter.

»Vera«, sagte George, als alle da waren. »Sei so nett und rufe mal alle rüber zum Haus, ja? Ich muss euch etwas sagen.«

»Was hast du denn vor?«, fragte Elizabeth, die ihm bisher nicht mehr hatte entlocken können, als dass Kevin eine Überraschung bevorstand.

»Wirst du schon sehen.«

»Kommt mal kurz herein«, hatte er gesagt, als die Männer aus der Werkstatt sich um ihn scharten. Als sie in die Halle kamen, sah George Sharons stämmige Beine nach oben verschwinden. »Du kannst auch gern hier unten bleiben und zuhören, Sharon«, rief er ihr nach. Die Beine blieben stehen. Die braune, in eine Strickjacke gehüllte Gestalt stieg so weit die Treppe herunter, dass sie sich über das Geländer lehnen konnte, und sah, das musste man ihr lassen, aus dieser Perspektive ziemlich prachtvoll aus. Kevin strahlte zu ihr hinauf, und zu Georges Erstaunen sah er ein scheues, beinahe schelmisches Lächeln an Sharons Mundwinkeln zupfen, als sie nach unten schaute und errötete.

Vera und Elizabeth warteten unten, Clarence und Alan standen nebeneinander. Alan schien wieder entspannter zu sein dieser Tage, beobachtete George erleichtert. Zu seiner Überraschung trug Clarence einen ziemlich flotten braunen Anzug unter seinem Overall, und oben in sein Hemd war eine rote Krawatte gestopft.

»Meine Güte, Clarence«, rief er aus. »Du siehst heute aber schneidig aus.«

Verlegen trat Clarence von einem Bein aufs andere und wusste nicht recht, wohin mit seinen Händen, dann räusperte er sich, um zu verkünden: »Na ja, Edith und ich fahren heute Nachmittag auf die Rennbahn.«

»Oh, was für eine schöne Idee«, sagte George. Clarence

war definitiv munterer in letzter Zeit. Was immer der Grund dafür sein mochte, er freute sich für ihn.

»Also«, verkündete er. »Ich dachte, es interessiert euch vielleicht alle, zu hören, dass ich gestern einen Anruf von Sotheby's erhalten habe.«

»Oh, was haben sie gesagt, Mr. Baxter?«, rief Kevin, bevor er einen tiefen Atemzug machte und vor lauter Aufregung zu vergessen schien, wieder auszuatmen.

»Dieser Teller, den du da ausgegraben hattest ...« George wollte eine dramatische Pause einlegen, als ihm klar wurde, dass es wahrscheinlich besser wäre, wenn Kevin wieder weiteratmete. »Er ist, äh ... Anscheinend halten sie ihn für ziemlich gut.«

Kevin schien kein Wort herausbringen zu können, aber immerhin atmete er aus.

»Zum Ersten hat der Bursche am Telefon gesagt, dass er echt ist, wegen des Zeichens auf der Unterseite und der Qualität. Also da lagst du schon mal richtig. Er hat gesagt, es sei ›Kuan yao Keramik‹ ...«

»Kuan yao!«, brach es bewundernd aus Kevin heraus. »Die kaiserlichen Manufakturen!«

»Gut, ja, genau«, stimmte George zu, ohne auch nur die geringste Ahnung zu haben. »Dreizehntes oder vierzehntes Jahrhundert, denkt er. Nicht überaus selten, aber doch immer noch viel zu wertvoll, um als Blumentopfuntersetzer missbraucht zu werden, so viel ist sicher. Gut gemacht, Kevin, sehr gutes Auge.«

Sharons Mund stand ein wenig offen, anscheinend aus keinem anderen Grund als sprachloser Bewunderung. Elizabeth lehnte mit verschränkten Armen am Treppengeländer.

»Gut gemacht, Kevin!«, sagte Vera und klopfte ihm auf

die Schulter, bevor sie ihm einen mütterlichen Kuss auf die Wange drückte, der Kevin heftig erröten ließ. »Dann ist er also eine Menge Geld wert, Mr. Baxter?«

»Das werden wir dann auf der Auktion sehen, nicht wahr?«, antwortete er. »Allerdings, Kevin, was immer er bringt, das Geld steht im Grunde Mrs. Parker zu, der Teller hat ja ihrer Mutter gehört.«

Nicht das geringste Zeichen von Enttäuschung flackerte über Kevins Gesicht. In der Tat, George hatte noch selten jemanden so glücklich gesehen. Kevin interessierte sich nicht für das Geld.

»Also ich schlage vor, wir sagen Sotheby's, dass sie ihn zur Auktion bringen sollen, und dann solltest du derjenige sein, der zu Mrs. Parker geht und ihr den Scheck bringt, meinst du nicht auch?«

Kevin schien zu wachsen. Er stand praktisch stramm und hielt George die Hand hin, um sie zu schütteln. Für einen flüchtigen Augenblick erhaschten sie einen Blick auf einen Menschen von ganz anderem Format. »Selbstverständlich, Mr. Baxter, wenn Sie das für richtig halten.«

»Guter Junge, wunderbar.« Jetzt war es an ihm, Kevin auf die Schulter zu klopfen. »Oh«, setzte er hinzu. »Und wenn du dort bist, lass dich nicht darauf ein, dir von Mrs. Parker irgendwelche Bilder zeigen zu lassen, ja?«

Kevin runzelte die Stirn. »Ich hab doch gar keine Ahnung von Bildern, Mr. Baxter«, sagte er bescheiden.

Später, als George ihr von Mrs. Parkers seltsamen Gewohnheiten erzählte, schnalzte Elizabeth tadelnd mit der Zunge: »Du bist ein sehr schlimmer Mann«, sagte sie.

Als die Aufregung sich gelegt hatte und die Männer wieder in die Werkstatt zurückgegangen waren, sagte Vera: »Ich gehe mal in die Küche und setze den Kessel auf. Oh, und Mr.

Baxter, da ist ein ziemlich dicker Stapel Post. Den sollten Sie sich noch ansehen. Es ist auch was *Ausländisches* dabei.«

Folgsam und mit einem leichten Kribbeln im Bauch ging George in sein Büro. Unter den Briefumschlägen auf seinem Tisch, zwischen all den weißen und braunen, lag auch ein blauer Luftpostumschlag, in schwungvoller Handschrift adressiert, aus Argentinien.

In der Küche konnte er die Frauen zusammen lachen hören. Er nahm den Brieföffner, schlitzte das dünne blaue Papier auf und zog zwei mit einer schnörkeligen Handschrift bedeckte, hauchdünne Bögen Papier heraus. Die Unterschrift stammte von jemandem, der sich Paula Lester Rodriguez nannte. Rasch überflog er die Zeilen. Ja, die Figur, wegen der er geschrieben hatte, befand sich noch auf der Estancia. Ja, sie war in gutem Zustand.

Ein weiterer Satz begann. Er runzelte die Stirn. Die Frau schrieb über seinen Besuch, hielt sich mit den Daten des Zeitraums auf, zu dem er 1928 in Argentinien gewesen war. Er las weiter, bis er zu den letzten Sätzen der ersten Seite kam, die ihm den Atem verschlugen. Er stand in seinem Büro und hielt ungläubig den Brief in der Hand.

3.

»Also, was zur Hölle ist denn überhaupt in Argentinien passiert?«

Elizabeth saß im Bett neben ihm. Sie war nackt, hatte die Arme um die Knie geschlungen, und George konnte den kleinen Bogen ihrer Wirbelsäule sehen, den sirupfarbenen Leberfleck auf ihrem rechten Schulterblatt. Er hörte die Besorgnis aus ihrer Stimme ebenso wie den Versuch, sich selbst zu schützen, indem sie sich nach außen hin professionell gab, weil der Teil von ihr, der ihn liebte, verunsichert, ja verängstigt war angesichts des seltsamen Zustandes, in den er verfallen war. Den ganzen Tag war es ihm gelungen, es für sich zu behalten, bis die anderen nach Feierabend nach Hause gegangen waren.

Während er abgelenkt beim Abendessen saß, war Elizabeth in ihn gedrungen. Was denn los sei. Er wirke so geistesabwesend.

»Kommst du mit nach oben ins Bett?«, hatte er sie gefragt. Er merkte, dass er Trost brauchte, gewaltig viel Trost; gehalten zu werden. Sie hatten sich einfach ausgezogen und waren in die Zuflucht des Bettes geklettert, sonst nichts. Und dann hatte er es ihr erzählt.

»Das ist alles ein ganz schöner Knaller«, sagte er, als sie sich neben ihm aufsetzte.

»Gelinde gesagt.«

Er wollte die Hand nach ihr ausstrecken, sie berühren und sie an sich ziehen, aber er schien wie zur Reglosigkeit erstarrt. Er fühlte sich … Er konnte nicht einmal anfangen, es in Worte zu fassen. Das einzig Klare war, dass er hier neben Elizabeth lag, während sie saß, beinahe zusammengekauert, und dass ihr Umriss, die Seite der Brust, die Rundung ihrer Wange, die er von dort, wo er lag, sehen konnte, tiefen Trost boten. Er spürte die leichte Rauheit des Lakens auf seiner Haut. Das war das, was sicher war.

Doch dann kamen die Zeilen aus dem Brief dieser Frau – einer Frau in Argentinien.

»Es tut mir leid, das muss für Sie ein großer Schock sein. Doch ich bin mir selbst erst jetzt sicher, wo Sie den Zeitraum genannt haben, in dem Sie meine Eltern besucht haben. Ich denke, Mr. Baxter, dass Sie mein Vater sind …«

Und so taumelte er immer noch jenen langen Weg der vergangenen sechsunddreißig Jahre entlang und versuchte, die Realität einzuholen. Entsetzen, rot glühende Wut, Scham und – möglicherweise irgendwann – Freude schwappten zusammengemischt zu einem trüben, gärenden Gebräu weit außerhalb der Reichweite seines bewussten Denkens umher.

Elizabeth drehte sich um, so dass sie sich über ihn beugen konnte, die Augen voll liebender Besorgnis. Sie streichelte über seine Stirn. »Was immer es ist, Liebling, versuche es mir zu erzählen. Am Ende ist es immer besser, so etwas herauszulassen. Könnte diese Frau recht haben?«

Er sah ihr einen Moment lang in die Augen. »Ich …« Er musste wegschauen, irgendwo über ihre Schulter hinweg, auf einen Punkt an der Ecke des Fensters. »Sie könnte, ja. Sie könnte möglicherweise recht haben.«

Der Brief, so schockierend er war, hatte sein Herz berührt. Zwischen den Zeilen, in denen sie ihm mitteilte, zu welchen Schlüssen sie gekommen war, die grundlegenden Fakten, die sie kannte, las George eine herzzerreißende, kindliche Sehnsucht heraus.

»Mein Vater«, hatte Paula Lester Rodriguez geschrieben, »oder der Mann, von dem ich dachte, dass er mein Vater sei, ist vor zwei Jahren gestorben. Ich bin sogar nach ihm benannt worden. Doch erst, nachdem wir ihn beerdigt hatten, erzählte meine Mutter Inés … vielleicht erinnern Sie sich noch an sie?«

Oh ja, allerdings.

»Erst dann hat sie mir und meinen Schwestern die Wahrheit gesagt. Mein Vater war ein cleverer Mann, aber weder freundlich noch einfach. Selbst nach seinem Tod konnte meine Mutter nur unter großen Schwierigkeiten darüber sprechen, aber sie war überzeugt davon, dass wir die Wahrheit kennen sollten, auch wenn sie keinen unserer Elternteile in ein besonders gutes Licht setzte. Meine Mutter ist eine mutige Frau, hatte aber immer Angst vor meinem Vater und davor, dass er sie verlassen könnte.

Wir sind drei Schwestern, ich bin die mittlere. Die älteste ist Isabella, und meine jüngere Schwester heißt Estafania. Wir haben drei verschiedene Väter, und keiner von ihnen ist derjenige, von dem wir glaubten, er sei es. Mein Vater war ein stolzer Mann. Er musste immer recht haben, bei allem im Leben gewinnen. Er konnte grausam sein, um zu bekommen, was er wollte. Und er bekam fast alles … außer eines. Er war unfruchtbar. Kein Samen. Er hatte Geld, und er hatte Macht, aber nicht die Macht, sich selbst einen Sohn zu schenken. Stets hat er dafür gesorgt, dass er bekam, was er wollte, und dazu gehörten auch Kinder. Und Sie waren einer der Männer, die Kinder zu liefern hatten. Ich bin so schockiert und traurig, dass ich es kaum ausdrücken kann. Inzwischen bin ich verheiratet und habe selbst Kinder, einen Sohn und eine Tochter, ich kenne die Kraft der Familie und weiß, wie wichtig die Wahrheit ist. Dies alles muss ein großer Schock für Sie sein, Mr. Baxter. Aber wenn Sie mein Vater sind, dann möchte ich, dass Sie es wissen und, falls das möglich ist, würde ich Sie auch sehr gerne kennenlernen.«

Elizabeth saß neben ihm, als er anfing zu reden. Sie schien zu spüren, dass es einfacher für ihn war, wenn sie ihn nicht anschaute. Sie zog die Knie an ihre Brust und legte das Kinn darauf, ruhig und aufmerksam.

George schaute auf ihre wundervolle Gestalt: das dunkel

gelockte Haar, das ihr über den Rücken fiel, die Muskulatur unter der hellen Haut an ihrem Arm. Er streckte die Hand aus und legte den Handrücken auf ihren Oberschenkel.

Er konnte nur in Fragmenten denken.

»Ich wusste, dass irgendetwas komisch daran war, dass er mich bis ganz nach da unten mitgenommen hat. Um anzugeben, dachte ich, und natürlich tat er das auch die ganze Zeit. Kein Wunder ...« Er schweifte einen Moment ab, seine widerstreitenden Gedanken fielen übereinander und auseinander wie ein Bündel Mikadostäbchen. »Ich wusste, dass etwas nicht stimmte. Und ...« Er erinnerte sich an den Brief. »Er muss damals schon eine Tochter gehabt haben!« Das Ausmaß der Scharade, die für ihn aufgeführt worden war, trat ihm nach und nach vor Augen.

»Isabella«, sagte Elizabeth.

»Es gab nirgendwo etwas, das auf ein Kind hingedeutet hätte ...«

An einer Stelle in ihrem Brief hatte Paula ihm geschrieben, dass Isabella, die damals etwas über ein Jahr alt gewesen sein musste, während Georges Aufenthalt bei Inés' Mutter untergebracht worden war.

»Er hat es so dargestellt, als wäre alles ihre Schuld. Er hat sogar zu mir gesagt, sie sei unfruchtbar. Ich fand das grausam von ihm, es so direkt auszusprechen. Indiskret ...«

Er starrte an die Stelle über der Schlafzimmertür, wo die Wand auf die Decke traf. So viele Jahre hatte er hier in diesem Raum gelegen, und erst jetzt fiel ihm der bläuliche Schimmer in der Ecke auf, das nachgedunkelte Weiß, eine schwerelose Spinnwebe, es war, als hätte er das alles noch nie gesehen.

»Er hat mich gezwungen, mit ihm reiten zu gehen, er hatte ja diese ganzen Polopferde. Es war ein absolutes Desaster. Ich wollte nicht, aber er war kein Mensch, dem man Widerworte gab. Es war am zweiten Tag, und ich habe mich dabei nicht gerade mit Ruhm bekleckert … Wie auch immer, ich wurde zum Haus zurückgeschickt, er sagte, er hätte noch zu tun, er würde noch eine Weile bei den Stallungen bleiben. Alles sehr wichtig. Alles, was Lester tat, war natürlich furchtbar wichtig. Ich konnte gar nicht schnell genug von ihm wegkommen. Als ich ins Haus kam, war sie – Mrs. Lester, Inés – na ja, sie war sehr nett zu mir, das war alles. Freundlich. Sie musste etwa zehn Jahre älter gewesen sein als ich, und ich hatte die Nase ziemlich voll. Ich war vom Pferd gefallen, verstehst du. Hatte einen verdammt großen Bluterguss am Hintern am nächsten Tag. Sie sagte mir, ich solle mir keine Gedanken machen, Pferde könnten zu Anfang nun einmal schwierig sein. Und sie kochte mir englischen Tee. Dann bin ich gegangen, um mich zu waschen und umzuziehen.«

Er hatte sich ausgezogen, seine Jacke an die Rückseite der Tür gehängt und stand in Hemd und Unterhose da, als Inés Lester hereinkam. Kein Anklopfen, kein Zögern.

»Wahrscheinlich dachte ich im ersten Moment, sie hätte sich im Zimmer geirrt. Es gab so viele Zimmer … Oder dass sie mir irgendetwas ausrichten wollte, doch sie hätte dafür auch einen der Bediensteten schicken können. Mir blieb aber auch kaum Zeit, darüber nachzudenken. Sie hatte sich umgezogen, trug dieses lange, seidene Ding, dunkelrot wie Wein, bis hinunter zu ihren Knöcheln. Und sie sagte …« Er schloss kurz die Augen, hatte ihre Stimme nach all der Zeit wieder genau so im Ohr, dieses weiche Englisch mit Akzent. »Mein lieber Junge …«

Sie schloss die Tür und trat auf ihn zu, legte ihm die Handflächen auf die Wangen, als sei er ein kleiner Junge.

Er stand da, das Herz schlug ihm bis zum Hals, und spürte ihren Blick auf seinem hochroten Gesicht, ohne dass er imstande war, den Blick zu heben. Ihre Gestalt, so nah, war atemberaubend, der Gürtel ihrer Robe zog den Seidenstoff eng über ihren Busen. Sie war großzügig, mütterlich gebaut. Sie war da, direkt vor ihm. Ein Duft ging von ihr aus, ein Parfüm, das jeden Nerv in ihm zu kitzeln schien.

Er hatte so wenig an, dass Sekunden, nachdem sie angefangen hatte, ihn zu berühren, und ihre Hände über seine Brust nach unten zu seinem Bauch strichen, seine Erregung demütigend offensichtlich wurde. Er gab einen Protestlaut von sich.

»Paul wird noch stundenlang außer Haus sein«, beruhigte sie ihn. »Komm …« Mit einer beinahe mütterlichen Geste zog sie ihn in ihre Arme und drückte ihn eng an sich. Er war ihr wehrlos ausgeliefert. Er war zwanzig Jahre alt und hatte noch nie mit einer Frau geschlafen. Sie überwältigte ihn innerhalb von Sekunden.

»Lass mich dich ausziehen, mein Lieber.«

Sie beugte sich über ihn, blickte ihn mit diesen dunklen Augen an, das weizenfarbene Haar fiel ihr lose auf die Schultern herab, und die Robe glitt auf. Mehr und mehr fühlte er sich wie ein Kind, das gegen seinen Willen zu Bett gebracht wurde, während sie ihm das Unterhemd über den Kopf und seine Unterhose herunterzog und dann seine Hand nahm und ihn zu dem wartenden Bett zog.

Ein paar Momente saßen sie nebeneinander, sie immer noch halb bedeckt, er schutzlos ausgesetzt.

»Sie hat sogar meine Hand gehalten, klang beinahe, als wolle sie sich entschuldigen. Sie sagte: ›Mein Mann hat immer so viel mit seinen Geschäften zu tun. Wir haben keine

Kinder, was natürlich mein Fehler ist. Das bereitet meinem Mann großen Kummer, es macht mich in seinen Augen weniger attraktiv.‹ Ich dachte, sie fängt gleich an zu weinen. Sie wirkte verletzlich, einsam. Sie sagte: ›Jede Frau möchte manchmal ein bisschen mehr. Ein bisschen Gesellschaft. Lass mich bei dir liegen.‹«

Während er Elizabeth das Geschehen in Grundzügen beichtete – es fühlte sich jedenfalls an wie eine Beichte –, fluteten die Erinnerungen auf ihn ein: Inés Lesters Gesicht unter seinem, während er auf ihr lag, seine Hilflosigkeit, seine instinktiven Impulse, die von ihr gelenkt wurden, ihre Beine um seine Taille, die ihn in ihr festhielten.

»Ich hätte sie nicht aufhalten können, selbst wenn ich es versucht hätte«, erzählte er Elizabeth. Das war der schlimmste Teil des Geständnisses. »Noch heute komme ich mir so dumm vor. Als sie gegangen war, war ich voll von ihr, von uns, diese ganze klebrige Schweinerei. Ich wollte mich nur noch waschen. Ich kam mir bis ins Innere beschmutzt vor. Du bist zwanzig Jahre alt, eine wunderschöne Frau kommt und gibt dir alles, wovon du die ganze Zeit geträumt hast. Macht einen Mann aus dir. Natürlich hatte es mir Lust bereitet, aber es war alles so falsch. Irgendetwas an dem Haus, an ihr … Ich habe mich nur noch geschämt, als wäre ich …« Er wandte das Gesicht ab. »Geschändet.«

Die Hilflosigkeit, die Lähmung, die er empfunden hatte, wusch wieder über ihn hinweg. Wie seine dunkle Jacke an der Tür hin und her gependelt war, nachdem sie sie hinter sich geschlossen hatte.

»Ich komme mir so lächerlich vor.« Er war kurz davor, in Tränen auszubrechen, konnte sich aber zusammenreißen. Elizabeth drehte sich zu ihm um, sah ihn an und legte sich dann neben ihn. Er hatte das Gefühl, sich ihr gegenüber entblößt zu haben, alle die dunklen Ecken, die er sein Leben lang verborgen hatte, waren grell ausgeleuchtet.

Sie berührte ihn nicht, sondern blickte ihn ernst und verständnisvoll an.

»Um es genau zu sagen, hat sie dich missbraucht. Nicht nur Frauen können missbraucht werden. Sie hat sich genommen, was sie wollte, ohne an dich zu denken. Wie ein Vergewaltiger.«

Er blickte sie verblüfft an. »So habe ich das nie gedacht.« Es ging ihm durch und durch. Zorn erfasste ihn. Er fuhr hoch. »Und das Schlimmste daran ist, dass alles nur eine Intrige war. Sie hatten es geplant.«

»Sie waren ja Pferdezüchter«, sagte Elizabeth. Er war dankbar für ihre Professionalität. Sie war nicht kalt oder gleichgültig, sondern ruhig und objektiv. »Sie waren Materialisten. Und sie war verzweifelt, könnte ich mir vorstellen. Paula hat geschrieben, ihre Mutter habe Angst gehabt, ihr Vater könnte sie verlassen. Aber ja, sie haben sich einfach genommen, was sie wollten.«

»Sie haben mich benutzt … wie einen Zuchthengst!« Er war so aufgeregt, dass er aufstand und anfing, im Schlafzimmer hin und her zu gehen. »Wie kann man so etwas nur machen, das ist doch … das ist …«

»Warum kommst du nicht zurück und legst dich zu mir?« Elizabeth stützte sich auf einen Ellbogen auf. Ihm war, als entdeckte er eine Spur Belustigung in ihrem Blick, und erst da wurde ihm bewusst, dass dieses wutentbrannte Aufundablaufen einer gewissen Würde entbehrte, wenn man splitterfasernackt war. Gehorsam kletterte er zurück ins Bett.

»Glaubst du, sie haben das zusammen geplant?«, fragte sie.

»Nach allem, was das Mädchen schreibt, ja«, sagte George. »Sie hat ihre Rolle gespielt. Er hat den Mann nach Hause geholt, sie hat den Rest erledigt. Und irgendwie konnten sie vorgeben, dass die Kinder ihre eigenen waren. Kein Wunder, dass sich da alles so seltsam angefühlt hat.«

»Hör mal, Liebster …« Elizabeth legte den Arm um ihn. »Die hören sich wie ein wahrhaft schreckliches Paar an. Gruselig. Er besonders. Und sie haben dich ausgenutzt.«

Er betrachtete ihr Gesicht, ihr hübsches, wundervolles Gesicht, suchte ihren Trost, ihr Verständnis.

»Aber dafür kann ja diese junge Frau, Paula, nichts, oder?«, sagte sie sanft. »Und auch nicht ihre Schwestern.«

Anfangs hatte er Paula sympathisch gefunden, doch dieser Eindruck war durch die Erinnerung an die Lesters schnell getrübt und durch Misstrauen ersetzt worden. »Aber was *will* sie denn? Sie könnte genauso sein wie er …«

Elizabeth blickte ihn mit einer gewissen Strenge an. »George, erinnere dich, du warst es, der ihr geschrieben hat. Sieh mal, sie ist eine … lass mal sehen … fünfunddreißig Jahre alte Frau. Sie sagt, sie habe zwei Kinder und erst vor Kurzem entdeckt, dass ihr sowieso schon nicht ganz einfacher Vater sie ihr ganzes Leben lang belogen hat. Das sieht für mich aus, als suchte sie nach jemandem, der aufrichtig ist, freundlich. Einem Vater, den sie respektieren kann, vielleicht sogar lieben? Kinder sind nicht ihre Eltern, weißt du? Zum Glück. Wenn ich nur eine Reproduktion meiner Mutter wäre … Sie klingt doch nach einer netten, jungen Frau. Netter als ihre Eltern. George, Liebster, anscheinend hast du jetzt eine Tochter und zwei Enkelkinder, die dich vielleicht kennenlernen wollen. Und wenn alle Stricke reißen, dann leben sie immerhin mehrere Tausend Meilen weit weg. Aber man muss ja nicht immer gleich vom Schlimmsten ausgehen, oder?«

Trotz der erschütternden Turbulenzen in seinem Kopf, und auch wenn er weit davon entfernt war, das alles verarbeitet zu haben, glomm in George die Ahnung auf, dass sie recht haben könnte. Er blickte in ihre lächelnden grauen Augen.

»Nein, ich nehme an …«

»Du darfst etwas Gutes erwarten, weißt du«, unterbrach sie ihn.

Wärme durchströmte ihn. Er zog sie eng an sich, ganz eng. »Darf ich?«

»Du darfst«, sagte sie.

November

Achtzehn

1.

»Ich kann heute Abend nicht rüberkommen.« Elizabeths Stimme am anderen Ende der Telefonleitung hatte ihn gestern Abend mit Sehnsucht erfüllt. »Ich habe einen ganz armen alten Kerl hier, den ich ins Krankenhaus bringen muss. Ich sehe dich dann morgen, in Ordnung, Liebster?«

Er würde sich wirklich daran gewöhnen müssen, predigte er sich selbst, als er am nächsten Morgen nach Wallingford hineinfuhr und versuchte, den Unmut abzuschütteln, der ihn in solchen Situationen jedes Mal erfasste.

Er parkte den Wagen auf dem Platz neben der Brücke und wartete, dass Monty mit seinem üblichen Plumps hinten ausstieg. Monty trottete über das Gras, um ausführlich gegen einen der Brückenpfeiler zu pinkeln, während er gleichzeitig die Nase hob, um die eiskalte und mit Rauch versetzte Luft zu schnuppern.

»Komm schon, alter Stinker. Ich habe heute auch ein Leckerchen für dich.« In seiner Tasche steckte wieder eine kleine Schachtel Lakritzkonfekt. Nach der Völlerei, der Monty bei Sylvia erlegen war, hatte er den Hund eine Weile auf Entzug gesetzt. Aber was schadete es schon, wenn er ab und zu mal eins oder zwei bekam?

Er klippte die Leine an und führte ihn die Treppe auf die Wallingford Bridge hinauf, auf dem anderen Arm Picknickdecke und Korb, und auf die gegenüberliegende Seite, wo die *Barchetta* festgemacht war. Er hatte es gewagt, sie noch nicht aus dem Wasser zu holen, obwohl es schon so spät im Jahr war, weil er auf Tage wie diesen gehofft hatte – ein spontaner Ausflug mit dem Boot, bevor der nasse Winter und die dichten Nebel auf dem Fluss Einzug hielten.

Er faltete die Decke zusammen, legte sie auf die Bank und setzte sich darauf, um auf Elizabeth zu warten, Monty neben sich. Er bewunderte die Fähigkeit des Hundes, unbestimmte Zeit auf etwas zu warten, von dem er gar nicht wusste, was es war – unerträglich für den menschlichen Geist.

Es war einer der schönsten Tage, die George je erlebt hatte: die beißende Kälte und die tiefstehende Sonne, die sich über die noch übrig gebliebenen gelben und rostfarbenen Blätter ergoss. Das Wasser war ruhig und spiegelte wie Glas die ganze Schönheit entlang des Flusses wider: die Bögen der Brücke und die knorrigen Stämme der Weiden, den glatten, wolkenlosen Himmel. Er saß da und dachte an Elizabeth.

Seit sie gestern Abend angerufen hatte, und auch bei anderen Gelegenheiten, musste er mit sich selbst zu Rande kommen, mit der Tatsache, dass sie einen fordernden Beruf hatte und ein eigenes Leben, dass er nicht von ihr erwarten konnte, dass sie all das für ihn aufgab, als wäre er der Einzige, der irgendetwas brauchte.

»Ich bin dein, Liebster«, sagte sie ihm immer wieder. »Ich will dich und keinen anderen, George, wirklich. Wir müssen so oft zusammen sein, wie es geht. Aber es ist ja nicht so, als wollten wir eine Familie gründen ...« Anscheinend habe ich ja eine Familie, wollte er sagen. Er tat sich immer noch schwer, sich an diesen Gedanken zu gewöhnen.

»... und ich kann nicht einfach mit allem aufhören, was ich tue – alles, was ich bin –, um so eine traditionelle Frau zu werden, wie du es gewohnt bist. Erstens würde ich dich zu Tode langweilen und zweitens mich auch.«

Es stimmte. Es war nicht das, was er gewohnt war. Es war anstrengender, als er gedacht hatte. Und manchmal schmerzte es, und er tat sich ziemlich leid. Aber das war eine der neuen Straßen, die zu gehen er lernen würde, in diesem neuen Land der Liebe.

Alle hatten in diesen Monaten lernen müssen. Vera hatte sich, zu seiner Überraschung, von Anfang an entschieden für Elizabeth eingesetzt.

»Oh, sie ist wunderbar«, sagte sie immer wieder. Er erinnerte sich noch gut an ein Gespräch in der Küche, das vor einiger Zeit stattgefunden hatte, als Elizabeths Besuche so regelmäßig geworden waren, dass alle ihre Beziehung als etwas Dauerhaftes anzusehen begannen. Vera suchte Putzsachen für Sharon zusammen. »Eine Frau als Ärztin! So klug. Wunderbar. Alan denkt das übrigens auch.«

»Ach ja?« Das schien George doch in ziemlich großem Widerspruch zu der Missbilligung zu stehen, die Alan allen Frauen entgegenbrachte, die auch nur irgendein Anzeichen von Hirnaktivität zeigten.

»Oh ja«, sagte Vera. Ihre Hand griff in ihren Korb und kam mit einem Paket Schwämme heraus, das sie auf den Tisch stellte wie eine Schachfigur. »Eine Ärztin. Meine Güte. Aber andererseits nehme ich an ...« Sie schaute George verschämt an und errötete leicht. »Wenn Sie erst mal ... Ich meine, es ist ja unübersehbar, dass Sie total verrückt nacheinander sind, Mr. Baxter! Wenn Sie beide dann ... also, ich meine, wenn Sie heiraten, dann wird sie bestimmt mehr Zeit für Sie haben.«

Es überraschte George, dass er in diesem Augenblick nicht nur hörte, sondern sogar nachfühlte, was Elizabeth meinte. Da war es wieder, die unausgesprochene Voraussetzung, dass alles, wofür sie stand oder was sie erreicht hatte, zu seiner freien Verfügung stand und für eine Ehe selbstverständlich aufgegeben würde.

»Oh, ich glaube nicht, dass wir heiraten werden«, sagte er und tat beschäftigt, indem er einen Becher unter dem Wasserhahn ausspülte. »Wir sind eigentlich ganz zufrieden so, wie es ist. Elizabeth hat ja auch ihre Praxis und so. Sie wird ihre Wohnung behalten und kommt dann rüber …«

Vera stand mit einem Mal sehr still da, eine Hand im Korb, erstarrt mitten in der Bewegung. Sie starrte ihn an, als lauschte sie einem Geräusch in ihrem Kopf, das für ihn nicht hörbar war.

»Nicht …« Sie zögerte. »Nicht heiraten? Sie meinen …?«

»Ich meine …« Was meinte er? Er ging zum Tisch hinüber. »In unserem Alter … Wir werden ja keine Kinder mehr bekommen …« Mit Paula hatte er Vera gegenüber noch nicht einmal ansatzweise angefangen. Nicht einmal sich selbst gegenüber, abgesehen davon, ihr eine freundliche Antwort zu schreiben. Eins nach dem anderen. »Da werden wir doch schon was finden, das zu uns passt.«

Vera starrte ihn wie vom Donner gerührt an. »Aber … was werden denn die Leute sagen?«

Er zuckte die Achseln. »Ich habe keine Ahnung.« Das stimmte ganz und gar nicht. Er hatte eine ziemlich genaue Vorstellung davon, was für Klatsch und Tratsch das geben würde. Rosemary Abbott zunächst einmal. »Das werden wir wohl noch herausfinden, nicht wahr?«

»Gut.« Vera zog ein Bündel Staubwedel aus dem Korb. Er hatte den Eindruck, sie sei eingeschnappt, war sich aber nicht ganz sicher. Vielleicht nicht direkt eingeschnappt, korrigierte er sich. Sie versuchte einfach nur, sich an das Neue zu gewöhnen, wie sie alle.

»Ich meine … wer hätte gedacht, dass unsere finstere Sharon die Geduld aufbringen könnte, Kevins stundenlangem Geschwafel über irgendwelche Pötte zuzuhören?«

Da hob Vera den Blick, sah ihn an, und sie lachten beide.

»Liebster?«

Er drehte sich um, sein Herz machte einen Sprung, als er ihre Stimme hörte. »Lizzie!« Seine Welt war vollständig.

Elizabeth stand auf den Stufen, die zum Ufer herunterführten, in ihren mistfarbenen Hosen, eine unförmige Tweedjacke darüber, in Lederstiefeln und mit einem Stoffbeutel in der Hand. George mühte sich auf die Füße, um ihr entgegenzugehen, und Monty begrüßte sie mit quietschender, schwanzwedelnder Begeisterung.

»Hallo, du bekloppter alter Kerl!«, sagte sie und bückte sich zu ihm hinunter. Dann richtete sie sich auf und gab George einen Kuss. »Hallo, mein anderer bekloppter alter Kerl.«

Sie hielt die Tasche hoch. »Nur ein paar Happen dies und das. Ich hatte nicht viel Zeit.« Sie war blass, hatte dunkle Ringe unter den Augen. »Ich war am Ende fast die ganze Nacht auf den Beinen. Emphysem … schrecklich.«

»Oh, Liebe«, sagte er zerknirscht und legte einen Arm um ihre Schultern, während sie die Treppen hinuntergingen. »Du hättest im Bett bleiben sollen.«

»Niemals! Für nichts in der Welt wollte ich auf das hier verzichten. Ich bin ja ganz gut daran gewöhnt.«

»Na ja, jedenfalls haben wir eine Menge zu essen. Vera hat uns einen Kuchen gebacken.«

Auf Elizabeths Gesicht erschien ein Heiterkeitsgrübchen. »Gute alte Vera. Doch nicht mit Rhabarber?«

»Nein, dem Himmel sei Dank. Äpfel und Brombeeren.«

»Oh, lecker. Ein Friedensangebot, was meinst du?«

»Oh, ich glaube nicht, dass es überhaupt einen Krieg gegeben hat. Eher ein paar Umstellungen. Es ist mehr so … Sie gibt uns ihren Segen.«

Elizabeth lächelte ihn an. »Die ist selbst so ein Segen, diese Vera.«

Dass es auch eine Art festlichen Anlass gab, behielt er lieber für sich. Vera war ihm gestern in der Halle mit einem Lächeln begegnet, das man nur als boshaftes Grinsen bezeichnen konnte.

»Ich sag nur eins, Mr. Baxter«, teilte sie ihm geheimnisvoll mit, ohne dafür stehen zu bleiben. »Es gab eine Sichtung.«

George blickte sie beunruhigt an. Wovon zur Hölle redete sie da? Müsste er das wissen?

Vera drehte sich um, breit grinsend. »Ein kleines Vögelchen hat mir zugezwitschert, dass ein gewisser Händler aus Twyford in Reading gesehen wurde, wie er spazieren ging, am Arm einer gewissen nicht mehr ganz so jungen Dame aus Wallingford!«

Gütiger Gott, konnte das wahr sein? »… Sylvia? Mit *ihm* … Lewis Barker?«

Vera zwinkerte. »Das ist alles, was ich weiß, Mr. Baxter«, flötete sie und ging weiter.

»Na dann … alles Gute den beiden.« George stand vor seinem Büro und lachte noch eine ganze Weile leise vor sich hin.

Es war ein heiterer, schöner Tag. Das Licht war satt, das Gras ein Abschiedsgrün, die Blätter gaben alles, um brennende Büsche in Gelb und Umbrabraun zu erzeugen, der Himmel war ein Schirm aus Enteneierblau. Und der ruhige Fluss gab das alles noch einmal gespiegelt zurück. Wasserhühnchen und Haubentaucher paddelten eilig vor der sanften Bugwelle der *Barchetta* davon. Die größeren Boote waren bereits für den Winter aus dem Wasser geholt worden, und alles war ruhig. Sie hatten das ganze Stück Richtung Goring für sich allein.

Die meiste Zeit saßen sie still beieinander, lächelten sich an, lächelten über Montys schwer zu deutende Grunzer, verschränkten hin und wieder die Hände und blickten aufs Wasser.

Wie sie so an den Rückseiten von Häusern und unter den Fluss elegant überspannenden Eisenbahnbrücken hindurch dahinglitten, erfüllte die heitere Lieblichkeit George mit einer sprudelnden, fröhlichen Glückseligkeit über das, was das Leben ihm versprach.

Obwohl seine Beziehung zu Elizabeth gegen alle Regeln verstieß, hatte es keinen Ärger gegeben. Er fragte sich, ob das zum Teil daran lag, dass sie Ärztin war.

Gestern Abend, ein wenig niedergeschlagen, weil Elizabeth nicht kommen konnte, war er zum Barley Mow hinübergeschlendert. Bestürzt sah er beim Hereinkommen, dass neben einigen seiner anderen Freunde auch Maggie und John Wylde da waren.

»Huhu, George!«, rief Roy ihm zu und hob ein überschäumendes Pint in seine Richtung. »Das muss ja eine ziemlich außergewöhnliche Dame sein, die sich da in letzter Zeit so oft bei Chalk Hills Antiques herumtreibt, was?«

George war sich nicht allzu sicher gewesen, ob »herumtreiben« die richtige Beschreibung war, aber unter all dem Lachen und derben Rückenklopfen hatte er es nicht krummgenommen. Eher verblüffte es ihn, wie sehr sich alle für ihn zu freuen schienen.

»Na los, Brenda, zapf ihm ein Pint. Muss ja bei Kräften bleiben!«

Brenda hatte mit ihrer üblichen finsteren Miene gehorcht.

»Ganz schön viel frischer Wind hier«, bemerkte jemand, als sie am Tresen standen und die Bierkrüge stemmten. »Unsere junge Maggie macht sich auf nach Australien.«

George hatte versucht, Maggie nicht anzuschauen, aber als er das hörte, konnte er kaum anders, und so trafen sich ihre Blicke. Maggie konnte ein Grinsen nicht unterdrücken, sie strahlte förmlich.

»Meine Linda«, erklärte sie ihm, als wäre das alles vollkommen neu für ihn. »Sie ist schon fast auf dem Sprung und will da drüben leben.«

»Holla«, sagte George. »Das ist aber ein großer Schritt!«

»Und ich werde rüberfliegen, um sie zu besuchen, einen ganzen Monat lang!« Sie sah ausgelassen aus und jünger. Mehr wie die Maggie, die er in Erinnerung hatte. Er gab die Geräusche von sich, die von ihm erwartet wurden, und das Gespräch wandte sich anderen Themen zu.

Ein paar Biere und eine Menge Kneipengespräche später kam er auf dem Weg nach draußen an ihr vorbei. Maggie drehte sich um, als sie ihn sah, packte ihn kurz am Arm und drückte ihn.

»Gut für dich, Maggie«, sagte er. »Endlich unterwegs.«

»Ich weiß.« Sie drückte noch einmal. »Und du werde glücklich, George, ja?«

Als sie sich beide zum Abschied anlächelten, zwinkerte sie ihm zu.

Sie machten am sonnenbeschienenen Ufer fest und tranken dampfend heißen Kaffee aus der Thermoskanne, die er vorbereitet hatte, die Picknickdecke über den Knien. Elizabeths Wangen hatten inzwischen etwas mehr Farbe, sie sah munterer aus. Die Sonne war noch warm auf ihren Gesichtern. Irgendwo weiter stromabwärts schrie eine Gans. Das Wasser erstreckte sich zu beiden Seiten, bewegte sich unaufhaltsam auf seinem Weg zum Meer.

Einen befriedigenden Moment lang dachte George an Lady Bynghs Vitrinensekretär, der jetzt in irgendeinem Laderaum eines Frachtschiffes auf dem Weg über den Atlantik schaukelte.

»Also, dann zeig mal«, sagte Elizabeth. Ein Brief war gekommen, hatte er ihr erzählt. Paulas bereitwillige Antwort … und Fotos. Der Brief hatte ihm Mut gemacht, der respektvolle, freundliche Ton. Und die Bilder, oh diese Bilder.

»Diese Fotos habe ich extra gemacht«, schrieb sie. »Um Ihnen die kleine Statue zu zeigen. Aber ich wollte Ihnen auch meine Kinder zeigen, Esteban und Alessandra. Sie sind ganz aufgeregt und freuen sich so, von Ihnen zu hören.«

Elizabeth nahm die beiden Fotos in die Hand. Eins war ein Familienporträt – Paula, eine hübsch aussehende Frau mit hellem Haar wie ihre Mutter, ihr ernster, schlanker Mann Carlos, der, so schrieb sie, Anästhesist in Buenos Aires war, und die beiden Kinder, zehn und acht Jahre alt. Alessandra, die Jüngere, sah aus wie eine Miniaturausgabe ihrer Mutter.

»Oh, meine Güte …« Elizabeths Stimme war voller Gefühl. »Wie wunderbar.«

Sie wandte sich dem anderen Bild zu und holte scharf Luft. Die Statue von Mars zu Pferde, mit seinem Helm und

Speer, stand auf einem edel aussehenden Esstisch. Daneben, vor dem Tisch, stand der Sohn: ein rundgesichtiger, freundlich blickender, etwas tollpatschig aussehender Junge. In dem Augenblick, in dem George ihn erblickt hatte, war er ohne jeden Zweifel sicher gewesen.

»Er sieht aus wie du!«, rief Elizabeth. Sie betrachtete das Bild. Dann begann sie leise zu lachen. »Er ist dir wie aus dem Gesicht geschnitten. Mein Liebling.« Sie blickte ihn feierlich an. »Das ist sensationell. Du musst hinfahren und sie besuchen … oder sie hierher einladen.«

Er lachte. »Na ja … Wir werden sehen. Eins nach dem anderen.« Er steckte die Bilder weg. Monty saß zwischen ihnen, schaute träge von einem zum anderen und fragte sich, wann das Essen auftauchen würde. George schnippte ihm ein Lakritzkonfekt zu, und Monty sprang auf und schnappte es aus der Luft.

»Lust auf ein Stück Kuchen?«, fragte er in die Stille.

»Ich dachte schon, du fragst nie.« Elizabeth hob ihren Plastikbecher und stieß mit ihm an. »Das ist himmlisch, mein Lieber – *Cheers.*«

»Na los, Lizzie«, sagte er, nur halb im Ernst. »Sag, dass du mich heiratest.«

»Nein!« Sie tat, als schmollte sie. »Heiraten kommt nicht infrage, aber ich werde dich lieben. Versprochen.«

Er strahlte sie an. Das Leben war schon verrückt. Jeder Tag voller Wunder, jeder mehr als der vorangegangene in dieser neuen Landschaft, die zu finden er so weit hatte gehen müssen und die doch die ganze Zeit in diesem alten Land gewesen war und auf ihn gewartet hatte.

»*Cheers!*«, sagte er und beugte sich vor, um ihr einen Kuss auf die rote, von der Luft kühle Wange zu geben.

Danksagung

Als Erstes danke ich der Oxford Narrative Group für all die Ermutigung, Gesellschaft und den Spaß: Helen Matthews, Alison Knigh, Rachel Norman, Kit de Waal, Helen Newdick, Benedicta Norel, Pat Whithouse, John Vickers, Rebecca Watkins, Serena Apella, Paul Walton und an der Oxford Brookes University James Hawes und Tobias Hill.

Ebenso der brillanten Community Leather Lane Writers.

Meinem Agenten Darley Anderson schulde ich eine Menge Dank für seine Unterstützung und seine Begeisterung für dieses Buch und Clare Wallace für ihre hilfreichen Kommentare.

Bei Pan Macmillan geht ein riesiges Dankeschön an meine Lektorin Victoria Hughes-Williams für ihre Geduld und verlegerischen Einblicke, an Amber Burlinson für das exzellente Lektorat und an Jeremy Trevathan für den Feinschliff.

Danke an all die Vertreter bei Pan Macmillan, die so hart dafür arbeiten, unsere Bücher nach da draußen zu bringen – ganz besonders Keren Weston und Kate Bullows.

Graham Wells von Summers Davis Antiques in Wallingford danke ich für die Zeit, die er sich genommen hat, um den Text zu lesen und zu kontrollieren.

Und vor allem danke ich meinem Mann Martin für die liebevolle Unterstützung, schrecklichen Witze, Basset Hounds und so viel mehr.

Ich entschuldige mich bei den Menschen aus Blewbury, dessen geographische Lage der von Greenbury entspricht.

Alle Figuren in dieser Geschichte sind frei erfunden, und jegliche flüchtige Ähnlichkeit ist vollkommen zufällig.